LA MORSURE DU LÉZARD

KIRK MITCHELL

LA MORSURE DU LÉZARD

Traduit de l'anglais (États-Unis)
par Daniel Lemoine

Thriller

ÉDITIONS DU
ROCHER
Jean-Paul Bertrand

Conseiller d'édition
Olivier Delavault

Titre original : *Spirit Sickness.*
Première édition : Bantam Books, 2000.

ISBN 2 268 04387 8

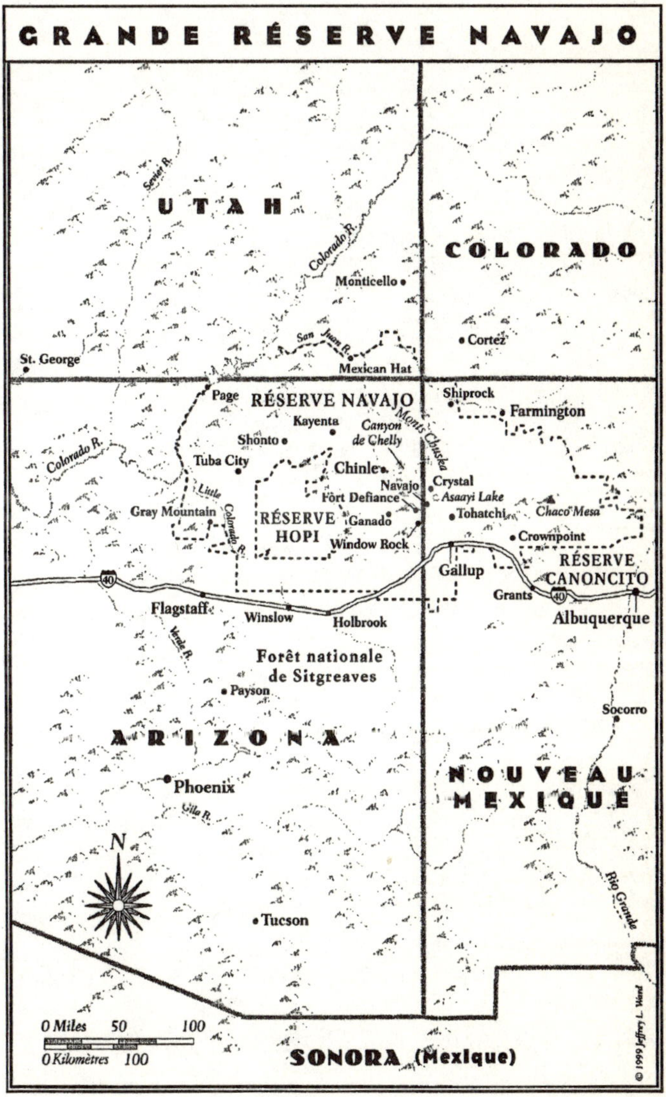
GRANDE RÉSERVE NAVAJO
UTAH
COLORADO
Sevier R.
Colorado R.
Monticello
San Juan R.
Cortez
St. George
Mexican Hat
Page
RÉSERVE NAVAJO
Shiprock
Farmington
Kayenta
Canyon de Chelly
Monts Chuska
Shonto
Tuba City
Chinle
Navajo
Crystal
Asaayi Lake
Fort Defiance
Little Colorado R.
Gray Mountain
RÉSERVE HOPI
Ganado
Tohatchi
Chaco Mesa
Window Rock
Crownpoint
Gallup
RÉSERVE CANONCITO
40
Grants
Albuquerque
Flagstaff
Winslow
Holbrook
Verde R.
Forêt nationale de Sitgreaves
Payson
Socorro
ARIZONA
NOUVEAU MEXIQUE
Phoenix
Gila R.
N
Rio Grande
Tucson
0 Miles 50 100
0 Kilomètres 100
SONORA (Mexique)
© 1999 Jeffrey L. Ward

1

Anna Turnipseed se sentait ridicule – et elle était aussi un peu effrayée d'accomplir, après tant d'années, un acte aussi *indigène*.

Néanmoins, elle avait quitté son immeuble et marchait dans le désert qui s'étend à l'ouest de Las Vegas. Il était presque 4 heures du matin ; l'air était frais. Il n'y avait pas d'autre bruit que celui de ses pas et le bourdonnement des abeilles sauvages dans les fleurs des yuccas. Elle serrait dans ses bras un berceau tressé par une grand-mère dont elle ne se souvenait pas. Vingt-six ans auparavant, c'est dans ce berceau qu'Anna avait quitté la maternité de l'Indian Health Hospital. Ce jour-là, on y avait fixé un petit sac en peau de daim ornée de perles, destiné à recevoir la racine de son cordon ombilical quand elle tomberait. Le sac et son contenu avaient disparu, mais pas le berceau. Un spécimen de vannerie modoc d'une telle finesse atteindrait 2 000 dollars dans une boutique d'antiquités. Mais elle n'avait évidemment aucune intention de le vendre.

Anna allait brûler son berceau.

La semaine précédente, elle était allée dans sa *ranchería*, la mini-réserve située sur la frontière qui sépare la Californie de l'Oregon. Une fois de plus, sa mère, victime de la maladie d'Alzheimer et ne sortant plus d'un centre de long séjour, ne l'avait pas reconnue, de sorte qu'elle n'avait pu raconter qu'à un grand-oncle les horreurs de sa première année au sein du FBI. Les Indiens des alentours croyaient en général que Boston, le grand-oncle, communiquait avec les esprits ; mais ses détracteurs le considéraient simplement comme un pompiste qui avait perdu sa place parce que, pratiquement aveugle en raison de la cataracte, il avait mis quarante litres de gasoil dans le réservoir d'une Jaguar flambant neuf. Les sorciers avaient toujours eu leurs partisans et leurs critiques. Tout le monde reconnaissait cependant que Boston était traditionaliste. Les traditionalistes ne se coupent jamais les sourcils et ceux de Boston formaient des touffes broussailleuses au-dessus de ses yeux ternes. Sans préambule, il avait demandé à Anna si elle possédait toujours un oiseau-mouche ou une taupe séchés. *Non*, avait-elle répondu, retenant un sourire. Il lui avait ensuite demandé si elle possédait encore des objets datant de son enfance. Quand elle avait mentionné le berceau accroché au mur de son bureau, il avait sursauté.

– Bon sang... Tu as perdu la tête ?

– Pourquoi ?

– Il ne faut pas garder ces choses-là. Il aurait fallu le détruire dès l'instant où il est devenu trop petit.

– Mama ne m'a rien dit.

– Dans ce cas, elle est folle depuis vraiment très longtemps.

– Presque tous les premiers berceaux sont en scirpe, n'est-ce pas ?

– Oui.

– Le mien est en saule, c'est beaucoup plus difficile à tresser. Il est magnifique. C'est le plus beau travail de grand-mère.

– Il s'agit ici de danger mortel, petite... pas d'art. Brûle ce fichu truc, sinon tu auras de nouveaux malheurs !

Il semblait bizarre que le bonheur puisse dépendre de ce qu'on gardait ou qu'on jetait. Pourtant, pendant les mille kilomètres du retour à Las Vegas, l'idée séduisit Anna. C'était – outre compter sur les rares visites de son équipier – une chose qu'elle pouvait faire pour se sentir plus en sécurité. Les tourments psychologiques et physiques des cinq mois écoulés prenaient enfin un sens [1]. Elle avait

1. Voir, du même auteur, *Danse de deuil* (Gallimard, « Série noire », 2001).

violé les coutumes modocs. Désormais, le remède semblait tout aussi simple.

Elle avait donc décroché le berceau, l'avait emporté dans le désert qui s'étend derrière son immeuble.

Il y avait des nuages d'orage, au nord-est, mais il faisait soleil là où elle se trouvait. Elle portait une veste légère, qui cachait son arme de service. Depuis sa sortie de l'hôpital, quatre mois plus tôt, elle ne quittait jamais son appartement sans son pistolet et son téléphone mobile. Sortir sans arme et sans possibilité d'appeler du renfort semblait suicidaire. Elle savait que cette attitude était à la limite de la paranoïa, mais elle ne pouvait y renoncer. Le monde était beaucoup plus dangereux qu'il semblait l'être un an plus tôt. Des démons l'arpentaient. Des démons vivants, qui laissaient des cadavres mutilés dans leur sillage.

Elle arriva dans le lit d'un cours d'eau à sec. Le meilleur endroit pour brûler quelque chose sans enflammer les broussailles environnantes.

Elle s'accroupit, posa le berceau sur le sable, examina une dernière fois les losanges du motif. Que signifiaient-ils ? Figuraient-ils un ensemble d'étoiles ? Que disait sa grand-mère à sa petite fille tout juste née ? Sa grand-mère – petite femme affable, au visage couleur de bronze, sur les photos de famille – avait-elle lu, dans le ciel nocturne, les périls de la profession actuelle d'Anna ?

Poser de telles questions portait peut-être malheur.

Anna ne le savait honnêtement pas. Prendre contact avec ses origines lui faisait l'impression de communiquer grâce à deux boîtes de soda séparées par mille kilomètres de fil. Chercher refuge dans sa culture lui faisait l'effet de fouiller les décombres d'une façon d'être presque complètement effacée par les missionnaires et la bureaucratie.

– *Merde,* souffla-t-elle, parce qu'elle avait l'impression de se jouer la comédie.

Pendant son enfance, elle n'avait guère prêté attention aux « grands mots » de Boston. Ils lui semblaient terriblement creux. Terriblement évocateurs des Indiens de Hollywood.

Elle attendit que le sentiment de frustration se dissipe. C'était un acte sacré, probablement, et il fallait qu'elle garde la tête froide.

Enfin, elle alluma un briquet à gaz et posa la flamme sur le magnifique travail de vannerie. Le berceau, très sec, se mua aussitôt en une boule crépitante de flammes orange. La chaleur força Anna à reculer précipitamment. L'armature cassa et les brins de saule noirci se tortillèrent sur le sol, comme des serpents furieux, avant d'être réduits en cendres.

Anna regardait la fumée se dissiper et se demandait si elle éprouvait une sensation de libération quand son téléphone mobile sonna dans sa poche. Elle le sortit.

– Allô ?

– Qu'est-ce que tu fabriques ?

Cet accent de l'Oklahoma qui la rassurait. Emmett Parker, son équipier.

– Le grand nettoyage de printemps. Où tu es… au bureau ?

– Non, j'ai quitté Phoenix il y a trois heures. Je suis presque à mi-chemin de Gallup.

Elle avait espéré qu'Emmett était en route pour Las Vegas. Mais le simple fait d'entendre sa voix lui fit du bien. Ou bien cette amélioration minime de son moral était-il le premier effet positif de la destruction du berceau ?

Emmett s'interrompit.

Elle connaissait bien ses silences, de sorte qu'elle sentit que celui-ci était troublé.

– Qu'est-ce qu'il y a ?

Il poussa un long soupir.

– Em…

– Il est arrivé quelque chose, ici. Quelque chose d'horrible…

Venant de l'ouest, la navette de la Mesa Airlines descendait vers Gallup, au Nouveau-Mexique. Emmett, qui attendait devant les portes de l'aéroport, regardait les projecteurs d'atterrissage grossir devant les nuages.

Déjà, il se demandait s'il avait eu raison de demander à Anna Turnipseed de venir. Trop tôt, compte tenu de son état.

Puis il la vit et le plaisir eut provisoirement raison de ses doutes.

Elle fut la première à sortir de l'avion, femme de petite taille mais jolie, aux courts cheveux châtains. Elle descendit lentement l'escalier de la passerelle et s'engagea sur le tarmac. Il y avait du vent et elle serrait le coude droit contre le corps, afin de s'assurer que son coupe-vent cachait son arme. Ses yeux, naguère ouverts et francs dans son visage ovale, étaient ce soir mi-clos et méfiants. Elle l'embrassa, distante, sur la joue.

– Salut.

– Comment s'est passé le vol ?

Il prit son sac de voyage.

– Pas mal.

– Des turbulences ?

– Pas beaucoup.

Ils gagnèrent la voiture de Parker en silence. La Dodge couleur de bronze du Bureau des affaires indiennes [1] était la raison pour laquelle Emmett n'avait pas pris l'avion – il aurait dû demander un moyen de transport au FBI. Ce qui l'aurait obligé à faire ses quatre volontés.

Les lampadaires du parking dévoilèrent la petite brûlure circulaire qui, sur le front d'Anna, avait nécessité une greffe de peau. La cicatrice resterait visible jusqu'à la fin de ses jours, rappel indélébile de l'instant où, en janvier, un dément avait braqué la flamme d'un chalumeau sur son visage. Emmett chassa rapidement ce souvenir de son esprit. Comme si ses pensées inexprimées risquaient de contaminer celles d'Anna. Certaines pensées étaient semblables à des microbes.

– Tu as pu manger un morceau avant de quitter Vegas ?

– Non, répondit Turnipseed d'une voix joyeuse qui parut forcée. Mais je n'ai pas faim.

Ils montèrent en voiture.

Elle renifla, quitta sa veste puis alluma le plafonnier et sortit un paquet de Kleenex de son sac à main. Des plumes irisées miroitèrent entre le portefeuille, la brosse à cheveux et les clés.

---

1. *Bureau of Indian Affairs* ou BIA (NdT).

– Qu'est-ce que c'est ?

Elle s'essuya le nez puis montra. Un oiseau-mouche momifié.

– Un porte-bonheur, expliqua-t-elle, gênée. Mon oncle Boston a insisté pour que je le prenne.

– Il est venu à Vegas ?

– Non, je suis allée passer quelques jours là-bas.

Emmett lança le moteur. Elle ne lui avait pas dit qu'elle était allée dans sa ranchería. Mais ce n'était pas ce qui le troublait. Tout d'un coup, Anna Turnipseed – diplômée de sociologie à Berkeley, première de sa promotion à l'académie du FBI dans les disciplines universitaires – avait un porte-bonheur modoc sur elle. Parker ne balayait pas les pouvoirs antiques d'un revers de main, mais l'évolution du système de croyances de Turnipseed était si brutale qu'elle était inquiétante.

Le front plissé, Emmett prit la route de Window Rock, capitale tribale des Navajos.

Elle évita son regard.

Turnipseed était modoc et il était comanche. Aussi différents l'un de l'autre, sur le plan ethnique, qu'un Suédois d'un Mongol. Et elle était encore novice, malgré une première année sur le terrain particulièrement brutale, alors qu'il traquait les psychopathes dans tout l'Ouest depuis quatorze ans. Des abîmes. Chaque fois qu'il examinait calmement la possibilité de cette relation, il voyait les gouffres infranchissables qui les séparaient, Turnipseed et lui.

– Tu es sûre que tu ne veux pas manger quelque chose ici, à Gallup ?

– Ça peut attendre.

– Tu auras le choix à Window Rock, continua-t-il. Mc Donald's, Chuech's Chicken ou Taco Bell Express. Et un Dunkin' Donuts à Tse Bonito, juste avant la capitale…

Dans une longue côte, Emmett doubla un camion-citerne poussif, qui livrait du gasoil à une des mines de charbon dont la tribu était propriétaire.

– Je ne sais pas quand on aura à nouveau l'occasion de manger.

– Vraiment, je n'ai pas faim.

Cependant, elle se tourna enfin vers lui.

– Mais tu as peut-être envie de manger.

– Non.

Son estomac était noué, depuis qu'il l'avait vue sortir de l'avion comme si elle descendait vers un des niveaux inférieurs de l'enfer.

L'aiguille de l'indicateur de vitesse oscillait aux alentours de cent trente-cinq. Il leva légèrement le pied. Mais pas beaucoup. Le FBI de Gallup arriverait sur les lieux du crime longtemps avant eux. Les accotements de la 264 scintillaient dans la lumière de ses phares, en raison d'innombrables bouteilles de bière vides lancées par les vitres des voitures par les gens qui, venant des bars et des boutiques d'alcool de Gallup, regagnaient la nation navajo où les boissons alcoolisées étaient interdites. Des générations de bouteilles cassées. Comme des rêves dont on se serait débarrassé, pensa-t-il.

Turnipseed baissa sa vitre, comme si elle avait soudain besoin d'air, mais la remonta presque aussitôt. Exceptionnellement frais pour la dernière semaine de mai. Une dépression venue du Pacifique Nord, qui avançait lentement, apportait depuis trois jours des vagues successives de pluies légères sur le plateau du Colorado.

– Tu veux que j'ouvre les bouches d'aération ?

– S'il te plaît, dit-elle. Comment tu as été impliqué là-dedans ?

– Je ne l'étais pas. L'US attorney de Phoenix l'était. Il m'a téléphoné tout de suite après le déjeuner. Il m'a dit que le gouvernement navajo m'avait demandé…

– Toi spécifiquement ?

– Ouais, et un agent du FBI de mon choix, qui coordonnerait l'enquête avec moi…

Emmett avait compris que c'était la seule occasion de remettre Turnipseed en selle. L'affaire facile susceptible de favoriser son retour, au terme de sa convalescence, n'existait pas ; alors il avait dit au procureur fédéral qu'il voulait que l'agent Turnipseed, du FBI de Las Vegas, codirige la force d'intervention. Le choix d'une telle partenaire avait étonné l'homme, qui savait parfaitement que le service de maintien de l'ordre du Bureau des affaires indiennes – et plus particulièrement l'inspecteur Emmett Parker – n'aimaient pas beaucoup le FBI. Mais l'US attorney avait immédiatement accepté, du fait que le ministère de la Justice et le ministère de l'Intérieur mèneraient conjointement une enquête très importante en pays indien, sous la direction d'une Modoc de Californie et d'un Comanche de l'Oklahoma. Rien ne pouvait être plus politiquement correct.

– Donc, poursuivit Emmett, j'ai téléphoné à l'agent du FBI de mon choix.

Turnipseed fit remarquer :

– Mais tu as attendu seize heures pour le faire. Et l'US attorney t'a appelé après le déjeuner, exact ?

C'était vrai. Il avait roulé jusqu'à Holbrook avant de trouver le courage de la convaincre de le rejoindre à Gallup.

– Désolé, éluda-t-il, mais je voulais prendre de l'avance. Je ne voulais pas laisser au FBI de Gallup tout le temps de saboter les premières constatations.

Ce n'était pas la raison principale, même si le FBI était éminemment capable de foutre la merde sur les lieux d'un crime. Il redoutait qu'elle refuse de venir. Les débutants confrontés à la violence pendant la première année démissionnent souvent. Ils n'ont pas connu d'année normale susceptible de les familiariser avec la réalité d'une existence consacrée au maintien de l'ordre. Pour eux, il n'y a que le sang et la terreur. Elle était trop jeune pour renoncer à une carrière prometteuse, même si c'était au sein du FBI. Première de sa promotion, dans les disciplines universitaires, à Quantico : personne ne brille d'un tel éclat par hasard. Pourtant, au téléphone, Emmett avait oublié ces arguments et fini par dire simplement :

– Écoute, Anna, j'aurai besoin de ton aide dans la réserve navajo.

Au terme d'un silence qui parut interminable, elle lui avait demandé comment s'y rendre. Il avait eu envie d'ajouter quelque chose de stupidement personnel à leur conversation, quelque chose qu'il avait failli dire à plusieurs reprises depuis janvier. Mais, comme en toutes ces occasions, il y avait finalement renoncé.

Ils quittèrent le Nouveau-Mexique et entrèrent en Arizona.

– Window Rock, annonça-t-il quelques minutes plus tard. Tu connais ?

– Non.

Mais Turnipseed ne fit aucun commentaire sur les quartiers chauds de la capitale tribale navajo, ses fast-foods et ses rues, toujours couvertes de la boue brun-rouge de l'hiver. Window Rock était comme toutes les autres villes isolées du nord de l'Arizona et du Nouveau-Mexique, hormis les drapeaux tribaux blanc cassé qui flottaient partout pendant la journée. Mais on les descendait au crépuscule.

Emmett passa à toute vitesse devant le Navajo Nation Inn, imitation de Travelodge des années cinquante, où il avait réservé deux chambres. Turnipseed et lui ne pouvaient espérer en profiter avant l'aube.

La pendule du tableau de bord indiquait 20 h 07.

La nuit était terriblement jeune.

Au feu, il prit la Navajo Route 12 et regarda les arches jaunes du Mc Donald's s'éloigner dans le rétroviseur. Un café aurait été le bienvenu, mais il pourrait peut-être en boire un au quartier général de la police avant de partir pour Crystal, au nord, où on avait installé le poste de commandement dans la salle de réunion.

Un quatre-quatre Ford Expedition l'attendait à l'entrée de la bretelle permettant d'accéder au siège de la police tribale.

– Parker ? demanda une voix sûre d'elle, qui couvrit la fréquence d'entraide de l'Arizona. C'est vous, dans la Dodge ?

Emmett prit son micro.

– Affirmatif. Qui êtes-vous ?

– Le sergent Yabeny.

Le flic navajo s'engagea sur la chaussée, dans un nuage de fumée d'échappement, en direction du nord.

– Je dois vous conduire sur les lieux.

Emmett le suivit.

– Bien reçu.

Il ne connaissait pas le sergent, mais il admira bientôt sa façon de conduire. Ils prirent une quatre-voies déserte à cent quarante et laissèrent bientôt les lumières de Window Rock derrière eux. Une lune couleur d'argent s'était levée au-dessus des Chuskas. Elle dévoilait la dualité du pays navajo tiraillé entre deux cultures, les hogans trapus avoisinant les pavillons ou les mobile homes.

Quanah Parker, l'arrière-arrière-grand-père d'Emmett, avait fait construire un vaste ranch, grâce aux droits de pâturage versés par de riches Texans, et était allé de l'avant sans se retourner. Quanah s'était obstinément cramponné à la religion indigène, notamment à l'usage du peyotl, mais avait estimé qu'il pouvait se dispenser de la culture matérielle de son peuple. Un brouillard romantique cache à quel point presque toutes les cultures indiennes se sont révélées adaptables.

Il se disait que Turnipseed était adaptable. Qu'elle se montrait à la hauteur, quel que soit l'enjeu, et ne renonçait pas.

Elle tendit le bras et ferma l'entrée d'air.

– D'où vient le légiste ?

Emmett répondit :

– De Gallup. Mais on peut demander le soutien des services spécialisés du FBI, à Washington, en cas de besoin.

– Ça ne t'ennuie pas ?

– En cas de besoin, répéta-t-il.

Moins était mieux, dans le cas de l'assistance fournie par le FBI.

Le sergent Yabeny ralentit à l'approche de Fort Defiance, autrefois ville de garnison de l'armée américaine, désormais une des agglomérations où le gouvernement fédéral logeait les milliers de Navajos qui avaient abandonné leurs hogans et, dans certains cas, les membres âgés de leur famille, dans la cambrousse.

– Comment a-t-on trouvé les victimes ? demanda-t-elle.

Bien… elle s'exprimait enfin spontanément.

– La patrouille aérienne de Farmington. Le survol accidentel de Crystal Wash près du canyon de Chelly…

La réserve navajo, qu'on appelait la Big Rez [1], afin de la distinguer des territoires moins étendus, faisait approximativement 9 millions d'hectares, c'est-à-dire en gros la surface de la Virginie occidentale. Mais considérer que c'était une étendue sauvage, même si certaines parties de ce territoire étaient aussi désolées qu'isolées, aurait été inexact. Presque 200 000 Navajos – ou *Dine*, le Peuple, comme ils se

1. Abréviation de *Big Reservation*, la « grande réserve » (NdT).

nommaient – vivaient dans ces canyons et ces steppes désertiques. Ils constituaient désormais la tribu purement indienne la plus nombreuse d'Amérique du Nord. Cela signifiait, en tout cas, que quelqu'un avait forcément vu.

– Je présume que les unités au sol sont arrivées sur les lieux en milieu d'après-midi, conclut-il.

Les feux stop de Yabeny s'allumèrent et s'éteignirent par trois fois, indiquant à Emmett qu'il fallait ralentir à l'entrée d'un lotissement de l'Administration du logement navajo [1]. Rien, ici, ne rappelait le passé des Dine ; il n'y avait que des maisons trapues posées comme sur un jeu de Monopoly. La lumière des lampadaires estompait les étoiles. On aurait pu se croire à East Los Angeles, le silence lourd qui pesait sur les logements disposés géométriquement comme un instant de calme avant la fusillade. Il y avait des graffitis sur la clôture en bois brinquebalante qui entourait le lotissement. *Les Vipères tueuses*, annonçait l'un d'entre eux. Et un autre : *Vive L. P. !* Pas vraiment le pays navajo des westerns de John Ford.

– Il tourne, indiqua Anna.

Yabeny avait pris à droite, restant sur la 12 et évitant le centre de l'agglomération.

Emmett accéléra, se plaça à nouveau derrière la voiture de patrouille de la police tribale.

Turnipseed bâilla. Ça aussi c'est bon signe, pensa-t-il, mais c'est peut-être simplement qu'elle manque un peu d'oxygène. Ils étaient presque à 2 400 mètres d'altitude.

– Crystal est loin ?

– Vingt-cinq ou trente kilomètres, répondit-il.

– Et jusqu'au bassin alluvial ?

– Qui sait ? On quitte les routes principales et les cartes ne servent plus à rien.

Ils étaient à nouveau entrés au Nouveau-Mexique, et cela lui remit en mémoire la pagaille juridictionnelle liée à l'existence de cette réserve immense. Les crimes relevaient de quatre sections locales du

1. *Navajo Housing Authority* : entité administrative tribale chargée de construire des logements loués ensuite aux familles défavorisées (NdT).

FBI, auxquelles le BIA prêtait parfois main forte, les délits, de six services de police tribale et de neuf shérifs répartis entre quatre États. Emmett croyait que Yabeny prendrait la 134 en direction de Crystal, mais il resta sur la 12, si bien qu'ils repassèrent dans l'Arizona, où se trouvaient les lieux du crime. Cependant la police navajo recourait à un médecin légiste du Nouveau-Mexique, dans cette partie de la réserve, en raison de distances épiques – il y avait moins loin de New York à Boston que d'une extrémité de la Big Rez à l'autre.

De gros nuages arrivaient au nord-ouest. Emmett détestait effectuer les premières constatations sur les lieux d'un crime sous la pluie.

Yabeny freina, à l'entrée d'une piste boueuse, quitta la chaussée goudronnée et s'arrêta. Il se dirigea vers la voiture d'Emmett, Navajo mince, de taille moyenne, vêtu d'un blouson et d'un jean délavé. Il n'y avait aucune précipitation dans son attitude, ni, apparemment, de chagrin. Seulement une stricte économie de mouvement et une indifférence naturelle à la hâte.

– On ne peut pas aller plus loin avec une deux roues motrices, dit-il, les paupières plissées dans la lumière des phares d'Emmett. Il va falloir qu'on continue avec mon véhicule.

Anna était à l'avant, près du sergent. Elle avait quitté son coupe-vent et s'aperçut qu'elle tripotait nerveusement le nylon. Elle se força à cesser.

Marcellus Yabeny n'appartenait pas au service des patrouilles, contrairement à ce qu'elle avait cru. Il était affecté à la brigade criminelle de Window Rock. Il avait vaguement marmonné qu'il dirigeait l'équipe spécialisée dans la lutte contre les bandes de voyous, mais n'avait pas vraiment répondu quand elle lui avait demandé si l'implication des bandes était possible.

– On verra, avait-il dit.

Son visage plat semblait jeune, mais ses cheveux commençaient à grisonner sur l'arrière de son crâne.

Emmett était sur la banquette arrière, entre eux, les coudes sur les genoux. La voiture roulait depuis dix minutes sur la piste défoncée, parfois couverte de boue liquide, quand Parker prit la parole et demanda à Yabeny :

– Depuis combien de temps avaient-ils disparu ?

– Deux jours, répondit le sergent.

On était lundi soir. Ils avaient disparu dans la journée de samedi.

De la cage destinée aux détenus, située à l'arrière du véhicule, émanait une odeur qu'Anna espérait avoir oubliée. Alcool rance et vomi. Elle lui rappelait la maison misérable où elle avait grandi. Elle se trouvait près des coulées de lave où, en 1873, ses ancêtres en guenilles avaient tenu l'essentiel de l'armée américaine en échec pendant six mois. *Pourquoi y suis-je retournée, la semaine dernière ? Et pourquoi, bon sang, ai-je un cadavre d'oiseau-mouche dans mon sac à main ?* Son père avait toujours dit que Boston était cinglé, qu'il inventait les coutumes traditionnelles de la tribu, dont personne ne se souvenait. Mais c'était peut-être simplement parce que son père détenait un secret qui aurait scandalisé la moralité modoc traditionnelle, plus encore que le christianisme évangélique, au sein de la ranchería.

– Le lieutenant Tallsalt est sur les lieux ? demanda Emmett à Yabeny.

– Non.

– Où est-il ?

– Occupé.

Emmett s'appuya contre le dossier de la banquette, peut-être déçu, pensa Anna. Au téléphone, dans l'après-midi, il avait mentionné que le chef de la brigade criminelle de Window Rock était son ami depuis l'époque où ils avaient fréquenté ensemble l'académie du FBI destinée aux personnels des administrations alliées. Dans la faible lumière du tableau de bord, elle examina les yeux sombrement intelligents d'Emmett, les vagues rides qui plissaient les coins de sa bouche. Il *était* déçu. Quelque chose d'autre lui traversa l'esprit. Désormais, il faisait son âge : trente-neuf ans. À la fin de l'automne, avant le cauchemar qu'ils avaient vécu en Californie, tel n'était pas le cas. Cependant la même sensation de force prête à jaillir émanait de son corps à la poitrine puissante.

Il réagit à son examen par un froncement de sourcils et elle se retourna, sentant que ses joues rougissaient.

La plaine qui les entourait était fortement érodée. Les ravines étaient si profondes que des serres géantes semblaient les avoir creusées dans les rives de l'arroyo. Les rares genévriers malingres et torturés qui apparaissaient dans les phares de Yabeny évoquaient des trolls velus attendant, immobiles, que le véhicule soit passé pour revenir à la vie.

Emmett poussa un soupir impatient. Il sentait le Maalox.

Il n'avait pas promis, au téléphone, que l'enquête serait facile, sans risques. Dans ce sens, elle ne s'était pas sentie manipulée. Néanmoins, elle lui en avait voulu de lui faire reprendre le travail. L'agent récemment placé à la tête du bureau de Las Vegas, son patron, n'avait rien exigé de tel. En réalité, il lui téléphonait chaque semaine pour lui rappeler que le moment de son retour dépendait entièrement d'elle. Pas de pression. Mais était-ce parce qu'il la considérait comme diminuée et espérait, en secret, qu'elle accepterait une pension d'invalidité et démissionnerait ? Emmett voulait sincèrement qu'elle reprenne le travail, elle le savait, même s'il la surveillait, en ce moment, comme un faucon.

Les phares d'un véhicule qui arrivait en sens inverse jaillirent d'une ravine et Anna, aveuglée, plaça une main au-dessus des yeux. Une voiture de patrouille de la police tribale, revenant des lieux du crime. Le chauffeur s'arrêta à la hauteur de Yabeny et baissa sa vitre. Le sergent fit de même et l'odeur de la boue, des crottes de mouton de l'année précédente, ranimée par la pluie, emplit l'habitacle.

Les yeux de l'agent au cou de taureau passèrent, impassibles, sur Anna et Emmett.

Puis les deux flics s'entretinrent brièvement dans leur langue, trouvèrent rapidement le rythme métronomique des conversations en navajo. Les intonations étaient si différentes de celles de l'anglais et du modoc qu'elle était incapable de deviner quels sentiments leur inspirait ce qu'ils disaient.

Emmett se pencha, demanda au chauffeur de la voiture de patrouille :

– L'agent du FBI et le légiste sont sur les lieux ?

– Oui, répondit l'homme.

Aucun indice d'hostilité vis-à-vis de ces deux parties.

– Depuis combien de temps ?

– Je ne sais pas… deux heures, un peu plus.

– Il faut qu'on y aille, dit Yabeny, brusque.

Il adressa un signe de la main à l'agent et reprit la route.

Des gouttes de pluie s'écrasèrent sur le pare-brise.

– Pourquoi étaient-ils ensemble, sergent ? demanda Anna.

– Une idée du directeur, répondit Yabeny. Il voulait que les femmes puissent se faire une idée de ce que les gars vivent pendant leurs heures de travail.

– Et est-ce qu'il y a des femmes qui sont chargées de patrouilles ?

Le directeur voulait que les *conjoints* puissent se faire une idée.

– Trois, répondit Yabeny.

Ils passèrent devant un hogan situé à la lisière du bassin alluvial. Un igloo en pisé. Comme d'autres, qui bordaient la piste à peine tracée, il était inhabité. Du moins en cette saison. Aucun d'entre eux n'était relié à Crystal par une ligne téléphonique.

Emmett s'était enfoncé dans un silence distrait. Elle se demandait si la cause en était les problèmes auxquels elle était confrontée, l'absence inexpliquée du lieutenant Tallsalt ou l'arrivée des agents du FBI de Gallup sur les lieux plusieurs heures avant lui. Elle se retourna, vit qu'il passait une main dans ses cheveux courts. Puis il fixa quelque chose qui se trouvait au-delà du pare-brise. Elle tourna la tête dans cette direction : une lueur d'un bleu froid, au-dessus de la crête qui se trouvait juste devant eux.

L'avant du quatre-quatre plongea et elle posa les mains sur le tableau de bord. Yabeny emballa le moteur. Mais, au lieu de gravir le flanc opposé de la ravine, le véhicule glissa latéralement. Des paquets de boue heurtèrent violemment les passages de roue. Quand le sergent lâcha l'accélérateur, Emmett demanda :

– Vous êtes en quatre roues motrices ?

– Oui.

Emmett descendit, claqua la portière derrière lui. Il gagna l'arrière de la Ford, monta sur le pare-chocs et secoua l'ensemble du véhicule.

- Attendez une minute, dit Anna à Yabeny.

Elle rejoignit Emmett dehors. L'air était étrangement humide, alors qu'ils se trouvaient en altitude, sur le plateau aride du Colorado.

La boue profondément entaillée par les pneus de nombreux véhicules avait quelque chose de fétide. Elle collait à ses chaussures à talon plat. Emmett l'aida à monter sur le pare-chocs et elle se cramponna, du bout des doigts, à la gouttière.

– Allez-y, dit Emmett à Yabeny.

Les pneus projetèrent à nouveau de la boue, puis adhérèrent et la Ford gravit la pente, gagna la crête. Les cahots firent naître comme un bourdonnement dans les os récemment ressoudés du coude et de la cheville droits d'Anna. Les blessures de guerre de l'affaire précédente.

Elle sentit à nouveau le regard d'Emmett. La voiture arriva sur la crête et elle cria à Yabeny de s'arrêter.

Crystal Wash, le bassin alluvial, était enfin en vue.

À mi-distance, trois projecteurs braqués sur un véhicule d'un noir terne créaient un paysage lunaire couleur de cendre, où allaient et venaient des flics navajos en uniforme et les agents en civil de divers services de sécurité. Elle ne comprit pas immédiatement que le véhicule éclairé, embourbé jusqu'aux moyeux, était un quatre-quatre Ford identique à celui du sergent Yabeny. Mais la peinture avait brûlé et les lentilles en plastique des gyrophares fixés sur le toit n'étaient plus que des flaques luisantes.

– Personne ne m'a averti qu'ils avaient brûlé, lui dit Emmett, presque comme s'il s'excusait.

2

Il n'était possible de se garer qu'en haut d'une pente sablonneuse située sur le flanc sud de Crystal Wash. Au-delà, il n'y avait que de la boue. Le sergent Yabeny glissa son véhicule parmi ceux qui se trouvaient déjà à cet endroit. Trois voitures de patrouille tribales en mauvais état, le pick-up du légiste, équipé d'une cellule réfrigérée, et une Chevy Suburban neuve, qui appartenait probablement au FBI. Yabeny coupa le moteur. La lumière des projecteurs entrait par les vitres. Le sergent et Turnipseed restèrent immobiles. Anna tourna légèrement la tête, de telle façon qu'Emmett put voir qu'elle ne cillait pas.

Enfin, un faible bruissement de Nylon. Mais Turnipseed déroulait simplement le coupe-vent, comme si elle envisageait de le mettre.

Emmett descendit.

Un groupe électrogène ronronnait parmi les véhicules. Un câble traversait la pente sablonneuse et trois dérivations serpentaient sur la boue de la cuvette, alimentant les projecteurs. Leur lumière crue éclairait la voiture de patrouille calcinée. La Ford Expedition abandonnée était entourée de ruban de plastique jaune fixé sur des piquets d'aluminium disposés en cercle. Ce dispositif était destiné à éviter que les indices qui se trouvaient éventuellement autour de la voiture soient piétinés. Neuf hommes se tenaient hors du périmètre, les yeux fixés sur l'épave. Plusieurs portaient l'uniforme marron de la police navajo. D'autres étaient en civil. La boue, tout autour d'eux, avait été abondamment piétinée et leurs pantalons étaient crottés jusqu'aux genoux. Les empreintes de pas étaient moins nombreuses de l'autre côté du ruban, de sorte qu'Emmett se crut autorisé à espérer que seul le flic qui était arrivé le premier sur les lieux, le légiste et, peut-être, l'agent du FBI de Gallup étaient allés jusqu'à la voiture.

Les indices n'aimaient guère la compagnie, même la compagnie prétendument compétente.

Il jeta un coup d'œil derrière lui.

Turnipseed était toujours dans la voiture de patrouille en compagnie de Yabeny. L'hésitation du sergent était moins inquiétante que la sienne. Les Dines traditionalistes – à supposer que Yabeny en fût un – considèrent la mort davantage comme la contamination spirituelle des vivants que comme la soustraction du défunt aux pressions d'ici-bas. Mais c'était le problème de Yabeny. La paralysie de Turnipseed était une autre affaire. Elle comportait, pour Emmett, des implications personnelles. Il était presque certain qu'elle était sur le point de démissionner. Immobile, elle se disait que traquer des salauds aliénés en pays indien n'était pas une façon de gagner sa vie.

Derrière le pare-brise taché de boue, son visage était aussi figé que celui d'un mannequin.

Très bien... Si tu restes dans cette voiture, le problème sera réglé. Alors, Anna, qu'est-ce que tu fais ?

Sa portière s'ouvrit.

Elle descendit sur le sable mouillé, le visage pâle mais résolu, enfila son coupe-vent très froissé.

Yabeny descendit également.

Arrivant près d'Emmett, Anna passa le bout de la langue sur ses lèvres sèches.

– Où allaient-ils ?

Les victimes.

Bonne question. Celle qui occupait la première place dans l'esprit d'Emmett.

La piste du quatre-quatre se terminait sur la pente sablonneuse, coupée par un torrent de boue qui avait dévalé le flanc de la cuvette. Assurément, un flic patrouillant dans la région depuis vingt-six ans aurait pris la mesure des risques encourus s'il s'aventurait dans le bassin alluvial, alors que la fin du printemps était exceptionnellement arrosée. Même les routes goudronnées de la réserve devenaient parfois impraticables à la suite de brèves averses.

Où allait l'agent Carbert Knoki ?

Emmett se tourna vers l'aval, scruta les limites de la lumière des projecteurs. La largeur du bassin se réduisait à celle d'une voiture entre deux monolithes de grès qui évoquaient des colonnes. Là, peut-être. Peut-être Knoki se faisait-il tirer dessus et cherchait-il à se mettre à couvert ? Poursuivi par un ou plusieurs véhicules ? D'ailleurs, était-il bien au volant de son véhicule de patrouille ?

– Allons-y, souffla-t-il à Turnipseed.

Elle lui emboîta le pas sans un mot. Yabeny les suivit à quelque distance.

Emmett portait des chaussures de marche et regrettait à présent de ne pas avoir parlé à Turnipseed de la boue du pays navajo. Elle le fit arrêter, posant une main légère sur son bras afin d'assurer son équilibre, sortit sa chaussure gauche de la boue et la remit. La bruine n'avait aucune chance de traverser la parka d'Emmett, mais elle lui chatouillait le visage et c'était une sensation irritante. Ils descendirent parmi des voiles de gouttelettes miroitantes et chaque projecteur se trouva entouré d'un halo aux couleurs de l'arc-en-ciel.

Toutes les vitres de la voiture de patrouille étaient noires de suie. Il y avait des trous pleins d'eau aux endroits où l'on avait frénétiquement creusé, dans l'espoir de dégager les roues.

Ils continuèrent péniblement leur chemin.

Un Blanc qui portait un pull-over du FBI se détacha d'un groupe d'agents en uniforme et vint à leur rencontre. Mèches de cheveux blonds cendrés coiffées en arrière, au-dessus d'un front bombé, dans l'espoir de dissimuler une calvitie. Il y avait une mollesse, aux coins de sa bouche, qui évoquait une sensibilité qu'il n'avait probablement pas. Il ne sortit pas ses mains de ses poches. Son aspect hautain, intellectuel, déplut immédiatement à Emmett.

– Parker et Turnipseed ?

– Ouais, fit Emmett.

– Reed Summerfield, de Gallup. Je vous attendais.

– Anna, marmonna Turnipseed.

Visiblement, ils ne se connaissaient pas. Deux agents du FBI sur onze mille. Emmett connaissait le prénom de la quasi-totalité des inspecteurs criminels du BIA qui avaient échappé aux dernières coupes budgétaires.

D'un air dégoûté, Summerfield montra le devant boueux de son pull-over.

– L'endroit rêvé ! Il a fallu que je me mette à quatre pattes pour jeter un coup d'œil sur le réservoir d'essence.

– Il est percé ? demanda Emmett.

– Ouais. Ça explique sûrement pourquoi on a répandu un catalyseur à l'intérieur et…

– Où sont les victimes ? coupa Anna.

Summerfield la toisa comme si on ne l'avait jamais interrompu. Mais il eut ensuite un sourire sans joie.

– Je laisserai au légiste le soin de vous montrer.

– Pourquoi les vitres n'ont-elles pas explosé ? demanda Emmett.

– L'une d'entre elles l'a fait, répondit Summerfield. L'arrière gauche. Je suis certain que c'est à ce moment que le feu est devenu intense, à l'intérieur, au point de rendre les corps méconnaissables.

Emmett vit les épaules de Turnipseed se crisper.

– Des empreintes de pas autour du véhicule ? demanda Emmett à l'agent de Gallup.

– Elles montrent qu'ils n'ont pas ménagé leurs efforts pour tenter de désembourber la voiture de patrouille… Ensuite, ils ont renoncé, y ont mis le feu et sont partis à pied.

– Deux personnes ?

– Exact, répondit Summerfield dans un bâillement.

Nonchalance feinte ou ennui sincère ? C'était un drôle de numéro, même si pratiquement tous les agents du FBI étaient dans ce cas.

– Deux ensembles d'empreintes le confirment, ajouta-t-il.

– Quelle direction ont-ils pris ?

– Celle du sud-est, vers Navajo. Malheureusement, dans cette soupe, les empreintes disparaissent dès qu'on a levé le pied.

– Des traces de pas dans la cuvette ?

– Effacées par la pluie d'hier soir.

Summerfield bâilla une nouvelle fois.

– Écoutez, reprit-il, ça vous ennuie si je ne reste que quelques instants ? Je n'ai pas dormi depuis le début de cette affaire, c'est-à-dire depuis samedi matin.

– Absolument pas, répondit Emmett, généreux.

Mais Turnipseed n'était pas prête à le libérer. Elle essuya la pluie déposée sur sa lèvre supérieure avec sa manche. Mais c'était peut-être de la sueur froide. Elle demanda :

– La police tribale est arrivée la première, Reed ?

– Oui, répondit Summerfield. Yabeny était dans les environs quand la patrouille aérienne a signalé la voiture…

Le sergent se tenait à quelques mètres. Comme tous les membres présents de son service, il regardait Summerfield, Anna et Parker d'un air qu'Emmett ne parvenait pas vraiment à définir. Résignation silencieuse au rôle de guides et de porteurs au profit des fédéraux ? Ou bien détenaient-ils, sur Carbert Knoki, des informations qui auraient rendu déplacées les manifestations de chagrin ? Selon l'expérience d'Emmett, les flics indiens réagissaient de la même façon que leurs collègues blancs lorsque l'un d'entre eux se faisait tuer. Larmes de colère, coups de poing dans les armoires des vestiaires. La totale.

– Tu étais seul, Marcellus ? demanda Summerfield à Yabeny.

– Oui.

Mais, ensuite, comme sur la défensive, le sergent ajouta :

– Une autre voiture est arrivée quelques minutes après moi.

Emmett se demanda pourquoi Yabeny trouvait cela important.

Mais Turnipseed aiguilla la conversation dans une autre direction et Emmett jugea préférable de ne pas remettre sa décision en cause.

– Qui a regardé à l'intérieur ?

– Moi, répondit Yabeny.

– Seulement vous ?

– Oui.

La voix d'Anna était un peu stridente, mais Emmett trouva cela compréhensible. Préférable, même, puisqu'il était nécessaire que la police tribale la prenne au sérieux.

– Avant ou après l'arrivée de la voiture ? s'enquit-elle.

– Après, répondit Yabeny, sec.

Summerfield bâilla une troisième fois, puis fit signe à un Hispanique d'âge mûr, au regard myope, d'approcher. Il portait des caoutchoucs démodés, à fermeture métallique, semblables à ceux que les religieuses du pensionnat obligeaient Emmett à porter les jours de pluie.

– Docteur Esquivel, voici l'agent Turnipseed, du FBI et l'inspecteur Parker, du BIA. Ils vont diriger l'enquête.

– Qui est responsable ? demanda sèchement le légiste.

Emmett répondit, sans hésiter :

– L'agent Turnipseed.

Elle lui adressa un bref regard, mais il ne tint pas compte de son expression étonnée. *Coince-la de telle manière qu'elle ne puisse pas se défiler.*

– Bon, docteur, reprit-il, on peut aller jeter un coup d'œil ?

– Je suppose.

Mais Esquivel se tourna vers Summerfield et ajouta :

– Sauf si… ?

– C'est leur affaire. J'étais simplement chargé de maintenir tout le monde à distance jusqu'à leur arrivée.

– Finissons-en.

Esquivel se baissa péniblement, afin de passer sous le ruban jaune, sa sacoche dans une main et un petit pied-de-biche dans l'autre.

Retenant un instant Turnipseed, Emmett sortit un petit pot en céramique de la poche de sa parka.

– Teinture de benzoïne, souffla-t-il, tout en passant deux doigts enduits de baume aromatique sous ses narines.

Il sentit son souffle précipité sur le dos de sa main. Son regard affolé le suppliait de dire les mots qu'il lui était impossible de prononcer, parce qu'ils seraient tout bêtement faux. *Tout ira bien.* Les minutes à venir seraient horribles. Il passa de la benzoïne sur sa lèvre supérieure, remit le pot en céramique dans sa poche.

– Tu es une simple enquêtrice, pas un membre de la famille, dit-il.

Elle acquiesça sans répondre.

Yabeny lança une torche puissante à Emmett, qui souleva le ruban jaune afin que Turnipseed passe dessous.

À l'aide du pied-de-biche, Esquivel ouvrit la portière arrière, déformée par la chaleur, du compartiment réservé aux détenus, situé à l'arrière de la Ford. Les gonds partiellement fondus émirent, quand ils cédèrent, un grincement à glacer le sang. Le baume passé sous les narines d'Emmett ne parvint pas à masquer la puanteur, mi-sucre mi-brûlé, qui s'échappa du compartiment. Il s'aperçut soudain qu'il la percevait depuis son arrivée sur les lieux.

Le légiste s'écarta. Turnipseed pressa les lèvres l'une contre l'autre.

Les silhouettes rabougries, calcinées, gisaient face à face dans la partie de la voiture de patrouille normalement réservée aux ivrognes. L'une d'entre elles était une femme, compte tenu de la largeur supérieure des hanches. Les victimes, les bras tendus, semblaient sur le point de se donner mutuellement des coups de poing.

– On appelle ça l'attitude pugilistique, expliqua Emmett à voix basse, tentant de se convaincre que, si c'était explicable, c'était supportable. Contraction involontaire des muscles sous l'effet de la chaleur. Ça ne signifie pas qu'ils étaient vivants quand on les a aspergés d'essence.

Turnipseed ralentit mais ne s'arrêta pas.

Emmett entendait le bruit visqueux de la gadoue sous les semelles de ses chaussures et de celles d'Anna. Il s'arrêta et elle s'appuya légèrement contre lui.

L'uniforme en laine de l'agent Knoki avait fondu, collait à sa peau comme une combinaison de plongée. Son insigne était resté épinglé sur le côté gauche de sa poitrine, même si les flammes avaient noirci le cuivre. Knoki gisait sur son étui, si bien qu'il était impossible de dire, pour le moment, s'il était parvenu à conserver son arme de service.

Emmett en doutait. Le visage de la femme, partiellement intact, avait une expression de stupéfaction horrifiée. C'était, là aussi, une conséquence de la chaleur. Emmett avait résolu de mémoriser tout ce qu'il verrait, mais son esprit s'égara pendant un instant : *elle est venue voir quelle était la nature du travail de son mari, et il n'a pu lui montrer que la mort qu'elle avait mille fois redoutée.*

– Comment s'appelait-elle ? demanda Turnipseed.

– Aurelia, répondit Esquivel. Aurelia Knoki.

Emmett s'éclaircit la gorge.

– Les âges ?

– Il avait quarante-neuf ans, répondit Yabeny, resté derrière le ruban. Et elle quarante-sept.

Les victimes n'avaient pas les mains liées. C'était évident, en raison de l'attitude pugilistique, mais ce que cela signifiait frappa Emmett à cet instant. On avait capturé les Knoki – on les avait peut-être tués – des kilomètres avant que la voiture de patrouille à quatre roues motrices se fût embourbée dans la gadoue de Crystal Wash. Les meurtriers n'avaient pas eu besoin de les ligoter pour les transporter.

Où les emmenaient-ils ? se demanda Emmett.

Esquivel sortit un spéculum de sa sacoche, posa un genou sur la moquette roussie de l'arrière du véhicule et se pencha entre les cadavres.

– La confirmation dépend de la présence ou de l'absence de monoxyde de carbone dans le sang, psalmodia-t-il. Mais voyons si on peut se faire provisoirement une idée.

Emmett dit :

– Il tente de déterminer si...

– Je sais, coupa Anna.

Esquivel glissa le spéculum dans une des narines d'Aurelia Knoki. Si elle était vivante pendant l'incendie, on y trouverait des traces de suie. Un mince rayon de lumière, émis par le spéculum, sortit du nez de la morte, se répandit sur ses mains charnues et blanches.

Rapide et sans souffrance. Voilà ce qu'Emmett espérait.

L'examen du légiste durait trop longtemps. Emmett éprouvait une vague sensation d'écœurement quand Esquivel, finalement, dit :

– Les tissus sont très endommagés. Je ne peux rien tirer de l'examen de ses narines.

Emmett espérait que l'homme tenterait de déterminer la cause de la mort d'Aurelia, mais il se tourna rapidement vers le corps de son mari.

Ils attendirent, Anna cramponnée au bras d'Emmett.

Au terme du deuxième examen, Esquivel eut une expression contrariée.

– Même problème. Il faudra attendre les autopsies.

Anna lâcha le bras d'Emmett.

Qu'est-ce que le flic avait vu, avant les ténèbres ? L'agonie de sa femme ? Carbert avait-il senti les flammes, tout autour de lui, qui aspiraient l'air contenu dans ses poumons ? Emmett, élevé dans un pensionnat, avait été nourri de mythologie catholique romaine pleine de saints condamnés au bûcher. Il avait donc de nombreuses fois imaginé cette mort. Pour la plupart des tribus indiennes, le feu était un bienfait d'une valeur incalculable, volé par des héros antiques, hommes, animaux ou les deux, dans les repaires d'êtres malveillants.

Turnipseed avait à nouveau le souffle court.

– Anna, dit Emmett, il faut que je jette un coup d'œil aux alentours. Reste ici. Le docteur Esquivel a besoin d'un témoin.

Ses yeux exprimèrent la panique, puis l'incrédulité, du fait qu'il choisissait ce moment pour l'abandonner et, finalement, la colère.

– Vas-y.

Elle lui tourna le dos.

Emmett regarda les chaussures des victimes et les éclats de verre, teintés par la chaleur, qui se trouvaient sur les corps. Puis il gagna la portière du conducteur et, à travers la vitre, braqua le faisceau de sa torche sur le tapis de sol. Il était couvert de petites mottes de boue séchée par le feu. Il y en avait aussi sur le volant et le levier de vitesse, aux endroits où le chauffeur les avait touchés.

Le carnet de contraventions de Knoki se trouvait toujours sur la tablette séparant les sièges, les formulaires roussis gonflant la couverture en cuir tressé.

Emmett pivota, regarda le sol à deux mètres de la portière. Il n'y avait pas de douilles éjectées par le pistolet de calibre .40 réglementaire de Knoki, donc l'agent n'avait vraisemblablement pas été impliqué dans une fusillade tandis qu'il tentait de désembourber la voiture de patrouille. L'absence d'impacts de balle sur les vitres et la carrosserie confirmait cette hypothèse.

Le faisceau de la lampe torche s'immobilisa sur un morceau de manche en bois.

Il s'agenouilla, dégagea une pelle à bout rond de la gadoue, veillant à ne toucher que la partie inférieure du manche.

– Sergent Yabeny, demanda-t-il en se levant, est-ce que ça fait partie du matériel standard ?

– Non. Il n'y a que de petits outils de terrassement dans les voitures.

Emmett donna la pelle à un technicien navajo, puis passa sous le ruban et rejoignit le sergent.

– Vous avez interrogé les voisins ?

– Quels voisins ? demanda Yabeny, qui plissa le front sous la bruine.

– On est passés devant quatre hogans avant d'arriver ici.

– Cinq, d'après la carte informatisée qui répertorie les logements. Cinq numéros, correspondant à une identité, sur Crystal Wash Road. Trois sont inoccupés. Le quatrième est une résidence d'été. Et on a interrogé les Tsinnajinny. Il n'y a qu'eux qui vivent toute l'année dans ce bassin. Ils n'ont rien vu, rien entendu.

– Même pas les phares du véhicule ?

Yabeny hésita, puis dit :

– Exact.

– À quelle distance de la route habitent-ils ?

– Cinq cents mètres.

Emmett essuya la benzoïne avec son mouchoir. Pavlov, le béhavioriste russe, avait raison. Au lieu de couvrir la puanteur de la mort, le baume, désormais, l'évoquait systématiquement. Emmett n'en avait mis que pour s'assurer que Turnipseed le ferait.

– Vous venez faire un tour avec moi, sergent ?

Ils restèrent sur le bord nord de la coulée alluviale. Les rochers, à cet endroit, rendaient la progression plus aisée. Il fallait qu'Emmett sache deux choses. La première était la destination des meurtriers. La seconde était la personnalité de Carbert Knoki, et c'était pour cette raison qu'Emmett avait entraîné le sergent à l'écart des autres Navajos. Le lendemain, il interrogerait John Tallsalt, le patron de Yabeny, sur le même sujet. Mais il était bon d'avoir plusieurs points de vue sur une victime.

– Vous connaissiez Knoki depuis combien de temps ?

Yabeny garda le silence pendant quelques instants, ayant peut-être anticipé la question.

– Depuis que je suis entré dans la police.

– C'est-à-dire ?

– Onze ans.

– Vous étiez amis ?

Cela nécessita un nouveau silence.

– Pas vraiment.

– Des liens claniques ?

– Non.

– Où habitaient-ils, sa femme et lui ?

– À Navajo, dans un mobile home, répondit Yabeny.

Un village, au nord de Fort Defiance, qui ne se distinguait que par une scierie tribale silencieuse. Fermée en raison de ses dettes et de conflits, au sein de la tribu, sur l'opportunité de coupes dans les montagnes sacrées. Emmett et Turnipseed avaient traversé Navajo peu après Window Rock.

Il s'arrêta et, se tournant vers l'est, examina la Ford dans la lumière des projecteurs. Une irréalité fabriquée émanait de la scène qui évoquait un plateau de cinéma. Seule Turnipseed y semblait étrangère, même si elle était toujours debout, immobile, près de la portière du compartiment destiné aux détenus.

– Comment était Knoki ?

– Okay.

Yabeny haussa les épaules, ajouta :

– Prenait soin des siens.

Cela suggérait que le mort était plus attaché à la tradition qu'à la modernité, mais Emmett attendrait la confirmation de Tallsalt. Les Navajos attachés à la modernité avait la réputation de faire passer leurs intérêts avant ceux de leur famille. Comme le reste des Américains, dont la Sécurité sociale apaisait la conscience.

Emmett s'agenouilla et passa le faisceau de la lampe torche sur les rides de boue qui le séparaient de l'endroit où la coulée alluviale devenait plus étroite. Pas une empreinte de pas.

– Comment était Knoki, en tant que flic ?

– De la vieille école, répondit Yabeny sans avoir eu besoin de réfléchir.

Se redressant, Emmett demanda :

– Comment ça ?

– Bert aimait arrêter les bouilleurs de cru clandestins. Et aussi les trafiquants de drogue. Mais surtout les trafiquants d'alcool. D'après lui, ils faisaient le malheur de toute la nation navajo.

Emmett réfléchit. Une bonne raison de tuer un flic gênant. Tallsalt lui avait dit, un jour, qu'un trafiquant d'alcool ambitieux pouvait gagner jusqu'à 5 000 dollars par mois. Davantage en été, quand les jeunes faisaient la fête dehors. Une fortune, dans la réserve, où le salaire moyen mensuel était de 1 500 dollars.

– Knoki est-il passé au poste avant de partir en patrouille, samedi ?

Emmett se remit en marche, de la boue jusqu'en haut de la tige de ses chaussures.

– Non. Il a simplement averti par radio quand il est sorti de chez lui, à Navajo.

Yabeny eut un rire étouffé et ajouta :

– Il a dit qu'il était en compagnie d'un dix-quinze, un-zéro-un.

Le code d'une détenue. Emmett sourit, mais demanda :

– Les gars ont-ils râlé quand on leur a demandé d'emmener les conjoints ?

– Un peu. Beaucoup avaient peur que ce genre de chose finisse par arriver. Mais le directeur l'exigeait, donc on l'a fermée.

Ils étaient arrivés près des colonnes de grès. Une nouvelle fois, Emmett chercha des empreintes du regard. Aucune.

– À quelle heure Knoki a-t-il pris son service ?

– À seize heures.

– Des appels de détresse.

– Non.

– A-t-il appelé ?

– Une fois. À vingt heures onze, il a arrêté une voiture sur la 134, près de la route d'Asaayi Lake.

– Est-ce qu'il a donné le numéro d'immatriculation ?

– Euh, non. Du moins, la répartitrice ne l'a pas enregistré. On fait des recherches.

– Raison de l'arrêt ?

– Bert a dit qu'il avait coincé l'automobiliste pour excès de vitesse.

Brusquement, le carnet de contraventions endommagé par le feu devenait un indice. Le labo pourrait peut-être reconstituer ce que Knoki avait écrit sur le double du formulaire.

Cinquante mètres à l'ouest des colonnes, le torrent de boue avait entaillé le pied d'une pente abrupte de graviers, y creusant une cavité assez vaste pour qu'il soit possible d'y enterrer la Ford sans grand effort, en coupant le surplomb à la pelle.

C'était très vraisemblablement là que les meurtriers conduisaient les Knoki. L'absence d'empreintes de pas et de véhicule permettait de supposer qu'ils connaissaient l'endroit et n'avaient pas eu besoin de s'y rendre récemment. Ils n'avaient pas tenu compte de la boue, voilà tout. Ou peut-être avaient-ils estimé, étant de la région, qu'elle ne serait pas un obstacle. Leur première erreur. Emmett espéra qu'il y en aurait beaucoup d'autres.

– Terminé ? demanda Yabeny.

Comme si la cavité n'avait, à ses yeux, aucune signification.

– Ouais, répondit Emmett.

Puis il reprit le chemin des projecteurs.

3

Anna détacha maladroitement sa ceinture de sécurité quand Yabeny s'arrêta près de la voiture d'Emmett, qu'ils avaient laissée au bord de la route six heures auparavant.

Un silence pesant, humide, écrasait le plateau lorsque Parker et elle descendirent. Le sergent navajo marmonna au revoir et démarra à toute vitesse.

Emmett déverrouilla la portière du passager et elle monta. La pendule du tableau de bord indiquait 3 h 09. Les vitres étaient couvertes de buée, l'habitacle était froid et humide. Tandis qu'Emmett faisait chauffer le moteur, avant de mettre le dégivrage, les images de Crystal Wash se succédèrent dans l'esprit d'Anna, d'une horreur qui dépassait l'imagination. L'imagination était la flamme d'une bougie, face au projecteur de la réalité. Elle avait assisté à une autopsie, l'hiver précédent, à Las Vegas, mais n'avait jamais encore été emportée par le flou vertigineux, tempétueux, des lieux d'un homicide. Les odeurs. La présence écrasante des victimes.

Elle sentait, sur sa langue, un goût salé de sang.

Machinalement, elle mordillait l'intérieur de sa joue. Elle cessa.

Jusqu'à maintenant, la relecture de ses notes l'avait aidée à repousser ces images terriblement déstabilisantes. Elle était restée penchée sur son bloc, en dépit des secousses, dans la voiture de patrouille de Yabeny, une torche coincée sous l'aisselle, déchiffrant et corrigeant son écriture exceptionnellement grosse. Sur de nombreuses pages, sa main tremblait trop fort pour que les mots soient lisibles. Mais elle avait été frénétiquement occupée depuis qu'Emmett, au retour de son inspection de la coulée alluviale en compagnie de Yabeny, lui avait donné un bloc sténo.

– Tu rédigeras le rapport initial, avait-il dit.

Cette tâche lui déplut, jusqu'au moment où elle se rendit compte qu'elle lui permettrait d'échapper à l'horreur.

Ainsi, l'essentiel de la nuit s'était déroulé dans un tourbillon d'activités. Choix de l'angle et du sujet des photographies. Gros plans des corps. Du véhicule. Empreintes de la fuite des suspects dans la plaine. Elle avait réalisé un croquis des lieux, sans l'aide de Summerfield, puisque l'agent de Gallup était parti une heure après qu'Emmett et elle furent arrivés. Conformément à ses indications, les flics restants se placèrent côte à côte, comme l'aiguille des minutes d'une montre, à l'intérieur de la zone délimitée par le ruban, torche braquées sur la boue piétinée. Le contenu de la voiture de patrouille fut soigneusement étiqueté et emballé. Des détails innombrables, occupant son esprit et ne laissant guère de place à autre chose.

Et maintenant, tout d'un coup, elle était arrivée au terme de ses notes.

Il ne restait plus qu'à rester assise. Et se souvenir.

Les phares d'Emmett balayèrent l'armoise scintillante de gouttes de pluie, puis la voiture prit la direction du sud. Elle inspira. La puanteur de la chair calcinée était toujours enfermée dans son crâne. Elle avait demandé une explication à Emmett, qui avait marmonné quelque chose à propos des molécules brûlées collées aux poils du nez. Seul le temps lui permettrait de s'en débarrasser, malgré la benzoïne et, ensuite, des lavages répétés.

Elle baissa sa vitre.

Le parfum de l'armoise mouillée lui permit d'échapper provisoirement à la puanteur. Elle lui rappela son pays, les étendues couvertes d'armoise de la Californie du Nord. On y voyait les mêmes étoiles très brillantes dans le ciel, maintenant que les nuages et la bruine s'étaient éloignés vers l'est, vers le centre du Nouveau-Mexique. Mais la nostalgie avait des limites. Il ne fallait pas qu'elle l'entraîne jusqu'au taudis en papier goudronné du comté de Modoc – il recelait des horreurs qui lui étaient propres, même s'il était depuis longtemps devenu le repaire des aspirants voyous qui, d'après son oncle Boston, y sniffaient de la colle, de la peinture et de l'essence, où y faisaient l'amour avec leurs nanas sur des peaux de mouton crasseuses. Lorsqu'elle était allée chez elle, la semaine précédente, elle n'était pas allée voir la maison en ruine de ses parents.

Elle monta la vitre. Ses vêtements étaient humides et l'air lui donnait froid.

Emmett s'éclaircit la gorge.

– Navajo est sur la route. Yabeny m'a expliqué comment aller chez Knoki. Ça t'embête si on y passe ?

– Non.

Ça ne l'embêtait pas. Plus elle était occupée, mieux c'était, malgré l'heure tardive. La perspective de dormir ne la séduisait pas.

Emmett était apparemment dans le même cas. Sinon, le détour par le mobile home de Knoki aurait pu attendre le lendemain matin. Il tentait toujours de saisir quelque chose qui était juste hors de sa portée. Dans ses allées et venues nerveuses, sur les lieux du crime, elle avait entrevu une approche de l'enquête différente de la sienne. Elle aimait relier les points entre eux ; Emmett semblait sans cesse en quête d'une vue d'ensemble. Bien entendu, il ne négligeait pas les détails ; sa mémoire exceptionnelle l'attestait. Mais il préférait dominer la confusion de la scène. Comme si chaque nouvelle affaire était la quête d'une vision, voyage spirituel que les Indiens des Plaines entreprennent dans le but de tenter de distinguer l'intentionnel de l'accidentel. Disposer les pièces de l'univers de telle façon qu'elles forment un tout compréhensible.

Emmett voyait-il les choses de cette façon ? Et Boston, l'oncle d'Anna, l'engageait-il sur ce type de chemin ? Sinon, l'oiseau-mouche qui se trouvait dans son sac à main était simplement grotesque.

Emmett prit une petite route et passa lentement devant une scierie. Un vestige noir et silencieux d'une époque où toutes les réserves croyaient en l'industrie. La cheminée énorme de l'incinérateur évoquait un canon braqué sur les étoiles. Dans la cour, des tas de copeaux mouillés dégageaient une odeur vinaigrée. Au bout de la route, il y avait un groupe crasseux d'une douzaine de mobile homes.

Ils trouvèrent celui de Knoki grâce à son numéro. Comme tous les flics, partout, Carbert Knoki n'avait pas de plaque à son nom, même si tout le monde savait probablement où il habitait.

Emmett s'arrêta dans la cour, éteignit le moteur et s'appuya contre le dossier de son siège. Un coupé Mazda ancien était garé sur un rectangle de ciment craquelé, à l'arrière du mobile home. Les chiens des environs aboyaient. Emmett scruta l'extérieur qu'éclairait la lumière sulfureuse de la lampe fixée au-dessus de l'entrée, une expression lasse sur le visage. Anna regarda le mobile home et fut frappée par l'idée que personne n'y vivait plus. Elle concentra aussitôt son attention sur les détails. La distraction dans les détails. Knoki n'avait pas gaspillé l'habillage de son mobile home : le perron couvert de pelouse synthétique qui se trouvait sous la porte avait été tiré sur quelques centimètres et dévoilait un vide de deux mètres de long.

La lampe.

Elle comprit que les Knoki étaient partis samedi après-midi et prévoyaient de rentrer dimanche avant l'aube. À présent, ils étaient en route pour le Centre médical de l'Arizona, à Tucson, où ils seraient autopsiés.

Au moins, il n'y avait pas d'enfants.

Elle avait entendu Emmett interroger Yabeny sur ce sujet, puis s'était sentie égoïste, parce qu'elle n'avait pas pensé à poser la question. Ça aurait dû être son premier souci : le flic tué en service laissait-il des enfants ? Le sergent expliqua que les Knoki avaient eu un garçon, mais qu'il avait eu des problèmes médicaux dans la petite enfance et qu'il était décédé à l'hôpital pédiatrique de Salt Lake City. Il y avait vingt ans.

Deux points de l'enquête ne pouvaient être reliés entre eux.

– Em... ?

– Ouais.

– Il y a deux choses que je n'ai pas comprises, sur les lieux...

– Continue, dit-il.

– Carbert portait ses chaussures à l'envers. Aurelia aussi.

– Et la deuxième chose ? demanda-t-il.

– La vitre latérale de la cage n'a pas explosé, contrairement à ce que Summerfield a dit.

– Pourquoi ?

– Les Knoki étaient couverts d'éclats de verre. Et les flammes les ont ternis. Donc, selon moi, on a cassé la vitre *avant* d'incendier le véhicule.

Il tendit la main et lui serra brièvement l'épaule.

– Très bien, Anna.

Il la lâcha et saisit la poignée de sa portière.

Le contact avait fait plaisir à Anna. Mais elle s'aperçut ensuite qu'il ne lui avait pas répondu.

– Qu'est-ce que ça signifie ?

– Demain matin, dit-il. Je laisserai Tallsalt expliquer…

Son ami, le lieutenant dirigeant la brigade criminelle, qui était absent sur les lieux du crime.

– J'ai dit à Yabeny de demander à John de nous rejoindre à l'auberge pour le brunch. Viens.

Elle eut, au ventre, un pincement semblable à ceux que provoquaient ses règles.

– On va *entrer* ?

– Ouais. Yabeny m'a dit où se trouve la clé.

La cour était entourée d'une clôture en séquoia, qui la séparait de celles des voisins d'un côté et de l'autre. Un gros chien noir, de l'autre côté, suivit leur progression en aboyant. Soudain il bondit, crocs luisants, et son grondement, grave, féroce fit sursauter Anna. Les yeux de l'animal exprimaient la terreur. Un parterre courait au pied de la clôture. Aucune plante n'y poussait. Il n'y avait que des pierres de la taille d'un poing. Le flanc ouest des Chuskas, comme le haut plateau désertique du pays modoc, constituait un environnement si rude que seules les espèces indigènes résistaient, et elles poussaient beaucoup trop lentement pour qu'on puisse en faire des plantes d'ornement. En outre, selon elle, le jardinage n'intéressait vraisemblablement pas les Navajos. Croire qu'on peut améliorer la nature est intrinsèquement blanc.

Emmett s'intéressa plus particulièrement à une pierre. Il la prit et la secoua, ce qui produisit un bruit étouffé. La pierre creuse était artificielle. La clé se trouvait à l'intérieur.

Ils se tournaient vers la porte des Knoki quand la lumière du perron du voisin s'alluma, accentuant le jaune malsain de l'éclairage. Le chien noir se tut. Un Navajo d'environ trente ans, sur le seuil de chez lui, jeta un coup d'œil hésitant dehors, parut soulagé de voir Anna et Emmett.

– Qui vous êtes ? demanda-t-il tandis que le chien, passant entre ses jambes, se réfugiait à l'intérieur.

– Police, répondit Emmett.

– Dine ?

– Non, fédérale.

L'homme descendit les marches, gagna la clôture. Il avait un bec de lièvre.

– Vous les avez retrouvés.

Ce n'était pas une question.

– Oui, dit Emmett au terme d'un instant de silence. Morts.

Le voisin hocha la tête, fataliste.

– Ça ne m'étonne pas.

– Pourquoi ? s'enquit Anna.

– Bon, dit l'homme, comme à contrecœur, tous les chiens du coin devenaient *locos*.

Une pointe d'accent espagnol, qu'Anna n'avait pas perçue chez les Navajos rencontrés au cours de la soirée.

– Et alors ?

Il avança les lèvres vers le mobile home des Knoki – façon polie de montrer, chez les Navajos.

– Ils essayaient peut-être de rentrer chez eux.

Un frisson parcourut l'échine d'Anna. *Ils* ne s'appliquait pas aux chiens. Mais, du moins pour le moment, sa curiosité fut plus forte que sa sensation de malaise. Elle demanda :

– Depuis quand les chiens ont-ils ce comportement ?

– Deux mois, de temps en temps. Mais c'était vraiment fort ces deux dernières nuits.

– Et vous êtes… ?

Sans doute croyait-il qu'Emmett et elle étaient au moins en partie navajos, car il se présenta selon la tradition, en commençant par les clans de sa mère et de son père.

– … Et je m'appelle Hank Whitesheep.

– Voici l'inspecteur Parker, du BIA, et je suis l'agent Turnipseed, du FBI.

Ils se serrèrent la main au-dessus de la clôture. Le visage de Whitesheep était buriné, comme celui d'un ouvrier, mais sa main était douce. Pas de cals. Et la pression paresseuse de ses doigts manquait de conviction.

– Vous étiez parents ?

Anna décida de ne pas mentionner le nom des Knoki face à un homme qui croyait apparemment que les esprits du couple assassiné hantaient déjà l'endroit qu'ils avaient habité.

– Pas vraiment, madame.

Emmett jugea nécessaire de clarifier.

– Des liens claniques ?

– La femme et moi, on était plus ou moins parents de cette façon, monsieur, répondit Whitesheep. Mais on n'y attachait pas beaucoup d'importance.

Même si son expérience était réduite, Anna savait que les gens qui appelaient les flics *madame* ou *monsieur* étaient récemment sortis de l'armée ou bien avaient passé un long temps en prison. La façon dont Whitesheep se tenait évoquait un civil.

– Quand les avez-vous vus pour la dernière fois, Hank ?

– Samedi après-midi. Vers une ou deux heures. Avant mon départ pour Basha's Market, à Window Rock.

– Quel effet vous ont-ils fait ?

– Normal, je crois. Aurelia a dit que Bert allait faire d'elle un flic.

Le sourire de Whitesheep s'estompa quand il parut s'apercevoir qu'il avait prononcé le nom d'un des Knoki.

– Avaient-ils des problèmes ? Avec une des personnes qui vivent ici, peut-être ?

– Non, madame.

– Si vous vous souvenez de quelque chose, voulez-vous laisser un message à notre intention au siège de la police navajo ?

Elle lui donna une de ses cartes et Whitesheep haussa les épaules, dit qu'il n'avait pas l'intention de se creuser la cervelle. Puis il rentra dans son mobile home.

Emmett ouvrait la porte de celui des Knoki.

Le bruit d'un moteur de voiture réveilla Lézard Perlé [1].

Il fit vibrer le mince habillage d'aluminium qui entourait le mobile home – excepté derrière le perron. On pouvait l'écarter et le remettre en place, si bien que c'était un moyen secret d'accéder au repaire humide, poussiéreux, de l'espace qui séparait le mobile home du sol. Là, il avait creusé un terrier. Un nid d'où il pourrait déclencher la Rédemption du sang. L'ultime et impitoyable mise au point.

Il entrouvrit les yeux.

Il y avait une voiture dans la cour.

Il sortit de son sommeil à sang froid, leva sa lourde tête, posée sur l'essieu arrière, et écouta.

Ils n'ont pas d'autre but, intervint la Voix, *que te conduire à ta destruction et à ta damnation dans cette nation païenne, car ils savent qu'il faudra que tu les tues, un jour, pour te libérer de leur mal.*

Le moteur s'arrêta.

Il eut l'impression d'entendre des voix humaines étouffées dans le silence qui suivit. Il était si habitué aux aboiements des chiens qu'elles lui firent presque l'effet du silence.

Tous les deux mètres, dans l'habillage, il y avait un étroit panneau percé de trous d'aération. Il fallait qu'il aille près de l'un d'entre eux, s'il voulait entendre.

Laborieusement, il se mit sur le ventre et tendit sa patte antérieure droite. Comme toujours lorsqu'il faisait froid, sa patte tremblait légèrement quand il la posa sur l'entrée du terrier. L'espace entre le mobile home et le sol était presque complètement dépourvu de lumière, mais il vit les mouvements de ses pattes antérieures puissantes, couvertes d'écailles, lorsqu'il se hissa hors du terrier, puis sur

1. L'héloderme, ou lézard perlé, que les Américains appellent *Gila Monster*. On traduit souvent Monstre de Gila, mais on devrait dire Monstre de la Gila, cette rivière étant un affluent du Colorado (NdT).

le sol. Sa peau était magnifiquement perlée : bandes roses, orange, jaunes et blanches. Son visage était totalement noir, si bien que, lorsqu'on regardait dans le terrier, on ne voyait rien… jusqu'au moment où il était trop tard.

Sa langue fourchue passa entre ses incisives et perçut ce qui était dans l'air. L'odeur de créatures à sang chaud.

Il en eut la confirmation quand il arriva près d'un des panneaux et regarda dehors. La surexcitation fit cogner son cœur : une indigène mince, debout près de la clôture, parlait au voisin stupide. Leurs paroles étaient un marmonnement sourd incapable de dominer les questions voletant dans son cœur qui cognait fort… *Est-ce que c'est Femme Papillon de nuit ? Et Homme Papillon de nuit est-il enfin avec elle ?* Il était absolument capital qu'ils soient ensemble.

Son seul souvenir d'elle avait à présent quatorze ans, pourtant c'était peut-être elle.

Il imagina qu'il se jetait sur elle, serrait sa gorge entre ses mâchoires énormes, libérait son poison – sucré sur sa langue – qui coulait dans les rainures de ses dents supérieures et inférieures, se répandait en elle avec l'opiniâtreté du sperme. Et, ensuite, son javelot transpercerait Homme Papillon de nuit et Femme Papillon de nuit.

C'était ce que la Voix lui avait dit de faire.

Mais il y avait une autre voix, en lui, la sienne peut-être, qui peignait une image récurrente – presque un souvenir – de cette femme tournant un ragoût de mouton, dans une marmite, sur un feu, un ragoût merveilleux dont il n'avait pas pu apprécier la saveur, mais qui lui manquait néanmoins. Un ragoût parfait, qui comblait toutes les faims et tous les vides. Elle psalmodiait le *lol-lol-lol* du Peuple Papillon de nuit tandis que sa cuillère en bois décrivait des huit élégants dans le ragoût.

Lézard Perlé recula de quelques centimètres.

Il avait entendu le crissement d'une clé introduite dans la serrure de la porte d'entrée. La femme était toujours près de la clôture, donc elle n'était pas venue seule. Mais elle avait pivoté sur elle-même et son visage était visible. Ce n'était pas elle. Trop jeune.

Veille à ce qu'il lui soit impossible de te suivre, dit la Voix. *Et châtie tous ceux qui tentent de le faire.*

– Bien sûr, souffla Lézard Perlé.

Emmett attendit Anna avant de franchir la porte. L'interrupteur situé juste derrière commandait un lustre qui éclairait le séjour et le coin cuisine. Les meubles n'étaient ni neufs, ni usés jusqu'à la corde. La cuisine semblait obsessionnellement propre, même si l'intérieur du mobile home sentait le tabac. Un Knoki, ou les deux, fumait. Cela pouvait potentiellement influencer les résultats de la recherche de monoxyde de carbone. Nouvelle note mentale.

Anna le contourna, ses chaussures couvertes de boue crissant sur le linoléum du plancher.

Emmett vit que les siennes étaient dans le même état.

– Qu'est-ce qu'on cherche ? demanda-t-elle, comme s'ils étaient dans un mausolée.

– La raison pour laquelle Yabeny n'avait pas la moindre envie de me dire où la clé était cachée.

Emmett gagna la desserte qui se trouvait près du canapé. *Field and Stream. Indian Country Today.* Le *Navajo Times* de jeudi. À peu près ce à quoi il s'attendait. Il avait senti qu'il n'y avait rien, chez les Knoki, d'ostensiblement exceptionnel, qui put expliquer leur mort. Mais il lui était arrivé de se tromper. Il y avait, chez tout être humain, un point vulnérable caché dans le passé. Une tache chaude, collante, de pourriture secrète.

Anna montra le plan de travail vide, le chiffon mis à sécher sur le robinet.

– Mon Dieu.

– Quoi ?

– La malheureuse a laissé sa cuisine comme si elle savait qu'elle ne reviendrait jamais.

Emmett décida de ne rien ajouter à cela. Il gagna la corbeille à courrier, qui se trouvait près du téléphone et du répondeur, sur le bar. Elle le rejoignit, le regarda trier les enveloppes, n'ouvrant que celles qui l'étaient déjà. Factures et relevés de carte de crédit. Aucune somme exorbitante au point de conclure que Bert ne pouvait faire face à ses dépenses grâce à son salaire de policier. Une enveloppe ouverte semblait si personnelle qu'Emmett hésita. Manuscrite, peut-être une écriture de femme, adressée à Bert *Hosteen* C. Knoki, marque de respect banale, probablement envoyée par un autre Navajo. L'adresse de l'expéditeur était Boîte postale 444, University Park, Arizona. Un quartier pauvre de Phoenix. La lettre avait été postée presque trois mois plus tôt.

Il la posa sur le bar. Il n'était prêt à s'insinuer dans l'intimité des morts que jusqu'à un certain point – celui-là. Il remit le courrier dans la corbeille et regarda le répondeur. Pas de messages.

Il pivota sur lui-même, gagna l'arrière à grands pas. Le plancher légèrement renforcé vibra sous ses chaussures de marche.

Il y avait un petit cellier, dans la cuisine. Une porte permettait d'accéder au côté est de la cour.

Après avoir allumé la lampe de la table de nuit, Emmett regarda la chambre. Un lit apparemment inconfortable et six oreillers. Les gens qui respirent difficilement pendant la nuit empilent les oreillers.

Dehors, les chiens se déchaînèrent à nouveau.

Sur le bureau, il y avait une reproduction encadrée d'une lithographie du XIXe siècle : des anges emportant un bébé au paradis, au-dessus de son berceau, et de ses parents effondrés. Anna se dirigea vers elle tandis qu'il ouvrait le tiroir de la table de nuit. Il contenait des numéros moins récents de *Field and Stream* et un revolver de calibre .38 à canon court, une serrure insérée dans le pontet pour qu'il soit impossible de tirer. Les Knoki, désormais sans enfant, recevaient-ils des enfants assez souvent pour justifier cela ? Probablement. Les familles étendues navajos sont énormes ; Bert et Aurelia avaient forcément de nombreux neveux et nièces. Sinon, Knoki était extraordinairement prudent… ou l'avait été, en tout cas, jusqu'à samedi soir. Craignait-il, pour une raison ou une autre, qu'on retourne son arme contre lui ? Il y avait aussi, dans le tiroir, un sachet de pollen de maïs. Pour éloigner le mal. L'équivalent navajo de l'oiseau-mouche d'Anna, qui préoccupait toujours Emmett. Était-elle suspendue à un fil aussi mince ?

Appuyé contre le chambranle, il regarda Anna fouiller l'armoire à pharmacie.

– Bert avait du cholestérol, annonça-t-elle, secouant un flacon en plastique plein de cachets.

– Le régime alimentaire navajo, dit Emmett. Peu de légumes, hormis du maïs en saison. Beaucoup de mouton. Des galettes à la graisse.

Il s'interrompit puis demanda, tentant de masquer son inquiétude :

– Comment ça va ?

– Bien, répondit-elle sans le regarder. Un des Knoki tenait absolument à arrêter de fumer. Patches *et* chewing-gums.

– Tu t'en es bien tirée, ce soir, ajouta-t-il.

Elle semblait sur le point de répondre quand les lampes de la salle de bains et de la chambre clignotèrent, puis s'éteignirent carrément.

Emmett se précipita dans la cuisine. Toutes les ampoules du mobile home étaient éteintes et le réfrigérateur s'arrêtait dans un gémissement. Pourtant, par la fenêtre, il vit que le perron de Whitesheep était éclairé.

Il manœuvra l'interrupteur du broyeur à ordures. Il ne se mit pas en marche. Les aboiements, dehors, étaient frénétiques.

Il écarta sa parka, dégaina son revolver .357 Magnum. Il vit qu'Anna avait sorti son pistolet 9 mm.

Les jappements hystériques des chiens s'éloignaient vers l'est à l'arrière des terrains minuscules.

– Va chercher ma torche dans la boîte à gants…

Il avait une petite torche, en métal noir, dans la poche de sa veste, mais elle ne portait pas assez loin.

– Après, rejoins-moi derrière, ajouta-t-il.

Dès qu'elle eut hoché la tête, il traversa le cellier, sortit et courut jusqu'à la clôture de l'arrière.

Il s'immobilisa, braquant le revolver à deux mains devant lui.

Les chiens s'étaient tus. Il tenta de percevoir un bruit de pas gravissant les premiers contreforts des Chuskas, qui se dressaient du côté opposé d'une sorte de replat ne réfléchissant pas la lumière des étoiles.

Rien.

Anna s'immobilisa près de lui. Il prit la torche, pivota sur lui-même et s'agenouilla, braqua le faisceau sur les graviers de la cour latérale. La surface était trop irrégulière pour que des empreintes de pas fussent visibles. Il pointa ensuite le faisceau sur la boîte de fusibles fixée à la paroi du mobile home. Sa porte était entrouverte.

Mais, avant d'aller l'examiner, il éclaira la clôture.

Les quelques hectares qui s'étendaient au pied de la pente avaient autrefois été utilisés par la scierie car ils étaient couverts de copeaux de bois. Très difficile d'y déceler des empreintes.

– Tu as entendu quelque chose ? demanda Anna, essoufflée.

– Non.

Il rengaina, se dirigea vers la boîte de fusibles. Le coupe-circuit principal était levé.

– Une blague ?

– Peut-être.

Mais, avant d'aller chercher son matériel dans la voiture, il ajouta :

– Peut-être pas. N'y touche pas.

Il ne pouvait imaginer qu'on soit venu piller la maison d'un flic assassiné. Il n'y avait eu aucun signe de cela. Mais quelqu'un était venu.

Des couilles, pensa Emmett. *Ce type a des couilles.*

Ayant rejoint Anna, il passa de la poudre noire sur le coupe-circuit. Elle l'éclaira. La netteté des empreintes digitales dépend de la sueur ou des graisses déposées par la personne qui les laisse. Le papier collant qu'Emmett appliqua sur la surface couverte de poudre ne dévoila pratiquement rien qui put suggérer les sillons – les courbes et les anneaux – d'un doigt humain. Mais il distingua vaguement un étrange motif perlé. Presque comme des écailles de serpent.

– Des gants ? demanda-t-elle, le faisceau vacillant dans sa main de plus en plus instable.

Elle avait besoin de dormir. Lui aussi.

– Dans ce cas, je n'en ai jamais vu de semblables.

Emmett ferma le mobile home et remit la clé dans la pierre artificielle.

Il parcourut trois cents mètres, au pas, sur la piste d'Asaayi Lake, la portière ouverte et le faisceau braqué sur la poussière, en quête d'empreintes, puis il gagna l'ancienne zone de stockage de la scierie, qui s'étendait derrière les mobile homes. Anna et lui ne trouvèrent rien parmi les copeaux pourrissants.

Une heure plus tard, lorsqu'il entra sur le parking du Navajo Nation Inn, face au soleil levant, Anna attira son attention sur quelque chose. La lumière dévoilait deux empreintes de mains, sur le pare-brise, du côté du passager. Elles n'avaient d'humain que la taille et les cinq doigts. Pour le reste, elles étaient indéniablement reptiliennes. Emmett distingua même les endroits où les griffes avaient rayé les dépôts laissés par les gouttes d'eau – comme si la créature avait pris appui sur le pare-brise pour regarder l'intérieur de la voiture.

4

Anna avait l'impression qu'elle n'était pas seule dans le lit.

Mais ouvrir ses yeux aux paupières lourdes semblait impossible, si bien qu'elle se rendormit, laissant une vague d'oubli protecteur se déverser sur elle. Puis la certitude de se trouver entre deux cadavres calcinés la fit sursauter. Elle repoussa les couvertures, mais s'efforça aussitôt de rester parfaitement immobile, écoutant les faibles soupirs et sifflements de putréfaction qu'elle avait entendus à Crystal Wash, à l'arrière de la voiture de patrouille calcinée. Seuls les forts battements de son cœur emplissaient ses oreilles, mais elle sentait l'odeur de la chair brûlée. Elle en était convaincue. La puanteur était omniprésente. Les bouts tremblants de ses doigts touchèrent une peau de lézard, fraîche et écailleuse. Ou bien était-ce le motif en forme de peau d'alligator que les flammes laissaient sur la peau humaine brûlée ?

Elle se redressa d'un coup, hoqueta.

Tu rêves, tu rêves. Elle serra sa tête cotonneuse, douloureuse, entre ses mains. Les Knoki refusaient de la lâcher. Leur souffrance incohérente l'écrasait. C'était l'effet que faisait la mort. Un poids écrasant. L'impuissance totale.

Ils sont ici, avec moi.

Un bourdonnement retentit soudain sur la table de nuit. Elle passa la main sur le radio-réveil, dans l'espoir de l'étouffer. Mais le bruit insista. Son sac à main. Il venait de son sac à main. Elle hésita, puis l'ouvrit. Elle écarta les mains, effrayée, lorsqu'une petite chose noire jaillit du sac et voleta dans la chambre. Elle se stabilisa brièvement près de la fenêtre, puis regagna le lit et bourdonna devant ses yeux. Les petites ailes projetèrent un courant d'air sur son visage. L'air empestait la mort.

Elle donna des coups de poing contre le mur.

Le plancher de la chambre voisine craqua lorsque des pieds se posèrent lourdement dessus.

Elle se plaça au centre du lit, les bras rigides contre les flancs, terrifiée, maintenant que son esprit s'éclairait, à l'idée que les Knoki seraient à ses côtés. Tout cela était totalement irrationnel.

Et horriblement réel.

Elle arriva devant la porte à l'instant où Emmett tentait de l'ouvrir depuis l'extérieur.

– *Anna ?*

Dès qu'elle eut tiré le verrou, le jour envahit la pièce, l'aveuglant pendant quelques instants.

– Qu'est-ce qu'il y a ? demanda-t-il, surexcité, se précipitant à l'intérieur.

Une ombre de haute taille dans une lumière aveuglante.

– Rien, répondit-elle.

Il passa devant elle à toute vitesse, son revolver à la main, fouilla la salle de bains puis écarta les vêtements du placard afin de s'assurer que personne ne s'y cachait. Il la rejoignit, le visage crispé, essoufflé, apparemment sans se rendre compte qu'il se promenait dans le Navajo Nation Inn en caleçon.

– Est-ce que quelqu'un a essayé d'entrer ?

– Non.

Elle se laissa tomber sur un coin du lit, s'étant aperçue que le tee-shirt de Quantico, qui lui tenait lieu de chemise de nuit, collait à sa sueur. L'oiseau-mouche de Boston n'était pas dans la chambre et elle vit que son sac à main, sur la table de nuit, était fermé.

Il poussa la porte et alluma la lampe de chevet. Ce ne fut qu'à cet instant qu'elle s'aperçut que l'air frais, sur sa peau, lui avait fait le plus grand bien. Il s'assit sur une chaise, près de la table, le revolver toujours à la main… mais désormais sans le serrer.

– Un rêve ?

Elle acquiesça.

Machinalement, il frotta les cicatrices de ses pectoraux. Conséquence du Regard sur le soleil suspendu, finale de la danse du Soleil. Elle le savait. Dix ans auparavant, alors qu'il était en mission d'infiltration au Dakota du Sud, pour le compte du FBI, il s'était soumis à cette torture rituelle. Suspendu à un mât à l'aide de lien en cuir fixés à des bâtonnets qui transperçaient sa chair. Il ne lui avait jamais vraiment expliqué pourquoi. Il y avait toujours, entre eux, des distances qu'elle redoutait un peu de réduire. Elle distinguait, sur la main gauche d'Emmett, une cicatrice plus récente. Un coup de poignard reçu lors de leur affaire précédente.

– Tu vas rêver pendant quelque temps, dit-il, laissant tomber la main posée sur sa poitrine.

– Merci, fit-elle, abattue.

Puis l'expression inquiète d'Emmett lui arracha un rire humilié et elle ajouta :

– Désolée, Em.

– Inutile, dit-il gravement.

Elle éteignit la lampe de chevet pour échapper à son regard fixe et l'obscurité, derrière les rideaux épais, fut réconfortante. Il y eut un faible tintement métallique lorsqu'il posa l'arme sur la table. Elle eut la sensation de percevoir son odeur, malgré celle, inévitable, de la chair calcinée. Elle était agréable. Miel et cuir, lui sembla-t-il. Quanah, son deuxième prénom et celui de son ancêtre, chef de guerre redoutable, signifiait *parfumé*. Elle avait trouvé cela dans un dictionnaire comanche. Évidemment, ce n'était pas lui qui le lui aurait dit.

– C'est ridicule, marmonna-t-elle, fâchée contre elle-même. Quelle heure est-il ?

– Presque neuf heures.

Trois heures, pendant lesquelles elle s'était agitée et retournée, depuis qu'elle l'avait quitté et s'était couchée. Une mince bande de lumière entrait entre les rideaux et, grâce à elle, elle vit l'ombre d'Emmett s'appuyer contre le dossier de la chaise.

– J'avais vraiment l'impression que les Knoki étaient *ici*, expliqua-t-elle, pour se justifier.

Il resta silencieux.

– Tu as probablement dormi comme un bébé, ajouta-t-elle.

– Il y a longtemps que ça ne m'est pas arrivé.

– Est-ce que c'est ce que je peux espérer ?

– Tu t'y feras.

– Les rêves sont-ils pires quand les victimes sont des flics ?

Emmett ne répondit pas. Quelques instants plus tard, il se leva.

– Essayons de dormir encore un peu avant de voir John Tallsalt.

Le lieutenant de la brigade criminelle avait indiqué, dans un message, qu'il les retrouverait à 11 heures à la cafétéria de l'hôtel.

– Bon, maintenant, marmonna-t-il, voyons si je peux regagner ma chambre sur la pointe des pieds sans me faire arrêter pour exhibitionnisme.

– Ne pars pas.

Elle avait à peine prononcé ces mots qu'elle eut envie de les reprendre. Il resta figé sur place, apparemment très troublé.

– Je n'ai pas envie de rester seule, c'est tout, précisa-t-elle.

Mais il était trop tard.

Il s'assit près d'elle, sur le lit. Il y avait juste assez de lumière pour que ses pupilles rivées sur elle, qui la désiraient, soient visibles. Il était entre ses mains et cela lui fit peur. Son visage se penchait lentement vers le sien quand elle fit l'impardonnable. Elle recula. Très légèrement. Pas sous l'effet du dégoût – toutes ses impulsions, à cet instant, allaient à l'encontre de cela d'une façon qui lui semblait étrangement excitante. Mais il se figea immédiatement, vexé, se leva et prit son revolver posé sur la table.

– Je ne peux pas rester si je ne peux pas te toucher, dit-il.

Puis il sortit.

Emmett feignait de s'intéresser à la carte en attendant John Tallsalt. Il n'avait pas réussi à se rendormir, après avoir quitté la chambre d'Anna. Finalement, trois quarts d'heure plus tard, il avait renoncé et pris une douche. Sur le chemin du café, il avait frappé deux fois à la porte d'Anna, sans ralentir le pas.

Tallsalt avait déjà trente minutes de retard.

Rien, sur la carte du déjeuner, ne faisait envie à Emmett. Le ragoût de mouton accompagné de pain à la graisse constituait le petit déjeuner navajo traditionnel. Il grimaça. En matière de premier repas de la journée, ses goûts étaient strictement ceux du Midwest : œufs, porc, sauce à la viande et beignets.

Mais il ne pouvait se concentrer sur la nourriture.

Anna.

Ce qui s'était passé était acceptable dans la mesure où Emmett comprenait la nature de ses propres défenses émotionnelles. Sa libido s'était arrêtée sur un objet frigide, afin de lui épargner un quatrième échec matrimonial. Même s'il était resté près d'Anna, dans sa chambre surchauffée, son tabou contre l'intimité avec une collègue serait entré en action et aurait rapidement ramené leur relation dans des limites intelligentes. En bref, il s'était transformé en insecte tournant inutilement autour d'une ampoule allumée.

Néanmoins, l'ampleur de sa déception l'étonnait. Il se sentait écrasé.

Stupide. Ne serait-ce que parce que travailler avec une équipière indienne avait des avantages. Anna ne lui avait pas une seule fois demandé ce que des traces de pattes reptiliennes, de taille humaine, faisaient sur son pare-brise, même si elle l'avait aidé à relever les empreintes en vue de les remettre, ainsi que celles qui provenaient du coupe-circuit de Knoki, au FBI de Gallup, qui transmettrait aussitôt ces preuves potentielles, ainsi que le carnet de contraventions brûlé, au sanctuaire du rationalisme occidental : le laboratoire du FBI, à Washington.

Le visage d'Anna n'avait rien dévoilé.

Les anthropologues de Berkeley, en 1911, avaient montré un aéroplane à Ishi, dernier Yahi survivant qui, presque mort de faim, était sorti en titubant des bosquets de manzanita de la sierra du nord de la Californie et était entré dans un monde moderne avec lequel il n'avait précédemment eu aucun contact. Les scientifiques attendaient, avec une joie à peine contenue, le moment où le sauvage ignorant serait ébahi par le spectacle d'un homme volant dans les airs. Le doux visage d'Ishi ne dévoila rien. Le vol entrait parfaitement dans le cadre de ce qu'il comprenait. Des magiciens mi-mythiques mi-animaux, tels que Coyote, pouvaient faire apparaître l'impossible. Le point de vue indien n'était pas étroitement superstitieux. Il autorisait *tout.*

Anna Turnipseed ne serait pas déséquilibrée par l'apparemment incroyable. Peut-être le cadavre d'oiseau-mouche, qui se trouvait dans son sac à main, signifiait-il simplement qu'elle était désormais prête à laisser l'impossible pénétrer à nouveau dans son existence bien organisée de femme du XXIe siècle.

Et son cauchemar avait été, pour Emmett, une confirmation. Il espérait que sa façade se fissurerait depuis le moment où il l'avait vue descendre d'avion, à Gallup.

Emmett, renonçant à la carte, la reposa.

Les tables voisines étaient toutes occupées par des gens qui prenaient le petit déjeuner tard ou déjeunaient tôt, principalement des fonctionnaires tribaux, que des hommes d'affaires tentaient de séduire. Les conversations à voix contenue étaient techniques. On parlait charbon, bois, uranium et d'une vaste parcelle de terre où se trouvaient les sources de plusieurs rivières, qui comptent au nombre des plus importantes du Sud-Ouest. Les Dines ne manquaient pas de ressources naturelles. Et comme le BIA renonçait désormais à régner sur les tribus, on exerçait un pouvoir réel à Window Rock. Celui-ci était également contesté. Les progressistes indiens contre les traditionalistes indiens. Les industriels contre les écologistes. Les mêmes oppositions que dans le reste du monde, mais sous un vernis de culture navajo.

Bert Knoki jouait-il un rôle dans ces conflits ?

Il y réfléchissait quand un homme robuste s'arrêta près de la pancarte indiquant aux clients qu'ils devaient attendre qu'on vienne les placer. Il était en uniforme de lieutenant de la police tribale. Casquette cavalièrement inclinée sur les yeux. Pli impeccable du pantalon à bandes vertes. Lentement, il regarda les tables. Emmett le laissa chercher pendant une minute, en profita pour examiner son seul ami proche au sein des Navajos. Hormis un peu de gris dans la moustache, John Tallsalt n'avait guère changé depuis qu'ils avaient fréquenté ensemble l'académie de Quantico, huit ans auparavant. Même regard pénétrant, pas très navajo, qui amenait les femmes à l'accuser de les déshabiller… Ses yeux allaient au fond de tout, même si son peuple considère qu'il est impoli de fixer.

Finalement, Tallsalt se tourna vers l'hôtesse. Quoi qu'il dît, ce fut assez suggestif pour la faire rougir, mais elle retrouva rapidement son sérieux et montra Emmett, qui se trouvait du côté opposé de la salle.

Un sourire ironique aux lèvres, Tallsalt se dirigea vers lui à grands pas.

Il était robuste pour un Navajo, même ceux qui ont du sang pueblo, peuple plus trapu. Emmett soupçonnait les gênes d'un marchand de moutons castillan dans sa lignée. Le lieutenant quitta sa casquette et s'assit face à Emmett – sans lui serrer la main.

Tallsalt retourna sa tasse.

– Tu sais ce qu'on obtient quand on croise un Comanche et un *bilagaana* ?

Un homme blanc.

– Tu vas me le dire.

– Un excellent voleur de bétail.

Le visage d'Emmett demeura impassible.

– Je trouve ça culturellement peu acceptable.

– Nous, les Dines, on voudrait, aujourd'hui encore, retrouver le bétail que vous nous avez volé, bande de salauds, à Bosque Redondo…

Quand l'armée avait parqué les Navajos dans les plaines desséchées de l'est du Nouveau-Mexique, en 1860, les raids incessants des Comanches sur le cheptel fourni par le gouvernement avait fait échouer les tentatives de les transformer en éleveurs à la manière des Blancs. Finalement, Tallsalt tendit la main.

– Ton visage est bouffi. Tu baises régulièrement ?

– Non.

– Raconte-moi ça.

Tallsalt tendit sa tasse afin que la serveuse la remplisse.

– Vous n'avez rien entendu, lui dit-il avec un clin d'œil.

Elle eut un rire étouffé et s'éloigna.

Emmett constata que les yeux du lieutenant étaient injectés de sang et que son souffle sentait indéniablement le gin. Ils avaient bu du mint Julep, pendant cet automne en Virginie, puis ils avaient rejoint séparément les Alcooliques anonymes un an plus tard.

– Tu m'as manqué, hier, Johnny.

– Vraiment ?

Tallsalt sourit, ajoutant :

– Il faudra que tu me pardonnes, mais j'ai juré de ne plus me mêler des enquêtes criminelles.

– Pourquoi ?

– Chaque fois, les fédéraux me traitent comme si je m'étais trompé de prie-dieu. Donc, je m'occupe des délits et des infractions tribales, comme un bon petit Indien.

– Mais tu savais que je travaillais sur celui-ci.

– En *équipe* avec le FBI, fit remarquer Tallsalt. Comment est ton équipier ?

– Fais-toi ton opinion par toi-même, répondit Emmett pendant qu'Anna s'asseyait entre eux.

Elle portait du parfum, sans doute dans l'espoir vain de couvrir l'odeur de la chair brûlée.

– Bonjour.

Son large sourire vide transperça Emmett comme une lance de glace. Ainsi, c'était comme ça qu'elle agirait : joyeusement, comme si rien d'important ne s'était déroulé entre eux deux heures plus tôt. Visiblement, Tallsalt apprécia sa minceur et la façon dont elle emplissait son jean. Il avait toujours préféré les Indiennes, même si aucune femme, indigène ou blanche, ne l'avait gardé longtemps. Il comptait au nombre de ces célibataires invétérés qui gardent leurs raisons pour eux, derrière la façade d'une bonne blague consistant à dire qu'ils n'ont pas rencontré *la bonne.*

– Pourquoi l'uniforme, lieutenant ?

Anna fit signe d'approcher à la serveuse qui avait la cafetière.

– Pardon ?

– L'uniforme. Je croyais que la brigade criminelle était en civil.

Elle semblait absolument maîtresse d'elle-même. Comme si Emmett avait rêvé ce qui s'était passé dans sa chambre, alors que c'était la conséquence du cauchemar qui l'avait réveillée.

Et merde.

– … Le costume de singe, c'est à l'intention des médias, expliquait Tallsalt. Ils vont arriver en force d'Albuquerque et de Phoenix, dans l'après-midi, pour voir comment on s'est arrangés pour perdre, cette fois, un homme *et* sa femme.

– La présence des épouses est un programme très fréquent dans les autres services de police, n'est-ce pas ? demanda Anna, qui tendit sa tasse à la serveuse.

Emmett constata que sa main tremblait légèrement.

– Oui, répondit Tallsalt, mais le directeur a eu toutes les peines du monde à convaincre les hommes. Ils racontent, de toute façon, tout ce qui se passe à leurs épouses. Les femmes, ici, sont toujours informées. Les habitudes matrilinéaires ont la vie dure et, pour les gars, le travail est la seule possibilité de leur échapper.

Il soupira et ajouta :

– Au moins, le vieux va couper à l'interrogatoire de la presse.

– Pourquoi ? demanda Emmett.

– Il est entré au centre hospitalier universitaire d'Albuquerque ce matin. Des douleurs dans la poitrine.

La serveuse demanda s'ils voulaient commander. Personne n'en avait envie. Le café suffirait. La foule du petit déjeuner s'était enfin clairsemée, si bien que quelques tables libres autour d'eux leur permettaient de jouir d'un peu d'intimité. De ce fait, Emmett put demander tranquillement :

– Tu es directeur par intérim ?

– Pas pour plus d'une semaine, j'espère, répondit Tallsalt. Il n'y a pas pire boulot.

– Pourquoi dites-vous ça ? demanda Anna.

– Je n'ai pas encore bu mon deuxième café.

Le lieutenant se tourna vers elle et lui adressa un sourire charmeur. Cela contraria Emmett. Tallsalt ne faisait rien pour cacher son attirance et, maintenant, Turnipseed semblait apprécier l'attention dont elle faisait l'objet.

– C'est la première fois que vous venez à Window Rock, Anna ?

Elle acquiesça.

– De belles formations de grès.

– Si vous en avez le temps, je vous ferai visiter le siège du gouvernement tribal. Il n'y a pas de meilleur endroit pour voir la fenêtre dans la roche [1].

Emmett fronça les sourcils.

– Qu'est-ce que tu peux nous dire sur Bert Knoki ?

Le sourire de Tallsalt disparut.

– Un type bien. Un des rares, au sein du service, à qui j'aurais confié ma vie. Il va me manquer.

– Des liens familiaux avec toi ?

Tallsalt hésitait, avant de répondre, quand Anna intervint, ce qui contraria Emmett.

– D'après le sergent Yabeny, Knoki était une épine dans le pied des bouilleurs de cru clandestins et des dealers.

– Oui. Mais si c'est votre interprétation de cette affaire, vous faites fausse route.

– Ah ? fit-elle. Et quelle est la bonne route ?

– Les trafiquants de drogue mexicains, répondit Tallsalt avec assurance.

Anna dit, alors qu'Emmett allait le faire :

– Qu'est-ce qui vous fait croire ça, lieutenant ?

– John, s'il vous plaît. Marcellus Yabeny vous a parlé des empreintes d'avion ?

Emmett haussa les épaules et Anna secoua la tête. Tallsalt poursuivit :

– On a trouvé des empreintes d'atterrissage et de décollage sur un petit lac asséché situé approximativement cinq kilomètres au nord-ouest de Crystal Wash. Un train d'atterrissage large, si bien qu'il s'agit d'un avion capable de transporter de grosses cargaisons. C'est ainsi que les Colombiens pratiquent, par les temps qui courent : ils confient aux Mexicains le transport de la drogue aux États-Unis. On travaille sur ces types depuis quelque temps. Des salauds, impitoyables.

1. Window Rock : fenêtre dans la roche ou fenêtre de roche (NdT).

Emmett demanda :

– Qui sont-ils ?

– Des contrebandiers du Sonora. Il est presque certain qu'ils ont des contacts ici, dans la Big Rez, des types qui livrent la marchandise à Santa Fe et Albuquerque.

Emmett n'apprécia pas la façon dont le lieutenant passa sans effort sur une contradiction : il venait de dire à Anna que les habitants de la réserve n'étaient pas impliqués.

– Tu as appelé la DEA [1] ?

– Non, répondit Tallsalt, sec, parce qu'on en a marre qu'ils ne tiennent pas compte de ce qu'on leur envoie. Quand ce qu'on aura sera en béton, même si ce sont des flics de rien du tout qui l'ont monté, je sonnerai la DEA.

– Le BIA a une très bonne brigade des stupéfiants, dit remarquer Emmett. Et on est pratiquement tous, nous aussi, des flics de rien du tout.

Tallsalt le dévisagea pendant quelques instants. Il était devenu exceptionnellement méfiant, même pour un Navajo, et cela, plus que tout, inquiéta Emmett, en raison de la direction que la conversation avait prise. S'il y avait, dans la réserve, une personne dont il espérait l'entière collaboration, c'était bien le lieutenant.

– Je penserai à ta brigade des stupéfiants, dit Tallsalt, indifférent.

Anna intervint, si bien que les deux hommes cessèrent de se défier du regard.

– Vous voulez dire que Knoki patrouillait à Crystal Wash quand il est tombé sur une livraison de drogue ? Et que les trafi-quants ont estimé qu'ils ne restait plus qu'à les tuer, sa femme et lui ?

– Quelque chose comme ça.

Anna adressa un bref regard à Emmett, qui demanda finalement :

– Alors comment expliques-tu les deux idiosyncrasies navajo que j'ai constatées sur les lieux, John ?

– Des idiosyncrasies ?

---

1. *Drug Enforcement Administration* : service fédéral de lutte contre le trafic de stupéfiants (NdT).

– Les Knoki portaient leurs chaussures à l'envers. Et quelqu'un a fait un trou de *chindi* en cassant une des vitres de la voiture de patrouille.

Après une seconde de confusion, Tallsalt eut un rire étouffé.

– Qu'est-ce qu'il y a ? s'enquit Anna, comme si elle était exclue d'une blague.

– Jamais je n'aurais cru pouvoir accuser Emmett Parker de lire trop de romans de Tony Hillerman.

Le lieutenant se tourna vers Anna et poursuivit :

– Voyez-vous, Anna, la vie imite l'art. Désormais, tous les flics fédéraux qui viennent enquêter ici ont une approche culturelle. Beaucoup d'entre eux sont très déçus quand ils constatent que les mobiles des crimes, en pays navajo, sont essentiellement les mêmes qu'à Pittsburgh et San Francisco.

Qu'est-ce qu'un *chindi* ? insista-t-elle.

Tallsalt redressa les tresses, terminées par des glands, de la visière de sa casquette.

– Les ordures spirituelles qui sont en chacun de nous, même les meilleurs. La mort les libère et elles errent dans la nuit. Éternellement. Très toxique pour les vivants.

– Un fantôme ?

– À ceci près qu'un fantôme peut conserver une partie des qualités du vivant. Le *chindi* est le mal absolu.

– Et l'inversion des chaussures ?

– Pour que l'esprit trébuche s'il tente de poursuivre les vivants.

Elle portait un chemisier sans manches et se frotta l'arrière des bras. Percevant son expression déterminée, Emmett décida qu'il lui laisserait le soin de raconter ce qui s'était passé, avant l'aube, chez les Knoki.

– Et que signifie la fenêtre brisée, dans ce cas ? demanda-t-elle.

– Que les trafiquants ont peut-être lu Hillerman, eux aussi. C'est, à mon avis, le genre d'erreur que peut commettre quelqu'un de l'extérieur, sur la base d'un savoir limité. On perce parfois un trou, dans le flanc du hogan, afin permettre au *chindi* de s'échapper. Dans les rares cas où on laisse quelqu'un mourir à l'intérieur. Mais je ne vois pas pourquoi on le ferait dans le cas d'un véhicule.

– Peux-tu nous conduire au lac asséché où se trouvent les empreintes d'avion ? demanda Emmett.

– Je serais heureux de le faire. Mais, pour le moment, je suis très occupé, comme vous pouvez l'imaginer. L'agent spécial Summerfield nous y a accompagnés, Yabeny et moi, ce jour-là. Je suis sûr qu'il se souvient du chemin.

5

– J'ai deux ou trois choses à voir avec le président de la tribu avant la conférence de presse, expliqua Tallsalt tout en déverrouillant la porte de son bureau de la brigade criminelle, bâtiment modeste situé derrière le siège de la police navajo.

Il s'écarta, un sourire impatient aux lèvres, fit signe à Anna et Emmett d'entrer, mais resta sur le seuil.

– Vous pouvez vous servir du téléphone, ajouta-t-il. Et, Emmett, le dossier que tu m'as demandé est sur mon bureau. N'oubliez pas de fermer la porte à clé avant de partir pour Sonsela Buttes. C'est là que se trouve le lac asséché.

Il jeta un coup d'œil sur sa montre avant de dire à Anna :

– Je suis sûr que Reed Summerfield peut vous y conduire sans problème. C'est étonnant le nombre de coins perdus qu'il connaît.

Le sarcasme était nettement perceptible.

– Maintenant, il faut absolument que j'y aille, conclut-il.

– Vas-y, dit Emmett.

Grognon, pensa Anna.

Puis ils se retrouvèrent seuls pour la première fois depuis leur rencontre dans sa chambre, au matin.

Emmett prit le dossier puis se laissa tomber sur le canapé en chrome et Skaï qui se trouvait face au bureau de Tallsalt. Il l'ouvrit et se mit à lire à la lumière du vasistas. Elle manœuvra l'interrupteur et le tube au néon clignota puis s'alluma. Il le foudroya du regard, les rides qui entouraient ses yeux se creusant. Une expression absolument dégoûtée. Elle s'efforça de cacher l'irritation qu'il lui inspirait quand elle dit :

– J'aimerais voir ça avec toi.

Le dossier de Bert Knoki.

Emmett le ferma et le jeta près de lui, sur le canapé.

– Tu vas téléphoner à Summerfield, oui ou non ?

Elle fronça les sourcils, mais il fixait le mur opposé. Les éloges et les souvenirs du lieutenant s'y étalaient : des photos de lui avec tout le monde, du sénateur de l'Arizona au directeur sportif des Diamondbacks. Le type de galerie qui sent l'ambition politique, alors que Tallsalt prétendait qu'il n'en avait pas. Il n'y avait pas de photos de famille. Elle trouva le numéro du FBI de Gallup dans le Rolodex de Tallsalt et le composa. La femme qui partageait le bureau de Summerfield dut aller le chercher à la cafétéria. Il parut stupéfait de devoir changer le programme de son après-midi – il venait de prendre son service. Mais il promit d'être à Window Rock dans trois quarts d'heure.

Anna raccrocha et avertit Emmett, qui se contenta de grogner.

Pendant qu'elle prenait sa douche, au matin, elle avait préparé ce qu'elle lui dirait, des propos circonspects qui ne dévoileraient que ce qu'elle était prête à confier à ce moment de sa vie. Elle avait prévu de reconnaître qu'elle avait beaucoup d'affection pour lui et que, pendant les mois de sa convalescence, Emmett Parker – l'équipier – avait été la seule personne au monde sur qui elle avait pu compter. Inconditionnellement. Allait-elle maintenant détruire tout cela en laissant Emmett Parker – l'homme – imposer des conditions d'un genre beaucoup plus intime ?

– Em… ?

– Ouais.

– À propos de ce matin…

Il tourna le visage vers elle, attendant la suite. Elle comprit ce qu'il voulait qu'elle dise. Mais, finalement, ce fut lui qui reprit la parole :

– Qui assistera aux autopsies ?

Son regard était devenu froid : il n'avait pas l'intention de parler du début de la matinée. Un abîme se creusait entre eux. Si rapidement – après le développement glacial de leur amitié – que cela la terrifia. À Las Vegas, au printemps, pendant le procès consécutif à leur dernière affaire, quand il campait sur le canapé de son salon. Ce n'était que pendant ces nuits qu'elle se sentait assez en sécurité pour dormir profondément. Maintenant, la perspective de perdre sa présence au pied de l'escalier la paniquait presque. De se réveiller tandis qu'il fredonnait, faux, dans sa cuisine. De son coup de téléphone, dès qu'il était rentré à Phoenix, pour s'assurer qu'elle allait bien.

– Un de nos agents de Tucson couvre les autopsies, dit-elle. J'ai oublié comment il s'appelle. Un nom espagnol. Tu le connais sûrement mieux que moi.

Elle était certaine d'en avoir parlé avec Emmett sur les lieux du crime. Summerfield, en tant qu'agent de terrain familier des installations fédérales dont la nation navajo pouvait disposer, lui avait suggéré de répartir les tâches qui ne seraient pas accomplies dans la réserve, et elle avait interrogé Emmett avant de donner leur accord. Elle était absolument certaine que cette conversation avait eu lieu. De la part d'un homme qui se souvenait parfaitement de tout ce qu'il entendait, la comédie de l'amnésie fit l'effet d'une gifle.

– Je peux me joindre à toi ? demanda-t-elle, sèche.

Il reprit le dossier sans répondre et elle s'assit à l'endroit où il se trouvait, sur le petit canapé à l'aspect gras. Il lui passa les pages une par une, en silence. Au-delà de la tension qui grandissait entre eux, elle perçut le dégoût que lui inspirait cette tâche. C'était inévitable, dans le cas du meurtre d'un flic : la possibilité qu'un abus de pouvoir ait entraîné l'homicide. L'ait peut-être, même, justifié. Et, ainsi, la victime devenait plus ou moins suspecte. Pour Anna, un seul autre crime, par sa nature même, intervertissait automatiquement l'innocent et le coupable. Le viol.

Si je meurs en pays navajo, le FBI fouillera-t-il ma vie à la recherche de mauvaises actions ?

Après vingt pages, elle eut une idée assez précise de la carrière de Knoki. Même si les textes étaient parsemés de mots Dines. Apparemment, il comptait au nombre de ces agents rigoureux que certains services de police considèrent comme leur colonne vertébrale, tandis que d'autres les méprisent sous prétexte qu'un bon flic ne laisse jamais échapper l'occasion de monter en grade.

– Jamais nommé agent de l'année, commenta-t-elle. Jamais de félicitations du gouvernement tribal, hormis à l'ancienneté.

– Se faire remarquer n'est pas navajo, dit Emmett, ironique.

Anna montra les diplômes, plaques et photos de Tallsalt. Sans un mot, Emmett lui donna une autre page, tout en veillant à ne pas la toucher.

Une sanction disciplinaire, en 1986, était si aveuglante qu'il était impossible de l'exclure du dossier de Knoki : son implication dans une bagarre, à Mexican Hat, dans l'Utah, à la frontière nord de la réserve. Knoki avait failli être arrêté par les policiers du comté de San Juan, qui prétendaient qu'il était en compagnie d'une *alzil* ute…

– Qu'est-ce qu'une *alzil* ? demanda-t-elle.

– Une prostituée.

– Ah.

Il lui adressa un regard oblique.

– Ah quoi ?

– Rien.

– Il était humain. Ça te pose un problème ?

– Absolument pas. Vive les humains.

Elle poursuivit sa lecture. Knoki n'avait pas contesté les accusations devant les enquêteurs des services internes. Il avait accepté son châtiment sans prononcer un mot pour sa défense : deux semaines de suspension sans salaire. Essentiellement parce qu'il était armé pendant un incident qui s'était déroulé alors qu'il n'était pas en service et qu'il refusait d'expliquer.

Le pistolet de Knoki.

La veille au soir, dans un craquement écœurant, Esquivel, le médecin légiste, avec l'aide d'Emmett, avait placé le policier sur le dos, afin de voir s'il avait pu conserver son arme. Le poids du corps avait aplati l'étui de Knoki. L'arme avait disparu. Désormais, son absence suscitait un espoir sans joie : peut-être les assassins avaient-ils conservé le pistolet de Bert, se liant sans le savoir au crime.

Anna accepta la page suivante que lui donna Emmett.

La route non goudronnée de Sonsela Buttes se divisait en trois pistes creusées d'ornières. Décontenancé, Reed Summerfield freina, scruta l'horizon à la recherche de quelque chose de vaguement familier. L'agent de Gallup était visiblement perdu et, impatient, Emmett, qui était installé à l'arrière, soupira. Assez fort pour qu'Anna, installée à l'avant, se retourne et le regarde.

Sur le tableau de bord se trouvait *Diné Bahané*[1], ouvrage de Zolbrod relatant le mythe des origines des Navajos. En allemand. Les vibrations du moteur firent finalement tomber le livre sur le tapis de sol. Un Polaroid glissa d'entre les pages. Anna remit le livre dans la boîte à gants, mais ne remarqua pas la photo, qui se trouvait entre ses pieds. Emmett n'avait pas envie d'être serviable.

Summerfield avait promis d'être là en quarante-cinq minutes, mais il en avait mis quatre-vingt-dix. Puis, tout en fumant une succession interminable de cigarettes au papier marron, il abreuva Emmett et Anna d'histoires datant de l'époque où il était au FCI[2], à Washington. C'était un ancien agent du contre-espionnage. Il y avait deux types fondamentaux d'agents du FBI. Et les agents chargés des affaires criminelles, tels qu'Anna, étaient des soutiers, que les brahmanes du contre-espionnage, plus cérébraux, méprisaient presque. Malheureusement, la fin de la guerre froide avait fait basculer l'univers prestigieux de l'élite du FCI. Des centaines d'agents des centres chargés du contre-espionnage – Washington D. C., New York, Boston – avaient été mutés au sein d'une brigade anti-banditisme ou d'une unité de lutte contre la fraude dont sont victimes les services de santé. Summerfield n'avait pas bénéficié d'un de ces postes qui permettaient de sauver la face. Il s'était retrouvé à Gallup, ville qui se résumait au chemin de fer et au marché, entourée de plusieurs réserves désertiques. Il y était depuis sept mois, trois semaines et deux jours. Il tenait méticuleusement le compte de sa sentence dans cet endroit isolé.

Heureusement, Summerfield s'arrêta à l'ombre du seul genévrier de la pente. Il faisait très chaud, après le passage des basses pressions.

1. *Le Livre des Indiens navajos*, éditions du Rocher, coll. « Nuage rouge », 1992.
2. Foreign Counterintelligence (NdT).

Emmett baissa sa vitre. La brise murmurait dans le feuillage parsemé de baies. Dans une heure, par cette chaleur, le pays ne porterait plus la moindre trace de la pluie de la veille. Déjà, sur la piste, la boue se craquelait.

– J'ai oublié quelle piste conduit au lac asséché, voilà tout.

Sa propre incompétence mettait Summerfield en colère. Pour la première fois, il y eut un éclair de fureur dans ses yeux, réfléchis dans le rétroviseur, suggestion d'un caractère qui n'était peut-être pas aussi affablement nerveux qu'il semblait l'être en surface. Il hait ce pays et tout ce qui s'y trouve, pensa Emmett.

– Ça serait peut-être plus facile, dit Emmett si vous n'étiez pas aussi obligé de conduire.

– Je me débrouillerai, répondit Summerfield, brusque.

Mais il ne repartit pas. Emmett descendit et s'étendit. Une minute plus tard, Summerfield et Anna le rejoignirent.

– Ça doit faire un grand changement, pour vous, dit Anna, comparé au tohu-bohu de Washington.

Pendant quelques instants, Summerfield scruta les collines en silence.

– Pas du tout. Tenter d'appliquer la loi anti-mafia à des bouilleurs de cru clandestins qui tentent de livrer de l'alcool dans la Big Rez un jeudi soir est un véritable défi. Et tous les deux mois, pratiquement avec une régularité d'horloge, un flic se fait buter. Avant les Knoki, ça a été un sergent nommé Sidney Manygoats. Égorgé avec une machette alors qu'il répondait à un appel signalant un cas d'ivresse sur la voie publique. Trouver la solution a pris dix minutes. Son propre cousin l'avait tué. Complètement saoul, évidemment, et ébahi, le lendemain matin, quand il a appris ce qu'il avait fait sous l'influence de l'eau de feu.

– Donc vous croyez que le crime, en pays indien, est dépourvu de sens ? demanda Emmett à Summerfield, sur un ton agacé.

– Il ne l'est pas ?

– Allez jeter un coup d'œil à Oklahoma City, où j'ai travaillé dans les années quatre-vingt. Mais je n'ai pas assisté au coup le plus insensé. McVeigh et ses potes n'ont même pas eu besoin d'eau de feu pour accomplir le pire meurtre de masse que ce pays ait connu.

Il prit la piste centrale à pied et lança par-dessus l'épaule :

– Attendez-moi ici.

Il quitta bientôt la piste et s'engagea sur la pente, en direction de l'ouest, dans l'espoir de trouver une vue panoramique.

Anna remontait dans la Suburban quand elle vit le Polaroïd sur le tapis de sol. Un homme d'âge moyen, en bonne forme physique et portant une épaisse moustache, souriait chaleureusement à l'objectif, du côté opposé d'une table, les bras de son pull-over sur les épaules et, dans la main gauche, une cigarette dans un porte-cigarette en argent. La photo avait été prise à la terrasse d'un café de Santa Fe car dans la rue, derrière l'homme, se dressait la façade familière de la cathédrale Saint-Francis. C'était en automne : le peuplier de l'arrière-plan jaunissait.

Anna tendit la photographie à Summerfield, qui reprit place au volant.

– Le sujet d'une surveillance ?

Le visage de l'agent devint vaguement triste.

– Non, répondit-il au bout d'un moment, rien à voir avec ça.

Les pentes ne suggéraient pas à Emmett le type de relief propice à la présence du lit d'un lac asséché. Généralement, ceux-ci se forment dans des cuvettes désertiques non drainées. Mais il continua de gravir la colline, marchant sur de la poussière volcanique assouplie par la pluie, qui collait à ses semelles comme du talc mouillé. Les Sonsela Buttes se trouvaient entre Crystal Wash et Whiskey Creek, qui aboutissaient l'un et l'autre dans le canyon de Chelly. L'avantage dont bénéficierait un pilote venant se poser sur une piste de fortune dans la région, peut-être sans phare ni balisage de la piste, serait que les sommets arrondis de ces volcans érodés étaient plus hauts que tout ce qui les entourait. Heurter une montagne serait improbable, sauf si le pilote dérivait trop loin vers l'est, jusqu'aux Chuskas. L'inconvénient était qu'on ne pouvait atterrir sur une surface alcaline dure.

Près de la crête, Emmett entendit des bruits qui l'amenèrent à ralentir. Bêlements et tintements de clochettes. Puis les aboiements protecteurs d'un chien. Il gagna le sommet de la crête et le parfum d'un feu d'armoise lui parvint. La fumée montait près du pied du seul autre genévrier visible, maintenant que celui qui ombrageait la Suburban de Summerfield avait disparu de son champ de vision. Allant et venant autour de cet arbre solitaire, partiellement caché par de hautes broussailles, il y avait un petit troupeau de moutons. Emmett lança un *yah-at-eeh* qui lui parut crédible. Un Navajo âgé sortit des broussailles en mâchonnant quelque chose. Il cessa de mastiquer lorsque sa méfiance augmenta. Emmett était indien, mais pas Dine, et cela justifiait qu'on le considère, dans les endroits les plus reculés de la région, comme un sorcier. Lorsqu'il approcha, il veilla à ne pas paraître trop amical. Cela aussi pouvait être mal interprété.

Heureusement, le bâtard de colley cessa rapidement de s'intéresser à lui. Les chiens avaient la réputation de pouvoir flairer les sorciers.

– *Yah-at-eeh.*

Le vieillard lui rendit son salut. Il portait un sweat-shirt du Brigham Young[1] Athletics Department, malgré la chaleur étouffante, et un minimum de bijoux : une bague avec une turquoise et une boucle de ceinture en argent. Son visage ridé exprimait toujours la méfiance, mais il mastiquait à nouveau. De la viande refroidissait dans un poêlon qu'il avait retiré de sur le feu et posé sur une pierre plate.

– Où conduis-tu ces beaux moutons ? demanda Emmett.

Le vieillard tendit les lèvres vers les Chuskas. Des taches vert clair indiquaient les prairies parmi les tons plus foncés des sapins.

– Et d'où venez-vous ?

Nouveau mouvement de lèvres, cette fois pour indiquer les profondeurs du canyon de Chelly, situé à l'ouest, derrière l'homme. Ses agneaux, nés au début du printemps, étaient juste assez âgés pour accomplir le trajet jusqu'aux pâturages d'été et l'un d'entre eux – probablement un orphelin – se frottait contre les jambes boueuses du pantalon de surplus militaire que portait l'Indien.

1. Fondateur de la secte des Mormons (NdT).

Emmett montra ses papiers.

– Je suis un policier du Bureau des affaires indiennes.

Aucune réaction. Ou bien elle fut d'une très grande prudence. Néanmoins, le vieillard devint poli, annonça les clans de sa mère et de son père avant de se présenter.

– Je m'appelle Alva Tsinnajinnie…

Cela stimula la mémoire d'Emmett : la veille au soir, le sergent Yabeny avait indiqué que c'était la seule famille vivant toute l'année à Crystal Wash. Mais la région grouillait probablement de Tsinnajinnie.

– Es-tu Apache, policier ?

– Non, *hosteen* Tsinnajinnie… Comanche.

– *Naalani.*

Le vieillard avait soufflé le mot navajo. Presque un juron. Alors que les Utes étaient les ennemis traditionnels des Navajos, les Comanches avaient acquis la place d'épouvantails de la tribu. Surtout pour les représentants de la génération de Tsinnajinnie, qui se souvenaient des histoires, racontées par leurs grands-parents, liées aux quatre années pendant lesquelles l'armée américaine avait interné les Dines dans l'est du Nouveau-Mexique. Les Comanches, invaincus, s'estimaient propriétaires de ces régions désertiques, si bien qu'ils considéraient les Indiens de la réserve qui, sous-alimentés, vivaient dans des trous creusés dans le sol, comme des squatters méprisables. Mais, rapidement, le vieillard écarta les préjugés liés au passé et serra la main d'Emmett à la façon navajo, lentement et gravement, pressant le pouce sur le dos de la main.

– Tu connais tes clans ?

– Un seul, en fait. Le *Quahadi.*

– Qu'est-ce que ça signifie ?

– Mangeurs d'antilopes.

Chez les Comanches et les Navajos, les concepts de clan étaient totalement différents. Les clans navajos, qui étaient désormais plus de soixante, s'étaient dilués, au-delà de toute lignée identifiable, et étaient devenus plus ou moins des fraternités religieuses et sociales comportant des membres répartis sur tout le territoire navajo, sans ancêtres communs identifiables. Le plus souvent, les membres d'un même clan ignoraient qu'ils avaient des liens de parenté jusqu'au moment où, avant de se présenter, ils récitaient le pedigree de leur clan. Les Quahadis étaient en réalité une partie de la tribu des Comanches, pas véritablement un clan, mais Emmett avait mieux à faire qu'à couper les cheveux en quatre avec le vieillard.

– Tu veux manger quelque chose, policier ?

– Oui, *hosteen* Tsinnajinnie. Mais il y a d'autres personnes dans la voiture.

– Il y en a assez pour eux aussi.

Emmett hocha la tête.

– Avant d'aller les chercher, je voudrais poser une question…

Il s'interrompit, au cas où il y aurait une objection. Il n'y en eut pas.

– As-tu vu un avion se poser parmi ces collines ?

– Non, mais il y a des empreintes de cette taille – Tsinnajinnie leva trois doigts de la main gauche serrés l'un contre l'autre – sur le lac que créent parfois les pluies mâles. Mais, en ce moment, il n'y a pas d'eau.

– Et où se trouve-t-il ? demanda Emmett, impatient.

Nouvelle avancée expressive des lèvres. Au nord-est. Les Navajos divisent tous les éléments naturels en mâle et en femelle. Les pluies mâles sont les violents orages d'été.

– À ton avis, comment ces empreintes sont-elles arrivées là ?

Tsinnajinnie haussa les épaules en signe d'ignorance.

– Tu passes l'hiver dans le canyon de Chelly ?

– J'y laisse simplement mes moutons, chez le mari de ma sœur.

– Où habites-tu ?

– Au bord de Crystal Wash Road.

Il appartenait donc à la famille que Yabeny avait mentionnée.

– Tu étais chez toi samedi dernier, le soir ?

– Non, j'étais parti chercher mes moutons.

Un reflet rosâtre du soleil attira le regard d'Emmett sur le crâne déplumé de Summerfield. Anna et lui avaient laissé la Suburban, franchissaient la crête à pied et se dirigeaient vers eux. Elle semblait frêle, de loin, mais cette impression disparaissait, bizarrement, quand on se trouvait près d'elle. Peut-être son obstination donnait-elle l'impression que sa stature était plus imposante.

Emmett se tourna à nouveau vers le vieillard.
– Récemment, quelqu'un est-il venu à Crystal Wash ?
– Seulement la famille.
Emmett sourit.
– Et combien de membres compte-t-elle ?
– Onze. Ma femme et moi. Deux filles et sept petits-enfants.
– Il vous arrive de voir de la lumière, la nuit, dans Crystal Wash ?
– Pas là.
– Mais tu vois parfois d'autres lumières.
Tsinnajinnie prit l'agneau, se mit à lui caresser le cou.
– Des feux, dans les Chuskas.
– Des incendies de forêt ?
– Non, plus petits.
Puis le vieillard ajouta :
– Tout devient fou, par les temps qui courent, il n'y a plus de *hozho*…

L'harmonie, pour les Dines, qu'on peut traduire grossièrement par « marcher dans la beauté ». La transgression des tabous ou le fait de ne pas vivre selon les critères navajos entraînait la disparition immédiate du hozho.

– À mon avis, poursuivit le vieillard, les feux que j'ai vus étaient peut-être des hogans en flammes.

Une maison en feu était un présage de mort, pour ces gens, si bien qu'il ne fallait peut-être pas prendre tout cela à la lettre. Pourtant, le sergent Yabeny avait hésité avant de répondre, sur un ton neutre, que les Tsinnajinnie qu'il avait interrogés n'avaient pas vu de lumière. Pensait-il aux feux ? Inutile de demander au vieillard s'il en avait vu un dans les Chuskas samedi soir. Il n'était pas dans la région.

Le chien gronda, puis chargea Summerfield. Il était à un croc de saisir la jambe de l'agent quand le vieillard siffla, et le colley changea de direction.

– On a cru que tu t'étais perdu, dit Anna à Emmett, sur un ton qui sous-entendait discrètement qu'elle en avait eu assez de la compagnie de Summerfield.

Emmett éprouva un vague sentiment de satisfaction. Il les présenta à Tsinnajinnie, qui posa son agneau pour leur serrer la main. Le vieillard était visiblement prêt à accomplir cette tâche avec chaleur, mais Summerfield se dégagea rapidement, puis passa la paume sur son pantalon. Au lieu de se vexer, Tsinnajinnie se tourna vers Anna.

– Tu es Comanche, toi aussi ?

– Non, grand-père, répondit-elle. Modoc.

– Modoc, répéta le vieillard, comme s'il n'avait jamais prononcé le mot. Où vit ton peuple ?

– Dans le nord de la Californie et le sud de l'Oregon.

– Beaucoup d'arbres ?

– Un peu. Mais surtout des coulées de lave et de l'herbe.

Tsinnajinnie ne demanda pas à Summerfield d'où il était originaire. Prenant le poêlon avec un bandana sale, il proposa son contenu, en commençant par Anna. Heureusement, Summerfield n'examina pas les bandes molles, d'une blancheur de lard. Suivant l'exemple d'Anna, il mouilla les doigts et en prit une. Il la serra quelques instants entre les incisives, afin qu'elle refroidisse, puis parut agréablement surpris lorsqu'il mastiqua.

– Bon sang, où se procure-t-on du calamar ici ?

– Nulle part, dit Anna. C'est de l'aorte de mouton.

Puis elle parut éprouver une sorte de ravissement pervers quand Summerfield blêmit.

– *Hosteen* Tsinnajinnie, demanda Emmett, où se trouve le lit du lac des pluies mâles ?

– À une demi-heure de marche.

Le vieillard lui offrit à nouveau de l'aorte de mouton, qu'il accepta. Il se sentit soudain affamé et Anna aussi, apparemment, car elle se servit généreusement.

Summerfield refusa.

Emmett montra le nord de la tête.

– Vous commencez à reconnaître quelque chose, Reed ?

– Je ne sais pas, répondit l'agent. Peut-être si on reprenait la voiture et qu'on continuait. À votre avis… la piste de droite ?

– À mon avis, on devrait continuer à pied.

Emmett remercia le vieillard, se mit en marche parmi les moutons, jeta un nouveau coup d'œil sur sa montre. Presque 16 h 30. La première journée d'une enquête sur un homicide se déroulait toujours dans une sorte de flou. Difficile de garder les nécessités physiques présentes à l'esprit et, sans la constipation qui s'installait inévitablement, on perdrait probablement dix kilos. Il jeta un coup d'œil discret derrière lui. Anna et Summerfield suivaient, elle de la démarche souple des gens accoutumés à se déplacer parmi les broussailles, lui les mains tendues à la façon d'une mante religieuse et du pas saccadé du citadin terriblement effrayé de rencontrer des serpents.

Emmett entendit Anna demander à Summerfield s'il était marié.

– Grand Dieu, non ! répondit-il. Il faudrait être sadique pour emmener un femme dans un coin comme celui-ci.

Emmett secoua la tête, puis gravit rapidement les marches naturelles d'une sorte de digue basaltique. Parvenu au sommet, où soufflait un vent léger, il découvrit enfin le lac asséché. Il était long et étroit. Et sa forme était irrégulière. Mais la distance séparant ses extrémités est et ouest pouvait permettre à un petit appareil, muni d'un train d'atterrissage solide, de se poser et de décoller. Le lac était apparu quand la lave avait jailli d'un petit cône et s'était écoulée le long du flanc nord des collines, beaucoup plus anciennes, jusqu'à ce qu'on appelait maintenant Whiskey Creek, créant une longue barricade derrière laquelle la poussière volcanique s'était accumulée et tassée avec le temps. Ou bien, comme croyaient les Navajos à propos des coulées de lave proches du mont Taylor – une des quatre montagnes sacrées qui entouraient leur territoire, dans le nord-ouest du Nouveau-Mexique –, elle s'était formée quand les Héros jumeaux avaient tué un monstre dont le sang, séché et noirci, avait constitué ces masses sinueuses.

Il y avait, sur la surface, deux lignes de points.

Anna et Summerfield le rejoignirent, Summerfield essoufflé.

– Qu'est-ce que c'est ? demanda Emmett, qui montra les points.

– Des balises, hoqueta Summerfield. Qu'on fabrique avec des boîtes de café. Les trafiquants de drogue les emplissent d'essence, les enflamment à l'arrivée de l'avion. *Voilà* [1]… l'éclairage de la piste.

1. En français dans le texte.

– Vous en avez pris des échantillons, vous ou les gars de Tallsalt ? demanda Emmett.

– Non, reconnut Summerfield. Je suppose qu'on peut le faire aujourd'hui.

– Je suppose, répéta Emmett, amer. En tout cas, d'ici, je ne vois pas les empreintes.

– Elles sont terriblement ténues.

– Pourquoi, Reed ? intervint Anna. Logiquement, l'avion devait être lourdement chargé.

– À mon avis, l'érosion est une meilleure explication.

– L'érosion, fit-elle.

Bien, elle aussi répétait les stupidités de Summerfield.

– À mon sens, les empreintes avaient plusieurs mois quand Tallsalt et Yabeny m'ont conduit ici.

– Quand était-ce ?

– Il y a six semaines. Peut-être un peu plus.

Tallsalt, putain de sale menteur ! Emmett, furieux, fit les cent pas au sommet de la colline.

– Reed, demanda Anna, avez-vous eu affaire à Bert Knoki ?

– Sûrement, au cours de ces derniers mois. Mais rien de précis ne me vient à l'esprit. Vous savez, un incident dont j'aurais été l'agent responsable – il voulait dire : chargé de l'enquête –, mais j'ai entendu dire qu'il avait une imagination un peu fantasque.

– Comment ça, fantasque ?

– Rien de précis ne me vient à l'esprit, Anna, répéta Summerfield.

Donc Summerfield ne s'entendait pas très bien avec Knoki, songea Emmett. Mais les frictions entre le FBI et les flics tribaux étaient fréquentes dans les territoires indiens. Cependant Summerfield était si évasif qu'Emmett se dit également : *demander à Tallsalt.*

Étant enfin parvenu à se calmer, Emmett montra la Suburban, au loin, et la piste qui commençait à sa droite puis décrivait un arc de cercle et aboutissait dans la cuvette.

– Vous voulez bien aller chercher votre voiture pendant qu'on continue à pied, Turnipseed et moi ?

– Aucun problème.

Les yeux de Summerfield exprimaient la colère, l'embarras même. Il n'était pas stupide. Seulement terriblement hors de son élément.

– Il y a de quoi relever des indices, dans votre voiture ?

– Deux ou trois trucs.

– De la poudre noire, un pinceau et du papier collant ?

Summerfield acquiesça.

– Bien, dit Emmett. Je voudrais essayer de relever des empreintes sur ces boîtes. Si ça ne marche pas, on pourra envoyer les plus prometteuses au labo, où on les traitera à la fumée.

Il est possible de rendre visibles les empreintes digitales de faible intensité grâce à un procédé basé sur la fumigation à base de gaz. Mais Emmett n'avait aucune intention de relever des empreintes. Il avait simplement envie d'être seul avec Anna.

Le chemin permettant de rejoindre la Suburban descendait, si bien que Summerfield s'éloigna à grands pas. La démarche raide et rapide d'un homme de pouvoir.

Emmett se tourna vers le lac asséché, Anna à ses côtés, et ils descendirent le flanc nord au petit trot. Il constata avec satisfaction qu'elle avait effectivement apporté des chaussures de marche. Et il lui fut reconnaissant d'être à nouveau en phase avec son humeur et de garder provisoirement le silence. Un après-midi gâché. Il aurait mieux fait de dormir. Ainsi, à l'arrivée des résultats des autopsies, ils auraient été frais, prêts à exploiter toutes les pistes qu'elles auraient éventuellement dévoilées.

Le terrain se fit plus rocailleux et ils ralentirent.

Puis, apparemment, Anna ne put se retenir plus longtemps.

– Tu te fiches complètement des empreintes digitales, pas vrai ?

– Oui.

Ils parcoururent une centaine de mètres, se frayant un chemin parmi l'armoise, puis elle dit :

– Et Tallsalt a affirmé, ce matin, que je faisais fausse route si je croyais que les coupables étaient des gens de la région.

– Ah oui ?

– Donc, si ces empreintes d'avion ont plus de deux mois, quel lien peut-il bien y avoir entre elles et le fait que les Knoki aient été surpris puis tués par des trafiquants de drogue ?

- Je suis très impatient de poser cette question à John.

– Moi aussi, dit Anna.

– Mais on ne va pas la lui poser tout de suite.

– Pourquoi ? s'enquit-elle.

– Parce que ce fils de pute a beaucoup insisté pour que son vieux pote E. Q. Parker, du BIA, participe à l'enquête.

– Ça ne te fout pas en rogne ?

Emmett la foudroya du regard jusqu'au moment où elle baissa les yeux.

– Il faut que Tallsalt reste dans le noir jusqu'au moment où on saura pourquoi lui, Yabeny et le reste du service tiennent absolument à ce qu'une partie du passé de Bert Knoki reste secrète. Ensuite, on discutera longuement. Et nom de Dieu, Turnipseed, je serai aussi en rogne que j'en aurai envie.

Le klaxon de la Suburban retentit. Summerfield faisait des appels de phares et fonçait sur la piste en direction du lac asséché. Il vit finalement Emmett et Anna, s'arrêta et descendit précipitamment. Emmett ne comprit son message que lorsqu'il l'eut crié une deuxième fois.

Summerfield venait d'entendre quelque chose, sur la fréquence de la police tribale : une voiture de patrouille de Window Rock répondait, en navajo, à un appel concernant le logement des Knoki – d'après le voisin, il y avait quelqu'un sous le mobile home.

6

Summerfield laissa le volant à Emmett.

Anna estimait qu'ils avaient une bonne chance d'arriver chez les Knoki avant la voiture de patrouille partie de Window Rock. Il lui semblait raisonnable de penser que les meurtriers n'avaient aucune raison de hanter le logement de leurs victimes. Ils avaient intérêt à en rester le plus loin possible. Pourtant, il y avait quelqu'un lorsque Emmett et elle y étaient allés, peu avant l'aube. Il n'y avait aucune présence physique apparente dans les pièces, mais quelqu'un les avait visitées. Les chiens des environs s'en étaient rendu compte. C'était le seul lien entre la raison et l'intuition.

Si les meurtriers retournaient chez les Knoki, ce serait une formidable aubaine. Mais cela signifiait-il aussi qu'ils avaient l'intention de tuer d'autres flics ?

Emmett fonçait sur la piste ravinée, ne rectifiait jamais exagérément la trajectoire, même lorsque la Suburban dérapait, se contentant de caresser le volant, les yeux fixés sur la route, au loin. Summerfield s'occupait de la radio.

– Window Rock, ici Frank Deux, dit-il, la voix tremblante en raison des cahots.

– À vous, Deux.

– Je vous avertis que moi-même, Frank Trente-trois et BIA Dix-sept répondons depuis Sonsela Buttes.

– Bien reçu, indiqua la répartitrice.

Emmett s'engagea sur la route et la Suburban oscilla. Anna se cramponna à l'accoudoir. Emmett redressa les roues avant et mit le pied au plancher. Le véhicule venait à peine de reprendre une trajectoire rectiligne quand il demanda à Summerfield :

– Qui les a avertis ?

– Window Rock, dit l'agent, qui vous a appelés ?

Pas de réponse immédiate. La répartitrice demandait-elle au sergent responsable des transmissions si elle était autorisée à fournir cette information aux fédéraux ?

– Allez, marmonna Emmett.

Le soleil était presque sur l'horizon et ses rayons horizontaux, qui entraient par le pare-brise, accentuaient la structure comanche prononcée de ses os. Et faisaient ressortir les deux rides verticales qui creusaient son front.

– Frank Deux, dit finalement la répartitrice, dont la voix couvrit les interférences agaçantes du trafic radio au sein de la réserve, l'informateur est un certain Hank Whitesheep, voisin immédiat, demeurant au numéro 10. Whitesheep croit que l'intrus ignore qu'il a été repéré.

– Bien reçu, Window Rock.

Summerfield raccrocha le micro, la sueur de la paume de sa main laissant une trace luisante sur le plastique. Puis il murmura, comme s'il caressait sa mémoire avec une plume :

– Whitesheep… *Whitesheep…*

– Il y a longtemps que vous avez vérifié votre fusil ? lui demanda Emmett.

– Voyons…

Emmett l'interrompit.

– *Turnipseed.*

Elle leva les bras, décrocha le Remington 870 fixé au râtelier du plafond. La sécurité était sur *off*. Elle baissa sa vitre. Une rafale de vent filant à cent cinquante à l'heure entra dans un hurlement, soulevant la poussière du tapis de sol. Elle lui piqua les yeux et fit tousser Summerfield. Il y avait une cartouche dans la chambre, à la portée du percuteur. Quatre dans le chargeur. Braquant l'arme par la vitre ouverte, elle sortit la cartouche avec l'ongle, appuya sur la détente, la chambre étant désormais vide. Le claquement fut à peine audible dans le bruit du vent.

Feignant, peut-être, d'ignorer cette violation des règles de sécurité, Summerfield dit, couvrant le bruit du vent :

– Piège !

Anna remonta rapidement la vitre et posa le Remington sur ses genoux.

– Qu'est-ce que vous dites ? demanda Emmett à l'agent de Gallup.

– J'ai enquêté sur un nommé Henry Whitesheep, dans ce quartier de mobile homes, peu après mon arrivée. Parce qu'il avait creusé un piège sur un site archéologique. Il était en liberté conditionnelle, à l'époque.

La cheminée de l'incinérateur de la scierie désaffectée de Navajo apparut. Emmett freina.

– Pour quelle raison a-t-il été condamné ?

– Pour avoir tiré par deux fois sur un agent du service archéologique tribal pendant qu'il fuyait après avoir été surpris, répondit Summerfield. Au début des années quatre-vingt-dix.

– Pillage de céramiques ? demanda Anna.

Les poteries anasazies valaient encore des fortunes sur le marché noir... gris ou théoriquement légitime. La tribu disposait d'un service spécial chargé de protéger les vestiges du passé présents sur son territoire.

– Oui, répondit Summerfield. Puis quelqu'un a creusé, sur le même site, une fosse dissimulée au fond de laquelle étaient placés des pieux pointus. Le flic de l'archéologie, qui inspecte régulièrement cet endroit, a failli tomber dedans.

Summerfield tendit à nouveau la main vers le micro, le manqua et recommença.

– Je ne suis pas parvenu à lier Whitesheep...

– C'est bon, coupa Emmett.

Ils avaient quitté la route et filaient, sur une voie secondaire, en direction des mobile homes. Parker ajouta :

– Vous et Anna, vous couvrirez les fenêtres pendant que j'irai chercher la clé.

– D'accord.

Puis l'agent, par radio, avertit Window Rock que les fédéraux étaient sur les lieux.

La répartitrice tenta d'obtenir une estimation du moment où sa voiture de patrouille arriverait, mais Emmett, sans tenir compte d'elle, dit :

– Prête, Anna ?

À la tension des tendons de son cou, elle comprit qu'il résistait au désir de tourner la tête et de regarder ses yeux.

– C'est bon, affirma-t-elle.

Emmett coupa le moteur et laissa la voiture courir quelques dizaines de mètres sur son erre, jusque dans la cour des Knoki. Il gara la Suburban obliquement, de sorte que le bloc moteur, protection efficace, se trouverait entre Anna et le mobile home. Elle sortit d'un bond, appuya ses coudes nus sur le capot. Mais la tôle était chaude, si bien qu'elle se redressa vivement et se mit à genoux. Son coude droit, dont la guérison était récente, se mit à l'élancer ; elle l'avait cogné trop fort sur le capot. Elle fit osciller le canon du fusil entre les fenêtres de la façade et la porte du cellier. Elle retint son souffle, épia le moindre indice de mouvement. Mais les vitres réfléchissaient la lumière du crépuscule.

Summerfield s'agenouilla derrière la portière du passager.

Il l'avait laissée entrouverte afin qu'elle le protège. Son pistolet 9 mm était braqué sur les fenêtres du côté ouest du mobile home. Une des longues mèches broussailleuses qui lui servaient à couvrir son début de calvitie était dressée. Et, comme il était accroupi dans une position inélégante, Anna constata qu'il avait un gros derrière, pour un homme.

Malgré la tension, il sourit.

Emmett s'engagea dans la cour. Du coin de l'œil, elle suivit sa progression silencieuse, féline. De sa main libre, il manœuvra la poignée de la porte d'entrée – fermée à clé – avant de passer près de la Mazda des Knoki et de gagner le parterre plein de pierres. Tandis qu'il prenait celle qui contenait la clé, ses yeux et son revolver restèrent braqués sur le mobile home. Le cuivre de la clé ne brilla pas, dans sa main, et Anna constata que tout le quartier était désormais dans l'ombre. Cela conférait à l'air une teinte bleu froid, même si la température était sans doute toujours supérieure à vingt-cinq degrés. Il n'y avait personne. Étrange. C'était l'heure où quelques personnes devaient nécessairement rentrer du travail – même dans une réserve où le taux de chômage était de cinquante pour cent. Et, cette fois, les chiens n'aboyaient pas.

Emmett regarda autour de lui, les narines dilatées, comme s'il tentait de flairer une embuscade. Puis il fit signe à Summerfield de le rejoindre devant la porte d'entrée. Simultanément, le joint d'étanchéité d'une porte claqua. Emmett braqua rapidement son revolver sur le bruit. La porte de Whitesheep s'entrouvrit et le visage souriant de l'ancien détenu apparut dans l'ouverture. Un mètre vingt plus bas, ce fut celui de son chien, qui aboya. Mais rien à voir avec les jappements hystériques des dernières heures de la nuit. Summerfield voulut dire quelque chose à Whitesheep, probablement de rester à l'intérieur. Mais sa bouche était sans doute si sèche qu'il se contenta de lui faire signe de rentrer.

Le battant fut fermé.

Parker glissa la clé dans la serrure des Knoki.

L'intérieur était étouffant, Emmett perçut quelque chose tandis qu'il passait près du bar de la cuisine, mais il le laissa provisoirement de côté. Dans le cellier, il chercha la trappe permettant d'accéder à l'espace qui se trouvait sous le mobile home. Ce modèle n'en comportait pas. Il regarda à l'intérieur du sèche-linge – les êtres humains parviennent à se cacher dans des endroits stupéfiants, quand il faut absolument qu'on ne les trouve pas. Vide, hormis un sweat-shirt à motif de flocons de neige qu'Aurelia avait peut-être l'intention d'emporter, le soir de son assassinat, puis oublié à la dernière minute.

Emmett se figea.

La porte de la salle de bains était fermée. Il était certain qu'Anna avait laissé toutes les portes intérieures ouvertes.

Il tira vivement le battant, attendit avant d'entrer.

Les pas lourds de Summerfield retentirent sur le linoléum, derrière lui. Sans se retourner, Emmett lui fit signe de s'immobiliser. Au cas ou quelqu'un guetterait, contre le mur, à l'intérieur de la chambre.

Ou était couché sous le mobile home, prêt à tirer à travers le mince plancher. De toute évidence, les fouilles et les arrestations effectuées par la Washington Metropolitan Police étaient réalisées par des équipes spécialisées, pas par les agents du contre-espionnage.

Emmett entra, fit pivoter son arme d'un coin à l'autre, puis du plancher au plafond. D'un doigt impatient, il indiqua à Summerfield de couvrir les trente centimètres qui séparaient le dessous du lit du plancher, ainsi que la porte du placard, qui était fermée. Puis il se précipita dans la salle de bains, arracha le rideau de douche tiré et le jeta sur le dallage.

Rien dans la baignoire.

Il regagna la chambre où il constata que Summerfield – malgré la pâleur de son visage – faisait preuve d'initiative et ouvrait le placard. Une tête sur laquelle se trouvait une perruque, posée sur une étagère, le fit sursauter, mais il parvint à ne pas tirer.

Emmett regagna précipitamment le bar de la cuisine.

La corbeille à courrier était vide. Les factures qu'il avait examinées avaient disparu. De même que l'enveloppe dont l'expéditeur donnait une adresse à University Park. Mais réfléchir à cela pouvait attendre. Il fallait qu'il voie Whitesheep avant de s'occuper de l'espace situé sous le mobile home.

L'ancien détenu traînait sur le perron, un paquet de cigarettes dans la manche de son tee-shirt, les pouces sous le haut de son jean sans ceinture.

– Qu'est-ce que vous avez entendu ? demanda Emmett d'une voix contenue.

– Quelque chose qui rampait là-dessous. Quelque chose de gros. Et ça creusait… vous savez, il y avait des cailloux qui heurtaient l'habillage.

– Il y a combien de temps ?

– Ça s'est arrêté juste après votre arrivée.

Un sourire amusé. La réaction inquiète des flics, à la suite de son appel, lui faisait plaisir. Plus tard, Emmett réglerait ses comptes.

– Comment peut-on passer dessous ? demanda-t-il.

– Il faut tirer les marches du perron. C'était par là que Bert passait pour faire des réparations. Les tubes gelaient toujours. Je lui disais d'acheter de l'isolant, mais il trouvait que c'était trop cher.

Emmett eut envie d'emprunter le chien de Whitesheep et de l'envoyer faire un tour sous le mobile home. Mais si l'animal se faisait tuer, un corniaud aurait soudain des documents délivrés par la Société canine américaine et vaudrait 100 000 dollars. Le contentieux du BIA négocierait, à l'amiable, une indemnité inférieure de moitié et tout le monde serait content, sauf le supérieur d'Emmett, qui lui avait indiqué par téléphone que sa participation à l'enquête pesait lourdement sur le budget, réduit d'un quart, du service.

Furieux, il soupira.

Une voiture de patrouille tribale s'arrêta. L'agent au cou de taureau qui avait brièvement bavardé avec Yabeny la veille au soir en descendit. Il glissa sa matraque dans l'anneau de sa ceinture Sam Browne et se dirigea vers Emmett d'un pas lourd. Les présentations, surtout celles, longues, qui caractérisent les Navajos, pouvaient attendre.

– Où est votre unité canine la plus proche ? demanda Emmett.

L'agent répondit :

– À Chinle.

À une heure, au moins.

Emmett ordonna à Whitesheep de s'asseoir sur les marches de son perron. L'homme obéit avec un sourire ironique. Parker demanda à l'agent de surveiller l'homme tandis que Summerfield et lui fouilleraient sous le mobile home – un ex-détenu ayant agressé un flic, quel que soit le service auquel il appartenait, ne pouvait rester sans surveillance pendant les minutes à venir.

Anna, toujours en position derrière la Suburban, lui fit signe d'approcher d'un mouvement du menton.

Emmett la rejoignit.

– Qu'est-ce qu'il y a ?

– Je t'accompagne là-dessous.

– Écoute, inutile de salir tes vêtements…

– Je n'en ai rien à foutre de mes vêtements. Je passe devant.

La seule chose qu'il trouva à répondre fut la vérité :

– Je ne veux pas que tu ailles là-dessous.

Mais, ensuite, il amenda :

– Pas encore.

– Comment ça, *pas encore* ?

– Seulement ça. Est-ce que j'ai besoin de te rappeler comment ton serviteur a été réveillé, ce matin ?

Ce n'était pas la chose à dire. Le regard d'Anna se fit brûlant.

– Quand *mon serviteur* décidera-t-il que je suis prête ?

Limitant les dégâts, il tint sa langue.

– Et qui décide, ici, de toute façon, Parker ? J'ai cru t'entendre dire à Esquivel que j'étais responsable. Tu regrettes ?

Il eut envie de lui dire ce qu'il éprouvait pour elle, mais ç'aurait été totalement ridicule, comme ça, ici. Heureusement, l'envie passa.

Mais elle interpréta son silence autrement.

– Dans ce cas, nom de Dieu, pourquoi tu m'as fait venir de Las Vegas ?

Elle avait raison. Et pour la première fois depuis sa conversation téléphonique avec l'US attorney de Phoenix, il regretta d'avoir demandé sa présence. Mais il contourna la portière ouverte de la Suburban et fouilla la boîte à gants – derrière le *Diné Bahané* en allemand de Summerfield – en quête d'une torche. Il la fourra dans la main gauche d'Anna et lui prit son fusil.

– Tiens cette putain de lampe éloignée de ton corps, gronda-t-il. Ça t'évitera peut-être de prendre une balle dans la tête.

Furieuse, elle arma son pistolet.

Summerfield était sorti du mobile home et regardait nerveusement les trous d'aération de l'habillage. Emmett donna le Remington à l'agent de Gallup.

– Turnipseed et moi, on va progresser en direction de l'arrière du mobile home. Prenez position à cet endroit. Quelqu'un tentera probablement de prendre la fuite.

Summerfield s'éloigna, en petites foulées, sans élégance.

Emmett regarda une nouvelle fois autour de lui. Cet appel avait toutes les caractéristiques d'un piège. Avertissement donné par un ex-détenu. Tous les membres de la petite communauté demeurant invisibles. Et c'était la deuxième fois qu'ils venaient, Anna et lui, de sorte qu'on les avait vus. En pays indien, les méchants commencent par observer. Cherchent les faiblesses. Ensuite, ils frappent. Il fit signe à Anna de surveiller l'arrière du perron, tandis qu'il l'éloignerait de l'endroit dépourvu d'habillage. Le visage rouge, elle lui parut d'une beauté exaspérante. Il posa son revolver sur la dernière marche, à portée de main, quand il tira le perron. Le bois émit un couinement irritant quand il glissa sur le ciment.

Anna passa près de lui et se glissa dans l'ouverture. Dans les ténèbres. Il sortit sa petite torche métallique de la poche de son coupe-vent et la suivit.

On avait agrafé une sorte de filet, sous les solives, afin de fixer des panneaux isolants roses contre le plancher. Avec le temps, il avait pourri, si bien que des lambeaux de ce fin tissu pendaient comme des voiles blancs et sales. Cela créait des dizaines d'espaces obscurs. Tous susceptibles de cacher un homme.

Anna avança de quelques mètres, puis s'arrêta à nouveau.

Elle entendit Emmett, derrière elle, mais continua de regarder devant elle, tentant, grâce à sa torche, de distinguer ce que cachaient éventuellement les lambeaux de filet. Toutes sortes de formes menaçantes y apparaissaient, mais elle s'efforça de conserver le contrôle de son imagination. Elle redoutait que ce qui risquait effectivement de l'attaquer lui échappe.

Emmett tapota une de ses chaussures, afin qu'elle comprenne qu'il se trouvait juste derrière elle. Il n'avait pas allumé sa petite torche. Elle comprit que c'était pour éviter qu'elle soit gênée par une lumière parasite.

Des tubes serpentaient sur le sol poussiéreux. Bert Knoki avait enroulé de grandes quantités de chiffons autour des tuyaux d'arrivée et d'évacuation d'eau qui, de ce fait, évoquaient des bras et des jambes momifiés. Elle éteignit sa lampe torche et écouta. Au-dessus d'elle, dans la cuisine, le réfrigérateur ronronnait. Outre cela, sa respiration et celle d'Emmett dans l'espace exigu, elle n'entendit rien.

Mais ils n'étaient pas seuls.

Cette conviction s'était imposée à elle dès l'instant où elle avait franchi l'habillage.

Elle alluma à nouveau sa lampe. Il y avait des traces, sur le sol, de larges traînées, comme si quelqu'un avait progressé en rampant, exactement comme Emmett et elle le faisaient. Bert, peut-être, tentant de mieux isoler ses tubes ? À l'abri de l'humidité, les empreintes peuvent rester visibles pendant de nombreuses années dans un tel environnement. Elle posa les doigts sur le réflecteur de sa torche, afin de ne pas aveugler Emmett, se retourna et examina rapidement les traces qu'elle avait elle-même laissées. De petites dépressions ponctuaient les traînées laissées par son corps, aux endroits où ses chaussures avaient pris appui sur le sol. Les empreintes qui se trouvaient devant elles en étaient dépourvues.

Posant son pistolet dans le creux de son coude, elle essuya sa main droite trempée de sueur sur l'arrière de son jean. Puis elle reprit sa progression.

Son bras gauche tremblait, du fait qu'elle maintenait la lampe torche aussi loin que possible d'elle. Mais Emmett avait raison. Toute personne confrontée à la lumière supposerait certainement qu'elle la tenait juste devant elle. Chaque fois qu'elle atteignait un lambeau de filet, elle devait l'écarter avec son 9 mm, scruter les ténèbres qui se trouvaient derrière, décider en une fraction de seconde si quelqu'un s'y cachait.

La poussière était couverte de crottes de souris. Elle espéra qu'il ne s'agissait pas de crottes de souris à pattes blanches, qui contiennent un virus redoutable – isolé pour la première fois au sein de la nation navajo, même si les cas non identifiés avaient été nombreux, auparavant, dans tout l'Ouest, pendant des générations. La maladie commence comme un rhume, mais se mue rapidement en graves problèmes respiratoires. La victime succombe, comme noyée, les poumons pleins de liquide.

Tu déráilles. Arrête !

Emmett tapota la semelle de sa chaussure avec impatience.

Elle s'immobilisa, fit décrire un arc de cercle au canon de son arme. Mais Emmett donna une nouvelle tape sur son pied et elle s'immobilisa totalement. Au bout d'un moment, elle jeta un coup d'œil par dessus l'épaule.

Il avait posé un doigt sur les lèvres. Il avait entendu quelque chose. Elle ne percevait que le chuintement de son sang dans ses oreilles. Puis Emmett montra l'essieu arrière du mobile home.

Ce qu'il avait entendu venait de cette direction.

Il avança le long du flanc gauche d'Anna, mais elle pressa sa jambe contre son épaule. Il s'arrêta. Posant la torche afin de pouvoir lui faire signe de la main, elle indiqua qu'elle allait se diriger vers l'essieu. Les yeux d'Emmett se dilatèrent, mais la nécessité de garder le silence l'empêcha de protester.

Anna passa le faisceau de sa lampe sur la zone, qui était partiellement dissimulée par des morceaux de filet et le pavillon d'une prise d'air, jetant une ombre sur le sol. Tandis qu'elle rassemblait son courage, afin de reprendre sa progression, une image apparut dans son imagination : Bert et Aurelia, noirs et ratatinés, les poings levés comme s'ils voulaient se battre. Si quelqu'un se trouvait entre elle et l'extrémité du mobile homme, cette personne était liée à leur meurtre. Cette personne était capable de brûler un flic et sa femme. Et d'y prendre plaisir.

Elle avança lentement.

En approchant de la zone d'ombre, elle distingua un trou peu profond. Comme ceux que creusent les lièvres. Mais celui-ci faisait un mètre quatre-vingts de long. Difficile d'en estimer la profondeur sans braquer le faisceau de la lampe sur le bord, constitué par l'essieu qui se trouvait près d'elle.

Elle approcha.

Emmett passait par le côté opposé, le visage dans le noir. Elle leva la torche dans l'intention d'éclairer l'intérieur du trou.

Il y eut un sifflement.

Pendant la première fraction de seconde, elle eut l'impression qu'un poing avait heurté sa main. Elle lâcha la lampe et tout ce qui l'entourait se mua en ombres chinoises. Quelque chose de froid et de mouillé se referma sur son poignet, avec une grâce fluide, inquiétante. Prise de panique, elle voulut dégager son bras, mais les dents étaient déjà enfoncées dans sa chair. Aussitôt, elle ressentit une violente sensation de brûlure. Elle se débattit plus fort, dans l'espoir de se dégager.

– Emmett, quelque chose m'a attrapée !

Elle lâcha son pistolet, tendit la main vers l'endroit où la pression se faisait de plus en plus forte… toucha une tête écailleuse. Sa paume glissa sur un croissant de muscles frémissants, jusqu'à une queue courte qui écarta sa main sans effort. La créature tenta d'entraîner sa main du côté opposé de l'essieu et dans le trou. Elle prit appui sur la barre métallique, tentant de dégager son bras. Les dents de la créature, aussi tranchantes que des rasoirs, entreprirent de mastiquer son poignet entre l'étau impitoyable de mâchoires puissantes.

– Emmett !

Elle ne savait plus où il était, mais il sortit du trou, le faisceau de sa petite torche l'aveuglant pendant un instant avant de s'immobiliser sur son bras.

– Ne bouge plus, Anna ! cria-t-il.

– *Quoi ?*

– Fais le mort ! Il lâchera prise s'il croit que tu es morte !

– Je ne peux pas !

Des yeux reptiliens, impitoyables, flamboyaient dans une tête noire. Des plis de peau écailleuse et des bandes roses, oranges, jaunes et blanches. Le faisceau s'éloigna de la créature quand Emmett coinça la torche sous son aisselle. Puis il le braqua à nouveau sur l'énorme tête reptilienne. Grognant sous l'effet de la fureur ou de la terreur, il glissa les doigts de part et d'autre de la gueule et se mit à tirer.

– Merde !

Il renonça, posa le canon de son revolver sur la tête du lézard perlé.

– Ne bouge pas !

L'éclair bleu aveugla Anna. Dans l'instant enfumé qui suivit la détonation, elle se demanda si son poignet était toujours prisonnier des dents. Oui. Absolument. La balle du .357 avait décapité la créature, mais la tête serrait toujours son poignet. Sa vision se troubla. Des images de la tête tournoyèrent devant elle en un cercle propre à donner la nausée.

– Je t'ai dit de ne pas bouger !

Emmett tira une nouvelle fois. Et encore une fois. Puis il lâcha son revolver et tenta à nouveau d'écarter les mâchoires puissantes. Elles cédèrent avec le claquement d'un bréchet qui casse. Aussitôt, il se mit à sucer les plaies. Il suça et cracha. Il faisait cela depuis une minute quand il dit soudain :

– Ça ne marchera pas… trop de déchirures.

Il détacha un lacet de chaussure, le retira plaça un garrot sur le bras d'Anna.

– Trop serré ? demanda-t-il, essoufflé.

Elle ne savait pas. La douleur était toujours présente, fichée telle une épine dans son cerveau, mais elle avait l'impression de perdre le contrôle de ses bras et de ses jambes, comme s'ils appartenaient à quelqu'un d'autre. Et elle avait envie de vomir.

Emmett la saisit par la ceinture de son jean et entreprit de la traîner jusqu'à l'ouverture de l'habillage.

Une voix totalement sans équivoque hurlait, méprisante, dans l'esprit d'Anna : *Connasse, tu as laissé l'oiseau-mouche de Boston dans ton sac à main !*

7

Emmett raccrocha le combiné, posa les mains sur les parois de l'alcôve où se trouvait le téléphone et ferma les yeux. Le bavardage mécanique, en navajo, des infirmières, dont le bureau se trouvait à l'extrémité opposée du couloir, s'estompa tandis qu'il assimilait les constatations consécutives à l'autopsie. Il venait de s'entretenir avec l'agent de Tucson qui y avait assisté, au Centre hospitalier universitaire de l'Arizona... et savait maintenant comment le couple était mort. Le temps. La souffrance extrême est capable de dilater le temps dans des proportions incroyables, de transformer le fini en éternel. Était-ce cela qui créait ce résidu démoniaque de l'âme humaine que les Navajos appellent *chindi* ?

Une voix, en anglais, ramena Emmett dans l'hôpital. Sage Memorial, à Ganado – quarante-cinq kilomètres à l'ouest de Window Rock – où, trois heures auparavant, Summerfield et lui avaient conduit précipitamment Anna.

– Monsieur Parker ?

– Oui.

Emmett se retourna.

Un jeune Blanc dégingandé se tenait devant lui. Ses cheveux roux frisés étaient attachés sur sa nuque et il portait une blouse, le tube d'un stéthoscope s'échappant d'une poche.

– Je suis le docteur Hennepin.

Cela ne dissipa pas immédiatement le choc horrible consécutif au coup de téléphone à Tucson. Hennepin : le spécialiste des morsures de reptile, qu'il avait fallu déranger pendant qu'il dînait dans un restaurant de Gallup.

– Comment va Turnipseed ?

– Vous voulez bien m'accompagner ?

Même dans des circonstances ordinaires, Emmett détestait qu'on réponde à une question par une autre question. Cette fois, cela lui noua l'estomac. Le médecin s'engagea dans le couloir où se trouvait la chambre d'Anna. Summerfield était à son poste, sur une chaise, devant sa porte. Personne, hormis le personnel médical habilité, ne pourrait l'approcher tant qu'Emmett ne tiendrait pas le fils de pute qui leur avait tendu un piège chez les Knoki. Et tant qu'il ne saurait pas pourquoi.

Le Dr Hennepin le fit entrer dans l'antichambre d'une salle de radiologie.

Un unique cliché était fixé sur le caisson lumineux, qui resta éteint tandis que le médecin s'installait sur un tabouret. Sans un sourire, il montra à Emmett la chaise qui se trouvait du côté opposé de la pièce.

– Ça va.

Il préférait rester debout. *Vas-y : je suis mort de trouille.*

– La ville de Navajo, commença Hennepin, se trouve presque six cents mètres au-dessus des habitats les plus élevés du *Haloderma cinctum suspectum.* On l'appelle communément lézard perlé de l'Utah, mais on trouve également cette sous-espèce dans les régions moins montagneuses du nord de l'Arizona. Quoi qu'il en soit, cela m'a amené à penser…

– Une minute, docteur, coupa Emmett. J'écouterai tout ce que vous voulez me dire mais, d'abord, il faut que je sache… Comment va Turnipseed ?

Le visage de Hennepin resta un instant sans expression, puis il dit :

– Elle sera rétablie dans deux ou trois jours.

Emmett crut qu'il parvenait à cacher l'immensité de son soulagement. Jusqu'au moment où les larmes lui brûlèrent les yeux.

Mais le médecin poursuivit :

– Sauf en cas d'infection. La gueule des lézards perlés est un véritable cloaque…

Percevant le battement impatient des paupières d'Emmett, il s'interrompit.

– Vous le saviez ? demanda-t-il.

– Oui. C'est pour cela que j'ai demandé à l'agent en uniforme de récupérer le cadavre et de le confier à votre labo. Mais j'ai entendu des opinions divergentes sur la virulence du venin des lézards perlés.

– Ni hémotoxines ni némotoxines. Pas davantage d'anticoagulants. Je comprends que c'est difficile à croire, compte tenu des symptômes de l'agent Turnipseed...

Emmett pouvait en témoigner, du fait qu'il avait gardé un œil sur la route et l'autre sur les nausées violentes, sueurs froides et pertes paroxystiques de coordination d'Anna, tout en fonçant à cent cinquante à l'heure vers l'hôpital.

– Mais nous avons maîtrisé son hypotension, poursuivit Hennepin. Son pouls est fort et a repris son rythme normal. Les morsures de lézards perlés provoquent rarement des dégâts durables et ne laissent pas de cicatrices, même si elles ont à peu près l'ampleur d'une morsure de chien. Je lui ai donné quelque chose qui la fera dormir, de sorte qu'elle pourra bientôt se reposer.

Emmett se laissa tomber sur la chaise. Au bout d'un moment, il se redressa, se passa les mains sur le visage et s'efforça d'avoir l'air attentif.

– Continuez ce que vous avez commencé, docteur.

– En examinant le mâle décapité que le flic de Window Rock nous a apporté, j'ai remarqué que plusieurs de ses griffes étaient coupées...

Emmett agita une main lasse, manifestant ainsi son incompréhension, et Hennepin expliqua :

– Les biologistes qui effectuent des recherches marquent leurs animaux, afin de pouvoir les distinguer dans la nature.

Brusquement, Emmett n'eut plus aucun mal à être attentif.

– Comment pouvez-vous être sûr que la ou les griffes ne se sont pas simplement cassées.

– Je ne peux pas. Pas absolument. Mais ça a attiré mon attention. J'ai soigneusement examiné l'abdomen de votre spécimen. Et, bien entendu, il y avait une petite incision cicatrisée...

Hennepin se leva et alluma le caisson lumineux. Emmett s'attendait à voir une radio du poignet d'Anna. Mais ce fut la silhouette en forme de cigare du lézard perlé décapité qui apparut. Deux objets étranges se trouvaient près de son tube digestif. Le premier était une structure tubulaire – en métal ou en plastique, compte tenu de son opacité – à une extrémité de laquelle se trouvait une tige minuscule.

– Ceci, expliqua le médecin, est un émetteur radio. Placé par un biologiste désireux de suivre les déplacements de l'animal dans son milieu.

– On fait ce genre de recherches dans les Chuskas ?

Les montagnes qui se dressaient tout près de chez les Knoki.

– Trop hautes.

– En êtes-vous certain ?

– Absolument.

Hennepin montra deux masses minuscules, évoquant des fœtus, dans l'estomac.

– Une des raisons de l'absence de gravité de la morsure de Mlle Turnipseed est ceci : votre spécimen avait mangé récemment. Les lézards perlés ne sont pas comme les serpents à sonnette. Ils ne peuvent pas choisir quand ils injectent du venin. L'héloderme le sécrète chaque fois qu'il mange. Donc, celui-ci n'en a pas injecté autant qu'il aurait pu, parce qu'il avait récemment mangé deux petits roses.

– Des petits roses ?

– Des ratons qui n'ont pas encore de poils. Les lézards perlés, dans la nature, sont des tueurs d'enfants. Oisillons. Jeunes rongeurs. Œufs. Mais je présume que ces deux ratons proviennent d'une boutique de fournitures pour animaux domestiques.

Du bout du doigt, Emmett tapota l'émetteur, puis demanda :

– Pourriez-vous le retirer ?

– Aucun problème.

– Et je voudrais voir Turnipseed.

– Quelques minutes, pas plus.

– Summerfield montera la garde devant sa porte jusqu'à deux heures du matin. Ensuite, je le relaierai.

– Est-ce vraiment nécessaire ?

Le sourire de Hennepin était sceptique.

– Oui, répondit sèchement Emmett, avant de prendre la direction de la chambre d'Anna.

Summerfield se leva quand Emmett s'engagea dans le couloir.

– Écoutez, Parker, commença l'agent, je voudrais seulement dire…

– Pas la peine.

Mais l'homme parut si déçu qu'Emmett ajouta :

– Ne vous torturez pas, Reed. Si quelqu'un avait dû aller là-dessous le premier, c'était moi. Mais elle ne le voulait pas et c'était elle qui décidait. Donc, tous nos penchants à la virilité sont absolument déplacés.

– Vraiment ?

Mais, sans laisser à Emmett le temps de lui demander ce qu'il entendait par là, l'agent changea de sujet et s'enquit :

– Des nouvelles de Tucson ?

– Je vous informerai dès que j'aurai vu Anna.

Emmett franchit la porte aussi silencieusement que possible. Mais Anna entrouvrit les yeux. Ses pupilles parurent s'éclairer quand elles se fixèrent sur lui, même si son visage était d'une pâleur cadavérique – hormis la cicatrice de sa brûlure, qui était couleur de cendre.

– J'en suis à une blessure et demie de moyenne par affaire, Em, dit-elle d'une voix rauque, levant lentement son poignet bandé. Combien d'affaires traite-t-on, pendant une carrière ? C'est ce que je tentais de calculer. Mille ? Deux mille ?

Emmett s'assit prudemment sur le lit, près d'elle.

– C'est la loi des séries.

– Sûr.

– Je suis sérieux, nom de Dieu, dit-il plus fermement. J'ai eu un équipier, à Oklahoma City, qui a été blessé deux fois par balle en six mois. Et plus jamais ensuite. Il est à la retraite dans un appartement qui donne sur un parcours de golf, à Orlando. Et il râle parce qu'il s'ennuie, chaque fois qu'il me téléphone. Pendant les vingt ans qui viennent, tu ne feras peut-être que te tordre la cheville.

Elle ne parut pas convaincue.

– Tu m'en veux.

– Non, répondit-il.

Elle se souleva légèrement et scruta plus attentivement ses yeux.

– Tu as des nouvelles de Tucson, pas vrai ?

– Elles peuvent attendre.

– Il faut que je puisse réfléchir à autre chose qu'à ce foutu lézard. Surtout si Hennepin me garde vingt-quatre heures, comme il veut le faire.

C'était compréhensible. Mais il avait l'impression qu'il n'aurait pas l'énergie nécessaire pour accomplir une tâche supplémentaire, qui ne pouvait pas attendre le lendemain, avant de s'accorder quelques heures de sommeil. Ses oreilles sifflaient, ce qui indiquait, chez lui, qu'il dépassait ses limites… les Navajos croient que ce sifflement annonce la mort, le départ du vent gardien qui emplit chaque être humain. Néanmoins, il dit :

– Aurelia Knoki est morte approximativement à vingt-deux heures, samedi soir…

Le légiste n'avait pas trouvé de dépôts de suie significatifs dans sa trachée, expliqua Emmett. On pouvait en déduire qu'elle ne respirait plus quand on avait arrosé d'essence puis incendié la voiture de patrouille de son mari. Le taux de monoxyde de carbone de son sang confirmait cette déduction. Un niveau négatif signifiait que la victime avait expiré avant d'être exposée aux flammes. Celui d'Aurelia se situait entre bas et modéré, normal dans le cas d'une femme qui fumait beaucoup, mais pas dans celui d'une personne exposée à la fumée d'un incendie. Elle fumait deux paquets de cigarettes par jour depuis l'âge de vingt-cinq ans, selon le dossier du Sage Memorial Hospital transmis à Tucson.

– C'est un peu bizarre…

– Quoi ? demanda Anna d'une voix ensommeillée.

– Pourquoi Aurelia fréquentait-elle un établissement privé et pas les cliniques de l'Indian Health Service, qui l'auraient soignée gratuitement ? Et les gros fumeurs sont rares parmi les Navajos. En général, il n'ont pas tendance à abuser du tabac…

Elle ferma les yeux.

– Vraiment Anna, ajouta-t-il, on peut voir ça demain matin.

– Continue, insista-t-elle.

Il n'en avait pas envie : le pire était à venir.

– Emmett, s'il te plaît.

– Le légiste a constaté un hématome sous-arachnoïdien – lésion invariablement antérieure à la mort – sur le côté gauche de la tête d'Aurelia. Ce type de lésion forme une mince membrane sur le cerveau…

– Je sais ce que c'est, souffla-t-elle. Donc elle a reçu un coup violent sur la tête.

– Et une balle à bout portant, à la base du crâne. Peut-être du même calibre que celui de l'arme de service de Bert.

– Ce qui lui a évité d'être brûlée vive.

– Oui, dit Emmett.

Puis il garda le silence, dans l'espoir qu'elle renoncerait.

– Et Bert ? demanda-t-elle.

Emmett se massa les tempes, espérant que cela atténuerait le sifflement qui résonnait à ses oreilles. Ça ne marcha pas.

– Il avait également un hématome sur le côté gauche de la tête. Mais il est possible que le coup ne lui ait pas fait perdre complètement connaissance. Et il n'a été touché par aucune balle…

C'était le moment le plus difficile.

– Il y avait beaucoup de suie dans sa trachée et dans ses poumons. Il respirait précipitamment pendant l'incendie. Le taux de monoxyde de carbone de son sang était très élevé alors qu'il ne fumait pas.

– Tu veux dire que ces salauds ont attendu qu'il reprenne connaissance pour le brûler ?

La colère fut perceptible dans sa voix ensommeillée.

– Apparemment.

Elle ferma très fort les paupières tandis qu'elle assimilait. Elle visualisait les dernières secondes de Bert Knoki. Paralysé par le coup qu'il venait de recevoir. Mais conscient. Percevant ce qui se passait. Prisonnier de chaque seconde horrible, sans possibilité de leur échapper.

Emmett n'avait rien de plus à dire.

Au bout d'un moment, il tendit la main et éteignit la lampe. La respiration d'Anna s'était faite profonde et régulière. Il s'assit sur la chaise qui se trouvait près du lit et la regarda dans les rais de la lumière bleue du parking, qui entrait entre les lames du store vénitien. Elle était en partie japonaise. Il l'oubliait parfois, jusqu'au moment où il la voyait les yeux fermés. Une de ses grand-mères modocs avait réuni deux des extrêmes de l'antique migration à travers le Pacifique Nord en épousant un jeune Nisei [1]. Il travaillait avec elle dans une exploitation de betteraves sucrières proche d'un camp où il était interné, pendant la Seconde Guerre mondiale. Bien entendu, aucune tribu américaine ne croyait venir d'Asie. Toutes trouvaient leur origine dans les territoires qu'elles occupaient depuis un millénaire, ou bien aux alentours. *L'emprise du mythe.* Il avait envie de savoir, un jour, quel importance Anna accordait à ses mythes, car cela lui permettrait peut-être de comprendre dans quelle mesure il comptait sur les siens. Jamais il n'aurait pu partager ce type d'intimité avec un homme. *Quelle connerie... qu'un homme et une femme puissent travailler ensemble et s'arranger pour que ça ne dépasse jamais les limites du boulot.* L'intimité avait toutes sortes de visages.

Elle dormait. Il en était certain.

Il se leva, se pencha et l'embrassa légèrement sur le front. Elle ne réagit pas, de sorte que ce fut avec la sensation d'être un voleur qu'il franchit la porte et retrouva Summerfield.

Anna attendit d'avoir entendu ses pas traverser la chambre et la porte se fermer pour ouvrir les yeux. Elle tenta d'explorer ce qui, en elle, venait de la pousser à feindre le sommeil. Elle pouvait accuser le cachet du médecin, mais ce n'était pas ça. Les élancements de son poignet rendaient le sommeil impossible. La prudence. Telle était la coupable, supposa-t-elle. Ne pas faire confiance au développement naturel de l'affection. Elle n'avait jamais connu l'affection naturelle. Pas une fois.

Dans le couloir, Emmett expliquait quelque chose à Summerfield.

Puis, cinq minutes plus tard, le cliquetis de la serrure l'amena à croire qu'une deuxième occasion lui était offerte. Elle se tourna vers

1. Américain d'origine japonaise, appartenant à la première génération née sur le sol américain (NdT).

la porte, se contraignit à ne pas feindre le sommeil. Mais ce fut Summerfield qui entra à pas de loup. Il regarda attentivement dans sa direction, puis plissa le front.

– Désolé. Je vous ai réveillée ?

– Non.

– Parker m'a dit que vous dormiez, sinon je n'aurais pas…

– Pas de problème, Reed.

– Il veut que je jette un coup d'œil sur vous tous les quarts d'heure. J'ai décidé de commencer maintenant.

Summerfield tira silencieusement le battant et s'appuya contre lui. Elle s'aperçut qu'elle n'avait pratiquement pas pensé à lui, depuis leur course folle jusqu'à l'hôpital, même s'il avait paru aussi choqué qu'Emmett pendant tout le trajet. La culpabilité. Summerfield était pratiquement terrassé par cette culpabilité particulière que les hommes éprouvent lorsqu'une femme flic est blessée. Pratiquement tous les agents de Las Vegas en avaient été victimes, pendant sa convalescence, l'hiver précédent. Ils s'étaient présentés un par un chez elle pour lui tenir les propos maladroits que Reed se préparait à lui adresser.

Mais il n'y alla pas carrément.

– Je voulais seulement que vous sachiez que j'aurais mieux fait de me taire, cet après-midi. Vous savez, quand j'ai dit que Parker…

Dans la Suburban, tandis qu'Emmett était parti seul à pied, Summerfield avait misé sur sa fidélité au FBI, en suggérant que, si E. Q. Parker était un inspecteur typique, il était préférable d'abolir le service de maintien de l'ordre du BIA et de confier toutes ses tâches au ministère de la Justice, comme le recommandaient des membres du Congrès. Anna avait répondu que, sans Emmett Parker, elle ne serait pas en vie. Cela avait mis un terme à la conversation.

– En général, je perçois mieux ce genre de chose, donc pardonnez-moi.

– Quel genre de chose ?

– Le lien qui vous unit.

L'intonation de Summerfield avait rendu le mot ambigu.

– On n'est pas ensemble, Reed.

– Je vois. Dans ce cas, j'ai dû me tromper…

Il ne termina pas. Apparemment à dessein.

Elle était trop fatiguée pour jouer ce jeu.

– Sur quoi vous êtes-vous trompé ?

– Sur ce qui peut amener un vétéran tel que Parker à avoir si peur pour quelqu'un. Même si ce quelqu'un est son équipière.

Summerfield sortit.

Parvenu à Window Rock, Emmett entra dans le parking du siège de la police. La voiture de patrouille calcinée de Knoki était désormais dans l'espace clos réservé aux véhicules saisis, qui se trouvait au fond. Il avait fallu une journée et demie pour la ramener de Crystal Wash. Les deux premiers camions s'étaient embourbés et on avait dû en faire venir un autre, plus puissant, de Holbrook. Emmett espéra que, si on trouvait de nouveaux indices dans la carcasse de la Ford, un avocat rusé ne disséquerait pas ces trente-six heures en quête d'un instant où le véhicule n'aurait pas été sous la surveillance d'un policier.

Il entra dans la prison, confia son revolver au réceptionniste. Un détenu de service alla lui chercher un café à la cuisine et Emmett l'emporta dans le long couloir bétonné, où les pas résonnaient. Dans une cage grillagée, deux ivrognes se disputaient dans un mélange de navajo et d'anglais. Ils faisaient soixante ans, mais en avaient probablement vingt de moins. Un travesti – cheveux permanentés, jean collant de femme, chemisier à volant et décolleté – sanglotait convulsivement dans la cage réservée aux hommes, les autres détenus se désintéressant complètement de lui. Sans doute arrêté en raison de l'interdiction permanente de racoler dans les relais routiers de la 40.

Emmett choisit la salle d'interrogatoire qui lui parut la moins sale.

Il sortit une pièce de vingt-cinq cents de la poche de son pantalon et la posa sur une des deux chaises qui se faisaient face de part et d'autre de la table. Il s'assit sur l'autre. La petite pièce empestait le mensonge. Cette odeur aigre des êtres humains quand, acculés, ils regardent leur interlocuteur droit dans les yeux et mentent.

Cinq minutes plus tard, un gardien fit entrer Henry Whitesheep.

L'ancien détenu semblait parfaitement à l'aise dans sa combinaison orange fluo, qui, à la suite de lavages répétés, était couleur de mandarine.

– Asseyez-vous, ordonna Emmett.

Whitesheep perçut l'éclat de la pièce de vingt-cinq cents. Avec une méticulosité ostensible, il la prit et la posa sur la table. Aussi souriant qu'un boy-scout venant de passer avec succès un test d'honnêteté. Le test n'avait rien à voir avec l'honnêteté. Et Whitesheep était toujours debout.

– D'après le responsable, on m'a coffré parce qu'on me soupçonne d'avoir agressé un agent fédéral avec une arme. Quelle arme ?

– Devinez.

Emmett se leva et se tint très droit. Il faisait au moins quinze centimètres de plus que Whitesheep. *Tu es claqué... Garde ton calme, sinon son avocat prétendra que tu as créé une atmosphère de coercition psychologique.*

– Veuillez vous asseoir.

Whitesheep finit par le faire, mais s'avachit sur la chaise. Emmett décida de rester debout tandis qu'il avertissait l'homme de ses droits. Le regard fixe, Whitesheep feignit de ne pas écouter.

– Vous comprenez ce que je viens de dire ? ajouta Emmett.

– Pas très bien, monsieur. Vous connaissez ce truc dans ma langue ?

De mémoire, Emmett répéta en navajo.

Whitesheep eut un sourire ironique.

– Vous avez compris, maintenant ?

Emmett avait une envie presque irrésistible de se saisir de l'homme et de le jeter contre le mur. Même si Whitesheep n'avait pas placé le lézard perlé sous le mobile home, Emmett était convaincu qu'il savait quelque chose. C'était presque aussi irritant qu'une implication directe. Les avoir laissés, Anna et lui, aller sous ce mobile home alors qu'il savait parfaitement ce qui les menaçait dans le noir.

Habitué des établissement pénitentiaires, Whitesheep perçut sans doute le désir de violence qui s'était emparé d'Emmett. Sa voix prit un ton à la fois indigné et plaintif.

– La dernière fois, l'accusation d'agression avec arme était justifié. Je le reconnais. J'ai tiré une ou deux fois sur ce flic de l'archéologie. Mais pas cette fois. Je n'en suis pas revenu quand ces crétins de Dines ont débarqué, après votre départ, et ont dit que les *federales* voulaient qu'ils me coffrent.

Cette déclaration volontaire équivalait à un désistement et l'homme n'avait pas manifesté l'intention de mettre un terme à l'interrogatoire.

– Je vous donnerai l'occasion de me convaincre.

Emmett s'assit, un peu étonné que l'homme n'ait pas exigé qu'on fasse venir un avocat d'Albuquerque.

– Bert Knoki vous a-t-il aidé à obtenir votre libération anticipée ?

– Par les temps qui courent, personne ne peut obtenir une libération anticipée quand on est détenu dans une prison fédérale. Vous le savez. Cinquante-quatre jours par an pour bonne conduite, c'est tout ce qu'on peut espérer.

Un sourire ironique distendit le bec de lièvre de Whitesheep, qui ajouta :

– Mais Aurelia a obtenu de Bert qu'il se porte garant de moi à la scierie. Avant sa fermeture.

Il avait sans doute fallu qu'elle se montre très persuasive, le futur détenu en liberté conditionnelle ayant tiré sur un des collègues de Bert. Mais on ne se dérobe pas aux obligations liées au clan. Emmett demanda :

– Quand vous êtes-vous installé dans votre mobile home ?

– L'année dernière. Peut-être un peu avant. J'y ai passé deux hivers.

– Vous nous avez menti, ce matin, à l'agent Turnipseed et à moi…

– Sur quoi ?

– Sur le fait que Bert n'avait de problèmes avec personne.

– Non, mon vieux.

Whitesheep avait jeté un coup d'œil à droite. Il avait ramassé la pièce de la main gauche et les gauchers jettent invariablement un coup d'œil à gauche lorsqu'ils mentent.

– Très bien, dit Emmett, affable. Pendant la même conversation, vous avez dit que tous les chiens du voisinage étaient dingues depuis deux mois. Exact ?

– Je suppose.
– Des nouveaux locataires dans les environs ?
– Non, il n'y a pas beaucoup d'allées et venues.
– Des parents en visite ?
– Une vieille dame de Kayenta qui a séjourné chez son petit-fils.

Emmett but une gorgée de café, qui avait refroidi. Il le fit exclusivement parce qu'il avait besoin de caféine.

– Dans ce cas, peut-être les chiens s'affolaient-ils parce que vous traîniez dehors pendant la nuit. Où avez-vous purgé votre peine, Hank ?
– À La Tuna.

La prison fédérale de La Tuna, à El Paso, Texas.

– Vous estimez que le personnel vous a traité convenablement ?
– Plus ou moins, répondit-il. J'ai connu pire.
– Qui, en 93, a enquêté sur votre affaire ?
– Le FBI et…

Emmett termina à sa place :

– Et un flic de l'ARPA ?

Un inspecteur de la Protection des richesses archéologiques [1], délégué par les services de Phoenix auxquels il appartenait. Il avait téléphoné, depuis l'hôpital, et obtenu cette information.

– C'est exact.

Whitesheep croisa les bras sur la poitrine.

– Donc un agent du FBI et un inspecteur du BIA – exactement comme Turnipseed et moi – vous ont envoyé en prison.

L'homme ne pouvait pas contester. Mais la méfiance l'amena à tenir sa langue.

– Soyons francs, Hank… ils ont voulu faire un exemple. Un pilleur de sites archéologiques navajo. Ils peuvent coincer des *bilagaana* tous les jours de la semaine. Mais on sait, vous et moi, que ce sont les Indiens qui pillent véritablement les sites anasazis de cette réserve et de toutes celles de l'Arizona et du Nouveau-Mexique. Vous avez passé trois ans dans une taule fédérale. Je connais un

1. Service créé par une loi sur la protection des richesses archéologiques, l'*Archeological Resources Protection Act* ou ARPA (NdT).

Blanc qui a été condamné avec sursis, pour le même putain de motif, dans la réserve de San Carlos.

– Pas la peine, Parker.

– Pas la peine de quoi ?

– Je sais où vous voulez en venir, dit l'homme, glacial, dévoilant enfin le caractère emporté qui l'avait conduit à tirer sur un flic du service archéologique et peut-être, plusieurs années après, à poser un piège destiné à le mutiler.

Au bout d'un moment, Emmett hocha la tête.

– Bon, dites-moi une chose : avez-vous placé ce lézard perlé sous le mobile home de Bert ?

– Non.

Whitesheep jeta un coup d'œil à droite.

– Savez-vous qui l'y a mis ?

– Okay, j'ai menti, avoua-t-il, posant une main sur les yeux. Les Knoki *avaient* des problèmes. Aurelia m'a dit que Bert croyait qu'on l'envoûtait. Qu'un sorcier venait dans le coin, la nuit, et faisait des trucs contre lui.

Toujours la même histoire. Whitesheep savait quelque chose de plus concret, mais Emmett ne pourrait pas le maintenir en détention jusqu'au moment où il se déciderait enfin à le dévoiler. Surtout avec un avocat prêt à intervenir dès l'instant où l'ancien détenu jugerait bon de faire valoir ses droits. Il ne pouvait plus, ce soir, obtenir qu'une information digne d'intérêt.

– Hank, qui est venu chez Bert entre le moment où on y est arrivé, ce matin, mon équipière et moi, et celui où on y est revenu, ce soir ?

Whitesheep écarta la main posée sur ses yeux.

– Quoi ?

– Vous avez compris.

– Mais vous le savez.

– Comment le saurais-je ?

Whitesheep parut sincèrement désorienté.

– À quoi vous jouez ?

– Je ne joue pas. Qui est entré dans ce mobile home ?

– Le lieutenant de Window Rock.

– Tallsalt ?

– Ouais.

– Avez-vous parlé avec lui ? demanda Emmett.

– Sûr. C'est pour ça que je ne comprends pas pourquoi vous posez ces questions. Il m'a dit qu'il venait chercher des choses que vous, les *federales*, lui aviez demandé d'aller chercher.

8

Emmett quitta la prison à 0 h 19.

Il décida de reprendre la voiture du BIA, qu'Anna avait laissé sur le parking du siège de la police dans l'après-midi. Il gara la Suburban de Summerfield dans l'enclos réservé aux véhicules saisis et baissa les vitres afin que l'odeur de vomi de l'habitacle puisse s'évacuer, sinon Anna aurait été mortifiée lorsqu'elle y serait montée à nouveau. Dans la nuit, l'agent de Gallup demanderait au patrouilleur de Ganado de l'accompagner jusqu'ici, où il récupérerait sa Suburban.

Tandis qu'il déverrouillait sa portière, Emmett leva la tête. De si nombreux papillons de nuit tournaient autour des lampadaires qu'il n'aurait su dire si le bourdonnement qu'il entendait était le leur ou celui des ampoules.

Deux minutes plus tard, il ralentit au carrefour de la 264. Tourner à droite le conduirait à nouveau au Sage Memorial Hospital, auprès de Turnipseed. Elle risquait d'avoir un deuxième cauchemar, assez violent pour la tirer du sommeil malgré le calmant qu'on lui avait administré. Elle avait besoin de lui. Mais, à contrecœur, Emmett tourna à gauche, accéléra quand il passa devant le Navajo Nation Inn, où il avait espéré dormir une ou deux heures avant de relever Summerfield devant la porte de la chambre d'Anna. Mais il n'était plus question de repos. Pas après que Hank Whitesheep lui eût parlé du passage de John Tallsalt chez les Knoki dans la journée.

Les lumières de la capitale disparurent derrière Emmett ; une pancarte annonça qu'il sortait de la Big Rez. Sept kilomètres plus loin, prenant une route large et goudronnée, mais en mauvais état, il entra de nouveau dans son prolongement au Nouveau-Mexique. La route conduisait vers le nord et les Chuskas. Il avait pris ce chemin trois ans auparavant, à l'occasion d'un barbecue impromptu, par une soirée d'octobre fraîche mais sans nuages, alors que l'herbe était brune, pas verte. Sandwiches au mouton et thé glacé. Une jolie Hopi au rire sexy vivait avec Tallsalt, à cette époque, membre de la police du Burlington-Santa Fe Railroad, et il avait même été question de mariage. Ça ne s'était pas fait. Dommage. Cela serait revenu à unir les Capulet et les Montaigu, compte tenu du fait que les Navajos et les Hopis étaient ennemis pratiquement depuis toujours.

Un catadioptre rouge, cloué sur une souche, marquait l'entrée du chemin privé de Tallsalt. Une chaîne était parfois tendue en travers, entre deux pieux métalliques mais, ce soir, elle était roulée sur le sol. La maison en parpaings se trouvait loin de la route, derrière des genévriers, et Emmett envisagea de se plier à la tradition locale, qui consiste à s'arrêter, klaxonner et attendre. Si le propriétaire se montre, cela signifie qu'il a envie de compagnie.

Mais Emmett décida de ne pas fournir à Tallsalt l'occasion de refuser sa visite.

Il entra sur les chapeaux de roue.

Comme lors de cette journée d'automne, il n'y avait aucune habitation à des kilomètres à la ronde. Pas de groupes de maisons réunies par les liens familiaux. Vivre si loin de la famille était un affront aux piliers jumeaux de la société navajo : le *k'e*, la collaboration et l'altruisme, et sa conséquence logique, le *k'ei*, la solidarité avec la famille et le clan. En outre, Tallsalt n'avait pas construit, sur son terrain, un hogan propre à manifester que le passé comptait à ses yeux. En revanche, c'était l'étoile montante de la police tribale et un des rares responsables indigènes qu'on prenait sérieusement en considération chaque fois que le poste de directeur des services de sécurité de l'Arizona était à pourvoir. De ce fait, les Navajos se méfiant de l'ambition, il y avait sûrement des gens qui l'accusaient de sorcellerie.

La maison était dans le noir. Compréhensible, compte tenu de l'heure. Mais la porte était entrouverte et cela ne l'était pas. Même s'ils sont peu attachés à la tradition, les Navajos ne laissent pas leur porte ouverte aux malheurs qui rôdent dans la nuit.

Emmett coupa son moteur et ses phares.

Le chant des cigales entra, estompé, à travers les vitres, son rythme accompagnant celui, régulier et méfiant, de son pouls. Il sortit sa grosse torche de la boîte à gants et descendit de voiture. Deux véhicules étaient garés côte à côte dans la cour. Une Chevy Yukon banalisée de la police et une AMC Eagle, dont le bas de caisse était gravement endommagé par le sel. Emmett se souvint avec plaisir de balades en Eagle sur les routes de Virginie, pendant les week-ends, huit ans auparavant, tandis que Tallsalt et lui étaient en stage à l'académie du FBI. Mint Juleps et éclats de rire. Mais l'hilarité elle-même était atténuée par la conviction, implicite mais partagée, qu'il faudrait cesser un jour de boire.

Le capot de la Yukon était tiède, celui de l'Eagle froid. Presque couvert de rosée.

Le noir était si profond, au-delà de la porte, qu'Emmett décida d'entrer par l'arrière de la maison. Il prit le chemin qui la longeait, contournant un tas de bois. Du cèdre, compte tenu de l'odeur. Quelque chose crissa sous son pied. Il alluma sa torche et des reflets de verre et d'or éclairèrent le sol sablonneux. Une statuette en cuivre représentant un policier tirant au pistolet. Emmett la retourna du bout de sa chaussure. Le trophée de tir, obtenu par Tallsalt à l'académie. Champion de la précision. Il leva le faisceau, trouva l'endroit où la récompense avait cassé la vitre de la fenêtre. Il s'agenouilla et examina la statuette. Il y avait une empreinte digitale sanglante sur son torse.

Il se redressa, éteignit sa torche et dégaina son revolver. Il gagna l'arrière de la maison en petites foulées. Rien n'indiquait qu'on eût tenté d'y entrer par la porte-fenêtre coulissante. Mais elle n'était pas fermée à clé. Il pénétra prudemment dans la cuisine, à la lumière du réfrigérateur ouvert. Des bouteilles de bière et des pots de condiments, cassés, gisaient sur le sol dans une couche de mousse odorante.

Emmett retint son souffle et écouta.

Les cigales n'avaient pas de concurrence, hormis le grondement et les claquements qui provenaient du côté opposé d'une crête au-dessus de laquelle une forte lumière artificielle éclairait le ciel.

Entrant plus avant dans la cuisine, il remarqua une tache marron sur la poignée de la porte du réfrigérateur, et une autre sur le battant lui-même… à nouveau du sang.

Très vite, maintenant, Emmett passa dans la salle de bains, les deux chambres et, finalement, le salon. Personne. Aucun bruit, hormis un *plop-plop-plop.* Une odeur de plastique calciné, caractéristique des courts-circuits, flottait dans l'air, et des gouttes cristallines scintillaient sur le support de la télévision. Une bouteille de gin avait défoncé l'écran. Les coupes de course de fond de Tallsalt – lycée de Window Rock, université de l'Arizona et école de police – avaient été précipitées au pied du vaisselier sur lequel elles se trouvaient. Son képi et sa veste gisaient sur une caisse pleine de litière pour chat. Aucun indice du chat. Il avait probablement pris la fuite, comme toute créature raisonnable, constatant qu'il est impossible de vivre avec un alcoolique.

Emmett commençait à comprendre.

Il sortit par la porte de devant, fit décrire un arc de cercle au faisceau de sa torche. Des empreintes zigzaguaient, dans la cour, en direction de l'est. Il appela :

– *Johnny !*

Il n'y eut pas de réponse.

Emmett scruta la crête. Finalement, il aperçut une silhouette aux épaules tombantes.

– Nom de Dieu !

Il s'engagea en courant sur la pente.

Tallsalt était au bord du précipice que constituait la tranchée de la mine de charbon à ciel ouvert qui commençait le long de la 264 et se terminait au pied de la crête friable sur laquelle il était assis, les jambes dans le vide. Trente mètres plus bas, une pelleteuse gigantesque creusait la veine de charbon. L'homme qui était aux commandes n'avait apparemment pas remarqué la présence de Tallsalt alors que six batteries de projecteurs éclairait la tranchée comme en plein jour.

Emmett ne fit pas de mouvements brusques.

Tallsalt portait toujours son uniforme, mais il n'avait plus rien de correct. Son pantalon à rayures vertes était froissé et les manches de sa chemise roulées jusqu'aux coudes. Il avait une bouteille de gin dans la main gauche et un pistolet semi-automatique dans la droite. Son regard vitreux resta fixé sur la pelle énorme, qui s'enfonça dans la veine de charbon, en souleva une cargaison noire qu'elle déversa dans la benne d'un camion. Emmett croyait que Tallsalt ne l'avait pas entendu approcher, mais il l'entendit dire :

– Putain de merveille de la réhabilitation, Emmett…

Son élocution n'était que légèrement traînante, mais il avait toujours fait mentir le stéréotype, tenant l'alcool jusqu'au moment où il perdait brusquement connaissance. Bizarrement, lorsqu'il avait bu, il avait un accent légèrement espagnol. Et il jurait, ce qui était très rare chez les Dines.

– Ils arrachent la végétation, reprit-il, et empilent l'humus sur le côté. Ils enlèvent la roche et ils l'empilent, elle aussi. Ensuite, ils prennent le charbon. Après, ils remettent la roche dans la tranchée, étendent l'humus dessus, plantent de l'herbe, du trèfle, de l'armoise…

Il s'interrompit, but une longue gorgée de gin. Le flanc de sa paume gauche était entaillé et un filet de sang coulait sur son bras.

– D'après les géologues, poursuivit-il, la veine se dirige vers chez moi. Avec un peu de chance, la Dinetah Coal Company [1] va continuer son chemin jusqu'à ma maison. Remblayer et replanter. Ça sera comme si John Tallsalt n'avait pas existé. Je serai *réhabilité.*

Emmctt s'accroupit lcntcmcnt.

– Je vois que tu as tenté de chasser le démon, dans la soirée.

Tallsalt eut un rire étouffé.

– Tu connais.

– C'est vrai, Johnny.

– J'ai cassé toutes les bouteilles.

– Il ne faut pas forcer. On ne peut pas en finir en une soirée.

1. Compagnie minière navajo (NdT).

– Non, non… c'était formidable. Je me sentais très *libre*, pendant que je le faisais, Emmett. Puis je me suis souvenu de la bouteille que je laisse dans ma voiture, depuis quelque temps. Un putain de sentiment très bizarre. D'être là, complètement saoul, et de comprendre qu'on ne pourra pas casser la dernière bouteille. La peur de casser cette putain de dernière bouteille.

Emmett acquiesça. Mais un frisson lui parcourait l'échine chaque fois que l'index de Tallsalt glissait sous le pontet du semi-automatique, puis en sortait.

– Pourquoi en est-ce arrivé à ce point, Johnny ? demanda-t-il.

Espérant qu'il n'y avait rien d'accusateur dans le ton de sa voix.

Tallsalt le dévisagea.

Emmett crut, pendant un instant, qu'il allait éclater en sanglots. Il en aurait été heureux… ç'aurait été un premier pas sur le chemin de l'abandon de la bouteille. Mais Tallsalt rejeta la tête en arrière et eut à nouveau un rire étouffé.

– J'ai sûrement fait quelque chose qui a foutu le bordel dans l'univers.

– Toi ?

– Oui, *moi*…

Un grondement hostile. Puis l'apitoiement sur soi-même revint en force dans le vide créé par ce spasme de haine dirigée contre soi-même.

– Je ne sais pas où, Emmett. Je ne sais pas comment. Peut-être que j'ai traversé la rue sans regarder, un jour, à Albuquerque. Ou que j'ai mis quelqu'un en retard en parlant du temps qu'il faisait. Je n'en sais rien, je n'en sais vraiment rien. Mais quelqu'un a initié une succession de putains d'événements improbables qui ont abouti à la mort de Bert et d'Aurelia à Crystal Wash.

Les équipiers agissent ainsi, pensa Emmett. Sans même évoquer les psychopathes qui ont dépecé leurs amis les plus proches. Les équipiers trouvent le moyen de s'accuser.

– Les funérailles auront lieu quand ?

– Aucune idée.

Tallsalt but une nouvelle lampée de whisky. La bouteille était presque vide.

– On ne me dit rien, ajouta-t-il.

– Tu veux dire que le service n'a rien organisé ?
– Laisse un peu tomber, Emmett, dit brusquement Tallsalt.
Mais son ton s'adoucit.
– Je suis désolé. Je suis fou. On est tous fous. On finit par se jeter dans le feu…
Un propos extraordinaire, compte tenu de la façon dont les Knoki étaient morts. Emmett croyait que le lieutenant allait poursuivre ce raisonnement extrême, mais il demanda, d'une voix qui parut remarquablement sobre :
– Qu'est-ce que tu viens faire ici ?
– Je t'ai vu depuis la maison.
– Non, non… Pourquoi tu es venu chez moi au milieu de la nuit ?
– J'ai des questions à te poser.
La vérité était la meilleure solution.
– Quelles questions ?
– Par exemple : qu'est-ce qui s'est passé entre Bert Knoki et Reed Summerfield ?
– Nom de Dieu.
Tallsalt but une nouvelle gorgée d'alcool puis baissa la tête.
– Il y a de la rancœur, poursuivit Emmett, et je voudrais savoir pourquoi. Même si ça se révèle sans importance.
– Non, tu ne veux pas savoir.
– Pourquoi ?
– L'Indien qui ne sait rien est un Indien qui ne risque rien.
– Connerie.
Tallsalt parut s'apercevoir qu'il saignait. Il frotta son bras taché de sang sur la jambe de son pantalon.
– Ne rien savoir est la seule solution face à l'OPR.
Le service du FBI chargé des enquêtes internes.
– L'OPR s'intéresse à Summerfield ?
– Pas si on peut l'empêcher, mes hommes et moi.
– Merde, Johnny, dit Emmett, furieux. Dis-moi de quoi il s'agit.
– Non, je t'aime trop. Tu es le dernier ami qui me reste.
– C'est grave à ce point ?
– Pour Summerfield, ça le sera. Et pour tous les agents du FBI d'Arizona et du Nouveau-Mexique qui décideront tout d'un coup

que John Tallsalt veut briser les reins d'un *bilagaana*. Qui sème le vent récolte la tempête et je n'ai pas envie de me trouver confronté à une inculpation de violation des droits civiques la prochaine fois qu'un de mes gars giflera un de ces petits minables qui nous crachent dessus. J'aime mon petit coin du monde misérable exactement tel qu'il est. J'ai fait un pacte avec Coyote et je m'en trouve très bien. D'accord ?

Dans la mythologie navajo, Coyote joue un rôle comparable à celui du diable chez les chrétiens. Tallsalt termina le gin et lança la bouteille dans la tranchée, où elle se désintégra dans un tintement.

– Quoi d'autre ? demanda le lieutenant.

– Tu es allé chez les Knoki, aujourd'hui.

– C'est une affirmation ou une question ?

Un sourire ironique apparut sous la moustache de Tallsalt, qui ajouta :

– Ne tiens pas compte de ça… continue.

– Selon leur voisin, Hank Whitesheep, tu lui as dit qu'on t'avait envoyé y chercher quelque chose. Que nous, les fédéraux, on t'avait demandé d'y aller.

– Faux.

– Whitesheep a menti ?

– Non. C'est ce que je lui ai dit. J'ai menti…

Il secoua la tête, contrarié, et poursuivit :

– J'ai baratiné ce putain de détenu spécialiste du droit. Il ne peut pas nous saquer, nous, les flics tribaux. Il m'a fait la leçon, m'a expliqué que c'était une affaire fédérale. J'ai été à deux doigts de lui fermer sa sale gueule…

Maladroitement, Tallsalt plaça le pouce et l'index à un centimètre l'un de l'autre.

– Grâce à Dieu, reprit-il, je me suis contenu et je me suis contenté de dire que vous m'aviez demandé un service.

– Pourquoi y es-tu allé ?

– Je suis l'exécuteur testamentaire de Bert et d'Aurelia. J'ai pris leur courrier, afin de pouvoir étudier leurs comptes.

– Où est-il ?

– Le courrier ?

– Ouais.

– Dans mon bureau. Pourquoi ?

– Je voudrais jeter un coup d'œil dessus.

Un coup d'œil plus attentif, surtout sur la lettre dont l'expéditeur donnait une adresse à University Park.

– Sûr. Si tu veux, fit Tallsalt, indifférent.

Il était probable qu'il avait menti quand il avait présenté Whitesheep sous les traits d'un détenu spécialiste du droit. L'ancien taulard s'était montré presque naïvement coopératif pendant l'interrogatoire. Et Tallsalt aurait dû les avertir, Anna ou lui, avant d'aller chercher le courrier chez les Knoki. Emmett était sur le point de le lui faire remarquer quand Tallsalt posa le canon de son pistolet sur sa tempe droite et dit :

– J'en ai marre de toute cette merde.

Il baissa l'arme et éclata de rire face au visage ébahi d'Emmett.

– Je blaguais, bordel.

Mais Emmett se jetait déjà sur lui. Il frappa Tallsalt au plexus solaire et lui arracha le semi-automatique. Le lieutenant bascula en arrière, du côté opposé à la tranchée, plié en deux sous l'effet de la douleur. Il vomit. Empoignant Tallsalt par le devant de sa chemise, Emmett ne tint pas compte de la main que le lieutenant leva faiblement en signe de capitulation.

– Fais plus jamais ce genre de blague ! cracha Emmett, le visage tout près de celui de Tallsalt, tout près des odeurs de vomi et de gin. Mon frère a fait ce genre de blague, autrefois, et, tout d'un coup, en présence de ma mère, son cerveau a giclé sur les murs de la cuisine !

Tallsalt soutint le regard d'Emmett pendant quelques instants, puis hocha vaguement la tête.

– Je m'excuse, Em. Je n'ai pas pensé que ça pouvait te blesser. Je suis un con.

Lézard Perlé sortit du sac de couchage crasseux où, par intermittences, il avait rêvé de Femme Papillon de nuit. Sans avertissement, elle le jetait dans le feu, renversant la marmite du ragoût qui apaisait toutes les faims. Seule la colère emplissait le vide, quand elle le traitait de cette façon.

Qu'elle aille au diable.

Un tic-tac provenait de la cabine de la camionnette. La montre que la Voix lui avait donnée lorsqu'ils s'étaient dit adieu, avant que ce monde, qui fonctionnait comme un mécanisme d'horlogerie, se dérègle. *Il faut que je m'en remette à toi, car mon souffle est court et mes ennemis puissants. Sagement employé, ton temps se déploie devant toi comme un rayon de soleil sur la Galilée. N'en gaspille pas une minute, mon fils. Bientôt, tu seras le dernier Élu capable de porter le Javelot. Ne gaspille pas une minute !*

Lézard Perlé bâilla et regarda, devant lui, la haute muraille de pneus de camion empilés. Le soleil levant passait entre les espaces qui les séparaient, si bien qu'il voyait son reflet dans le pare-brise.

Il fut attiré par son image. Pour voir l'étendue de la transformation.

Sur le chemin de la cabine, une de ses pattes postérieures renversa le flacon de cachets rouge et blanc. Il ne tarderait pas à en manquer, mais il ne pouvait cambrioler à nouveau l'entrepôt de la pharmacie en gros de Santa Fe. Ce n'était pas un voleur, même si le cambriolage était devenu un mode de vie. Mais il n'était plus question d'effractions maintenant qu'il était tout près d'accomplir la Rédemption du sang. Il avait une grande quantité d'amphétamines. Peut-être lui permettraient-elles de prévenir les crises. Il ne conservait aucun souvenir des attaques elles-mêmes, seulement de l'instant où il reprenait connaissance, la tête horriblement douloureuse, dans l'odeur de ses excréments et face aux rires méprisants des enfants. C'était le pire : cette incontinence humiliante.

Il s'était une nouvelle fois endormi avec ses gants.

Levant sa patte antérieure droite, il tapota le pare-brise du bout de ses griffes affûtées. La pâle lumière du jour fit ressortir le carmin, le rose et le noir du motif discontinu de sa peau écailleuse. Il agita sa patte, fasciné par sa beauté sauvage, la fit trembler comme en un acte orgasmique de divination. La patte tremblante, quand on la passait sur le corps d'un être qui souffrait, dévoilait tout l'avilissement du monde. Un si grand avilissement. Plaisir contre nature. Mal impuni.

– Je viens d'une contrée du Nord pour vous sauver de vous-mêmes, cracha-t-il, ses lèvres découvrant ses dents.

Des dents humaines. Pas des petites dagues enduites de venin, comme celles des lézards perlés. Et il vit, sur son reflet, la limite nette où sa peau d'humain prenait la place de sa peau de reptile.

La déception obscurcit ses pupilles rougeâtres.

L'épiderme humain semblait mou, malgré les muscles gonflés qui se trouvaient dessous. Vulnérable. Exposé à la douleur. Son corps d'homme était puissant et impressionnant, mais ne disposait pas d'armure naturelle. Il aurait voulu que ses gants en lézard perlé collent à ses bras, afin qu'il ne puisse jamais plus les enlever... et que les écailles brillantes, en forme de perles, se répandent sur lui, une bande de couleur après l'autre couvrant sa peau nue, jusqu'au moment où il serait lézard perlé du mufle aux griffes des pattes postérieures. Que son pénis fragile se replie à l'abri de cette forteresse vivante. Ainsi, il serait totalement invulnérable.

Ne gaspille pas une minute !

Lézard Perlé sentit la brûlure de la cravache sur le dos de ses mains.

Le moment de reprendre la traque d'Homme Papillon de nuit et de Femme Papillon de nuit était venu. Et de tuer tous ceux – surtout les policiers – qui se mettraient en travers de son chemin. Les flics étaient les gardiens des enfers et il était impossible d'avancer sans les massacrer. Il imagina de hauts tas de charogne flicarde, parsemés de lambeaux d'uniforme bleu et marron, de blazers du FBI, de matraques cassées en deux, de menottes chromées tordues, de pistolets vides dont les balles avaient rebondi comme des gouttes de pluie sur l'armure de Lézard Perlé. Au sommet se dressait une pancarte fixée sur un piquet planté dans un cadavre. On y lisait : *ils ignoraient tout de la justice.*

Seule la Rédemption du sang pouvait être qualifiée de justice.

Il quitta ses gants, s'installa au volant et tourna la clé. Le moteur démarra. Il se retourna et ouvrit la boîte à outils fixée au plancher. Il en sortit le Javelot de la vengeance. Immensément vieux. Il considéra la lame d'acier avec émerveillement... assez longue pour transpercer deux corps humains d'un seul coup. Elle était fixée, grâce à une cordelette en cuir, à une hampe de cinquante centimètres. La cordelette d'origine était si fragile, en raison de son âge, qu'il avait dû la remplacer. Il tourna et retourna la lame grossière entre ses mains, fasciné par le reflet couleur de sang que le soleil levant conférait à l'acier corrodé. Sur une des faces, on avait gravé : *Dios no se acobarda.*

Dieu ne recule pas.

Lézard Perlé voulut lever la tête… mais s'en empêcha. Il savait que le visage barbu de la Voix était apparu sur le pare-brise, derrière son reflet. Qu'il le foudroyait impitoyablement du regard. Qu'il le poussait à se mettre en mouvement. À verser à nouveau le sang.

Évitant de regarder ces yeux qui perdaient leur éclat, le petit fouet qui tremblait d'indignation dans ce poing tacheté de marron, Lézard Perlé demanda :

– Qu'est-ce qui se passerait si je les recherchais en paix ?

Dans ce cas, tu serais précipité dans les flammes !

Lézard Perlé garda les yeux fermés pendant quelques instants. Puis il posa son javelot, ouvrit la portière et descendit, nu, de la camionnette dont le moteur tournait au ralenti. De sa langue fourchue, il sonda l'air frais du matin. Il flaira la chouette qui venait de passer, au terme de sa dernière sortie de la nuit. L'huile qui tombait goutte à goutte du moteur fatigué de sa camionnette. Mais, surtout, il flaira ses petits frères, qui l'attendaient avec impatience dans le garde-manger, du côté opposé du jardin de cendres. Autrefois, les murailles de pneus entouraient un ensemble de bâtiments, un petit village, mais il n'en restait que des tas de charbon de bois. Il rampa entre ces piles, sur les douilles qui scintillaient sur le sable. Vieux souvenirs. La plainte lugubre d'une sirène d'alerte aérienne pour avertir de l'arrivée des démons, qui fonçaient dans le désert. Seaux d'eau dans lesquelles on jetait les grenades incendiaires qui tombaient comme des anges frappés par la foudre.

Il avait survécu à la mort de ce monde, de tous les gens qu'il connaissait. Cela faisait-il de lui un immortel ? Ou simplement un mort-vivant ?

Lézard Perlé ouvrit la porte en contreplaqué du garde-manger.

Il entendit des allées et venues nerveuses, à l'intérieur, dans l'obscurité fraîche. Des griffes projetant des cailloux. Un feulement menaçant.

Il prit les allumettes, qu'il laissait près de la porte, et alluma une bougie.

Il y avait trois cages, côte à côte, sur le sol boueux. Trois paires d'yeux luisants réfléchissaient la lumière de la bougie. Trois gueules affamées pressées contre le grillage, langues inquisitrices tendues au-delà. Au fond du petit espace humide, où on entreposait autrefois le lait et la viande pendant la chaleur de l'été, se trouvait une boîte en fer blanc. Elle était percée de petits trous. Il retira le couvercle, fixa un nid de copeaux de bois. En son centre, de minuscules corps roses étaient serrés les uns contre les autres. Sans poils. Minuscules et ridés. Aussi pathétiquement ridés que la peau de ses bourses. Il approcha la bougie. Les petits roses bougèrent, à cause de la proximité de la flamme. Il perçut le goût du sang brûlant qu'il voyait palpiter dans les veines bleues.

Lézard Perlé avait décidé de ne pas nourrir ses petits frères pendant un mois. Pour qu'ils soient plus agressifs. Mais il avait craqué et donné un dernier repas à celui qu'il avait placé sous le mobile home.

Il saisit un petit rose entre deux doigts, perçut sa chaleur et ses mouvements convulsifs, la palpitation des muscles qui se contractaient, et entendit le glapissement de terreur presque inaudible. Il entrouvrit la porte de la première cage et jeta le raton à l'intérieur. Ce fut terminé en un éclair. Le gros lézard perlé mâle pivota sur lui-même à une vitesse stupéfiante. Il saisit le petit rose entre ses mâchoires trapues, y injecta son venin, serra jusqu'au moment où les pattes postérieures minuscules cessèrent de bouger.

Puis il avala.

Quand Anna se réveilla, Emmett dormait dans le fauteuil, près de son lit.

Il avait glissé, seulement retenu par ses coudes posés sur les accoudoirs, les omoplates sur le siège, la tête coincée entre le dossier et son sternum. Elle envisagea de le réveiller. Il ne semblait pas confortablement installé, pourtant sa respiration était régulière et paisible.

Elle sourit, fouilla sa mémoire embrumée par le somnifère en quête du souvenir de son arrivée.

Le store vénitien était resté ouvert et elle vit l'aube entre les lattes, atténuée. Une barre de nuages d'un rouge terne, posée sur l'horizon de Defiance Plateau, en estompait la luminosité.

La porte s'entrouvrit et le visage de Summerfield apparut. Il eut un sourire gêné.

Dans le courant d'air, les paupières d'Emmett frémirent. Sa main droite fila jusqu'à son holster… puis il identifia l'intrus. Il lui fallut une seconde pour se redresser et, quand ce fut fait, il s'était aperçu qu'Anna était réveillée.

– Ça va ? souffla-t-il sans raison apparente.

Elle explora son poignet bandé du bout des doigts de son autre main. Seulement une sensation de brûlure, ce matin. Et il n'était que très légèrement enflé.

– Mieux.

– Je peux vous voir une minute, Parker ?

Summerfield, lui aussi, tenait à parler à voix basse. Quelle que soit l'information dont il disposait, elle semblait urgente.

– Rendors-toi, ordonna Emmett à Anna, sur le chemin de la porte.

– Non, dit Anna. Voulez-vous vous asseoir et me mettre au courant ?

Emmett resta un instant immobile, puis se frotta la nuque et reprit place sur son fauteuil. Summerfield entra dans la chambre, apportant la chaise restée dans le couloir.

– Qu'est-ce qui se passe ? demanda Anna.

Summerfield avait les yeux cernés.

– J'ai demandé au labo de Washington de me téléphoner, quelle que soit l'heure, dès qu'il aurait reconstitué la contravention de Knoki. Je suis rentré chez moi il y a une heure et il y avait un message du labo sur mon répondeur. Ils ont pu déchiffrer un nom et une adresse. Clydine Jumper, de Navajo, Nouveau-Mexique.

– Elle habite le même ensemble de mobile homes que les Knoki ? demanda Anna.

– Euh, non, répondit Summerfield. Tout ce que j'avais, c'était le numéro de sa boîte à lettres…

– *Avais ?* coupa Emmett.

– Oui, puis je suis passé par Window Rock, en venant de Gallup. Je suis allé au centre de répartition et j'ai obtenu l'adresse de Jumper grâce à la carte informatisée. Je suis pratiquement sûr de pouvoir aller chez elle.

Emmett demanda :

– Avez-vous précisé *pourquoi* vous aviez besoin de son adresse ?

– Non, répondit Summerfield, vaguement sur la défensive. Il n'y avait encore personne à la brigade criminelle et j'ai pensé que le service chargé des patrouilles n'avait pas besoin d'être informé pour le moment.

– Bien, dit Emmett.

– Parce que je ne savais pas à quel clan appartient Jumper… ni qui, au sein du personnel de la police, risquait de l'avertir de la venue des fédéraux.

Emmett resta plusieurs secondes silencieux, puis :

– Peut-être.

– Mais la répartitrice a fait une remarque concernant Clydine Jumper, ajouta Summerfield. Elle m'a demandé si j'avais l'intention de voler les affaires de trafic d'alcool du service.

– Clydine est une trafiquante d'alcool connue ? demanda Emmett.

– Célèbre, si j'ai bien compris. Mais je l'ignorais.

Bert Knoki pourchassait impitoyablement les trafiquants d'alcool. Sa dernière contravention concernait une habituée de ce type de délit, puis on avait retrouvé son corps et celui de sa malheureuse épouse à moins de quinze kilomètres de l'endroit où il l'avait arrêtée pour infraction au code de la route : l'intersection de la 134 et de la piste d'Asaayi Lake. Enthousiasmée par cette constatation, Anna s'assit et fit pivoter ses jambes hors du lit. Elle eut des élancements dans le crâne, mais ne laissa pas son visage exprimer la douleur… Emmett avait les yeux fixés sur elle.

– J'ai bien saisi ce que tu penses, Em ?

Il tourna la tête.

– À quel sujet ?

– Il vaudrait mieux qu'on n'invite pas la police navajo à venir avec nous chez Clydine ce matin ?

– *Nous ?*

– Oui, je viens, dit-elle, ferme.

Heureusement, il ne protesta pas. Elle reprit :

– Qu'est-ce qu'on dit aux flics locaux, pour qu'on puisse encore se parler ensuite ?

Emmett épousseta, sur son pantalon, ce qui semblait être de la poussière de charbon.

– C'est à toi de décider.

– Je te demande une suggestion.

Il haussa les épaules.

– Juste avant d'interrompre les transmissions radio, sur les lieux, on pourrait demander un appui…

Des renforts qui restent à distance jusqu'à ce qu'on les appelle.

– Ensuite, conclut-il, on interrogera Clydine. Seuls.

– Ça ne te ressemble pas.

– Pardon ?

– Tu impliques toujours la police locale.

– Pas toujours.

Mais Emmett n'expliqua pas. Et il prit soin de ne pas regarder dans la direction de Summerfield, ce qui revenait pratiquement à lui adresser un signe de la tête. Il était arrivé quelque chose où les flics navajos étaient impliqués et Emmett ne voulait pas en discuter devant l'agent de Gallup.

– La profession de Clydine était indiquée sur la contravention, Reed ? demanda Anna.

– Non.

– Dans ce cas, on a des chances de la trouver chez elle.

9

Au sommet de la crête, l'épingle à cheveux débouchait au-dessus de Navajo Pine High School. Au milieu d'un pâturage clos se dressaient une masure et, derrière, un hogan. Emmett ralentit. La maison traditionnelle ne l'était pas entièrement, car les parois étaient couvertes de stuc rose rugueux. Un pick-up Dodge Dakota neuf était garé près de la masure. Le numéro de plaque d'immatriculation de l'Arizona, qui rappela à Emmett qu'ils avaient une nouvelle fois franchi la frontière de l'État, était celui que Bert Knoki avait reporté sur la contravention samedi soir. Malheureusement, le labo de Washington n'avait pu reconstituer que cette partie du formulaire, si bien que la raison pour laquelle le véhicule avait été arrêté demeurait mystérieuse.

– C'est le moment d'avertir la police locale, dit Emmett à Anna.

Elle saisit le micro.

– Window Rock, ici Frank Trente-trois.

Le signal en provenance de la capitale tribale, située trente kilomètres au sud, fut fort et clair.

– À vous, Trente-trois.

– Je vous avertis que moi-même, Frank Deux, et BIA Dix-sept, nous trouvons chez Clydine Jumper, près de Navajo. Nous demandons l'appui de l'unité la plus proche.

Silence de la part de la répartitrice de Window Rock.

Emmett s'arrêta devant la barrière fermée, mais resta au volant. Il klaxonna deux fois. L'écho des coups de klaxon roula sur la cour du lycée. Personne ne sortit de la masure ni du hogan rose. Dans le rétroviseur d'Emmett, la Suburban de Summerfield franchit la crête dans un nuage de poussière, le soleil derrière elle. Qu'est-ce qui, chez cet homme falot, pouvait bien justifier une enquête des services internes ? Peut-être Tallsalt avait-il dit cela du simple fait qu'il était ivre. Emmett prit le micro qu'Anna avait toujours à la main.

– Pas plus près, Reed, dit-il.

L'agent s'arrêta. Une trentaine de mètres derrière eux, comme prévu… attaquer deux voitures éloignées l'une de l'autre est plus difficile. Summerfield aurait une vue d'ensemble, le fusil à portée de main. Et retarderait le policier de la voiture de patrouille, s'il arrivait plus tôt que prévu et tenait absolument à être informé de la situation. *Pourquoi fallait-il que Johnny se remette à boire maintenant ? Ou bien est-ce pour cette raison qu'il voulait que je vienne ? Un appel à l'aide ?*

Des bêlements frénétiques s'élevèrent près de la masure.

La radio craqua.

– Frank Trente-trois, ici Window Rock.

– À vous, Window Rock, répondit Emmett.

– Des unités partent de notre quartier général.

Emmett plissa le front. Des unités. Pluriel. Soit quelqu'un, au sein de la police, ne voulait pas que les fédéraux interrogent Clydine Jumper, soit son estimation des problèmes potentiels était inférieure à la réalité.

Une femme sortit de derrière la masure, une Navajo trapue, d'âge mûr. Une main au-dessus des yeux, elle examina la voiture banalisée et la Suburban, puis elle eut un sourire ironique et se dirigea vers la barrière. Elle portait un tee-shirt des Grateful Dead et la jupe en laine habituelle, tenue autour de sa taille épaisse par une ceinture en argent à motif de coquillages.

Emmett descendit de voiture. Anna l'imita.

La femme posa ses avant-bras gras sur la barrière, mais ne l'ouvrit pas. Elle avait un menton en galoche si prononcé que son visage évoquait une tête de sanglier. Il y avait, apparemment, du sang aux coins de ses lèvres.

– Clydine Jumper ?

– Qui êtes-vous ? répliqua-t-elle, reconnaissant de ce fait que telle était bien son identité.

– Je suis l'inspecteur Parker, du BIA. Et voici l'agent Turnipseed, du FBI.

– Qui est le bilagaana qui ne s'est apparemment pas encore vidé les boyaux ?

Emmett retint un sourire.

– L'agent Summerfield, du FBI de Gallup. Nous voudrions nous entretenir avec vous.

– Impossible, dit-elle.

– Pourquoi ?

– Je dois passer en jugement et mon avocat du *Dinebeiina Nahiilna be Agaditahe* veut pas que je parle aux flics.

– L'aide juridique tribale, expliqua Emmett à Anna.

Puis il demanda à Clydine :

– Vous faites allusion à l'inculpation pour trafic d'alcool ?

– Ouais.

– Ça n'est pas ce qui m'amène. Je m'intéresse à la contravention que l'agent Knoki vous a donnée l'autre soir…

L'expression de son visage resta neutre. S'attendait-elle à cette visite ?

– Je veux vous interroger là-dessus, pas sur autre chose. Cependant, si vous tenez à la présence du DNA, je comprendrai.

Puis il ajouta avec force :

– Mais il va falloir qu'on parle, Clydine.

L'expression soudain inquiète d'Anna attira le regard d'Emmett sur la pente. Plusieurs silhouettes aux cheveux noirs sautaient pardessus la clôture du lycée et se dirigeaient vers eux.

– Alors, Clydine ? demanda Emmett, qui se tourna à nouveau vers elle. On parle ici ou à Window Rock ?

Elle se gratta une aisselle, longuement et vigoureusement, puis elle ouvrit la barrière.

– Faites vite, inspecteur. Je châtre mes agneaux et j'ai pas de temps à perdre.

Anna, qui suivait toujours des yeux les silhouettes qui approchaient, dit :

– Emmett.

– Je les vois, souffla-t-il. Va dire à Summerfield de surveiller nos arrières, puis rejoins-moi.

Il suivit la Navajo, s'arrêta brièvement près du pick-up Dakota et examina les passages de roue qui se trouvaient de son côté, dans l'espoir d'y trouver de la boue provenant de Crystal Wash. On les avait apparemment lavés.

Quand Anna arriva près de la Suburban, les six jeunes Navajos s'étaient déployés plus ou moins en tirailleurs et avançaient, sûrs d'eux, en balançant les bras. Elle ne distingua pas d'armes, mais tous portaient les vêtements trop larges à la mode parmi les voyous des bandes de Las Vegas. Quelques-uns avaient une casquette noire, d'autres un filet sur les cheveux.

Summerfield baissa sa vitre.

– Qu'est-ce qui se passe ?

Elle attira son attention sur les jeunes.

– Eux.

Summerfield pâlit légèrement.

– Emmett veut que vous couvriez nos arrières, ajouta-t-elle. Okay ?

L'agent saisit le fusil fixé au râtelier du toit.

Anna reprit le chemin de la masure, l'oreille tendue vers les crissements, de plus en plus proches, des chaussures de sport. Ses jambes tremblaient un peu. Comme si elle s'était levée trop tôt après une grippe. Il n'y avait pratiquement plus d'herbe, dans le pâturage, tant il avait été utilisé, et il était parsemé de pierres rondes qui évoquaient des champignons. Elle veilla à ne pas se tordre la cheville sur l'une d'entre elles. *Pas maintenant, pas devant ces petits salauds.* La brise était désagréablement froide, sur son visage en sueur. *Est-ce que j'ai encore de la température ?* Elle atteignit la véranda branlante de la masure. Emmett scrutait, par la porte ouverte, l'intérieur obscur. Sa main droite était sur sa hanche, près de l'endroit où son revolver gonflait son coupe-vent.

– Qu'est-ce qu'elle fait ? demanda Anna.

– Je lui ai demandé d'aller chercher le double de la contravention. Au cas où le labo ne pourrait pas reconstituer complètement l'original.

Anna jeta un coup d'œil sur les jeunes. Il n'y en avait plus que cinq.

– Il y en a un qui s'est barré.

– Le plus petit. Il est allé jusqu'au rideau de genévriers qui se dresse à l'ouest. Clydine a probablement caché des armes dans tout le jardin. Si tu aperçois une arme, rejoins Summerfield.

– Tu es sûr que tu veux seulement un appui ?

Emmett ne répondit pas.

Enfin, Clydine sortit de la masure avec la contravention. Elle l'avait froissée, probablement furieuse, après avoir été arrêtée, mais l'avait lissé ensuite.

– Voilà, inspecteur.

Elle la donna à Emmett, puis passa devant lui, se dirigea vers l'enclos à bétail qui se trouvait entre la masure et le hogan. Anna ne pouvait voir l'entrée, tournée vers l'est, de la hutte sans fenêtres.

– Va avec elle, dit Emmett à Anna, tout en examinant la contravention.

Les cinq jeunes dépassèrent la Suburban et Summerfield, les yeux dilatés, assis au volant, puis se rassemblèrent autour de la voiture d'Emmett. Le plus grand s'appuya contre la calandre, les yeux rivés sur Emmett, qui ne tint aucun compte de lui.

– Vas-y, Anna, dit-il sans lever la tête.

Elle atteignit la haie qui entourait l'enclos au moment où Clydine attachait les pattes d'un agneau qui se débattait. La femme entailla ses bourses à l'aide d'un couteau, suça les testicules, les cracha ensuite dans le seau d'eau qui se trouvait à ses pieds, puis adressa un sourire rouge à Anna.

– C'est le meilleur moyen, dit-elle, laissant l'animal castré se dégager, puis rejoindre les autres, qui allaient et venaient nerveusement dans l'enclos.

– Ensuite, on doit se rincer la bouche avec du vin, dit Anna sur un ton neutre. C'est ce qu'on fait dans mon pays.

– Où une gentille fille comme moi trouverait-elle du vin ? demanda Clydine avec un rire rauque.

Emmett se dirigea vers l'enclos, mais infléchit légèrement sa trajectoire afin de pouvoir garder un œil sur sa voiture. Anna scruta la crête, dans l'espoir d'apercevoir le jeune garçon qui s'était éloigné des autres. Summerfield était descendu de son quatre-quatre et se tenait derrière la portière entrouverte. Il avait apparemment du mal à déglutir.

– Clydine, dit Emmett, pour attirer l'attention de la femme.

Lentement, elle se redressa, alors qu'elle s'apprêtait à se saisir à nouveau d'un mâle au sein du troupeau terrifié.

– Quoi ?

– L'agent Knoki vous a-t-il suivie, avant de vous arrêter ?

– Non, il m'attendait, avec son radar, à la sortie de la grande courbe qui se trouve sous Crystal.

Emmett dévisagea attentivement la Navajo. Anna se demanda s'il pensait la même chose qu'elle : si Bert Knoki l'avait surprise en excès de vitesse par hasard, il ne la suivait certainement pas dans l'espoir de surprendre une livraison d'alcool de contrebande. Anna estimait qu'une amende pour excès de vitesse, moins encore que l'éventualité d'une nouvelle arrestation pour le même délit, ne pouvait constituer le mobile d'un homicide. Mais elle ignorait ce qui se passait dans l'esprit de Clydine Jumper. Elle avait connu des Modocs comparables à cette femme étrange, mais elles étaient toutes restées mystérieuses à ses yeux. Des asociales. Rejetées par deux cultures.

Les jeunes franchirent la barrière et entrèrent dans la cour en roulant des épaules. Puis ils se rassemblèrent autour du plus grand, un jeune colosse aux cheveux aussi courts, sous le filet qu'il portait, que ceux d'un détenu de camp de concentration. Il donna des cigarettes aux autres. Elle vit alors, sur leurs visages, ce qui les rendait dangereux. Ils n'avaient absolument pas peur de la mort. Ils étaient jeunes.

– La contravention indique, poursuivit Emmett à l'intention de la femme, que vous alliez vers le sud sur la 134. Vous veniez de quelque part ?

– De la salle de réunion de Crystal.

– Qu’est-ce que vous étiez allée y faire ?
– Voir mon frère. Il fait la cuisine pour les vieux qui y déjeunent.
– Et, ensuite, vous rentriez chez vous ?
– Non, j’allais à Window Rock.
– Pourquoi ? demanda Emmett.
– Pour donner deux ou trois trucs à mon aîné. À la prison.
Un sourire triomphant éclaira son visage. Horrible : les dents de la femme étaient couvertes de sang d’agneau. Et troublant. *Pourquoi est-elle aussi satisfaite ?*
Puis Anna comprit.
Clydine pouvait justifier de sa présence à un endroit donné samedi soir. Cela signifiait-il qu’elle savait quand les Knoki étaient morts ? L’heure probable de leur décès n’avait été dévoilée que la veille au soir – et seulement à Emmett – par un agent du FBI de Tucson. Anna nota mentalement qu’il faudrait qu’elle jette un coup d’œil sur le dossier du fils, à la prison. Afin de voir si la visite de Clydine coïncidait avec l’agonie des Knoki.
Emmett soutint pendant quelques instants le regard morne des jeunes, puis demanda à Clydine :
– Avez-vous vu dans quelle direction l’agent Knoki est parti, après vous avoir remis la contravention ?
– Non, je suis partie la première.
– Était-il seul ?
Clydine secoua la tête.
– Sa femme était avec lui. Je crois qu’elle s’appelait Aurora.
– Aurelia ?
– Ouais, c’est ça. Il l’a fait venir pour qu’elle puisse se moquer de moi. Pour lui montrer la méchante trafiquante d’alcool, qu’il traînerait devant le tribunal le mois prochain.
Anna regarda autour d’elle. Toujours aucun signe du sixième jeune. Summerfield le cherchait également des yeux.
Emmett montra les autres.
– Ce sont vos garçons, Clydine ?
– Non.
Effectivement, aucun d’entre eux ne lui ressemblait. Et la marque de son sang serait aisément identifiable. Cependant, elle avait

reconnu l'existence d'un jeune fils puisqu'elle avait mentionné que l'aîné était en prison.

Le jeune colosse avança de trois pas, inclina la tête en arrière afin que la méchanceté brute que ses yeux exprimaient soit bien visible. Le côté de son cou portait un tatouage, quelque chose de stylisé, comme une Kachina [1], mais Anna ne put identifier de quel personnage mythique il s'agissait. Il fléchit lentement les doigts afin qu'ils évoquent des serres. Un geste de reconnaissance propre à la bande, apparemment.

– Votre lycée dépend de l'État ou du BIA ? leur demanda Emmett.

N'ayant pas obtenu de réponse, il ajouta :

– Si c'est un lycée des Affaires indiennes, je suis habilité à faire appliquer la loi sur l'obligation d'assister aux cours.

– C'est un lycée d'État, répondit finalement le jeune colosse.

– Retournez en classe, leur dit Clydine sans la moindre conviction.

Elle avait envie qu'ils restent. Jusqu'ici, rien n'avait trahi son inquiétude.

– Où est votre copain ? demanda Emmett aux jeunes.

– Qui ? demanda le colosse sur un ton neutre.

– Le petit qui est allé jusqu'au rideau d'arbres.

– Il avait envie de pisser, sûrement, blagua le colosse, et les autres rirent.

– Ah bon ? J'avais l'impression qu'il n'était pas assez grand pour sortir son zizi tout seul, dit Emmett, qui surprit ensuite le regard d'Anna. D'autres questions ? demanda-t-il.

– Oui, dit-elle, se tournant ensuite vers Clydine : étiez-vous seule quand l'agent Knoki vous a arrêtée ?

– Oui.

Emmett jeta un coup d'œil sur la contravention et confirma d'un hochement de tête.

Anna poursuivit :

– Ce que vous avez laissé à l'intention de votre fils…

– Ouais ?

---

1. Masque ou statuette pueblo représentant une divinité (NdT).

– Qu'est-ce que c'était ?

– Oh, des Marlboro. Du chewing-gum. Ce genre de trucs.

– En aviez-vous en réserve ici, chez vous ? Ou bien les avez-vous achetés avant d'aller à la prison ?

Visiblement, la direction que prenait l'interrogatoire n'échappa pas à Clydine.

– Je les ai achetés. Au Basha, à Window Rock.

Mais sans doute perçut-elle la présence de sables mouvants, car elle changea de sujet.

– Vous savez qui a tué Knoki et sa femme ?

Voilà. La raison pour laquelle elle avait accepté l'interrogatoire : elle voulait savoir où en étaient les forces de l'ordre et, de ce fait, Anna fut convaincue qu'Emmett et elle devraient l'interroger à nouveau, lorsqu'ils sauraient plus précisément si Clydine avait vraiment intérêt à l'élimination du principal témoin du procès qu'elle devrait affronter. Elle devenait suspecte et insister, maintenant, risquait d'affaiblir l'accusation, mais Anna savait qu'Emmett, fidèle à lui-même, prendrait ce risque.

– Des trafiquants de drogue, dit Emmett à Clydine.

Il attendit un bref instant sa réaction. Elle n'en eut pas.

– Les autorités, reprit-il, pensent que des trafiquants de drogue ont commandité le meurtre. J'ai entendu ça à la radio, en venant. Des barons mexicains de la drogue.

– Des gens sans foi ni loi, fit remarquer la femme sur un ton neutre.

– Merci de votre aide, Clydine, conclut Emmett, qui rejoignit Anna. On se reverra.

– Seulement si mon avocat est d'accord, répliqua la femme sur un ton de défi.

Près d'Anna, Emmett dit, à voix basse :

– On passe entre ces petits voyous. On donne le ton de nos relations à venir. Reste derrière moi.

Désolée.

Il commença, les dents serrées :

– Anna, on n'a pas le temps…

– Je passe devant, Emmett.

– Et s'ils ne bougent pas ?

– Je leur botte le cul et je relève leurs noms.

Il prit, une seconde encore, la mesure de sa résolution, puis dit, agacé :

– Vas-y.

Les jeunes jetèrent leurs cigarettes et serrèrent les rangs. Le colosse ferma le poing, le balança sur le même rythme que les pas d'Anna, sans la quitter des yeux, un sourire ironique aux lèvres.

– Écartez-vous, dit-elle d'une voix ferme.

Personne ne bougea.

Elle chercha une nouvelle fois des armes des yeux. Pas une seule en vue. Près de la Suburban, incapable de rester immobile, Summerfield se balançait sur la plante des pieds.

– Écartez-vous, insista-t-elle.

Le colosse était immobile devant elle. Il était puissant, presque aussi grand qu'Emmett. Elle était si proche de lui qu'elle sentait l'odeur de la fumée froide de marijuana qui imprégnait son blouson des Oakland Raiders. Il la foudroyait du regard. Elle le fixait sans battre des paupières. Puis, faisant un pas de côté, elle glissa son avant-bras droit sur le sien, si doucement que son seul réflexe consista à sourire, tant le contact fut trompeusement doux. Mais ses lèvres se figèrent et se crispèrent quand elle lui tira brusquement le bras dans le dos, replia la main du colosse de telle façon que le bout de ses doigts toucha l'intérieur de son poignet. Il poussa un cri de défi, mais la fulgurance de la douleur le jeta à genoux. Elle le suivit dans sa chute.

– Je vous ai dit de vous écarter ! cria-t-elle, assurant désormais sa prise à deux mains. Quand je vous dis de vous éloigner, vous vous éloignez !

Des ombres dansèrent, au-dessus d'elle. Une bagarre avait commencé, mais elle n'osa pas lâcher le colosse. Sa morsure lui faisait terriblement mal.

Un deuxième jeune tomba lourdement près d'elle, le nez en sang.

– Tout le monde à plat ventre, cria Emmett. Les mains sur la nuque !

Les trois jeunes restants s'allongèrent et Anna fut à nouveau exposée au soleil. Elle eut l'impression qu'il lui brûlait le visage. Il semblait qu'il n'y avait pas d'air, au niveau du sol, parmi tous ces corps, et elle n'en voulut pas vraiment au colosse quand il tenta de se redresser.

– Ne bouge pas !

Elle augmenta à nouveau la pression, afin de le contraindre à rester immobile. Mais il accumula de la salive dans sa bouche. Elle coupa court à sa tentative en exerçant une nouvelle pression sur les tendons malmenés de son avant-bras.

– N'y pense même pas !

Il hoqueta, baissa la tête. Le tatouage de son cou était récent, encore rouge et parsemé de croûtes. Et l'image fut enfin tout à fait claire. Une langue mince jaillissant d'une tête triangulaire. Des écailles épaisses. Cinq griffes à chacune des quatre pattes. Un lézard perlé. Les flancs de l'animal comportaient des ailes de papillon de nuit. Un papillon de nuit, pas un papillon de jour, car de longues antennes duveteuses étaient fichées sur le front du lézard perlé.

Le jeune sourit, face à son expression stupéfaite, et l'étreinte d'Anna se relâcha légèrement. Il se dégagea brusquement et arma un poing dans l'intention de la frapper au visage. Le poing filait dans sa direction quand une chaussure – celle d'Emmett – l'atteignit à la nuque. Le front de l'adolescent heurta le sol et il resta immobile, gémissant.

Anna se redressait, la main dans le dos afin de dégager les menottes glissées sous sa ceinture, quand Emmett appuya brutalement sur son dos.

– Ne te lève pas !

Il s'allongea près d'elle, le revolver à la main.

– On tire sur Summerfield.

Elle dégaina son 9 mm et roula sur le dos afin de pouvoir jeter un coup d'œil sur la Suburban. L'auréole blanche d'un impact de balle était apparue sur le pare-brise, du côté du conducteur, mais l'agent était parvenu à se glisser sous la voiture. Il braquait le fusil d'un côté et de l'autre, démontrant ainsi qu'il ne savait pas d'où on avait tiré.

Emmett cria à Clydine de se coucher. Elle se tenait au milieu du pâturage, tournée vers le hogan.

Anna dit, d'une voix rauque :

– Elle savait que ça arriverait.
– Sans blague.

Anna n'avait pas entendu de coup de feu. Mais le colosse et elle, le visage à quelques centimètres l'un de l'autre, respiraient avec bruit. Elle n'avait pas encore repris son souffle. Balayant le rideau de genévriers du bout du canon de son arme, elle tenta de repérer une casquette noire. Moteur. Une voiture approchait. Non, deux. À toute vitesse dans les lacets.

– C'est notre appui, dit-elle à Emmett d'une voix atone.

Elle avait l'impression d'être collée au pâturage.

– Reste ici, ordonna Emmett. Je vais les avertir.

– Par radio ?

Emmett jeta un coup d'œil sur la voiture, six longs mètres plus loin, puis dit :

– Non, ce petit salaud a les voitures dans sa ligne de mire. Au moment où je partirai, tire deux fois au-dessus des arbres. Ça devrait le faire tenir tranquille.

Puis, plus fort, il ajouta :

– Si quelqu'un bouge, agent Turnipseed, fais-lui sauter la tête.

Elle saisit la manche de sa veste, le retint. Mais les mots refusèrent de sortir.

– Ça peut attendre, dit-il, puis il se leva d'un bond.

La sensation que ça ne pouvait pas lui serra le cœur… Elle appuya deux fois sur la détente.

Emmett avait sauté par-dessus la clôture et courait à toute vitesse en direction du dernier lacet quand un mouvement, sur sa droite, attira son regard. Une silhouette en vêtements sombres jaillit hors du hogan et disparut dans les broussailles. Emmett planta les talons dans le sol et pivota sur lui-même dans l'intention de se lancer à sa poursuite. Mais le bourdonnement brûlant d'une balle, à quelques centimètres de sa joue, le jeta sur la piste. Il se mit à couvert dans le fossé peu profond. Une Chevy Yukon blanche s'immobilisa entre lui et l'endroit où, croyait-il, se cachait le tireur. Au moment où le véhicule le couvrit de poussière, il pointa son pistolet sur la source probable des coups de feu. La portière du passager s'ouvrit et John Tallsalt rampa sur la banquette puis descendit, le pistolet à la main. Yabeny était juste derrière lui, au volant de son quatre-quatre et le sergent descendit de voiture comme le lieutenant l'avait fait, mais avec une carabine en équilibre sur les avant-bras. Les deux responsables de la brigade criminelle et pas le moindre agent en vue.

Bizarre, mais pas le temps d'y réfléchir.

Tallsalt rejoignit Emmett à quatre pattes. Les yeux du lieutenant étaient injectés de sang, mais il semblait en pleine possession de ses moyens. Et furieux.

– Nom de Dieu, Parker, qu'est-ce que tu fous ?

– Je me prépare à déborder le petit con qui me tire dessus.

– Tu as une idée de ce à quoi tu es confronté ?

– De plus en plus précise.

Une nouvelle balle siffla et, sagement, Tallsalt décida de remettre sa colère à plus tard.

– Combien de tireurs ?

– Peut-être deux, maintenant. Un type qui ressemblait à Clydine vient de sortir du hogan ventre à terre.

– C'est Ivan, son benjamin. Le voyou le plus dingue de la Big Rez. Et la bande la plus dangereuse… Les Vipères. Très intelligent de ne pas nous avoir avertis.

Emmett foudroya Tallsalt du regard.

– J'ai pensé que tu serais une nouvelle fois *occupé*.

Le visage de Tallsalt se figea, mais il demanda ensuite, inquiet :

– Où est ton équipière ?

– Avec Summerfield et les autres membres de la bande, près de la masure.

Le lieutenant jeta un coup d'œil aussi rapide que l'éclair par-dessus le capot de sa voiture, puis se tourna vers Yabeny et fit claquer les doigts. Le sergent était accroupi derrière sa voiture, la joue contre le canon de sa carabine à canon court.

– Marcellus, dit Tallsalt, Parker et moi, on va contourner la colline. Tu conduis ma voiture à l'intérieur. Tu la places de telle façon qu'elle protège Turnipseed et Summerfield. Tu risques de te faire tirer dessus, sur le chemin de la maison…

Yabeny haussa les épaules, comme si ça n'avait aucune importance.

– … Donc, poursuivit Tallsalt, baisse la tête. Quand tu en auras l'occasion, demande à Window Rock de boucler la colline. Demande de l'aide à Chinle et Shiprock, en cas de besoin.

Puis Tallsalt rengaina son pistolet et tendit les mains afin que Yabeny lui lance la carabine. Sa paume, entaillée tandis qu'il détruisait sa salle de séjour, était pansée et il portait un uniforme propre. Il attrapa la carabine et adressa un sourire décapant à Emmett.

– Il n'y a pas de bétail à voler, Comanche. Tu es sûr que tu veux venir ?

– Ne te laisse pas distancer.

Yabeny passa près d'eux pour monter dans le véhicule de Tallsalt.

– Vas-y ! cria le lieutenant.

Le lieutenant emballa le moteur et fonça vers la porte. Les roues projetèrent un nuage de poussière. Tallsalt et Emmett en profitèrent pour gagner le côté opposé de la piste. Si le petit tira sur eux, la détonation fut couverte par le grondement de la Yukon, qui fonçait sur la masure. Ils coururent parmi les genévriers clairsemés jusqu'au moment où ils atteignirent la clôture, composées de trois rangées de fil de fer barbelé, qui délimitait la propriété de Clydine. Tallsalt abaissa les deux rangées inférieures du pied et Emmett passa, se retourna et rendit le même service au lieutenant.

De la poussière rougeâtre montait vers le ciel quand Yabeny bondit hors de la voiture qu'il venait de stopper entre Anna et le tireur. Il atterrit près d'elle, grimaça et retira une pierre qui se trouvait exactement sous son entrejambe… avant de donner des instructions en navajo dans son talkie-walkie et de faire signe à Summerfield de ne pas bouger. Assise sous sa véranda, Clydine attendait tranquillement la fin de l'échauffourée.

Quand le sergent eut rangé son talkie-walkie, Anna lui demanda :

– Où est Emmett ?

– Avec le lieutenant. Ils essaient de rattraper ce type.

– Môme. Ce n'est qu'un môme.

Yabeny acquiesça, presque tristement, puis dit, le canon de son arme braqué sur le jeune colosse :

– Ne bouge pas, Garwin, et laisse tes mains en vue.

Un sourire haineux accueillit son avertissement.

– Quel est son nom de famille ? demanda Anna.

– Descheenie, répondit Yabeny à voix basse. C'est le numéro deux d'Ivan Jumper, aussi *loco* que son chef.

– Que signifie le tatouage ?

– Aucune idée, répondit le sergent, qui l'examina. Nouveau. Le logo des Vipères était simplement un serpent.

– Pour moi, celui-ci représente un lézard perlé avec des ailes de papillon de nuit.

– Pour moi aussi.

Il y avait maintenant plusieurs minutes qu'Anna n'avait pas entendu de coups de feu. Comme Emmett était désormais parmi les arbres, elle n'avait pas envie de réfléchir à ce que pourrait signifier le suivant.

– Pourquoi ce gamin armé d'un fusil est-il aussi impatient de mourir, ce matin ?

– Ce sont des déracinés…

Yabeny braquait toujours le canon de son arme sur les jeunes allongés.

– Ils sont tombés dans les crevasses, pendant les années où personne ne voulait être Dine. Isolés entre les adultes attachés à la tradition et les jeunes qui apprenaient les coutumes d'autrefois. Ces voyous n'ont rien, hormis eux-mêmes et une conception hollywoodienne de ce qu'est une bande. Ils cherchent un dieu qui leur soit propre, je suppose, et une raison de se sacrifier. Huit d'entre eux sont morts depuis le nouvel an.

Le sergent s'interrompit, puis reprit :

– C'est peut-être ce qui arrive quand les garçons n'ont pas vraiment la possibilité de devenir des guerriers. Ils tentent de le faire par eux-mêmes. Et ils se gourrent sur toute la ligne.

Une empreinte de chaussure de sport arrêta Emmett net.

Il la compara à sa chaussure. Quarante-deux. Une pointure de moins que lui. Trop grande pour appartenir à l'enfant armé d'un fusil, mais correspondant à l'adolescent d'un mètre quatre-vingts qu'il avait vu sortir en courant du hogan. Les empreintes allaient vers le sud. Tallsalt, qui protégeait ses arrières, arriva et vit immédiatement les empreintes. Emmett tendit les lèvres vers la ravine qui courait sur la face sud de la colline. Tallsalt secoua la tête, face à cette tentative maladroite de geste navajo, mais acquiesça : Ivan Jumper fuyait aussi vite que possible. La vraie question était de savoir si le tireur avait décroché en même temps que lui.

Tandis que Tallsalt braquait sa carabine sur les arbres, Emmett gagna le sommet de la colline. Tout en recherchant des empreintes de l'enfant, Emmett réfléchissait. Le jeune garçon qui s'était éloigné du reste de la bande était allé jusqu'à leur cache d'armes tandis que les autres les distrayaient, Anna et lui. Ensuite, il avait tiré pour qu'Ivan Jumper puisse sortir du hogan. Même des voyous endurcis ne s'amusent pas à tirer sur les forces de l'ordre ; ils ne le font que s'ils croient qu'une arrestation est imminente. Tout cela avait-il été préparé plusieurs jours à l'avance, afin de s'assurer que le chef de la bande ne tomberait pas entre les mains d'un enquêteur fédéral ?

La solution du meurtre des Knoki se trouvait-elle dans la ravine envahie par les saules ?

Emmett fit signe à Tallsalt de le suivre : il avait trouvé des empreintes de petite pointure, espacées comme elles le sont lorsqu'on court, en direction du ravin. Il s'engagea sur la pente. La brise soufflait de face, chaude et chargée de bruits. Aboiements. Rire d'enfant, au loin. Une petite vallée s'étendait en bas, parsemé de maisons, de caravanes et de hogans, entre lesquels couraient des rues non goudronnées. Il fit signe à Tallsalt de le rejoindre et ils s'agenouillèrent derrière un rocher. Emmett souffla :

– Il faudrait qu'une de tes voitures de patrouille prenne position à la limite de ce hameau avant qu'on oblige la personne qui se trouve dans la ravine à en sortir.

– Absolument.

– Combien de temps faudrait-il aux voitures de patrouille pour cerner cette colline ?

- Beaucoup, reconnut Tallsalt.

Il passait le bout de sa langue sur son palais, comme s'il avait la bouche pâteuse. Il devait avoir une gueule de bois terrible, mais rien n'avait permis, jusqu'ici, de la déceler.

– Il n'y avait qu'une unité en service sur Window Rock et Ganado. C'est pour ça qu'on a répondu à ton appel, Marcellus et moi.

Donc, le fils de Clydine réussirait à prendre la fuite, sauf si Tallsalt et lui parvenaient à l'en empêcher. Mais Emmett ne pouvait rien reprocher à la police navajo. Compte tenu de la réduction des budgets fédéraux, elle ne disposait que de la moitié de l'effectif nécessaire.

Tallsalt demanda, sur un ton faussement indifférent :

– Qu'est-ce qui t'a conduit à Clydine ?

– Le labo du FBI. Il a réussi à reconstituer son nom sur la dernière contravention de Bert. Les événements se sont précipités, ce matin, John.

– Ouais, bon. Tu as vu le tireur ?

– Casquette noire. Treize ans, au grand maximum.

– Formidable, dit Tallsalt, amer. Un petit jeune. Il est prêt à mourir pour faire ses preuves devant les membres officiels de la bande.

Mais, bizarrement, il semblait être redevenu tel qu'Emmett le connaissait, alors que tel n'avait pas été un instant le cas au cours de ces deux derniers jours. Ses yeux brillaient.

– Je vais descendre et attendre que tu les pousses jusqu'au pied de la colline, ajouta-t-il.

Il laissa à Emmett la possibilité d'exprimer une objection.

Mais il ne voyait, lui aussi, pas d'autre solution.

– Ne me tire pas dessus s'il s'avère qu'il nous a déjà échappé.

– Insulte-moi, ne te gêne pas.

Tallsalt se redressa.

– Huit minutes, ajouta-t-il, ensuite tu y vas.

Il reprit en petites foulées le chemin qu'ils avaient emprunté, léger, pratiquement sans un bruit. Il irait vers l'est avant de prendre à nouveau la direction du sud, contournerait la ravine. Exactement ce que ferait Emmett si les rôles étaient inversés. Il n'y avait rien de commun entre le fantôme ivre assis au bord de la mine de charbon à ciel ouvert et l'homme vigoureux qui zigzaguait sur la pente broussailleuse. Peut-être redeviendrait-il sobre… s'il trouvait de l'aide.

Emmett jeta un coup d'œil sur sa montre – 9 h 11 – puis scruta, au-delà des rochers, les mouvements des saules. Ils étaient en fleur et il entendait le bourdonnement des abeilles. Il se sentait un peu moins préoccupé par le dilemme qu'il avait affronté en début de matinée. Il fallait que Tallsalt soit hospitalisé. Il pensait au suicide et personne ne peut se contenter longtemps d'y penser. Pourtant, si Emmett indiquait, sur le formulaire d'admission préventive, que le lieutenant était un danger pour lui-même, il briserait sa carrière tout aussi sûrement que la bouteille de gin que Tallsalt avait lancée dans la tranchée la veille au soir. Au bout du compte, Emmett n'avait pas pu s'y résoudre. Il ne pouvait pas faire cela au meilleur flic de la nation navajo. Il avait donc mis Tallsalt au lit, puis avait regagné Sage Memorial Hospital, à Ganado, dans l'espoir fragile qu'il ne craquerait pas avant qu'il ait été possible de trouver le moyen de l'aider sans compromettre la seule chose qui le rattachait à la vie : le travail. La décision n'avait pas semblé satisfaisante, sur le moment, mais elle paraissait l'être maintenant.

Emmett consulta une nouvelle fois sa montre, puis se redressa.

Il descendit la pente en courant et pénétra parmi les saules de la rive. Ruban de jungle dans une terre desséchée. Ombre tachetée sous le feuillage argenté de mai. L'eau stagnante, peu profonde, était couverte de cresson qui dégageait une odeur poivrée tandis qu'il marchait, penché, vers l'aval. Une cigale stridula, irritée par le faible clapotis des chaussures d'Emmett. Une piste de moutons et de chèvres formait un tunnel ombragé qui serpentait parmi les arbres, route secrète, totalement cachée. Il y avait des traces dans le cresson, mais pas assez grandes pour qu'il puisse s'agir de celles d'Ivan Jumper, ce qui signifiait qu'il avait probablement évité la ravine et qu'il était arrivé avant Tallsalt au hameau… où il avait des amis. Laissant derrière lui une arrière-garde de treize ans, intrépide, chargée de retarder les flics pendant qu'il prenait la fuite.

Emmett accéléra. Rien ne permettait de supposer que le jeune garçon ralentissait en vue de préparer une embuscade. Cela signifiait peut-être qu'il se trouvait déjà dans le hameau et que Tallsalt l'affronterait seul. Pratiquement impossible, dans ces conditions, d'arrêter un tireur isolé.

À l'endroit où la ravine débouchait sur une tranchée d'irrigation, quelque chose brillait dans l'eau. Emmett s'arrêta et le ramassa : une cartouche de 223 mm. L'enfant l'avait laissée échapper tandis qu'il rechargeait sans cesser de courir.

Rapidement, maintenant, il suivit les empreintes le long du canal, la tête baissée parce que les premières maisons étaient juste au-dessus de lui.

Un chien aboya comme si une menace était toute proche. Emmett ne crut pas qu'il était la cause de cette agitation, car la brise soufflait toujours de face, ne venait pas de derrière lui, et qu'il voyait l'endroit, devant lui, où les empreintes obliquaient sur la rive en pente. Il regarda par-dessus le sommet de la butte, la tête parallèle au sol afin qu'on ne puisse pas identifier ce qu'il était : une cible tentante. Ce que voyait son œil droit était incliné, mais il distingua une vieille caravane posée sur des parpaings, son poli luisant devenu gris terne sous le soleil impitoyable du plateau. En face de la caravane se dressait un hogan en mauvais état, dont le toit s'était partiellement effondré.

Quelque chose bougeait dans l'espace qui les séparait.

Tout d'abord, Emmett crut que c'était un petit animal. Puis il comprit qu'un très jeune garçon était sorti de sous la véranda de la caravane pour poursuivre un gros scarabée noir dans la cour. L'enfant riait tout en traquant l'insecte, une des attaches de sa couche-culotte défaite, la morve séchée qui se trouvait sous son nez rougie par la poussière que soulevaient ses pieds. L'insecte était une proie méfiante et insaisissable. La poursuite continua, l'amusant beaucoup.

Puis le regard d'Emmett se porta vivement un peu plus loin, où une tache marron était apparue parmi les genévriers. Tallsalt progressait prudemment entre les arbres, un gros bâtard, qui aboyait et tentait de le mordre, sur les talons. Soudain, il frappa la truffe du chien du dos de sa main libre. Gémissant, l'animal prit la direction d'une masure qui se dressait du côté opposé de la piste. Tallsalt reprit sa carabine à deux mains. Visiblement, il n'avait trouvé ni les empreintes d'Ivan

Jumper, ni celles du tireur. Ce qui amena Emmett à s'interroger. Étaient-ils partis vers l'ouest ? Le terrain était plus dégagé, dans cette direction, presque sans arbres, si bien qu'il serait pratiquement impossible d'échapper à la chasse à l'homme qui se préparait. Jumper, qui avait toujours vécu ici, savait que les Chuskas étaient son unique refuge. Des barrages seraient dressés sur les routes, si bien qu'il valait mieux traverser la 12 et pénétrer dans les montagnes qu'emprunter ou voler une voiture.

Emmett fit signe de la main par-dessus la levée.

Tallsalt braqua le canon sur lui, mais l'abaissa presque aussitôt et se détendit. Emmett posa la main sur sa gorge, signe qui indiquait la présence d'un otage, mais aussi celle d'un innocent. Tallsalt ne vit l'enfant qu'après avoir contourné un tracteur John Deere. Ensuite, comme il lui était impossible de l'appeler, il se tourna vers la caravane, dans l'espoir de pouvoir attirer l'attention d'un adulte. Il n'y avait personne, si bien qu'il se mit à courir. Il tendait les bras vers le bébé stupéfait quand un geyser de poussière jaillit entre l'homme et l'enfant. Comme toujours, la détonation parut retentir un bref instant plus tard.

Emmett se tourna vers la vapeur blanchâtre qui émanait de la porte, toujours invisible, du hogan. Il tira deux fois, dans le simple but de donner un peu de temps supplémentaire à Tallsalt, puis il franchit la levée et fonça sur la hutte. Le lieutenant avait pris l'enfant dans ses bras et filait vers la caravane, passant entre les balles de .223. La poitrine d'Emmett heurta violemment le hogan, cassant les poutres pourries, et il perdit l'équilibre tandis que quatre des huit parois s'effondraient. Il bascula dans un nuage étouffant de poussière, pratiquement certain qu'il allait tomber sur des objets durs et tranchants. Mais la boue séchée amortit sa chute.

Les tirs cessèrent.

Le tireur, prisonnier des gravats, sous Emmett, ne bougeait pas et ne faisait pas un bruit. Écartant les mains, il tentait de percevoir des vibrations parmi les poutres entremêlées, quand un grincement retentit au-dessus de lui. Les paupières plissées, il levait la tête et tentait de voir à travers la poussière quand la partie restante du toit se détacha et s'abattit sur lui. Le noir. Il crut avoir échappé à l'essentiel de sa masse jusqu'au moment où il tenta de reculer. Et s'aperçut qu'il était immobilisé.

– Emmett !

La voix assourdie de Tallsalt.

– Comment va le bébé ?

– Bien. On va bien tous les deux. Et toi ?

– Je suis furax. Dégage le toit, sinon le petit fils de pute qui se trouve sous moi risque d'étouffer.

Tallsalt alla chercher de l'aide. Cinq minutes plus tard, il revint accompagné d'une demi-douzaine d'hommes qui, avec force grognements, écartèrent le toit. Aussitôt, Emmett se mit à creuser à mains nues dans les gravats. Il trouva le fusil, qu'il lança à Tallsalt. Mais pas le gamin. Son inquiétude grandit. Puis il aperçut des cheveux noirs, couverts de poussière, entre deux poutres. Il écarta la plus proche et deux yeux terrifiés lui rendirent son regard.

– Putain de petit con, dit Emmett.

10

Fermant la porte de sa chambre, Anna constata qu'Emmett avait laissé celle de la sienne ouverte. Elle jeta un coup d'œil à l'intérieur. Il était assis, torse nu, à la table, un assortiment de poulet gras, deux salades et des biscuits apparemment desséchés, devant lui, sur le sac en papier qui, déchiré, tenait lieu de set. Apparemment, il n'avait touché à rien. Il leva la tête et demanda :

– Où tu vas ?

– Manger un morceau à la cafétéria.

– Tu veux te joindre à moi ?

– Il y en a assez pour deux ?

– Largement, dit Emmett. Pas d'appétit. Mais j'en avais quand je suis passé au drive-in. Ça doit être la chaleur.

– Je sais.

Elle s'assit en face de lui, ajouta :

– J'ai baissé le thermostat, sans résultat.

– J'ai protesté. Mais, d'après la réception, le Navajo Nation Inn propose soit de l'air chaud, soit de l'air froid. Pas les deux à la fois. Et la semaine dernière, quand il a plu, on a coupé l'air conditionné et rallumé la chaudière. L'appareil de conditionnement d'air repartira peut-être demain. Peut-être pas.

Il lui adressa un clin d'œil, ajouta :

– Entre nous, j'admire l'indifférence des indigènes aux machines. La résistance de nos ancêtres n'a pas disparu.

Elle fixa ses yeux fatigués. Deux nuits pratiquement sans sommeil, mais il ne disait ce genre de chose que lorsqu'il était démoralisé.

– Comment ça va, Em ?

Il regarda, par la porte ouverte, Window Rock Ridge, qui se dressait sept cents mètres plus loin. Le crépuscule assombrissait les rouges et les jaunes du grès.

– J'étais en train de me demander dans quelle mesure nous sommes proches de la solution.

Il ne poursuivit pas.

– Et… ? insista-t-elle.

– Si nos collègues dines coffrent Ivan Jumper dans les jours qui viennent, ce qui est bien leur intention, je suppose qu'on en sera beaucoup plus proches qu'hier.

Mais il n'en semblait pas convaincu.

La police tribale lançait toutes ses forces dans la chasse à l'homme, annulait les jours de congé et les permissions, demandait l'aide des shérifs des juridictions voisines et de la patrouille aérienne. Ce que signifierait l'arrestation de Jumper avait encouragé Tallsalt, même s'il avait affirmé, la veille, que les habitants de la région n'aidaient sûrement pas les barons de la drogue du Sonora à faire transiter des cargaisons par la Big Rez. Ivan Jumper et sa bande, les Vipères, correspondaient à ce profil. Surtout Ivan. Aujourd'hui, semblait-il, les enfants des trafiquants d'alcool poursuivaient rarement la tradition familiale. Ils préféraient vendre de la drogue – même si, d'après Tallsalt, Clydine gagnait plus de 10 000 dollars par mois jusqu'au moment où Bert l'avait arrêtée. Certes, cela rapportait davantage de fabriquer du speed dans des labos rudimentaires, ce dont on soupçonnait aussi les Vipères. Mais si la bande se livrait à cela, elle faisait concurrence à ses associés du Sonora qui, au Mexique, pouvaient fabriquer des amphétamines de meilleure qualité à moindre coût.

Anna rompit le silence qui s'était installé entre eux.

– Si on accepte la théorie de Tallsalt liée à la drogue, il reste le problème de ces empreintes d'avion vieilles de trois mois. Et rien ne prouve que les trafiquants du Sonora soient descendus du ciel, samedi dernier, et qu'ils aient tué les Knoki.

– Tu en veux ?

Emmett lui proposa du poulet.

Elle prit une cuisse, l'examina, mordit dedans. Froide. Depuis combien de temps réfléchissait-il, assis à cette table ? À 14 heures, il l'avait laissée dans sa chambre, afin qu'elle change son pansement et se repose, puis était retourné au siège de la police navajo, dans l'intention d'utiliser le téléphone de Tallsalt pour obtenir des informations complémentaires.

– Tu as pu obtenir des renseignements sur les visites que le fils aîné de Clydine a reçues ? demanda-t-elle.

– Ouais. Le réceptionniste de la prison a noté qu'elle a déposé quelques bricoles samedi à onze heures moins le quart.

Tout près de l'heure approximative de la mort d'Aurelia. Donc Clydine savait effectivement qu'elle avait un alibi. Mais Tallsalt n'avait pas voulu qu'on l'arrête, après la bagarre de la matinée contre les membres de la bande de son fils. Soit elle était un appât, propre à encourager Ivan à venir chercher de l'argent, soit elle finirait par conduire les flics navajos jusqu'à sa cachette. Une question traversa soudain l'esprit d'Anna.

– Pourquoi l'aîné des Jumper est-il en prison ?

– Conduite en état d'ivresse, pour la troisième fois. Yabeny affirme que ce n'est pas un voyou. Il purge ses six mois de peine depuis janvier, donc, quoi qu'Ivan ait fait, c'est sans l'aide de son grand frère. Mais les Vipères et lui ont fait *quelque chose.* Sinon, ils n'auraient pas agi comme ce matin.

– Et pour demain ? demanda-t-elle.

Il plongea une fourchette en plastique dans un récipient plein de *coleslaw* [1], le poussa dans la direction d'Anna.

– J'hésite.

– Comment ça ?

– Les membres de la bande sont à Tohatchi, où ils attendent l'audience qui décidera de leur maintien en détention…

Le centre de détention tribal pour mineurs, situé sur le flanc est des Chuskas…

1. Sorte de salade de chou cru (NdT).

– Leur avocat commis d'office ne nous autorisera pas à les interroger, poursuivit Emmett. Ivan Jumper se terre dans les montagnes et n'en bougera pas tant qu'il ne sera pas affamé. J'hésite, voilà.

– Tu n'as pas *quelques* idées ?

– Je n'ai pas dit ça.

Il se leva, gagna le lavabo et se passa de l'eau froide sur le visage. Il y avait une bande violette sur ses épaules. Un bleu, consécutif à la chute d'une des poutres du toit du hogan. Tallsalt lui avait tout raconté. Emmett n'avait pas fait allusion à l'arrestation du tireur de treize ans. Il s'essuya le visage avec une serviette et regagna la table, apparemment un peu plus calme.

– Il y a deux solutions en attendant la suite de ce qui s'est passé aujourd'hui...

Elle comprit qu'il déployait plus largement son filet. Pour une raison ou une autre, l'arrestation d'Ivan Jumper ne serait pas la solution pratique et complète qu'il désirait.

– Le docteur Hennepin a extrait la radio du lézard perlé qui t'a mordue.

Face à l'expression étonnée d'Anna, il demanda :

– Il ne t'en a pas parlé ?

– Non.

– Ce lézard était un sujet d'étude. Équipé d'une radio qui permettait de suivre ses déplacements dans la nature. J'ai téléphoné au médecin, cet après-midi, qui m'a dit que l'appareil avait été fabriqué par Telonics Corporation, à Mesa. D'après le numéro de série, c'est un des trois appareils acquis par le BLM [1]. Un de leurs biologistes étudie les lézards perlés du sud-ouest de l'Utah.

– C'est de là que venait le mien ?

– Probablement.

De toute évidence, Emmett cherchait une nouvelle perspective. Sinon, il n'aurait pas consacré du temps à cela.

– Okay, dit-elle, donc on part demain matin pour l'Utah.

---

1. *Bureau of Land Management* : organisme chargé de la gestion des vastes territoires appartenant à l'État fédéral (NdT).

– Pas tous les deux. Ça serait du gâchis. En plus, la raison pour laquelle on a mis ce lézard perlé sous le mobile home des Knoki est peut-être sans lien avec les homicides. Mais, évidemment, ça ne signifie pas qu'il ne faut pas enquêter sur cette agression dont tu as été victime… C'est la raison pour laquelle je suis prêt à y consacrer deux jours.

– Hank Whitesheep ?

Emmett secoua la tête sans enthousiasme.

– Je l'ai interrogé hier soir. Je n'ai pas eu l'impression que c'était lui. Même stupides, les oiseaux ne chient pas dans leur nid, donc je l'ai fait libérer ce matin.

Anna sortit la fourchette du coleslaw.

– Tu veux que j'aille dans l'Utah ?

– C'est un pays difficile.

– J'ai passé mon enfance dans un pays difficile.

– Je sais, Anna. S'il te plaît, ne vois pas de sexisme dans tout ce que je dis.

– Il est impossible de ne pas en voir. Ce que tu penses est parfaitement clair.

Son visage avait rougi et elle prit une profonde inspiration, pour se calmer.

– Tu veux que j'emmène Summerfield ? demanda-t-elle.

– Pire.

Il se leva, alla fermer la porte puis s'assit sur le coin de son lit. Il semblait indécis. Le voir ainsi était troublant.

– Et ne prends pas ce que je suis sur le point de dire…

Pendant un instant, elle craignit qu'il ne fût sur le point de reprendre la conversation gênante et humiliante qui avait suivi son cauchemar. Mais il poursuivit, sur un ton calme :

– J'accorde davantage d'importance à ce que tu as dit, hier, à Sonsela Buttes.

– À savoir ?

– Tu m'as demandé si j'en voulais à John Tallsalt.

– Tu lui en veux ?

– Assez pour l'interroger dès que possible.

– Qu'est-ce qui t'a fait changer d'avis ?

– Quand on est retournés chez les Knoki, hier soir, le courrier n'était plus dans la cuisine. Il s'avère que John était passé avant notre arrivée. Il l'a pris.

– Comment tu le sais ? demanda Anna.

– Il l'a reconnu. Je l'ai vu, après avoir quitté l'hôpital, hier soir. Il a affirmé qu'il avait pris le courrier des Knoki parce qu'il est leur exécuteur testamentaire et qu'il l'avait mis en lieu sûr dans son bureau.

– Et alors ?

– Tu te souviens de la lettre sur laquelle il y avait une adresse d'expéditeur à University Park ? Celle où on appelait Bert *Hosteen* Knoki ?

– Boîte postale 444.

Il sourit, parce qu'elle s'était souvenu du numéro.

– Exact. Elle n'était pas avec les autres.

Anna avait senti, dès sa première rencontre avec Tallsalt, que le lieutenant poursuivait, dans cette affaire, des objectifs qui lui étaient propres. À présent, Emmett était arrivé à une conclusion identique, si bien qu'il était prêt à l'envoyer à University Park, une banlieue de Phoenix, ou à y aller lui-même, dans l'espoir de découvrir qui avait loué la boîte postale. Si cette personne était liée à leur affaire, même de loin, ils auraient leur réponse. Et une bonne raison de faire pression sur Tallsalt.

– Va dans l'Utah, dit-elle. J'irai à Phoenix. J'emmènerai Summerfield, si ça te rassure. Comme ça, je serai couverte s'il faut que je recourre à des actions d'infiltration.

Finalement, elle prit une bouchée de coleslaw. Ses trois heures de sommeil lui avaient ouvert l'appétit, et la sensation d'avoir la tête cotonneuse, due au venin, avait enfin disparu.

Emmett s'allongea en travers du lit et posa les mains sur les yeux.

– Quelque chose cloche, fit-il, morose.

– Qu'est-ce qui cloche ?

– Johnny a sauvé la vie d'un bébé, ce matin. Il a pris le gamin dans ses bras pendant que les balles sifflaient autour d'eux. J'ai connu des flics qui ont reçu une médaille pour moins que ça.

– Tu peux proposer qu'on lui en donne une.

– J'ai essayé. Il a flanqué mon rapport à la poubelle. Il l'a pris dans la corbeille du courrier du directeur et l'a déchiré.

Anna n'avait pas besoin de demander ce qui, dans cette affaire, préoccupait Emmett. Et c'était une raison de plus d'aller à Phoenix, conclut-elle. Un homme qui affiche ses diplômes ne refuse pas une proposition de médaille… sauf s'il tient soudainement à ne pas attirer l'attention sur lui.

– On tire qui va où à pile ou face ? demanda-t-elle.

– Non.

Il éloigna les mains de ses yeux, afin de pouvoir la regarder, et poursuivit :

– En vérité – et tu sais apparemment toujours quelle est la vérité – j'aimerais que tu ailles à Phoenix, demain, avec ma voiture. Si John l'apprend, je veillerai à ce qu'il sache que c'est moi qui en ai eu l'idée.

– Ça n'a pas d'importance.

– Pour moi, ça en a.

Emmett se redressa, puis reprit :

– Emmène Summerfield. Il a besoin d'un séjour en ville et j'ai besoin de son quatre-quatre. Il a fait réparer le pare-brise ?

– Oui… Cet après-midi, à Gallup. Et la vitre du hayon. La balle a traversé la voiture de part en part.

– Dans ce cas, on se retrouvera ici, à Window Rock, vendredi, en espérant qu'à ce moment-là on pourra interroger Ivan Jumper.

Emmett sortit ses clés de la poche de son pantalon, en dégagea deux de l'anneau et les lui donna.

– Le type qui tient les cordons de ta bourse et celui qui tient les cordons de la mienne ont eu une conversation.

– Qui te l'a dit ?

– Mon chef de service. Je viens de l'avoir au téléphone. En raison de la crise budgétaire prévisible au Congrès, il faut réduire les frais. Faute de quoi, mon poste sera en tête de la liste des suppressions, lors des prochaines restrictions. Installez-vous chez moi. Mais il faut que la lunette des toilettes soit relevée quand je rentrerai.

Elle voulu protester, mais il ne lui en laissa pas le temps :

– Avertis Summerfield, c'est tout.

Cinquante kilomètres de piste séparaient Upper Lowe Canyon de St. George, dans l'Utah, sans compter les six cents kilomètres d'autoroute qu'Emmett avait avalés depuis qu'il avait quitté Window Rock, à 6 heures du matin. *Toutes les putains d'heures de route que ce boulot exige finissent par me faire mal aux fesses.* Des coulées de lave noire, qui s'étaient déversées dans le canyon il y avait plusieurs milliers d'années, couronnaient les falaises de grès rouge, qui avaient cent quatre-vingts millions d'années. De temps en temps, il apercevait des formations de grès blanc qui semblaient enroulées sur elles-mêmes comme des turbans. Des dunes de sable figées pour l'éternité. Deux ans auparavant, il avait assisté à un cours de géologie, à l'université d'Arizona, du simple fait qu'il en avait assez de parcourir ce pays désolé sans savoir comment il s'était formé. Pourtant quelque chose en lui restait étranger à la science. Il espérait qu'elle bouclerait un jour la boucle et validerait les mythes de création des tribus : une terre modelée par les luttes et les machinations d'êtres primordiaux.

Il commençait à se demander s'il aurait le temps de localiser le camp du biologiste avant la nuit. Le BLM de St. George lui avait donné des indications, mais ce qui représentait cinq centimètres sur la carte d'état-major se révélait être une piste interminable et tortueuse dans un canyon écrasé de soleil. Il n'était pas certain que l'air conditionné ne ferait pas chauffer le moteur de la Suburban, à faible vitesse, si bien qu'il s'était contenté de baisser les vitres.

Le canyon grouillait de lézards. Il y en avait apparemment un sur chaque rocher, faisant des pompes pour se rafraîchir. Tel était du moins le folklore. Était-ce ainsi que tout commençait, chez une personne qui consacrait sa vie à l'étude d'une unique espèce ? La curiosité devenue incontrôlable ? Seule une obsession pouvait amener un être humain à passer les mois d'avril à octobre seul dans cette région sauvage et aride, avec, pour tout lien avec le monde extérieur, une radio.

– Stepanek appelle tous les jours à treize heures, lui avait dit le ranger du BLM. J'avertirai Nick de votre arrivée.

Nick Stepanek était sûrement misanthrope.

Mais Emmett reconnut dans cette idée un préjugé comanche. Seuls les gens qui ont quelque chose à cacher ne vivent pas au sein d'une communauté.

La piste serpentait entre des masses tourmentées de lave et franchissait des dunes. Au terme de huit heures de route, le dos meurtri d'Emmett était terriblement douloureux. Mais il n'avait pas été obligé d'abattre le jeune tireur. Cela donnait un sens à la souffrance.

Anna.

Il savait qu'il l'avait déroutée, la veille, en déployant l'enquête dans ces deux directions géographiquement à l'opposé l'une de l'autre. Mais, après avoir ruminé le problème pendant l'essentiel de la journée, il avait trouvé ce qu'il aurait dû lui dire : un autre crime, pas nécessairement le meurtre des Knoki, pouvait expliquer la violence extrême avec laquelle la bande d'Ivan Jumper avait réagi. Si c'était ce que dévoilerait l'interrogatoire des Vipères, ils se retrouveraient, Anna et lui, à la case départ. Il ne voulait pas avoir à ce point l'air d'un imbécile.

Enfin, il aperçut un minuscule carré de toile blanche sur fond de grès rouge.

Le camp du biologiste était au pied du flanc sud du canyon, à l'abri du soleil de midi. Une piste à peine tracée, qui serpentait sur la lave, permettait d'accéder à la tente. Emmett se serait perdu à plusieurs reprises sans les empreintes de pneus larges laissées sur le sable par un véhicule. Mais il n'était pas garé près de la tente.

Néanmoins, Emmett s'arrêta une centaine de mètres avant le camp, coupa le moteur et descendit de voiture.

– Il y a quelqu'un ?

Son appel ne suscita aucune réaction. Mais son écho, renvoyé par la falaise, provoqua l'envol de quelques pinsons. Ils picoraient dans la haie d'églantiers qui bordait le camp sur trois côtés. Cet espace plat parmi les dunes avait probablement été un corral à l'époque des pionniers mormons. La tente était ouverte et il vit, au-delà de la moustiquaire, que l'unique lit de camp était inoccupé. Il semblait faire, sous la tente, une chaleur étouffante.

Les mains sur les reins, il s'étendit et se dit qu'il admirait le courage de Stepanek.

Un réchaud à butane était posé à une extrémité d'une table pliante en aluminium, une lanterne à l'autre. Le reste d'un repas trempait dans un poêlon. Il y avait, sous la table, une douzaine de récipients en plastique pleins d'eau. Un camp sans source. Quelle distance Stepanek devait-il parcourir pour se réapprovisionner ?

Emmett scrutait la base des parois à la recherche de saules, indice le plus sûr de la présence d'eau dans ce pays, quand il aperçut une Ford Bronco marron et blanc, sur la piste principale, venant des parties les plus montagneuses du canyon. Il y avait, sur la portière, le logo triangulaire du Bureau de gestion du territoire. Conjointement avec le Service forestier, le BLM gérait le domaine public immense du gouvernement fédéral dans l'Ouest. L'essentiel de ces terres appartenaient aux Indiens avant les traités. Cette région était autrefois le territoire des Paiutes du Sud, peuple qui avait le génie de tirer sa subsistance de ce qui apparaissait comme le néant.

Quelques minutes plus tard, une femme de haute taille, mince, descendit de la Bronco. Ses cheveux décolorés par le soleil avaient peut-être été auburn et ses pommettes hautes étaient parsemées de taches de rousseur.

– Je m'appelle Nicole Stepanek.

Une poignée de main ferme, pendant laquelle elle lui adressa un rapide sourire, ses dents paraissant très blanches dans son visage bronzé. Elle garda longtemps sa main dans la sienne, puis ses doigts glissèrent sur la paume d'Emmett.

– Emmett Parker, Bureau des affaires indiennes.

Ses yeux noisette exprimèrent l'étonnement.

– Pas le FBI ?

– Non, mais je fais actuellement équipe avec un agent du FBI dans l'enquête sur un meurtre commis en territoire navajo.

– Vous voulez dire que vous ne recherchez pas la personne qui braconne dans la zone où j'effectue mes recherches ?

Elle retira les jumelles qu'elle portait au cou et les posa sur la table.

– Qui vous a dit…

– Le ranger m'a indiqué, par radio, qu'un enquêteur de Phoenix venait et qu'il avait des indices sur le braconnier.

– Le braconnier, répéta Emmett.

Il avait la bouche sèche.

– Puis-je avoir de l'eau ? demanda-t-il.

– Bien sûr.

Elle gagna une glacière qui se trouvait dans l'ombre de la tente. Elle ne contenait pas de glace, mais elle s'agenouilla près d'elle et en sortit une cruche à lait de cinq litres pleine d'eau. Ses fesses rondes tendirent la toile de jean de son short. Il regarda ailleurs avant qu'elle se retourne.

– Je regrette de ne pas avoir été là, dit-elle, lui donnant la cruche de la main droite, mais je faisais une nouvelle estimation des dégâts. Simplement pour m'assurer qu'un de mes lézards perlés n'avait pas quitté volontairement son terrier.

L'eau était tiède, mais bonne.

– Quels dégâts ?

– Trois ans de travail, expliqua-t-elle, ses yeux s'emplissant de larmes.

Il s'aperçut qu'elle avait, jusqu'ici, retenu des larmes de fureur.

– Quel qu'il soit, reprit-elle il a pratiquement dépeuplé le canyon. Quatre de mes spécimens sont introuvables, mais il en a sûrement capturé d'autres dans toute la région. Rien que des mâles.

– Avez-vous une idée de son identité ?

Elle était exceptionnellement jolie, quand on aime les femmes qui vivent au grand air. Elle sentait la fumée de bois et il remarqua un filet gris s'élevant du centre d'un cercle de cailloux. Un feu destiné à lutter contre la solitude dans le noir ?

– Non, aucune, répondit-elle, regardant le sol sur sa droite.

Elle était droitière. Emmett plissa le front… mais pour quelle raison serait-elle évasive sur ce sujet ?

– Il a agi pendant l'hiver, alors que j'étais à Ogden.

Sa voix se brisa légèrement et elle ajouta :

– C'est seulement qu'il m'a *provoquée*. C'est ce qui me fiche vraiment en boule.

Presque le ton qu'on adopte quand on se sent trahi.

– Comment ?

Elle lui prit la cruche, versa de l'eau dans une main, qu'elle passa ensuite sur sa nuque.

– Il faudrait que je vous montre.

– On peut y aller à pied ?

– Pas à cette heure. Mais je manque d'essence. J'ai beaucoup roulé pour faire l'inventaire de ce qui reste.

– On prendra ma voiture.

Ils remontèrent le canyon sur dix kilomètres, puis elle dit à Emmett de prendre une vallée latérale. Un paysage martien de terre rougeâtre parsemée de rochers, limité par des falaises érodées. Il lui avait raconté ce qui était arrivé aux Knoki, mais elle ne semblait pas avoir écouté.

Soudain, elle demanda :

– Quelle est cette odeur ?

Emmett fut obligé de réfléchir – il s'y était habitué.

– Oh, après avoir été mordue, mon équipière a vomi.

Pour la première fois depuis qu'ils avaient quitté le camp, Stepanek parut surmonter son agitation assez longtemps pour se montrer attentive.

– La pauvre. Comment est-ce arrivé ?

Emmett raconta. Malheureusement, il fut obligé d'avouer qu'il avait tué le lézard perlé.

Le regard dur, Stepanek garda le silence pendant une minute, puis dit :

– Elle aurait dû faire la morte. Le lézard perlé aurait reculé.

Emmett eut envie d'ajouter que c'était ce qu'il avait dit à Turnipseed, mais ça serait revenu à la dénoncer.

Brusquement, Stepanek lui prit le bras.

– Je m'excuse. C'était stupide. Comment aurait-elle pu savoir ce que ferait le lézard perlé ?

Elle lâcha Emmett, mais il fut frappé par le naturel avec lequel elle l'avait touché. Et il se souvint qu'Anna avait reculé quand il avait voulu l'embrasser.

– Qu'est-ce qui vous a conduit jusqu'à moi ? demanda la jeune femme.

– L'émetteur radio de votre spécimen. Telonics Corporation m'a communiqué l'identité de l'acheteur.

– Les griffes du mâle étaient-elles coupées ?
– Oui.
– Vous vous souvenez lesquelles l'étaient ?
– Deuxième doigt de la patte avant gauche. Quatrième doigt de la patte avant droite.
– Vingt-quatre… Spécimen vingt-quatre…
Puis ses yeux s'emplirent à nouveau de larmes et elle dit :
– *Buckley*.
– Qui ?
– Oh, je surnommais le spécimen vingt-quatre Buckley. Vous savez, l'éditorialiste conservateur. Il tirait la langue exactement comme William F. Buckley.
Serrant ses lèvres sèches, elle ajouta :
– Je ne vous suis pas très utile, n'est-ce pas ? En fait, il s'agit de meurtres, c'est ça ?
Elle fouilla dans la poche de son tee-shirt, vraisemblablement à la recherche d'un Kleenex.
– Dans la boîte à gants, indiqua Emmett.
À l'intérieur, elle en trouva un paquet. Ainsi que l'édition en allemand, appartenant à Summerfield, de *Diné Bahané*, de Zolbrod.
– C'est à vous ? demanda-t-elle.
– Non, j'ai emprunté la voiture de l'agent du FBI de Gallup. Vous connaissez les mythes ?
– Presque par cœur.
Elle se moucha dans un mouchoir en papier.
– Ce n'est pas navajo, vous savez.
– Quoi ?
– Maltraiter les lézards perlés. Les Dines considèrent Lézard Perlé comme le père de tous ceux qui peuvent déceler les maladies. Il y parvenait grâce à sa patte antérieure qui tremble. C'est pourquoi on croit que Ceux Qui Ont La Main Qui Tremble, les gens faiblement atteints d'épilepsie, ont le don d'établir des diagnostics. À mon avis, jamais un membre du Peuple n'agirait ainsi, dit-elle, inflexible.

Peut-être, pensa Emmett. Pourtant, les Vipères étaient navajos et, jusqu'à preuve du contraire, c'était vraisemblablement la bande qui avait placé le lézard perlé sous le mobile home. Mais il y avait un abîme entre son intuition et la preuve de l'implication, même marginale, de la bande dans les meurtres.

– Est-ce qu'on pourrait retrouver d'autres lézards manquants grâce aux émetteurs radio ?

– Non, les deux autres unités ont été implantées sur des femelles. En outre, leur portée ne dépasse pas cinq cents mètres. Garez-vous ici.

Le soleil avait disparu derrière les Bull Valley Mountains, si bien qu'il faisait un peu plus frais quand ils s'engagèrent à pied dans un arroyo. Les crickets donnèrent le rythme et Stepanek s'y conforma, ses longues jambes avalant aisément la pente.

– Vous êtes indien, n'est-ce pas ? s'enquit-elle.

– C'est ce que dit ma maman.

Ses cheveux, qui évoquaient du cuivre liquide, lui plaisaient. La peau de sa nuque était d'un blanc laiteux. Parce qu'elle n'était pas exposée au soleil.

– De quelle tribu ?

– Comanche.

– L'ouest du Texas ?

– C'était le territoire de mon groupe. On nous a installés, au siècle dernier, dans une réserve de l'Oklahoma.

– Qu'est-ce qui vous a amené en Arizona ?

Une fuite douce amère devant sa deuxième épouse. Pendant les violences de leur divorce, il s'était soudain aperçu qu'il tombait à nouveau amoureux d'elle. Mais il dit :

– Le boulot.

– Vous vous y plaisez ?

– Le plus souvent.

Elle quitta l'arroyo, s'engagea sur une coulée de lave. Ici, les fleurs sauvages commençaient déjà à faner et, dans les creux abrités du vent, la douceur du printemps s'attardait. Il sentit que sa compagnie faisait plaisir à Stepanek, même si elle n'insistait pas pour qu'ils bavardent. Elle savait parfaitement qu'il la regardait avec convoitise. Pourtant, tandis qu'ils franchissaient les crevasses et contournaient les rochers, il ne pensait pas uniquement à Nicole Stepanek. C'était dans un paysage volcanique semblable que Captain Jack, l'ancêtre d'Anna, avait tenu l'armée américaine en échec pendant cinq mois. *Pourquoi, bon sang, me souviens-je de ça maintenant ?*

– Nicole… ?

Lentement, sur une crête, elle pivota sur elle-même, souriante, le regard clair.

– Le ranger a-t-il vu quelque chose, pendant l'hiver, qui pourrait avoir un lien avec le braconnier ?

– Non. Il a épluché ses rapports de patrouilles.

– A-t-il rencontré des Navajos dans le canyon ?

Son sourire disparut.

– Je ne lui ai pas posé la question. Mais il y en a pas mal à St. George. Et il y a des mariages mixtes avec les Paiutes shivwits de la région.

Emmett hocha la tête tandis qu'elle poursuivait son chemin.

La pente céda une nouvelle fois la place à du sable mou. À mi-chemin d'une falaise, elle s'accroupit près d'une barre de rhyolite et scruta l'entrée d'un terrier, qui faisait une trentaine de centimètres de diamètre.

– Celui de Buckley, annonça-t-elle.

Le chagrin brisa à nouveau sa voix.

Emmett, debout derrière elle, serra doucement sa nuque.

– Je suis vraiment désolé, Nicole. Désolé que votre travail ait été ainsi gâché. Ce n'est pas juste.

Elle tourna la tête et posa un bref instant la joue contre sa main.

– Merci, Emmett.

Puis elle se redressa et, à contrecœur, il la lâcha.

– Permettez-moi de vous montrer ce que cette malheureuse âme troublée fait un peu partout, ajouta-t-elle.

Emmett la suivit jusqu'au bout de la barre.

– Sur plus d'un site ?

– Sur tous les sites. Le même dessin.

Elle s'arrêta, montra du doigt. La nuit tombait, mais il distingua le dessin soigneusement gravé dans le vernis du désert, les traces de fer et de manganèse sur la rhyolite. Un lézard perlé avec des ailes de papillon de nuit et des antennes. Aussitôt, sa bouche se dessécha une nouvelle fois.

– Emmett… ?
– Oui, dit-il, mais ses yeux restèrent rivés sur le dessin.
– Ça vous dirait de rester dîner ?

11

C'était un désir auquel il était difficile de résister. Partager l'intimité d'un autre être humain... mais à distance. Pénétrer dans la personnalité d'Emmett Parker sans les risques, qui étaient montés tout près de la surface, deux jours auparavant, dans sa chambre, au motel. De passer les doigts de son esprit sur tout ce qui avait fait de lui ce qu'il était.

Mais Anna résista à l'envie de fouiller.

Elle était sur le fauteuil d'Emmett, une jambe sur un accoudoir. Le crépuscule entrait à flots par les baies vitrées coulissantes du balcon. Elle avait ouvert parce que l'appartement sentait le renfermé. La brise était brûlante, mais elle la préférait à l'air conditionné. Le parfum de fleur d'orange des citronniers nains qui entouraient la piscine de la cour se mêlait à celle des échappements des voitures qui passaient sur l'Interstate 10.

À leur arrivée à Phoenix, deux heures auparavant, Summerfield et elle avaient décidé qu'il irait seul au bureau de poste d'University Park, où le directeur lui indiquerait qui avait loué la boîte postale 444. Anna resterait dans l'ombre, ne se montrerait pas à proximité de la poste, et pourrait de ce fait se rendre à l'adresse indiquée.

Un plan prudent, elle en était convaincue, mais qui la laissait désœuvrée jusqu'au retour de Summerfield.

L'appartement d'Emmett ressemblait tellement au sien qu'il semblait logique d'accuser un décorateur sans imagination. Deux pièces dans un style aseptisé de l'Ouest. Murs nus, meubles ordinaires et la sensation que personne ne vivait vraiment dans l'appartement. Un endroit où faire halte quand le travail lui laissait quelques heures, voilà tout.

Elle se leva, gagna la salle de bains. Une douche lui ferait du bien après le long trajet depuis Window Rock. Ses cheveux et ses vêtements empestaient les cigarettes au papier brun de Summerfield. Elle déroula la bande qui entourait son poignet, dévoilant le bracelet de petites croûtes dues aux dents du lézard perlé. Elle avait ouvert les robinets, quand elle décida finalement de ne pas prendre de bain. Summerfield rentrerait d'une minute à l'autre. Elle sourit et ferma l'eau, frappée par une idée qui la fit presque rire. Emmett en avait fait la proposition et elle avait accepté sans une seconde d'hésitation : elle passerait la nuit chez lui, en compagnie d'un homme qu'elle ne connaissait pratiquement pas. Visiblement, ils avaient conclu tous les deux, au cours de la semaine écoulée, que Summerfield ne constituait pas une menace.

Mais, en suggérant cette solution, Emmett sous-entendait-il qu'il n'avait plus de raison d'être jaloux ?

Elle ouvrit l'armoire de toilette, regardant son visage troublé disparaître quand le miroir pivota.

Femme raisonnable, elle considérait que les rapports sexuels protégés étaient une nécessité. Pourtant, une autre partie d'elle-même – celle qui était prisonnière des terreurs sexuelles de son enfance et tentait à présent de leur échapper – se méfiait de cette préméditation de drugstore, de ce mensonge armé de latex, qui guettait le moment propice. Cela signifiait-il qu'elle avait toujours envie, dans son for intérieur, de faire confiance à la passion ?

Elle ferma les yeux, reconnaissante : pas de préservatifs.

Mais l'essentiel de l'armoire à pharmacie fut tout aussi troublant… pour une raison totalement différente. Tums, Pepcid, Tegamet, Pepto-Bismol. Le boulot attaquait son estomac. *C'est par l'estomac qu'on gagne le cœur d'un homme.*

Elle ferma la porte de l'armoire de toilette.

Elle avait vu quelque chose qu'Emmett n'avait probablement pas envie de voir dévoilé. Le mal était fait. Dans une faible mesure. Fait néanmoins. Ainsi fouiller le placard de sa chambre parut un peu moins injustifiable. Elle supposait qu'il y conservait l'essentiel de ses souvenirs.

Son intuition s'avéra fondée.

Il y avait une boîte à chaussures pleine de photos et d'objets, sur l'étagère du haut. Elle la posa sur le lit, s'allongea sur le couvre-pieds et entreprit de piller son passé. Un gland de toque universitaire. Son diplôme à l'université d'État d'Oklahoma ? La fascination que la vie d'Emmett exerçait sur elle était humiliante. Infantile. Elle le savait, mais elle sourit face au portait d'un bébé comanche grassouillet, qui adressait un sourire édenté à l'objectif d'un appareil photo d'autrefois. Emmett, évidemment. La même expression grincheuse autour des yeux.

Mais la photo suivante la dégrisa : Emmett à neuf ou dix ans, sur les marches d'une institution, au côté d'une version plus maigre et plus jeune de lui-même, les cheveux plaqués sur le crâne en prévision de ce rituel douloureux que tous ceux qui avaient vécu en territoire indien au cours de ces cent vingt-cinq dernières années pouvaient identifier. *Pas nos enfants. Prenez tout, mais pas nos enfants*... Emmett et son frère partaient en pension. Le frère plein d'avenir, l'étudiant en droit, qui s'était suicidé. Ce ne fut qu'à cet instant – lorsqu'elle vit son bras, à la fois raide et protecteur, sur les épaules de Malcolm Parker – qu'elle comprit pleinement à quel point le suicide avait blessé Emmett.

Au fond de la boîte, une enveloppe brune.

Elle l'ouvrit. Des photos de mariage. Elles étaient apparemment classées en ordre chronologique. Lors de son premier mariage, le plus durable, il avait épousé une Comanche qui fréquentait l'école des filles de la pension catholique où il avait passé son enfance. Il faisait dix-neuf ans, le jour de son mariage, malgré le smoking noir solennel. La suivante était une Apache des Plaines, professeur à l'université d'Etat d'Oklahoma. Et, finalement, une assistante sociale à l'appartenance tribale inconnue. Les trois femmes étaient jolies, belles même. Anna savait que l'image altérée qu'elle avait d'elle-même ne la favorisait jamais, lorsqu'elle se comparait aux autres, mais elle se demanda si elle ressemblait un peu à ces trois femmes. *Est-il simplement attiré par un type ? S'intéresse-t-il à ce que je suis vraiment ?*

On frappa à la porte et elle sursauta.

Elle remit la boîte à chaussures sur l'étagère et alla ouvrir à Summerfield. Sa chemise était tachée de sueur.

– Quel temps formidable, blagua-t-il en laissant tomber son blazer sur le canapé.

Regardant le réfrigérateur avec insistance, il demanda :

– Vous croyez que je peux prendre quelque chose de frais dans le frigo de Parker ?

– J'y vais. Comment ça s'est passé ?

– Très bien.

Il se laissa tomber dans le fauteuil et ajouta :

– La boîte postale est au nom de Terry W. Rowe.

Elle lui donna un Coca Light.

– Homme ou femme ?

– Homme, *sans aucun doute possible.*

Summerfield ouvrit la boîte et but avidement.

– Je suis désolé d'avoir été si long, reprit-il, mais je suis passé par nos bureaux de Phoenix et j'ai soumis le nom à l'ordinateur du NCIC. Est-ce que l'air conditionné marche ?

– Non, je vais le mettre.

Elle entreprit de fermer les fenêtres et demanda :

– Vous avez une adresse ?

– Oui.

– Et la réponse de l'ordinateur du NCIC ?

Summerfield, qui tentait d'avaler une grande gorgée de Coca sans que la mousse gazeuse sorte par ses narines, braqua l'index sur son blazer. Anna sortit les trois feuilles du National Crime Information Center de la poche intérieure. Elles étaient humides, parce que Summerfield avait transpiré.

Terry Wade Rowe était un Blanc de trente-six ans, né à Huntington, en Virginie occidentale.

Anna interrompit sa lecture.

La lettre reçue par Bert Knoki était adressée à *Hosteen* Knoki, formule de politesse navajo. Il était peu probable qu'un Blanc originaire de Virginie occidentale, aux antécédents chargés, l'utilise. Et l'écriture lui avait semblé féminine. La première page expliquait pourquoi Summerfield avait affirmé qu'il s'agissait *sans aucun doute* possible d'un homme : deux condamnation pour viol, la première dans le Kentucky, la deuxième dans l'Illinois. La profession indiquée était réparateur de radios et de micro-ondes… métier appris en prison ? Mais, tandis que Rowe allait vers l'ouest entre les périodes de détention, il était passé de la violence sexuelle à la drogue. Sans compter une arrestation pour violences conjugales, à Pueblo, Colorado, ce qui était peut-être un euphémisme masquant un troisième viol. La détention de substances interdites se mua en vente, et la vente en transport. Une livraison en provenance de Hermosillo. *Sonora*. Elle lui valut cinq ans de détention à la prison fédérale de Phoenix et il était encore en liberté conditionnelle.

Elle sentit que le regard de Summerfield était posé sur elle.

Lorsqu'ils s'étaient séparés, ce matin, après le petit déjeuner, Emmett avait conseillé à Anna de ne pas mettre l'agent de Gallup au courant de tout. De lui dire simplement qu'ils suivaient, Anna et lui, une piste issue du courrier des Knoki. Aucune allusion à l'implication de Tallsalt, même si Anna se demandait maintenant si la théorie apparemment tendancieuse du lieutenant, liée au trafic de drogue, ne comportait pas quelques mérites. Il apparaissait maintenant que Bert Knoki correspondait avec un convoyeur de stupéfiants. Pourquoi ?

Summerfield lui adressa un regard insistant.

– Qu'est-ce que vous en pensez, ma chère ?

C'était évident : il savait qu'il ne s'agissait pas simplement de remonter la piste d'une lettre suspecte. Pendant le trajet – presque comme s'il espérait que tel était le cas –, il avait demandé si Parker avait flairé la corruption dans les recoins de la vie de Knoki. Quand Anna avait marmonné qu'elle ne le croyait pas, la déception de Summerfield avait été visible. Et sa nervosité avait augmenté. Mais, maintenant qu'il savait qui avait loué la boîte postale 444, il semblait plus calme.

– Je crois qu'on devrait manger, dit Anna. La nuit pourrait être longue. Vous aimez le tex-mex ?

Emmett lui avait indiqué un restaurant tout proche.

Mais Summerfield grimaça.

– Allons faire un bon repas. Je vous invite.

Compte tenu du ton de sa voix, il avait indubitablement envie de faire la fête.

Situé au centre de Phoenix, University Park était un quartier mal fréquenté de boîtes de strip-tease, de motels minables et de bars. Rares étaient les maisons assez bien entretenues pour qu'on puisse supposer que leurs propriétaires les occupaient. Les pavillons avaient perdu le charme du Sud-Ouest, qui les avait peut-être caractérisés autrefois, depuis cinquante ans, et même les immeubles neufs étaient délabrés et couverts de graffitis.

Le spectacle suscita, chez Anna, le souvenir des escapades à Reno, les soirs d'été, lorsqu'elle était adolescente : voiture pleine de jeunes Modocs, Klamaths et Paiutes, qui avaient soif de lumière et de bruit au terme d'un long hiver d'isolement dans la ranchería, affamés de nourriture ne provenant pas des surplus de fromage du gouvernement.

Summerfield était détendu, s'arrêtant et redémarrant dans la circulation dense, une main mollement posée sur le volant et une cigarette entre les doigts. Pendant le dîner, il s'était à nouveau montré d'humeur expansive, évoquant les douze ans passés au contre-espionnage, à Washington. Tout en conduisant, il semblait être encore plongé dans ces souvenirs, car il ne vit pas la jeune prostituée à la forte poitrine qui, assise sous un arrêt d'autobus, se leva afin d'attirer son regard.

– Où avez-vous envie d'être nommée, ensuite, Anna ? demanda-t-il sur le ton de la conversation.

– Je ne sais pas.

– Vous n'y avez pas réfléchi ?

Pas depuis qu'elle avait été blessée, en janvier. Se projeter dans l'avenir semblait absurde, comme refaire la décoration d'une maison avant une tornade.

– Vegas me convient, ajouta-t-elle.

Mais, ensuite, elle concéda :

– Pour le moment.

Ayant apparemment cru, en raison des cheveux courts d'Anna, que deux hommes occupaient la Dodge, la prostituée comprit son erreur et lui envoya un baiser sarcastique.

– Et vous, Reed ?

– Oh, Washington, évidemment.

– À nouveau le contre-espionnage ?

Summerfield acquiesça.

– L'aube de la paix peut aller se faire foutre, dit-il, soufflant la fumée par le nez. Ça ne peut pas durer. Dans un ou deux ans, les politicards auront une idée plus claire de l'identité de nos adversaires. Ensuite, ils lanceront à nouveau les chiens tels que moi sur le quartier des ambassades.

Anna s'était lassée, pendant le dîner, de ses récits liés au contre-espionnage. Elle se demanda où était Emmett. Il avait dit qu'il dormirait à St. George, mais n'avait pas donné le nom de l'hôtel où il avait l'habitude de descendre. Elle aurait été rassurée si elle avait pu évoquer avec lui le lien entre Bert Knoki et Rowe, avant de s'aventurer dans le centre de Phoenix en compagnie de Summerfield. Elle espérait ici arriver au terme d'une piste mineure. Pas trouver la confirmation de ce que Tallsalt leur avait dit dès le début, à savoir que des barons de la drogue étaient derrière les homicides. Mais comment ? Knoki avait-il abusé les Mexicains du Sonora ? Dans ce cas, si Tallsalt le savait, ne le garderait-il pas pour lui ? La réputation de son service était en jeu. La sienne aussi.

Anna jeta un coup d'œil sur la plaque de la rue qu'ils dépassaient.

– Désolé, Reed… C'était Fillmore.

– Pas de problème.

Il prit la suivante à droite, continua :

– On va commencer par passer devant l'adresse.

Il éteignit l'éclairage du tableau de bord, afin que leurs visages restent dans le noir, et ajouta :

– Je ne ralentirai pas, donc regardez bien.

– Okay, souffla-t-elle.

Il était beaucoup plus à l'aise ici que dans les broussailles de Sonsela Buttes.

– À gauche ici pour passer devant les numéros 9900.

– Pigé.

Rares étaient les perrons éclairés, ce qui lui parut absurde, dans un quartier où la criminalité était très élevée, jusqu'au moment où elle comprit qu'un de ces crimes fréquents consistait à passer en voiture et à tirer sur les gens. Néanmoins, il était difficile de distinguer les numéros. Heureusement, l'adresse donnée par Terry Rowe au bureau de poste se trouvait près d'un lampadaire. Deux palmiers jetaient des ombres échevelées sur la pelouse, qui semblait morte depuis longtemps, hormis quelques touffes vertes ressuscitées par les pluies du printemps. Les fenêtres étaient noires et il n'y avait pas de voiture dans la cour.

– Ce n'est pas encourageant, dit Anna quand ils arrivèrent au bout de la rue.

– Aucune raison de s'inquiéter, répondit Summerfield, qui fit demi tour et reprit le chemin de la maison. Ça me permettra de visiter les lieux.

Elle secoua la tête. *Pourquoi faut-il toujours qu'on en arrive là avec les hommes ?*

– Ce n'est pas ce qu'on a décidé, Reed.

– Pardon ?

– Vous vous êtes occupé du bureau de poste. Je me chargerai de l'adresse.

Summerfield se gara plusieurs maisons au-delà de celle de Rowe. Il resta un instant immobile, regardant droit devant lui, avant de couper le moteur.

– Exact. Mais notre type est apparemment sorti. Je ne vois pas pourquoi on n'irait pas jeter un coup d'œil tous les deux.

– Parce que, s'il est là, je peux trouver un moyen d'expliquer ma présence dans le quartier. S'il vous a vu à proximité du bureau de poste, vous ne pouvez pas.

Summerfield se rendit à sa logique avec un sourire. Elle prit la torche d'Emmett dans la boîte à gants et la fourra dans son sac à main, où son pistolet 9 mm occupait déjà beaucoup de place.

– Si j'ai besoin d'aide, je vous adresse deux éclairs lumineux.

– À votre service, fit Summerfield, glacial.

Un homme totalement différent de celui qui était accroupi, blême, devant le mobile home des Knoki. Pourquoi était-il aussi impatient de savoir quel rôle jouait Rowe dans la vie de Bert Knoki ?

Anna sortit dans la chaleur brumeuse de la soirée.

– Attendez un peu avant de fermer la portière, voulez-vous ? dit Summerfield quand elle laissa s'échapper le reste de la fraîcheur de l'air conditionné.

Elle traversa la chaussée et s'engagea sur le trottoir. Il y avait de la lumière dans les maisons situées de part et d'autre de celle de Rowe. Quelques minutes auparavant, elle avait décidé que son ensemble pantalon strict et le fait qu'elle bravait ce type de quartier dans la soirée ne pouvaient s'expliquer que d'une seule façon. Dans le but d'assurer sa couverture avant d'arriver chez Rowe, elle prit le chemin en béton qui traversait la cour du voisin et frappa à la contre-porte. Un grognement essoufflé retentit à l'intérieur. L'apparition d'un homme d'âge mûr, en tee-shirt sans manches, lui succéda. Son ventre était si énorme qu'il commençait à former deux hémisphères. Anna se força à sourire.

– Bonsoir, monsieur, avez-vous envisagé de laisser Jésus-Christ entrer dans votre vie ?

Il répondit, sur un ton totalement neutre :

– Avez-vous envisagé de foutre votre putain de camp de chez moi ?

Anna pivota sur elle-même, reprit le chemin.

La voix du voisin la poursuivit :

– Putain de connards de Témoins de Jéhovah ! Si vous voulez vous rendre utiles, allez donc voir les nanas qui vendent leur cul dans Jefferson Street et arrêtez de harceler les honnêtes gens !

Elle ralentit devant chez Rowe. Un gros cadenas verrouillait la porte. Il y avait, près de lui, une affichette. La lumière du lampadaire n'était pas suffisante, si bien qu'elle sortit la torche et lut : *Occupation interdite pendant un an dans le cadre de l'Ordonnance sur la lutte contre les fumeries de crack.* Une date était indiquée dans le cachet de la ville. Le 12 avril. Si Rowe avait été arrêté dans le cadre d'un trafic de crack, il se trouvait sans doute à nouveau dans une prison fédérale. La mise à jour des fichiers du NCIC prenait parfois du temps, mais elle ne croyait pas que ce délai pouvait dépasser six semaines.

Elle braqua la torche sur l'intérieur, par la fenêtre située près de la porte. Le salon était nu. La piste disparaissait à vue d'œil. Il était tout à fait possible que Rowe soit à nouveau en taule depuis la mi-avril. Cinq semaine avant les meurtres de Bert et d'Aurelia Knoki.

Il restait une possibilité constructive : prendre contact dès le lendemain avec la personne chargée de le suivre pendant qu'il était en liberté surveillée et organiser un interrogatoire en prison.

Pourtant, elle s'immobilisa, alors qu'elle allait rejoindre la voiture et Summerfield, et jeta un coup d'œil sur la maison voisine, boîte dans le style des maisons des Pueblos, de fausses poutres de toit dépassant du plâtre. Anna fut tentée de ne pas prendre cette peine. Il était presque 21 h 30. Mais, se promettant que ce serait la dernière tâche de la journée, elle traversa la cour et frappa à la porte. Tout d'abord, la seule réaction fut l'entrebâillement minuscule de rideaux de velours. Puis la lampe du perron s'alluma et un verrou claqua. La porte s'entrouvrit autant que le permettait la chaîne et le visage flétri d'une vieille femme blanche apparut dans l'espace étroit. Ses cheveux étaient de la même couleur que la barbe à papa, et des courbes couleur rouille, qui montaient trop haut sur son front, remplaçaient ses sourcils épilés.

– Oui ?

Anna en avait assez de se faire passer pour un Témoin de Jéhovah.

– Excusez-moi, pouvez-vous me dire où est Terry ?

– Vous connaissez Terry ?

– Oui.

– Un instant, jeune fille...

La vieille femme poussa le battant, pour retirer la chaîne, puis invita Anna à entrer. Le désir de compagnie semblait avoir pris la place de son inquiétude.

– Alors vous connaissez Terry ?

– Pas vraiment bien.

La vieille femme posa les mains sur ses lèvres rouges.

– Vous êtes la sœur de Lolly, je parie.

Anna envisagea les conséquences d'un mensonge. Si la maison disposait d'un appareil de conditionnement d'air, il ne fonctionnait pas et elle n'avait pas envie de rester dans le salon, qui sentait la fumée de cigarette et le scotch. Des guirlandes d'ampoules multicolores étaient fixées aux tablettes des fenêtres, si bien qu'une atmosphère criarde de carnaval régnait dans la pièce. Finalement, Anna demanda :

– Qu'est-ce qui vous fait dire qu'on est sœurs ?

– J'ai tout de suite vu la ressemblance. Vous, les Indiennes, vous avez de si jolies pommettes et de grands yeux sombres. Asseyez-vous, jeune fille. Je m'appelle Gladys Ogilvie. Et vous ?

– Annie.

Elle détestait dénaturer ainsi son prénom, mais il lui sembla que c'était, à cet instant, ce qu'il fallait faire.

– Vous voulez un scotch ?

– Non, merci.

Anna dut poser par terre les revues de cinéma qui se trouvaient sur le canapé pour s'asseoir. Ainsi, l'amie de Rowe était indienne. Mais comment demander à quelle tribu elle appartenait, maintenant qu'elle s'était faite passer pour sa sœur ?

– Avez-vous vécu dans une réserve ?

– Oh, non.

Gladys s'assit et, de son verre, montra un cadre énorme, accroché au mur. Derrière une vitre poussiéreuse se trouvait un uniforme de serveuse : robe noire et tablier blanc.

– Je travaillais chez Harvey, à la gare de Holbrook. Vous savez, les restaurants du Santa Fe. Ils étaient merveilleux. Chacun d'entre eux avait…

Elle s'interrompit et plissa le front, vaguement méfiante.

– Mon Dieu, Annie… Lolly ne vous a pas dit que Terry et elle étaient partis en mars.

Anna força sa voix à exprimer la gêne.

– Non. On s'est un peu disputé, il y a quelque temps, voyez, et je me suis dit que, comme j'étais ici…

– Les sœurs ! fit Gladys avec un sourire maternel.

– Où sont-ils partis ?
– Je ne sais pas. Ça a été si soudain.
– Des problèmes de loyer ?
– Non, de rôdeur. Ses manigances ont vraiment secoué Lolly.

Gladys but une gorgée d'alcool, poursuivit :

– Ils me manquent vraiment. Terry avait mauvais caractère, sûr, mais ça n'était rien à côté de ce que faisaient les gens de couleur qui ont pris la suite...

Baissant la voix, elle ajouta :

– Ils vendaient de la drogue.
– Vraiment ? Ma sœur et Terry ont-ils déménagé vite ?
– Du jour au lendemain.
– Vous ne les avez pas entendu charger le camion ?
– Jeune fille, ils ont pratiquement tout laissé.

L'indignation étira les lèvres de la vieille femme sur ses fausses dents.

– Et les gens de couleur ont tout détruit en un rien de temps. Ils ont brûlé le canapé et il est resté une semaine dans la cour.
– Qui était ce rôdeur ?

Gladys haussa les épaules, renversant de l'alcool sur sa robe de chambre.

– Quelles étaient ses manigances ? insista Anna.
– Vous voulez voir ?
– S'il vous plaît.
– Je vais chercher mon arme.

Gladys disparut dans la chambre et revint quelques instants plus tard avec un vieux revolver. Il avait un canon de quinze centimètres. Elle expliqua :

– J'ai un permis de détention et je ne sors plus sans. Même pour aller au marché. Venez.

Dans la cuisine, elle dit à Anna de prendre la torche posée sur le plan de travail, près de l'évier. Turnipseed décida de ne pas dire qu'elle en avait une.

– Ouvrez la porte de derrière, jeune fille.

Le jardin de Gladys n'était qu'une étendue de boue de la Salt River entourée d'une clôture en bois, abattue par endroits.

– C’est la tornade qui a fait ça, expliqua la vieille femme, quand elles passèrent chez Rowe grâce à un de ces espaces. La chaleur ne me gêne pas, ajouta-t-elle, mais je ne supporte pas le vent.

Puis elle annonça :

– Voilà.

– Où ?

Anna ne voyait rien d’intéressant.

– Éclairez le mur de derrière, jeune fille.

Elle braqua le faisceau dessus et un dessin à la bombe, aussi rouge que le sang, lui sauta aux yeux. Le lézard perlé ailé qu’elle avait vu sur le cou de Garwin Descheenie. Sa gorge se serra.

– Est-ce que Lolly a dit ce que ça signifie ?

– Non, répondit Gladys. Ils sont partis, Terry et elle, c’est tout.

12

Emmett venait de quitter Page, en Arizona, et entrait à nouveau dans la réserve navajo par le nord-ouest quand les appels, sur la fréquence de la police tribale, commencèrent à lui parvenir sur fond de parasites.

– … Signale… homme armé… proximité de Shonto… Poste… À toutes les unités du secteur… répondez…

Attendant la réponse d'un agent en patrouille, Emmett leva le pied, laissa la voiture courir sur son erre, sur la US 89, la route la plus directe pour Window Rock. Les transmissions se firent plus claires.

– Kayenta, à toutes les unités en mesure d'arrêter un homme armé…

Kayenta, qui disposait d'un poste de police, se trouvait environ à cent quatre-vingts kilomètres à l'est de Page et Emmett estimait que Shonto, village édifié autour d'un comptoir commercial, se trouvait cinquante kilomètres en deçà. Il prit le micro.

– Kayenta, ici BIA Dix-sept. Où est la voiture de patrouille de Tuba City ?

– Trop loin, à Grey Mountain. Et mon unité convoie un détenu à Window Rock. Pouvez-vous vous en charger ?

– J'y vais, dit-il, faisant demi tour, mais je viens de Page.

– Bien reçu.

Puis la répartitrice de Kayenta demanda, avec un faible espoir :

– Y a-t-il des unités en mesure de soutenir BIA Dix-sept ?

Silence sur les ondes.

Emmett prit la 98. Une minute et demie plus tard, la Suburban de Summerfield fonçait vers le soleil levant à cent soixante-dix à l'heure. Il baissa le pare-soleil, parce que la lumière le faisait larmoyer, et s'efforça de rester concentré sur l'étroite chaussée en mauvais état. Il avait quitté Page en espérant boire sa première tasse de café à Tuba City. Maintenant, ce serait impossible tant que la police navajo n'aurait pas tiré un patrouilleur de nuit du lit.

Il ne renonça pas à espérer que la répartitrice de Kayenta annoncerait qu'au moins deux agents de la police tribale étaient en route et que la présence du BIA n'était plus nécessaire. Mais il avait traversé une étendue couverte de dunes de sable quand le silence radio fut rompu. La voiture qui émettait était éloignée et la répartitrice fut obligée de relayer :

– BIA Dix-sept, le sergent Yabeny vient de Mexican Hat.

Dans l'Utah.

– Il part maintenant ?

– Négatif. Il est parti il y a une demi-heure. Une autre unité part de Shiprock.

– Bien reçu.

Shonto n'était plus qu'à une quarantaine de kilomètres. Emmett y arriverait certainement avant Yabeny. Il grogna, prit le fusil fixé sur le râtelier du toit et, maintenant le volant avec le coude gauche, ouvrit la culasse. Vide. Il y fit monter une cartouche et posa le Remington sur le siège du passager. *Qu'est-ce que fait Yabeny à Mexican Hat ? C'est loin de Window Rock.*

Emmett jeta un coup d'œil sur la pendule du tableau de bord : 8 h 03. Quarante minutes depuis l'appel initial.

– Kayenta, avez-vous toujours la personne qui a signalé l'incident en ligne ?

– Affirmatif.

– Dans ce cas, où est le suspect ?

– Oh, il est parti en direction de la piste d'atterrissage.

Emmett se souvint qu'il y avait effectivement une piste non goudronnée.

– Il n'a tiré sur personne, si j'ai bien compris ?

– Affirmatif.

Une nouvelle voix s'enquit :

– Qui est-ce, Kayenta ?

Le sergent Yabeny, dont la voix parvenait clairement à Emmett.

– Old Regis.

– J'ai besoin d'un signalement, exigea Emmett.

Mais Yabeny avait une question.

– Où êtes-vous, Parker ?

– Je viens de prendre la route de Shonto.

Emmett dut brancher la sirène pour que des enfants à bicyclette et un chiot qui évoquait un fauve s'écartent de sa trajectoire.

– Signalement, insista-t-il.

Il n'était plus très loin de la piste d'atterrissage.

– Indien, proche de la soixantaine, un mètre soixante-douze, soixante-dix kilos…

Yabeny s'interrompit, puis reprit :

– Je le connais, Parker. Attendez mon arrivée pour tenter de l'arrêter… okay ?

Son hésitation faisait inévitablement penser aux liens claniques. Mais Emmett répondit :

– Trop tard.

Cent mètres devant lui, Old Regis serrait la manche à air de l'aérodrome dans la main gauche et, penché en arrière, gardait l'équilibre grâce à la bande de tissu tendu. Ses paupières étaient ridées et il avait de longues rouflaquettes peu fournies. L'incarnation de la sénilité bienheureuse, s'il n'avait pas eu un pistolet dans la main droite. Le Navajo ne parut pas voir la Suburban s'arrêter. Emmett descendit de voiture et leva le fusil. Mais il le baissa aussitôt. Le meilleur moyen d'amener un ivrogne à tirer consiste à le provoquer.

Regis lâcha la manche à air et tomba sur le derrière. Il eut un rire étouffé, fataliste, se redressa, un sourire édenté aux lèvres, vacilla, faillit tomber à nouveau, puis traversa la piste, d'un pas traînant, jusqu'à l'épave d'un Piper Club. On l'avait abandonnée dans une tranchée, et quelqu'un avait récupéré l'hélice, le moteur ainsi que les ailes. L'homme monta dans le cockpit sans portières et s'assit.

Serein. Comme si ses soucis terrestres se trouvaient des milliers de mètres sous lui.

Yabeny arriva, enveloppant la scène dans un nuage de poussière. Il se gara parallèlement à la Suburban et descendit précipitamment. Sans avoir dégainé.

– Reg a dit quelque chose ?

– Inutile, répondit Emmett. Il a un .45.

Le nuage de poussière s'éloigna et Yabeny, les paupières plissées, fixa le Piper. La brise d'une humidité veloutée, qui soufflait du sud-ouest depuis une minute, gonflait son blouson.

– Reg m'a sauvé la mise, l'année dernière, Parker. Il m'a soutenu alors que j'étais seul face à vingt jeunes voyous qui faisaient la fête ici. Il est sorti de sa caravane avec ce .45. Il savait très bien qu'ils le tabasseraient, plus tard. Et ils l'ont fait. Ils ont failli le tuer…

Yabeny se tourna enfin vers Emmett.

– Je sais qu'il se saoule chaque fois qu'il en a l'occasion. Mais je ne peux pas oublier le soir où il a pris mon parti, vous comprenez ?

Emmett acquiesça.

– Dites-moi simplement comment vous voulez faire… Le rugissement du pistolet le jeta à genoux. Il n'avait pas entendu la balle passer près de lui, et il jeta un coup d'œil derrière, afin de voir si les enfants qu'il avait doublés étaient visibles. Ils ne l'étaient pas, mais la détonation du puissant pistolet lui avait fait froid dans le dos. Il contourna l'arrière de la Suburban pour rejoindre Yabeny. Le sergent était accroupi, mais semblait avoir gardé tout son calme… même s'il passa rapidement les paumes de ses mains sur son Levi's délavé. Il n'avait toujours pas sorti son arme.

– Il faut faire attention, dit-il avec un sourire contrit. Cet avion n'a pas de pare-brise.

– Vous voulez qu'on signale le coup de feu ?

Yabeny ne réfléchit qu'une seconde.

– Non.

– Quelqu'un a peut-être entendu, au village, et on sait, vous et moi, que ce sera le bordel au central. Tous les flics se trouvant dans un rayon de trois cents kilomètres prendront la direction d'ici.

– Le seul téléphone se trouve au comptoir commercial. Et on ne peut pas entendre, depuis là-bas.

Yabeny se redressa légèrement et, tourné vers le Piper, appela :

– Reg… !

Il poursuivit en navajo pendant au moins deux minutes, mais l'homme était si saoul qu'il ne reconnaissait apparemment pas la voix du sergent, ou bien n'avait pas envie d'entendre. Yabeny s'accroupit à nouveau.

– Où est votre complice ? demanda-t-il.

Emmett tint compte du fait que Yabeny était le subordonné de Tallsalt.

– Turnipseed est à Tucson, elle travaille sur les autopsies au centre hospitalier universitaire. Avec Summerfield.

Et voilà. Le sergent serra légèrement les dents quand il entendit le nom de l'agent de Gallup.

– Un type bizarre… Reed, fit remarquer Emmett.

– Ouais, admit le sergent.

– Qu'est-ce qui s'est passé entre Knoki et lui ?

Emmett croyait avoir posé la question sur un ton neutre, mais la tension crispa davantage encore les muscles de la mâchoire de Yabeny.

Sans tenir compte de la question, le sergent dit :

– Si Reg reste immobile pendant quelque temps, il va s'endormir.

Mais un bref coup d'œil permit à Emmett de constater que l'ivrogne était parfaitement réveillé. Si Regis bougeait, il faudrait qu'ils interviennent. Ce que Yabeny redoutait certainement, convaincu qu'ils seraient peut-être obligés de l'abattre.

Une nouvelle détonation retentit.

– Dites-lui qu'il vient de tuer un Comanche, dit Emmett, et qu'il est à deux doigts de commettre un homicide.

Yabeny esquissa un sourire, mais parut tirer une idée des propos d'Emmett. Une nouvelle fois, il s'adressa à Regis en navajo. Emmett ne saisit que le mot dine qui désigne les Comanches, *Naalani*. Cette fois, l'homme parut attentif. Il agita même son arme, comme pour indiquer qu'il était d'accord. Le sergent se tourna à nouveau vers Emmett.

– Vos clés sont sur le contact ?

– Oui. Qu'est-ce que vous avez l'intention de faire ?

– Regis accepte d'échanger son arme contre la voiture d'un Comanche. Si vous êtes d'accord, j'utiliserai la Suburban. J'irai près de lui et je le neutraliserai.

– Ça ne marchera peut-être pas, dit Emmett. Et vous serez peut-être obligé de l'abattre.

Yabeny garda le silence. Il savait que c'était vrai.

– Laissez-moi y aller.

Emmett était sur le point de contourner la voiture de patrouille quand il se rendit compte qu'il n'avait pas transmis les informations obtenues la veille à Anna. Il fallait qu'elle puisse en disposer.

– Écoutez, Marcellus... si un malheur arrivait dans les minutes qui viennent, veillez à dire à Turnipseed que le lézard perlé qui l'a mordue venait de Lowe Canyon, près de St. George. Il y a, à cet endroit, une gravure, sur un rocher, qu'elle doit voir.

– Qu'est-ce qu'elle représente ?

– Un lézard perlé avec des ailes de papillon de nuit. Identique au tatouage de Descheenie. La biologiste du BLM pourra la lui montrer.

Le visage de Yabeny ne dévoila rien, tandis qu'Emmett imaginait déjà Turnipseed et Nicole Stepanek parlant de lui autour du feu de camp de la biologiste.

– Couvrez-moi.

Il gagna le côté du chauffeur et se mit au volant, dégaina son revolver et glissa le canon sous sa cuisse gauche. Regis était descendu du cockpit et avançait d'un pas incertain, plus ou moins dans la direction de la Suburban. Il avait toujours le pistolet.

Emmett engagea la boîte courte et laissa la voiture avancer lentement, moteur au ralenti. Il ne ferma pas la portière.

Regis suivait sa progression avec cet air amusé que les Navajos affectionnent apparemment en présence d'étrangers. Emmett, quant à lui, regardait les mains de l'homme. L'envie perverse de tirer serait communiquée à ses mains bien avant d'avoir atteint ses yeux injectés de sang. Emmett entendait son souffle court, qui couvrait le crissement des pneus sur le gravier de la piste. La plupart des balles rebondissent sur la courbe du pare-brise. Mais, parmi celles qui sont capables de le transpercer, les .45 sont en tête de liste.

Regis lui fit signe de sa main libre.

Emmett attendit d'être à six mètres de lui. Puis il mit la sirène. Instinctivement, le Navajo se tassa sur lui-même pendant une fraction de seconde, avant de penser à lever son pistolet. À ce moment, Emmett appuya sur l'accélérateur et ouvrit la portière. Elle toucha Regis en plein visage et l'homme s'effondra. Il laissa échapper son pistolet, qui heurta le capot avec un bruit sourd.

Emmett freina et se précipita vers l'homme. Il était choqué mais respirait normalement.

Yabeny arriva en petites foulées. Il regarda Regis, puis adressa un signe de tête reconnaissant à Emmett.

– Si la merde avait des jambes, ce serait Terry Wade Rowe, dit Travis Fanning avec un accent traînant.

Le responsable du suivi des détenus libérés par anticipation, un homme corpulent, conduisait, dans le centre de Phoenix, Anna près de lui et Summerfield à l'arrière. Elle trouvait cet accent traînant, caractéristique du Sud-Ouest, un peu bizarre de la part d'un Noir. Mais cet accent et le côté légèrement cow-boy de ses vêtements s'expliquaient en partie par les photos affichées sur les murs de son bureau. Pendant le week-end, Fanning faisait revivre le 10e régiment de cavalerie, celui des *Buffalo Soldiers,* anciens esclaves que le gouvernement avait vêtus de laine bleue et envoyés contre les Indiens. Il prétendait descendre de l'un d'entre eux.

– J'ai compris que j'avais des problèmes quand je me suis aperçu que le changement d'adresse de Rowe était bidon, poursuivit Fanning. Il était en liberté conditionnelle depuis six mois, si bien qu'on en était à un coup de téléphone et un rendez-vous par mois. La dernière fois qu'il est venu, il ressemblait à Crazy Horse et il m'a donné une nouvelle adresse à University Park…

Reniflement cynique, puis :

– C'était la salle de réunion de la Christian Science, dans Jefferson Street. Ne me prenez pas pour un imbécile total… Je contrôle plus de cent soixante libérés, sinon, je m'en serais aperçu plus tôt. Puis, vendredi soir, Rowe ne s'est pas rendu à la séance de psychothérapie censée l'amener à renoncer à la drogue…

Au début du week-end, pendant lequel Bert et Aurelia Knoki ont été tués, se dit Anna, les yeux fixés sur le portrait anthropométrique de Rowe : un camé typique, aux yeux délavés, ironiques, au sourire qui disait : vous m'avez coffré, et alors ?

– À ce moment, poursuivit Fanning, j'ai compris qu'il s'était fait la malle et j'ai entamé la procédure.

Il adressa un bref coup d'œil à Summerfield, puis reprit :

– Vous m'avez demandé pourquoi le mandat d'arrêt concernant Rowe n'était apparu que ce matin dans l'ordinateur du NCIC ?

– Exact.

D'un air dégoûté, Fanning expliqua :

– D'abord, il a fallu que je rédige un rapport. Puis que je le transmette au juge qui a prononcé la sentence, lequel a traîné deux jours avant de délivrer le mandat d'arrêt. Ensuite, il a été transmis aux services du marshall, chargé de l'entrer dans l'ordinateur du NCIC. Et l'employé responsable de la saisie est aussi surchargé que tous les participants à ce rodéo administratif.

Ils n'avaient pas eu le temps d'évoquer ces problèmes dans le bureau de Fanning, au tribunal. Dès l'instant où Anna avait prononcé « Rowe » et « homicide », il les avait entraînés, Summerfield et elle, jusqu'à sa voiture. Ils étaient partis à toute vitesse, dans la circulation du milieu de la matinée, du fait que l'amie de Rowe avait rendez-vous à 11 heures dans un endroit précis.

– Vous venez de dire que Rowe ressemblait à Crazy Horse, quand il s'est présenté dans votre bureau.

– Oui, monsieur. Il voulait absolument avoir l'air d'un Indien.

– Bande ?

Summerfield semblait troublé.

– Non, Indien.

Fanning s'arrêta à un feu rouge, regarda Anna.

Elle répondit à la question que ses yeux posaient.

– Modoc.

– Le dixième régiment de cavalerie ne les a pas combattus.

– Il a eu de la chance.

Fanning rit alors que le feu passait au vert.

– À la prison fédérale de Phoenix, Rowe a rencontré la Fraternité indigène, un groupe de détenus qui tentent de lutter contre la dépendance à la drogue et à l'alcool grâce à la spiritualité indienne. Un peu comme la Red Road, mais les Blancs, s'ils se montrent polis, peuvent y accéder. Et Rowe sait se faire accepter, quand il ne tabasse pas sa petite amie. Quoi qu'il en soit, c'est ce que je voulais dire quand je l'ai comparé à Crazy Horse. Il natte ses cheveux. Il porte un collier de perles. En outre, il était armé chaque fois qu'il s'est fait coffrer. Donc, faites gaffe.

Jetant un coup d'œil sur la montre du tableau de bord, Fanning ajouta :

– On arrivera dans cinq minutes. Puis-je suggérer un plan ?

Anna adressa un coup d'œil à Summerfield, qui haussa les épaules. Depuis le début de la matinée, il semblait replié sur lui-même.

– L'endroit s'appelle Le Serpent à plumes. Bar et boîte de nuit dont la clientèle est indienne. Lolly Blackhouse s'y rend tous les jours à onze heures. Prend un lait au bourbon au bar, puis téléphone à son service d'hôtesses pour savoir avec qui elle a rendez-vous à midi.

Anna ferma la bouche d'air conditionné. Elle la glaçait.

– A-t-elle déjà été arrêtée pour racolage ?

– Oui, mais pas depuis dix ans.

Un embouteillage se formait et Fanning jeta un nouveau coup d'œil sur le tableau de bord. Onze heures moins huit.

– Lolly a tapiné à El Paso et Albuquerque sous plusieurs noms. Ensuite, elle a été engagée par une boîte qui fournit des hôtesses. Et, depuis, elle n'a pas été arrêtée.

Anna demanda :

– Pourquoi ?

– Surtout en raison de la clientèle. Les gros bonnets des tribus et leurs collaborateurs, qui viennent assister à des réunions ou à des conférences. Tout passe par un intermédiaire. Il n'y a pas beaucoup de flics indiens, comme vous le savez, et ils sont bien connus dans tout l'Ouest. Il a donc été impossible de piéger la boîte grâce à un faux gogo, même si la police de Phoenix fait une vague tentative de temps en temps. Mais pour quel résultat ? Un délit mineur qui va foutre les tribus en rogne parce qu'elles croiront qu'on les persécute ? On appelle ça la politique raciale et personne ne veut traîner ce genre de casserole.

– Quel âge a la femme ? s'enquit Summerfield.

– Trente-sept ans.

– Et elle vit toujours de ça ?

– Il faudrait que vous la voyiez.

Tournant dans une rue adjacente, Fanning reprit :

– Mais ça pose un problème. Dès qu'elle vous verra, Reed, elle flairera le poulet. Elle me connaît de vue, donc elle filera dès que j'aurai franchi la porte. Cela laisse…

– Je m'en occuperai, coupa Anna, même si sa gorge se serra légèrement. Est-ce qu'il faut que j'y aille carrément… carte du FBI et tout ?

– Pas question, dit Fanning. Lolly est une Ute du Sud et, d'après Rowe, elle n'aime pas le FBI. Son frère a été abattu par un agent à Cortez. Je ruminais une idée…

Trois minutes plus tard, Fanning s'arrêta à cent cinquante mètres de la boîte de nuit. C'était un quartier commercial et – hormis le Quetzalcóatl aux couleurs criardes qu'on avait peint sur les murs – le bar évoquait toujours l'entrepôt qu'il avait naguère été. Fanning adressa un clin d'œil encourageant à Anna, montrant la camionnette de livraison bleue garée du côté opposé de la chaussée.

– Non seulement on restera discrètement dans les parages, Summerfield et moi, mais, apparemment, le groupe d'intervention est également sur les lieux.

Lui adressant un pâle sourire, Anna descendit de voiture.

Fanning repartit, tournant dans une ruelle afin de ne pas passer devant Le Serpent à plumes.

Elle resta immobile, seule, pendant quelques instants, au milieu de la rue. *Le groupe d'intervention.* La blague de Fanning la fit à nouveau sourire, même si la camionnette, immatriculée dans l'Utah, était si déglinguée et éraflée qu'il ne pouvait s'agir d'un véhicule de police.

La porte était capitonnée de Skaï rouge poussiéreux et de clous en cuivre. Elle entra, attendit que ses yeux s'accoutument à l'obscurité. L'odeur du tabac froid lui donna envie de faire demi-tour. Mais elle lâcha la porte, qui se ferma derrière elle, accentuant le noir. Un rire masculin strident lui parvint. Finalement, elle distingua le long bar et le barman qui se tenait derrière. Apache, peut-être. Une cigarette non allumée au coin de sa bouche apparemment sans lèvres. Le rire venait d'une table, située au bord de la piste de danse, occupée par trois jeunes Indiens. Elle croisa leurs regards fuyants, les soutint et, un par un, ils fixèrent leur bière.

Le barman alluma finalement sa cigarette et secoua l'allumette en papier.

– Salut.

– Bonjour.

– Qu'est-ce que tu prends, ma sœur ?

– Wild Turkey et Coca Light en boîte.

Anna prit un tabouret au milieu du bar et jeta un coup d'œil sur sa montre. 11 heures. Le barman la servit, puis sortit un carton de lait d'un petit réfrigérateur situé sous le comptoir, en versa dans un grand verre, y ajouta quatre doigts de bourbon et des glaçons. Anna, mal à l'aise, considéra son verre de liquide ambré. Elle ne buvait pas. Et, surtout, c'était ce que son père buvait quand il allait se saouler à la ville la plus proche. À son retour, il sentait le bourbon et le Coca-Cola.

La porte laissa entrer un éclair de soleil et le jaune d'un taxi qui s'en allait.

La silhouette de la femme resta un instant immobile dans ce rectangle de lumière, sa courte robe blanche dévoilant, par transparence, un beau corps. Le même jeune homme eut le même rire stupide.

Anna but plusieurs gorgées de Coca, puis versa l'essentiel du Wild Turkey dans la boîte, afin de faire croire qu'elle l'avait bu.

Lolly Blackhouse s'installa trois tabourets à la gauche d'Anna. Elle lui adressa un regard inquisiteur puis prit, avec un sourire radieux, le verre que le barman lui donna. Le sourire éclaira son visage sans avertissement et disparut tout aussi rapidement.

– Merci, Carlos.

Mais Fanning avait raison : il fallait voir cette femme de trente-sept ans pour l'apprécier. Ses yeux étaient extraordinairement grands et prescients, sa peau brune et lisse sans défaut, hormis une meurtrissure vert clair sur son bras droit.

– Lolly... Lolly Blackhouse... ?

Les yeux de la femme se posèrent sur elle.

– On se connaît ?

– Non.

– Dans ce cas, comment tu sais mon nom ?

Anna prit son sac à main, glissa sur les tabourets qui les séparaient.

– Je m'appelle Ginny Grass Rope.

Cela ne lui dit apparemment rien, ce qui permit à Anna de conclure que sa couverture tiendrait le coup, du moins pendant quelque temps.

– Et alors ?... fit Lolly sur un ton de défi.

– Mon frère, Oscar, était à la prison fédérale de Phoenix en même temps que Terry. Ils appartenaient à la Fraternité indigène.

Fanning lui avait hâtivement fourni ces informations. Grass Rope était un de ses anciens détenus en liberté conditionnelle, un Sioux lakota qui s'était tué en voiture dix jours auparavant dans la réserve du Dakota du Sud où il était retourné au terme de sa liberté conditionnelle.

Pour gagner du temps et faire le tri dans ses soupçons, Lolly montra les consommations d'Anna.

– Tu ne veux pas tes verres ?

– Non. De toute façon, il ne faut pas que je boive. Je suis en cure, tu sais.

Lolly hocha vaguement la tête, ses ongles prune tambourinant sur le bord du verre.

– Alors, comment va Oscar ?

– Il est mort.

Étonnée, Anna vit les yeux de Lolly s'emplir de larmes. Puis elle leva la tête.

– Mort ?

Son visage devint ensuite indéchiffrable. Se demandait-elle si cette nouvelle les mettait en danger, Rowe et elle ? Connaissait-elle Oscar Grass Rope ?

– Ouais, poursuivit Anna, d'une voix volontairement rauque. Un accident de voiture dans la réserve.

– Au Dakota du Sud ?

– Ouais.

– Désolée.

Elle tapota le dos de la main d'Anna. Sa paume était fraîche et sèche. Alors que les circonstances de la mort de Grass Rope rassuraient visiblement la femme, Anna eut l'impression qu'elle ne marchait pas complètement, que quelque chose l'avait amenée à lever sa garde au lieu de la baisser.

– Je ne sais pas où est Terry, dit Lolly.

– C'est dommage.

– Pourquoi ?

– Oscar m'a dit que, si quelque chose comme ça arrivait, il voulait que les gars de la Fraternité indigène fassent la Fin des larmes.

Une cérémonie qu'on célèbre quelque temps après les funérailles.

– Dans le Dakota ?

– Ouais, mais presque tous les membres du groupe y sont.

Lolly la dévisagea.

– Qui tu es, bordel ?

Le cœur d'Anna cognait. Elle prit son sac à main, posé sur le comptoir, et le tendit à Lolly. Même si sa carte du FBI et son pistolet étaient à l'intérieur.

La femme tendit le bras, passa un ongle sur la fermeture à glissière.

– Tu es sûre, petite sœur ?

Anna hocha la tête.

Mais les mains de Lolly s'éloignèrent, serrant à nouveau son verre.

– Je me fiche de savoir qui tu es. Je me fiche de savoir qui sont les autres.

Elle termina son lait au bourbon, pivota sur elle-même et prit la direction du couloir situé au fond de la salle. Le jeune homme rit quand elle passa près de lui, mais elle lui adressa un regard destiné à lui faire comprendre qu'il ne pourrait jamais se la payer.

Anna, les jambes molles, revint à son Coca au Wild Turkey. Comment s'en était-elle tirée ? À peu près bien, elle l'espérait, mais elle n'avait pas la moindre idée de ce qu'elle ferait si Lolly s'en allait après avoir téléphoné. Elle résista au désir de jeter un coup d'œil discret sur la femme, même si elle entendait les phrases brèves, manifestement codées, de Lolly. Puis elle raccrocha. Et ses talons claquèrent sur le parquet de la piste de danse.

Anna sursauta quand Lolly posa brièvement la main sur son épaule. Elle se tourna vers elle.

– Tu es flic, dit Lolly sur un ton neutre. Sûrement un flic fédéral, parce que personne ne recherche Terry pour le moment, sauf le type chargé de le suivre. Mais ça peut être utile, si la situation ne change pas. On peut peut-être se servir l'une de l'autre. Tu sais ce que c'est, pas vrai ? Quand on se sert de toi… ?

Puis elle eut le sourire qu'elle avait adressé au barman.

– Donne-moi ton numéro, Ginny Grass Rope. Ton *vrai* numéro. Je ne promets pas que j'appellerai. Mais on verra.

Au bout d'un moment, Anna cessa de la regarder dans les yeux et sortit un stylo de son sac. Elle nota le numéro de l'appartement d'Emmett sur un sous-verre.

Emmett était immobile, au volant de la Suburban de Summerfield, vaguement reconnaissant de l'ombre du siège de la police navajo, à Window Rock. L'air agité sentait la pluie, même s'il n'y avait pas de nuages sur l'horizon. Quel était ce vieux dicton du désert du Sud-Ouest ? *Est-ce qu'il va pleuvoir, aujourd'hui ? Oui,* était la réponse évasive, toujours vraie jusqu'à un certain point, *quelque part.* Mais John Tallsalt n'avait même pas été évasif, quand il avait dit qu'il était l'exécuteur testamentaire des Knoki. Il n'y avait pas de testament. Le juge de paix venait de le confirmer à Emmett. Ce service du judiciaire tribal s'occupait de l'enregistrement des testaments, ainsi que de la résolution des différends, et ce juge, avocat, quatorze ans auparavant, de l'association des policiers chargés de patrouilles, avait représenté Knoki lors de la session du conseil de discipline consécutif à l'incident de Mexican Hat. Bert n'avait pas contesté l'existence de la putain. Se souvenant d'avoir lu cela dans le dossier de Knoki, Emmett avait décidé d'aller voir ce juge, lequel avait expliqué que les Dines rédigeaient rarement un testament, préféraient confier leurs biens aux règles des traditions claniques.

Emmett lança le moteur, recula et s'engagea sur la route.

De retour dans la capitale, après l'incident de Shonto, deux heures auparavant, il avait regagné sa chambre du Navajo Nation Inn, où il avait pris une douche rapide, puis était allé directement voir le juge de paix. Il était également passé au bureau de Tallsalt. Le lieutenant était toujours absent. Impossible à joindre. Et personne ne l'avait vu depuis l'après-midi de la veille. Ainsi, il avait été impossible de l'interroger. Emmett avait besoin de parler de son mensonge avec Anna, le plus tôt possible. De lui dire que la lettre dont l'expéditeur indiquait une adresse à University Park méritait plus que jamais qu'on s'y intéresse.

Summerfield et elle avaient-ils progressé ?

Il se gara sur le parking situé derrière le Navajo Nation Inn. Tout en fermant la Suburban à clé, il scruta les prés déserts qui entouraient l'hôtel, au cas où on l'aurait suivi. Personne, cette fois.

Le témoin du téléphone indiquant qu'il avait un message clignotait. Mais il faisait une chaleur torride, dans la chambre, et il alla d'abord régler le thermostat. Un grondement lointain, métallique, retentit quand il eut tourné le bouton et – miraculeusement – de l'air froid sortit de la bouche d'aération. Il ferma la porte et appela la réception.

– Un message pour Emmett Parker ?

– Oui, monsieur Parker.

Un silence, pendant lequel on déplaça des feuilles de papier, puis :

– Un monsieur Vernon, chef de section, a téléphoné à quatorze heures…

La réceptionniste lui donna un numéro dont le code régional correspondait à la banlieue de Washington située dans le nord de la Virginie.

– Merci, jeune fille.

Tout en composant le numéro, il jeta un coup d'œil sur sa montre. 18 h 30 sur la côte Est. Les chefs de section étaient les responsables de service du labo et, manifestement, les informations détenues par Vernon justifiaient qu'on le dérange chez lui. Sa femme décrocha et

Emmett se laissa tomber sur le lit en attendant qu'elle soit allée le chercher dans le jardin. Des roses. Il ne connaissait pas Vernon, mais imaginait qu'il passait ses soirées à s'occuper de ses roses.

– Inspecteur Parker ?

– En personne.

– Craig Vernon, du laboratoire du FBI.

Une voix de ténor, légèrement nasale.

– Reed Summerfield m'a demandé de vous contacter, au cas où je ne pourrais pas le joindre.

– Il est à Phoenix en compagnie de mon équipière.

– Je vois. Vous nous avez envoyé des empreintes de pattes très intéressantes.

– J'imagine.

Emmett frotta ses yeux douloureux. Trop de soleil pendant la journée.

– On le surnomme l'Homme Lézard. Mais on ne savait pas quoi en penser jusqu'au moment où on a fait appel à l'erpétologiste du Wildlife Research Center [1] de Patuxent. Saviez-vous que les motifs de la peau correspondent à ceux du *Heloderma suspectum,* communément appelé lézard perlé ?

Emmett décida de ne pas gâcher le plaisir du technicien.

– Non.

– D'après lui, le motif permet d'identifier la peau d'au moins deux lézards. Les tubercules, ou perles, n'avaient pas tous la même taille, ce qui montre que les animaux n'avaient pas le même âge. Donc on a procédé à un examen plus précis, au microscope, et on a trouvé des coutures. Même des traces du fil de nylon utilisé pour les réaliser. Ce type a fabriqué des gants avec la peau d'une espèce protégée…

Emmett revit l'empreinte de pattes griffues dévoilée, sur son pare-brise, par la lumière de l'aube.

Désormais seules ces traces et les événements bizarres du mardi matin, chez les Knoki, lui permettaient d'espérer que la lettre dont Tallsalt s'était emparée était sans lien avec les meurtres. Que

1. Institut de recherche sur la vie sauvage (NdT).

l'arrestation de la personne qui avait fabriqué des gants avec la peau des lézards perlés de Nicole Stepanek et patiemment gravé des dessins dans la roche de Lowe Canyon dégagerait Tallsalt de toute responsabilité et démontrerait qu'il n'était au courant de rien.

– Monsieur Parker… ?

– Oui, excusez-moi.

– Je vous demandais simplement si cela vous est utile.

– Extrêmement. Merci d'avoir fait aussi vite.

– On n'a pas souvent ce genre de chose.

– Je n'en doute pas. Au revoir.

Emmett raccrocha et s'allongea sur le lit. Quel était le sens de cette information ? Il savait que l'individu était obsédé par les lézards perlés ou bien voulait faire croire qu'il l'était… il était toujours possible qu'il s'agisse d'un artifice. Mais se draper dans la peau d'une autre espèce signifie-t-il qu'on veut en assumer les pouvoirs ? La mythologie des Dines regorgeait d'entités capables de transformations physiques. Était-ce un désir de ce genre ? Ou bien s'agissait-il, simplement, d'une fuite dans l'univers animal ? Un tueur en série d'Oklahoma City, un solitaire, comme ils le sont presque tous, uniquement capable de relations brutales avec les êtres humains, était d'une gentillesse méticuleuse avec ses chats. Un solitaire. Ce profil psychologique était en contradiction avec les deux ensembles d'empreintes trouvés près de la voiture de patrouille incendiée de Bert Knoki.

Pourtant, tueur solitaire ou pas, la présence d'une signature trahissait souvent le désir d'être arrêté.

Manger.

Il n'avait rien avalé depuis son dîner en compagnie de Stepanek, la veille au soir. Pendant quelques instants, il se souvint de la lumière du feu sur son visage couvert de taches de rousseur. De sa voix empreinte de solitude. Accablé par les regrets, il se leva péniblement et gagna le lavabo. Il voulait prendre un ou deux Tums, dans l'espoir qu'ils lui donneraient un peu d'appétit.

Mais il s'aperçut que sa trousse de toilette était fermée.

Il était certain de l'avoir laissée ouverte, quand il avait pris une douche, quelques heures plus tôt. Prudemment, il la souleva, afin de voir si elle était plus lourde que d'habitude. Elle ne l'était pas. Cependant, il se pencha dans la salle de bains elle-même, par la porte, et posa la trousse sur le carrelage, derrière le mur, mettant ainsi l'essentiel de son corps à l'abri, au cas où une explosion se produirait. Ce ne fut qu'ensuite qu'il tira la fermeture à glissière. Pas de bombe. Il se leva et examina l'intérieur de la trousse. Il y avait, sur le dessus, deux cartes de six centimètres sur quinze intitulées : *Fiche d'interrogatoire sur le terrain de la police de la nation navajo.* Des FI. La dernière fois qu'il en avait rempli une, il était encore flic en uniforme à Oklahoma City. Pour couvrir ses arrières, essentiellement. Si un cambriolage se produisait dans le secteur pendant qu'on était en service, on pouvait avoir la chance d'éviter une engueulade si on avait interrogé des suspects et rempli une fiche.

Puis le pouls d'Emmett s'accéléra à nouveau : les deux fiches étaient signées par l'agent Carbert Knoki. Et le premier sujet interrogé sur le terrain était Reed Avery Summerfield. La profession n'était pas mentionnée, mais l'adresse qu'il avait donnée se trouvait à Gaitherburg, Maryland. Au-delà du Beltway, mais assez près pour qu'il soit facile d'aller tous les jours à Washington. La pièce d'identité présentée par Summerfield était un permis de conduire délivré par le Maryland. Apparemment pas sa carte du FBI. Emmett lut la date indiquée près de la signature de Knoki : le 7 octobre de l'année précédente. Alors que Summerfield n'avait pas encore été nommé à Gallup ? L'endroit indiqué était les rochers plats situés au sud d'Asaayi Dam. Emmett connaissait ce lac relativement isolé, entouré de forêts, qui se trouvait à une quinzaine de kilomètres à l'est de Navajo, où vivaient les Knoki, dans les Chuskas. La rubrique réservée aux commentaires était destinée à recevoir la cause probable de la détention temporaire et de l'interrogatoire. À cet endroit, Knoki était mystérieux : *Prenait un bain de soleil avec un maillot.* La pudeur des Dines est notoire… Contempler les parties génitales d'une femme revient à courir le risque d'être frappé par la foudre, regarder un pénis entraîne la maladie. Mais la justification de Bert échappa à Emmett.

La deuxième fiche mentionnait la première, ce qui signifiait que Knoki avait interrogé les deux sujets au même endroit et au même moment.

Dieter (NMN [1]) Preuss. Pas de deuxième prénom. De Dresde, Allemagne. Profession : exportateur d'antiquités. Pièce d'identité : passeport et visa professionnel. Puis le commentaire de Knoki sur Summerfield prit tout son sens : *Prenait un bain de soleil sans maillot. Présence possible d'enfants dans les environs. Nadleeh.* La créature mythique qui porte ce nom a des organes génitaux mâle et femelle, mais excelle dans les tâches féminines et est plus intuitive que la majorité des hommes. Emmett fut convaincu que Bert Knoki avait employé le terme dans son acception plus grossière, plus homophobe. *Réfléchis. Qu'est-ce que cela signifiait, pour Summerfield, sinon une gêne temporaire ?* L'homosexualité ne justifiait pas l'exclusion du FBI. Mais un agent pouvait se faire virer s'il avait menti sur ce sujet et qu'on s'en soit aperçu ensuite. Summerfield avait-il nié, face au Service de contrôle interne, si bien que ces fiches d'interrogatoire devenaient l'arme d'un crime susceptible de justifier son renvoi ?

Les fiches voulaient lui dire autre chose. Emmett ne parvint pas à mettre vraiment le doigt sur ce que c'était.

Il gagna le fenêtre et regarda Window Rock Ridge, faisant le vide dans son esprit afin que la réponse puisse éventuellement y trouver une place. *L'est.*

Dresde était en Allemagne de l'Est. Et Summerfield appartenait au contre-espionnage.

– Merde, fit Emmett, qui reprit la direction du téléphone.

1. Abréviation de « No Middle Name » (NdT).

13

– C'est forcément lui.

Summerfield donna les jumelles à Anna et tourna la clé de contact. À cinq cents mètres, dans la réserve de la Gila River, un homme était sorti d'une des rares maisons et montait dans une Chevy Monte-Carlo des années quatre-vingt. Il s'appelait, selon toute vraisemblance, Juan Morada. C'était un Akimel O'odham, peuple qu'on appelait autrefois les Pimas. Ils avaient imité un nombre croissant de tribus, qui refusaient de perpétuer l'humiliation consistant à porter le nom que leur avaient donné les Espagnols ou les tribus ennemies. Akimel O'odham signifiait « peuple de la Rivière » et Juan Morada prit l'Interstate 10 en direction de l'est.

Summerfield le suivit.

Un rayon de soleil rendait les chiffres de la montre du tableau de bord illisibles. Anna plaça la main au-dessus. 16 h 32. Ils attendaient depuis 13 heures que Morada sorte de chez lui. Après la catastrophe apparente de la prise de contact avec Lolly Blackhouse au Serpent à plumes, Fanning avait suggéré un autre plan susceptible de permettre la localisation de Terry Wade Rowe. Il connaissait un autre membre de la Fraternité indigène, même si cet homme avait purgé l'intégralité de sa peine à la prison fédérale de Phoenix et ne pouvait être soumis aux pressions que l'on pouvait exercer sur un détenu en liberté conditionnelle. Il avait fourni à Summerfield et à Anna le portrait anthropométrique et le casier judiciaire de Morada, et leur avait indiqué comment se rendre chez sa mère, qui habitait la réserve de Gila River, dans la banlieue sud de Phoenix.

Summerfield suivit la Monte-Carlo sur la bretelle d'accès à l'autoroute, en direction du nord. Un nuage d'orage énorme se formait sur l'horizon mexicain et le vent s'était levé. Il secouait la voiture, la fit zigzaguer sur un viaduc.

Summerfield ralentit et se laissa distancer de plusieurs centaines de mètres afin de se fondre dans la circulation.

Anna lui avait avoué, ainsi qu'à Fanning, que Lolly Blackhouse avait deviné qu'elle appartenait à la police. Et qu'elle était un flic fédéral. Cet échec avait fichu Summerfield en rogne, mais Fanning en avait vu l'aspect positif :

– Si Rowe est toujours ici, Lolly lui parlera de vous, Anna. Peut-être verra-t-il les autres membres de la Fraternité, ne serait-ce que pour s'assurer qu'ils nous lanceront sur une fausse piste.

Puis Fanning leur avait proposé de filer Morada.

L'homme s'était mis à slalomer dans la circulation.

– Il nous a repérés ? demanda-t-elle.

– Je ne crois pas.

Summerfield appuya sur l'allume-cigare, mais ne quitta pas des yeux la Chevy, qui sortit de la longue courbe de Tempe et prit la direction des gratte-ciel du centre. Il avait été nerveux pendant tout l'après-midi. Comme si retrouver Terry Rowe était capital. Elle voulait l'interroger, évidemment, mais elle était plus portée à croire que c'était Lolly, pas Rowe, qui avait écrit à Bert Knoki. Et, bizarrement, elle espérait revoir cette femme exceptionnellement maîtresse d'elle-même, même si ses yeux énormes transformaient la peau la plus épaisse en Cellophane.

Elle plissa le front quand la fumée de la cigarette de Summerfield passa devant son visage.

– Si filer Morada ne donne pas de résultat dans les heures qui viennent, renonçons à localiser Rowe.

– Pourquoi, bon sang ? demanda-t-il.

– Si on ne coffre pas l'amant de Lolly, elle me téléphonera peut-être, tout bêtement. Et je suis sûre que son aide peut nous être utile.

C'était l'heure de pointe et des milliers de stops s'allumèrent et s'éteignirent quand la circulation ralentit, sur l'échangeur de l'Interstate 17. Morada quitta l'autoroute, qui contournait le centre. Summerfield le suivit, se plaça derrière un semi-remorque, resta caché derrière lui tandis que les quatre voies avançaient au pas, par à-coups. Périodiquement, il jetait un coup d'œil sur la Monte-Carlo, qui se trouvait une dizaine de voitures devant. Anna se souvint que c'était le début du week-end de Memorial Day [1].

– Dites-moi si j'ai bien compris…

Summerfield tira distraitement sur sa cigarette, et reprit :

– Vous voulez renoncer à tenter de coffrer Rowe parce qu'une putain – qui déteste le FBI – va peut-être vous donner un coup de fil ?

– J'ai l'intuition qu'elle peut nous mettre sur la bonne voie.

– Ou la mauvaise, si c'est dans son intérêt, dit Summerfield. Vous ne…

Quelque chose heurta le flanc de la voiture, si bien qu'ils se tassèrent sur eux-mêmes, Anna et lui, tandis que l'objet se désintégrait en un déluge de brindilles et d'épines. Un tumbleweed. Le vent les poussait hors du fossé et les précipitait parmi les voitures.

– Vous ne voyez donc pas, ma chère, où nous en sommes ?

– Non.

Summerfield sourit.

– Nous tenons Bert Knoki !

– Comment ?

– Elle demande comment, marmonna-t-il, sans raison valable, jetant un nouveau coup d'œil sur la Monte-Carlo.

Soudain, il se crispa, mit le clignotant à droite et changea de file. Anna vit que Juan Morada prenait la sortie de la Septième Rue.

– Demandez à Parker, reprit Summerfield. Parker est au courant. Sinon, pourquoi nous aurait-il envoyés ici… *sauf* s'il savait que Knoki était corrompu ? Regardez les faits. Les Mexicains du Sonora font transiter des livraisons à destination de Santa Fe et d'Albuquerque par la Big Rez…

---

1. Dernier lundi de mai, ce jour férié est destiné à célébrer la mémoire des soldats tombés au cours de toutes les guerres (NdT).

– Qui prétend ça ?

- Tallsalt, pour commencer.

– Son service ou la DEA ont-ils effectué une seule arrestation susceptible de confirmer cette théorie ?

– Pas à ma connaissance, reconnut Summerfield, qui prit la Septième Rue derrière la Monte-Carlo.

Heureusement, la rue était aussi encombrée que la bretelle de l'autoroute… sinon, ils auraient perdu Morada.

– Mais, reprit-il, le responsable de la brigade criminelle de Window Rock a une vague idée de ce qui se passe… même si Tallsalt tient à couvrir un ami, ou une personne qui appartient à son clan. A-t-on établi avec certitude qu'il n'y a aucune relation clanique entre Knoki et lui ?

– Vous êtes prêt à présenter ça à un Grand Jury ? demanda Anna.

– Laissez tomber Tallsalt, dit-il, irrité. Regardez les faits, ma chère. Terry Wade Rowe écrit à Knoki. Rowe a fait de la prison pour trafic de drogue. Qui étaient ses employeurs ? Un cartel de Hermosillo, au Sonora. Vous vous demandez pourquoi on n'a arrêté personne dans la réserve ? Carbert Knoki. Il s'arrangeait pour que l'horizon soit dégagé quand l'avion arrivait du Mexique. Dieu sait combien de livraisons il a facilitées, jusqu'au jour où il a contrarié quelqu'un de puissant. Au Sonora ou à Window Rock. Avez-vous envisagé, Parker et vous, qu'un de ses collègues puisse l'avoir buté ? Les Indiens préfèrent laver leur linge sale entre eux, vous savez.

– Le stade, coupa sèchement Anna.

– Quoi ?

– Morada a pris la direction du stade Bank One.

Summerfield acquiesça distraitement.

– Vous ne voyez pas où tout cela conduit ?

– Non.

– Pourquoi ?

– Un flic corrompu n'enroulerait pas de vieux chiffons autour des tubes pour empêcher qu'ils gèlent.

– Je ne…

– Les tubes qui se trouvent sous le mobile home de Knoki étaient isolés de cette façon. Je les ai vus.

Rien, dans le mobile home, ne permettait de soupçonner de grosses dépenses, même si elle savait que les Navajos riches ne font pas étalage de leur fortune. On risquait, si on le faisait, d'être accusé de sorcellerie. Mais, outre les indices de richesse inexpliquée, pourquoi un policier obsédé par l'arrestation des trafiquants d'alcool se serait-il fait complice de trafiquants de drogue ?

Tandis qu'ils passaient sur les voies du chemin de fer, Summerfield râla :

– Oh, génial !

Morada était entré dans le parking situé en face du stade. Les véhicules y étaient si peu nombreux que Summerfield et Anna ne pouvaient espérer y pénétrer sans se faire repérer.

– La suivante à droite, proposa-t-elle.

Morada avait garé la Monte-Carlo près de la guérite du responsable. Il en sortit vêtu d'un gilet réfléchissant orange et d'une casquette des Diamondbacks. Il gagna l'entrée, située sur la Septième.

– Continuez, Reed. Faites demi-tour dès qu'il ne pourra plus nous voir.

Avant que le visage de l'Akimel O'odham s'estompe dans sa mémoire, elle le compara au portrait anthropométrique. C'était indubitablement Juan Morada. Le même nez en bec de faucon.

De toute évidence, Summerfield avait ruminé sa question sur le Grand Jury.

– J'ai vraiment de quoi aller voir le procureur, vous savez, dit-il, entêté, tout en cherchant un endroit où il pourrait faire demi-tour. Surtout avec l'implication de Lolly Blackhouse.

– Comment est-elle impliquée, sinon du fait que c'est la maîtresse de Rowe ?

– Vous avez entendu Fanning. Blackhouse travaille pour une boîte qui fournit des hôtesses aux officiels des tribus. Rowe et elle sont des liens potentiels avec les Mexicains du Sonora. Il s'agit, maintenant, de l'application de la loi sur le crime organisé.

Une loi qu'il avait tenté d'appliquer aux trafiquants d'alcool dines.

Anna était sceptique. Mais elle attendit que Summerfield se soit engagé dans une ruelle, ait reculé et repris le chemin du parking pour demander :

– Et si la solution se trouvait dans un coin sombre où nous n'avons pas encore regardé ?

– Comment le savez-vous ?

– Je le sais, c'est tout.

Mais elle ne voulait pas qu'il insiste pour qu'elle lui dise pourquoi. Pas encore.

Summerfield se tourna vers elle. Son regard était devenu glacial.

– À votre place, je ne miserais pas sur l'intuition.

Il trouva une place d'où ils voyaient Morada vendre des tickets de parking aux supporters venus assister à l'échauffement des batteurs. Il coupa le moteur et ils restèrent silencieux.

Emmett raccrocha brutalement. Pour la troisième fois en une heure, sa voix venait de lui demander de laisser un message sur son répondeur. Il ne pouvait pas. Parce que Summerfield serait peut-être présent quand Anna l'écouterait. Il avait envisagé de lui demander simplement de l'appeler au Navajo Nation Inn, mais s'était ensuite demandé si Summerfield percevrait la tension dans sa voix. Et, averti par Emmett que le gouvernement ne rembourserait pas les communications, Anna avait laissé son téléphone mobile personnel chez elle.

Un peu de temps. Reprends les choses point par point, assure-toi que tu ne leur accordes pas trop d'importance.

Dans quelle mesure pouvait-on considérer que Summerfield et Preuss – qui que soit ce Preuss – étaient effectivement complices ? Deux ensembles d'empreintes de pas quittaient Crystal Wash en direction du sud-ouest, s'éloignant de la voiture de patrouille calcinée de Knoki. *Malheureusement, dans cette soupe, les empreintes disparaissent dès qu'on a levé le pied,* avait dit Summerfield, lundi soir, sur les lieux du crime. Avec soulagement ? Emmett ne s'en souvenait pas. Mais Crystal Wash se trouvait à une quinzaine de kilomètres d'Asaayi Lake et deux hommes qui connaissaient bien les rives de ce lac de retenue avaient peut-être également exploré les environs. Summerfield avait quitté les lieux une heure avant lui, Anna et Yabeny. Était-il rentré chez lui, à Gallup ? Ou bien avait-il rejoint Preuss chez les Knoki, afin de conférer aux meurtres un faux vernis indigène ? *Diné Bahané,* de Zolbrod, dans la boîte à gants de Summerfield. Le mythe de création navajo raconte les exploits de Lézard Perlé. Et l'édition de Summerfield était en allemand. Preuss avait-il capturé les lézards perlés de Nicole Stepanek et avait-il gravé les lézards ailés sur les roches de Lowe Canyon ?

Mais, réduite, cette bouillie d'indices produit-elle un mobile crédible ?

Indubitablement, Bert Knoki disposait d'un moyen de pression sur Reed Summerfield. Mais avait-il menacé d'en faire usage ? Ou bien les deux fiches n'étaient-elles pas allées plus loin, dans la hiérarchie, que Tallsalt, qui les avait placées dans le coffre-fort de son bureau et avait refusé d'avertir le service de contrôle interne du FBI ?

Dans quelle mesure ce moyen de pression effrayait-il Summerfield ?

Mentir sur l'homosexualité pouvait motiver un renvoi. Mais pas obligatoirement. Des agents avaient été pris en flagrant délit de mensonge et avaient échappé au couperet. Donc, cela ne suffisait pas à justifier un meurtre, même pour un homme très secoué. Cependant, une condamnation pour espionnage pouvait entraîner la prison à vie, et même la mort.

Emmett décrocha une nouvelle fois le téléphone. La ligne du Navajo Nation Inn n'était pas sécurisée, mais le temps pressait.

Sa mémoire, généralement infaillible, le trahit.

– Vous êtes à la bibliothèque McLean… dit un enregistrement qui avait l'accent de la Virginie.

Il raccrocha, s'aperçut qu'il avait inversé les deux derniers chiffres. Il fit une nouvelle tentative. Vingt secondes plus tard, une voix rauque, presque étranglée, confirma le numéro.

– Il ne faut pas me déranger pour rien. J'en suis à mon troisième scotch et à mon deuxième havane.

Emmett sourit, même si c'était probablement à cause du tabac cubain que l'homme avait perdu son larynx et se trouvait de ce fait dans l'obligation de parler – et de fumer – par une ouverture chirurgicalement pratiquée dans sa gorge. Il était toujours parvenu à se procurer des cigares de contrebande, malgré l'embargo et les aléas de la guerre froide.

– Emmett Parker, monsieur.
– Je vais me retrouver en caleçon. Cette dette te brûle les doigts ?
– Seulement ce soir.
– Je t'écoute.
Emmett dit simplement :
– Dieter Preuss.
– Ça ne me dit rien. Qu'est-ce que c'est, un gode boche ?
– Presque.
– Bon, de quoi tu as besoin ?
– Premièrement, il faut que je sache si Preuss appartenait à la Stasi...
Le ministère de la Sécurité est-allemand, qui avait disparu en même temps que le mur de Berlin.
– J'ai des informations sur lui, ajouta Emmett.
– Donne.
Emmett lut les renseignements indiqués sur la fiche de Knoki, puis chassa l'air contenu dans ses poumons, tout à fait conscient des migraines que susciterait la deuxième demande.
– Deuxièmement, si Preuss appartenait à la Stasi, est-il possible qu'il ait fait l'objet d'une opération de recrutement ?
La voix ne réagit pas immédiatement. Dans le jargon du contre-espionnage, opération de recrutement signifiait qu'on retournait un agent étranger, qu'on le maintenait à son poste et qu'on lui demandait des informations en fonction des besoins.
– Merde. Vous, les sauvages, vous ne faites pas la différence entre une dette et une vengeance ?
– Je ne vous poserais pas cette question si ça n'était pas vraiment important.
– Je sais, Parker. Qui aurait été son contrôle ?
– Un agent du FBI, Reed Summerfield. Il était encore en poste au contre-espionnage, à Washington, il y a huit mois.
– Okay. Pour le premièrement, c'est du gâteau. Grâce à la bande de pillards qui a dévasté le siège de la Stasi en 1990, on trouve son organigramme sur Internet. Mais des informations sur une opération de recrutement, c'est compliqué. Ça prendra plusieurs jours, au moins... sauf si je déclenche toutes les sirènes et tous les signaux d'alarme du Hoover Building. Pigé ?

– Pigé. Mais le plus tôt sera le mieux.
– Donne-moi ton numéro.
– Je vous appellerai de l'aéroport de Gallup dans une heure.
– Tu n'as pas de mobile sécurisé ?
– Pas de mobile du tout.
– Bordel, pourquoi tu travailles pour ces minables de l'Intérieur ?
– Ils appliquent la loi sur l'égalité des chances. Ils engagent les sauvages.

Au bout d'un moment, Emmett comprit que le grondement gras qui suivit sa remarque était un rire étouffé.

– Je n'oublierai pas, monsieur, ajouta-t-il.
– Mais si. Tu es le seul fils de pute qui ait appelé en six mois.

Puis il raccrocha.

Emmett prit sa veste la plus légère et gagna la porte.

Sur le parking, le vent faisait tourbillonner des morceaux de papier. Descendant l'escalier quatre à quatre, il éprouva de la reconnaissance, parce que le vieillard avait été fidèle à sa parole. Nombreux étaient ceux qui, à sa place, auraient feint de ne pas se souvenir de l'humble inspecteur du BIA qui avait établi, à l'intention d'un haut responsable opposé au bombardement de Tripoli, que les Libyens ne finançaient pas l'American Indian Movement. Les bombardements avaient eu lieu, évidemment, mais le vieillard n'avait pas oublié le service qu'Emmett avait rendu à son patron, dont le nom n'avait jamais été mentionné.

Il déverrouillait la portière de la Suburban quand il prit conscience de la présence de Yabeny. Le sergent était adossé au flanc de sa voiture de patrouille, à l'extrémité opposée du parking. Il n'était pas au siège de la police tribale en début d'après-midi.

Emmett le rejoignit.

– Merci, Marcellus.
– Il faut me les rendre, dit Yabeny, sans sourire, le visage cireux sous les lampadaires du parking. Il faut qu'elles soient dans le coffre du lieutenant à son retour.
– D'accord.

Emmett sortit les fiches de la poche de sa chemise et les lui donna.

– Vous savez où est Tallsalt ? demanda-t-il.

Le sergent se contenta de secouer la tête. Puis il tenta de paraître moins sévère… pas en remerciant directement Emmett d'avoir épargné Regis, à Shonto, en début de matinée, mais en lui apportant un nouvel élément potentiellement utile à l'enquête.

– Les Vipères – du moins ceux qui ne sont pas à Tohatchi – passent voir ce que contient une boîte à lettres proche de Crystal. Une boîte à lettre que personne n'utilise plus.

– Un contact ?

– Peut-être.

– Pouvez-vous la surveiller ?

Yabeny eut un rire amer.

– Bert est mort, le lieutenant a disparu, le budget des heures supplémentaires est dépassé depuis longtemps… et un fédéral me demande si je peux faire surveiller une boîte à lettres vingt-quatre heures sur vingt-quatre ?

– Faites ce que vous pouvez.

Au-delà de la tête du sergent, Emmett aperçut les points lumineux de phares de voitures dans les Chuskas. Même s'il fallait qu'il se rende le plus vite possible à l'aéroport, il demanda :

– Pourquoi y a-t-il de petits incendies dans les Chuskas ?

Il venait de se souvenir de ce que Tsinnajinnie lui avait dit.

– Des labos d'amphétamines. Les membres des bandes en fabriquent dans de vieux hogans, puis les brûlent quand ils croient qu'on les a repérés. Vous venez, demain, aux funérailles de Bert et d'Aurelia ?

Emmett ne répondit pas.

Anna luttait contre la somnolence quand des acclamations retentirent dans le stade.

– *Home run*[1], marmonna Summerfield, qui semblait tout aussi ensommeillé qu'elle.

En trois heures, ils n'avaient vu que Juan Morada, mal à l'aise, luttant contre le vent, gardant l'entrée du parking. Et une locomotive de manœuvre assemblant des trains de marchandises, dans la

1. Au base-ball, lorsque le batteur envoie la balle hors des limites du terrain (NdT).

gare de triage, au sud du stade. Au crépuscule, le vent avait donné une forme d'enclume au nuage d'orage, qui se déployait à présent, noir, sur la ville. Toujours pas une goutte de pluie. Mais des voiles de sable, venus du désert, étaient passés dans la lumière qui s'échappait du stade… dont on avait tiré le toit amovible dix minutes auparavant.

– Mon père a joué au base-ball, à Yale, avec George Bush, reprit Summerfield, sa voix couvrant le bourdonnement de l'antenne fouettée par le vent. Il voulait que j'y joue.

– Vous l'avez fait ? demanda Anna, qui bâilla à nouveau.

– Non. Enfin, pas bien. Ma mère se fichait du base-ball comme de l'an quarante. C'était une épouse de guerre… enfin, une épouse d'après-guerre. Allemande. Famille de musiciens. Mon père était capitaine de la police militaire dans les armées d'occupation. Elle voulait que je joue du violoncelle.

– Vous l'avez fait ?

– Très mal.

Il rit, poursuivit :

– Enfin, j'ai réussi à les décevoir tous les deux. C'est ce que leur a valu une idée tardive telle que moi. Bon sang, ma mère avait quarante-six ans quand elle m'a eu.

Anna n'avait pas envie de bavarder, mais c'était apparemment le seul moyen de ne pas s'endormir.

– Vous n'aviez pas vraiment envie d'entrer au FBI ?

– Oh, je ne sais pas. Avec un diplôme de comptabilité, la seule autre solution consistait à devenir comptable.

Anna sourit.

– Je sais ce que c'est.

– Vous aussi ?

– Mineure en comptabilité. Majeure en sociologie.

Elle se redressa légèrement. Une voiture, brièvement retenue près des voies par la locomotive, ralentissait devant l'entrée du parking.

– Qu'est-ce que vous vouliez faire, quand vous étiez enfant ?

– Je voulais ce qui est impossible. Je voulais être moi-même. J'aurais dû me méfier.

– Pourquoi ?

– Je ne veux pas vous ennuyer avec ça.

Ces échappatoires, qui le dévalorisaient, irritèrent vaguement Anna. Peut-être travailleraient-ils ensemble pendant des années et elle décida qu'il n'y avait qu'un moyen de le mettre à l'aise.

– Je me fiche, Reed, de savoir qui était de l'autre côté de cette table, à Santa Fe. C'est votre affaire. Pas celle du FBI. Et pas la mienne.

Elle s'attendait à un instant de gêne de sa part. Mais pas à ce regard fixe, sombre et désespéré. Se tournant à nouveau vers le parking, elle prit les jumelles. Morada, dont l'attitude avait jusqu'ici exprimé l'ennui, s'était redressé et avait sorti les mains des poches de son gilet.

– Reed…

– Je vois.

La voiture – une Plymouth Gran Fury en mauvais état – passa lentement devant l'entrée du parking et Morada la suivit des yeux.

– On se baisse, ordonna Summerfield lorsque la Fury prit Jefferson et se dirigea vers eux. Il s'assure que le bloc n'est pas surveillé.

Anna se tassa sur son siège, les genoux sous le tableau de bord. Les phares éclairèrent l'intérieur de la voiture et elle se sentit ridiculement vulnérable. Elle posa les jumelles sur le tapis de sol et approcha son sac à main, qui contenait son arme. Et l'oiseau-mouche. Mais le grondement rauque du moteur de la Fury ne changea pas lorsque le véhicule passa près d'eux.

Le noir revint, restaurant une sensation de sécurité.

Anna se redressa, regarda par l'espace qui séparait le siège de l'appui-tête. La Fury tourna à droite.

– Vous avez vu son visage ? demanda-t-elle à Summerfield.

Il la regardait toujours fixement.

– Non.

Deux minutes plus tard, la Fury sortit de Jackson Street et reprit la Septième Rue. Cette fois, le chauffeur freina sans hésitation près de Morada. Il baissa la vitre du passager et l'Akimel O'odham se pencha sur la voiture. Une nouvelle fois, Anna leva les jumelles jusqu'à ses yeux. L'intérieur de la Plymouth était dans le noir, mais elle vit que la silhouette penchée vers Morada portait des nattes.

– C’est forcément Rowe, dit-elle.

– On va le prendre en tenaille, dit Summerfield, très vite. Je descends Jefferson à pied et vous faites le tour du bloc, comme il vient de le faire. Il ne faut pas qu’on soit tous les deux dans la voiture. Ça déclencherait une poursuite à grande vitesse. Okay ?

– Je suppose.

– Vous vous arrêtez derrière lui au moment où je passerai devant sa voiture. Descendez l’arme à la main. Couvrez Morada et la portière du passager pendant que je coffre Rowe.

– D’accord, dit-elle, mais vous conduisez et je marche.

– Mais…

– Pas de mais. Il est peu probable que Rowe prenne la fuite si c’est une femme qui se dirige vers lui.

Summerfield examina les deux hommes à la jumelle. Finalement, il dit :

– Très bien, allez-y.

Elle leva la main, éteignit le plafonnier puis ouvrit la portière, contre la résistance du vent, et descendit. Le sable piqua ses joues et elle ferma partiellement les paupières, afin qu’il ne pénètre pas dans ses yeux. Son pas, sur le trottoir, fut trop rapide, trop décidé. Elle se força à ralentir. Morada, penché sur la vitre ouverte, écoutait toujours le chauffeur. Le gardien du parking semblait de plus en plus sombre. Pas de rires. Elle ouvrit son sac à main, plaça le pistolet de telle façon qu’il lui serait facile de saisir la crosse, le moment venu.

Derrière elle, Summerfield fit demi-tour, tous feux éteints, et s’éloigna. Que voulait-il dire quand il avait affirmé qu’il tenait Bert Knoki ? Tenir un flic assassiné ?

Elle prit la Septième Rue.

Il y avait maintenant des éclairs, au sud-ouest, mais ils semblaient zébrer l’intérieur des nuages, car le seul bruit de tonnerre était le grondement de la locomotive, qui accrochait les wagons les uns aux autres.

Morada se redressa et la silhouette qui portait des nattes fit de même, la regardant approcher. Un cou puissant. Manifestement un homme. Une idée désagréable lui traversa l’esprit. Averti par Lolly, Rowe savait que le flic qui le recherchait était une Indienne. L’argument qu’elle avait donné à Summerfield lui parut creux.

Où est-il, bon sang ?

La voiture d'Emmett n'était toujours pas apparue au carrefour de Jackson et de la Septième. Elle s'arrêta et fouilla dans son sac à main.

– Monsieur… ?

Morada posa un index sur sa poitrine, d'un air interrogateur.

– Oui, s'il vous plaît… Pouvez-vous m'appeler un taxi ?

Elle sortit cinq dollars de son sac.

Le billet rassura Morada, mais le visage sombre de l'occupant de la Plymouth demeura impassible. Elle sentit ses yeux sur elle.

– Madame, cria Morada, afin de couvrir le bruit du vent, qui faisait violemment claquer les drapeaux installés sur le toit du stade, c'est pas mon boulot. Vous en trouverez de l'autre côté, sur la Troisième Rue !

Enfin, Summerfield apparut au carrefour. Elle prit la direction de l'avant de la Fury, mais Morada cria :

– Hé, c'est pas le bon chemin !

Il montra l'extrémité nord du stade. Son bras retombait contre son flanc quand Anna fut éblouie. S'arrêtant derrière la Plymouth, Summerfield avait allumé les phares. Elle ne voyait plus que les voiles de sable qui passaient entre elle et la silhouette indistincte de la voiture de Rowe. Mais elle sortit son 9 mm, lâcha son sac à main, posa le canon sur la vitre de la portière du conducteur.

– Terry Rowe, FBI… Vous êtes en état d'arrestation ! Ne bougez pas !

Elle entendit le moteur rugir, mais la voiture ne bougea pas, luttant contre une force invisible. Rowe comprit certainement dans la même fraction de seconde qu'elle : il n'avait pas desserré le frein à main avant d'appuyer sur l'accélérateur. Ses qualités de conducteur s'étaient apparemment émoussées en prison. Elle tendit sa main libre vers la poignée de la portière. Le voile de sable s'étant fait moins épais, elle le vit appuyer sur le bouton de verrouillage avec le coude et saisir le frein à main. Elle se tourna vers l'arrière de la voiture, posa le canon de son arme sur le flanc du pneu arrière droit et tira deux fois.

La Fury partit en trombe, mais dérapa à cause du pneu crevé. La jante projeta des gerbes d'étincelles, selon une courbe, tandis que le véhicule s'éloignait de la Septième. Il heurta ensuite un bac en béton contenant des plantes, situé à la droite de l'entrée latérale du stade.

Rowe était effondré sur le volant.

Elle se tourna vers Morada. Mais il connaissait la musique : il s'était mis à plat ventre sur le trottoir, les mains sur la nuque. Summerfield se tenait derrière sa portière ouverte, rouge, le micro de la radio dans une main, son pistolet dans l'autre. Criant périodiquement à Morada de rester allongé, il tentait de contacter la police de Phoenix.

– Éteignez vos phares, Reed !

Anna ne voulait pas être éclairée par derrière. Les phares s'éteignirent. Elle ramassa son sac à main, se dirigea prudemment vers la Fury, son pistolet tendu devant elle. De la fumée ou de la vapeur d'eau sortait de sous le capot tordu.

Rowe se redressa brusquement et elle se figea.

Hésitant, il tendit la main vers le bouton du verrouillage et le leva.

– Ne bougez pas, nom de Dieu ! cria Anna, qui mit un genou à terre.

Mais Rowe descendit de voiture, vacillant, et refusa d'obéir quand elle lui ordonna de placer ses mains bien en vue. Soit il feignait de ne pas comprendre, soit il était véritablement choqué. Une entaille, au-dessus de son œil gauche, saignait. Un visage dur, alors qu'il n'avait que trente-six ans. Il avait une stature simiesque : épaules puissantes, longs bras, taille fine et jambes courtes. Il eut des haut-le-cœur. Saisissant le collier que Fanning avait mentionné, il l'arracha et les perles se répandirent tout autour de lui. Il hoquetait toujours, mais il reculait également.

Puis il cria :

– Tu me fais pas peur, salope. Je vais te montrer quelque chose qui va te faire peur !

– Arrêtez ou je tire !

Mais, d'une façon ou d'une autre, il perçut les mouvements avant elle. Des supporters, qui en avaient assez du match, franchissaient la porte exactement derrière lui. Anna changea de position, dans l'espoir de pouvoir trouver un angle de tir. Mais c'était impossible et Rowe s'engagea joyeusement parmi les piétons, caressant même les cheveux de quelques-uns d'entre eux. Il sauta par-dessus le tourniquet et frappa le vigile sans arme qui tenta de l'arrêter.

Anna, qui courait déjà, cria par-dessus l'épaule :

– Reed, avertissez la police… Je le poursuis à pied !

Le vol d'Emmett fut retardé, à Gallup, parce qu'une tempête de sable soufflait sur Phoenix. Une de celles que provoquent, au début du printemps, les orages qui, au lieu de se dilater et d'apporter la pluie, meurent dans des paroxysmes de vent et de sable. Emmett jeta un coup d'œil morose sur sa montre. 21 h 40. Il pivota sur le tabouret en plastique de la cabine téléphonique et appela une nouvelle fois chez lui. Pas de réponse, hormis sa voix.

Il composa à nouveau le numéro de la maison située à McLean, Virginie.

– Parker, je présume ?

– Oui, monsieur.

Il n'y eut pas d'autres blagues.

– Votre ligne est-elle raisonnablement sûre ?

– Non, mais je prends le risque.

– Très bien, j'ai la réponse à votre première question. Oui, absolument.

Emmett ferma les yeux, le taux d'acidité de son estomac ayant brusquement augmenté. Dieter Preuss avait appartenu la Stasi. Reed Summerfield prenait un bain de soleil avec son ancien ennemi. Mais tel n'était peut-être pas le cas. Peut-être l'agent évoquait-il le bon vieux temps en compagnie d'un homme qu'il avait recruté dans le cadre d'une opération signalée au FBI et approuvée par lui. Dans ce cas, le défi qui attendait Emmett consisterait à expliquer à Anna pourquoi il était venu à Phoenix sans avertir.

– Je suppose que la deuxième question est toujours sans réponse.

– Vous n'êtes pas naïf à ce point. Et il y aura rapidement des problèmes de juridiction, si j'insiste, en tout cas d'après mon petit doigt.

– Mais j'aimerais que vous insistiez, monsieur.

– Je le ferai. Le moment venu. Où puis-je vous joindre ?

– Je vous appellerai demain matin.

– Une soirée chargée.

– Oui, monsieur, une soirée chargée. Merci et au revoir.

Emmett raccrocha et regarda, derrière deux épaisseurs de verre – la cabine téléphonique et la baie vitrée de l'aérogare – l'avion à hélices. Il était toujours garé sur le tarmac, mais de la fumée sortait de l'échappement d'un des moteurs. Encourageant. Quand il ouvrit la porte de la cabine, l'embarquement des passagers à destination de Phoenix fut enfin annoncé.

Quand Anna passa sous le tourniquet, le vigile voulut l'arrêter, mais elle justifia, grâce à sa carte, l'arme qu'elle avait à la main.

– FBI, dans quelle direction est-il allé ?

– Venez !

Courant péniblement, le vigile la précéda en direction d'un passage qui évoquait un tunnel. Il signala l'incident par radio, d'une voix haletante :

– Un sujet… blanc de sexe masculin… petit semi-automatique nickelé.

L'allusion à l'arme secoua Anna… elle ne l'avait pas vue. Il apparut rapidement que le vigile la retardait. Elle lui prit sa radio.

– J'en ai besoin. Sur quel canal peut-on joindre la police ?

– Le deux, hoqueta-t-il, renonçant et s'accroupissant, les avant-bras sur les cuisses.

Anna sortit seule du tunnel, dans le jour artificiel qui baignait le terrain d'un vert lumineux. Elle scruta les allées, à la recherche du tee-shirt blanc de Rowe. Mais les Diamondbacks perdaient et des milliers de supporters se dirigeaient vers les sorties. Une vieille femme faillit s'évanouir à la vue du pistolet. Anna le rangea dans son sac à main. Puis elle se remit à courir, comme sur un sol spongieux en raison du pop-corn répandu par terre. Elle dut se frayer un chemin dans les foules massées aux entrées des tunnels. Un jeune homme heurta son coude droit, guéri depuis peu, et elle grimaça.

Pas trace de Rowe.

Elle gravit rapidement l'allée qui conduisait au tunnel principal du niveau supérieur, dans l'espoir de prendre position au-dessus du fugitif et, ainsi, de pouvoir le repérer. S'efforçant de ne pas entendre la musique d'orgue agaçante, elle s'immobilisa et tenta d'apercevoir une tache blanche correspondant à la stature de Rowe. Une voix sortit de sa radio, mais il ne s'agissait apparemment que de la répartitrice du stade répercutant le message qui concernait l'homme armé. Elle passa sur le canal 2 et tenta de joindre la police ou Summerfield, qui écoutait peut-être encore cette fréquence. Pas de réponse. Très bien. Il faudrait qu'elle se débrouille seule. *Où va Rowe ?* Il quitte le stade. Et plus longtemps il resterait à l'intérieur, plus le risque de se faire coincer par la sécurité serait grand. Il le savait. Mais il devait absolument semer Anna… selon l'itinéraire le plus direct. Il était entré par la droite, sortirait quelque part derrière la butte du batteur. Dans la Troisième Rue, si possible, où, selon Morada, il y avait des taxis.

Anna partit en courant en direction du filet tendu derrière la place réservée au batteur.

Une fois arrivée, elle entra dans un tunnel, laissa la foule de corps trempés de sueur l'emporter. L'atmosphère sèche, irritante, de la tempête de sable rendait les gens querelleurs. Un homme poussa celui qui se trouvait devant lui, pour le faire avancer plus vite, et la réaction fut de la bière en plein visage, puis les amis des deux protagonistes les séparèrent. Anna comprit que toutes les portes du stade seraient ouvertes, afin que la foule puisse sortir plus rapidement. Elle tenta de joindre la répartitrice de la sécurité, mais le tunnel empêchait toute émission. Elle fit une nouvelle tentative sur l'escalator conduisant au niveau de l'entrée principale, mais la répartitrice se montra méfiante :

– Identifiez-vous.

– Agent spécial Turnipseed, dit-elle, FBI. Les portes…

Mais il y eut un cri strident et la femme l'interrompit :

– Ce canal ne doit pas être utilisé par les autorités fédérales.

Anna avança et fit une constatation qui l'étonna : il y avait encore relativement peu de monde sur la vaste place de l'entrée. Rowe attendrait que les spectateurs soient plus nombreux à quitter le stade, afin de se fondre parmi eux pour accéder aux taxis. Elle franchit précipitamment les portes, gagna la portion de trottoir qui séparait la Troisième Rue de la file où les taxis déposaient leurs passagers, se joignit à un petit groupe de gens qui attendaient le bus.

Sors par ici, fils de pute.

Le sang attira son regard alors qu'elle n'avait pas reconnu l'homme. Rowe avait essuyé son front couvert de sang sur l'épaule de son tee-shirt, qui était déjà taché, mais la plaie elle-même ne saignait plus. Il traversa la place d'un pas nonchalant, les mains dans les poches de son Levi's. Il regardait droit devant lui, comme si son seul souci consistait à trouver un taxi. Aucun vigile en vue. S'étaient-ils tous précipités à l'intérieur, à la suite de l'appel concernant un homme armé ?

Anna s'éloigna de l'arrêt de bus, gagna un taxi que se trouvait au milieu de la longue file. La vitre du chauffeur était baissée et quand, l'ayant entendue arriver, il tourna la tête, elle lui mit sa carte sous le nez.

– FBI, j'ai besoin de votre taxi pendant une minute.

– Sans blague ?

– Sans blague. Dépêchez-vous.

Il descendit et elle s'installa au volant au moment où Rowe descendait du trottoir et sifflait. Elle accéléra, éteignit la lumière du tableau de bord, doubla les autres taxis, passa devant le premier. Les chauffeurs, furieux, klaxonnèrent. Anna concentrait toute son attention sur les poches du Levi's de Rowe. Il n'y avait pas de bosse trahissant la présence du petit semi-automatique, mais peut-être l'avait-il mis dans une des poches arrière. Son pistolet était déjà posé près d'elle. Elle ralentit à la hauteur de Rowe, saisit son arme.

La première chose qu'il vit, quand il ouvrit la portière arrière, fut le canon.

– Pas un geste, fils de pute !

Sans lui laisser le temps de réagir, il disparut et il n'y eut plus qu'une foule de supporters au-delà de son guidon.

– Merde !

Elle tourna brutalement le volant à gauche et accéléra. Une roue sur le trottoir. Face à la circulation en sens unique de la zone de chargement. Cette fois, le tee-shirt blanc de Rowe, qui courait sur le trottoir, était comme un phare. Les piétons étaient trop rares pour qu'il puisse disparaître parmi eux. Elle arriva à sa hauteur et cria, le doigt appuyant déjà sur la détente :

– À terre ou je te tue tout de suite !

Contre toute attente, il obéit.

Mais elle dut freiner très fort, pour ne pas le dépasser, et le taxi dérapa des quatre roues. À peine avait-il fini de tournoyer que Rowe se levait d'un bond, fonçant en direction des wagons de marchandises.

Elle abandonna le taxi et se lança à sa poursuite. La bile lui brûlait la gorge, mais elle refusa de laisser Rowe augmenter son avance.

Finalement, elle vit quelque chose briller dans sa main droite. Il était armé ; le vigile avait raison. Et, souvent, il se retournait partiellement, comme s'il envisageait de tirer.

Terry Rowe avait été averti de trop nombreuses fois.

Elle tira à deux reprises. Les détonations le ralentirent trois ou quatre secondes. Puis il eut une rire démoniaque et passa entre deux des wagons du train immobile, Anna sur les talons. Il sauta pardessus l'attelage, mais elle dut se glisser dessous et faillit trébucher sur le rail opposé.

Parvenue dans l'espace qui séparait les wagons, elle eut la sensation que quelque chose d'énorme fonçait sur elle dans un grondement de tonnerre. Elle s'immobilisa, protégeant sa tête avec ses bras.

Un fracas métallique retentit dans le noir. Un hurlement à glacer le sang. Puis le silence.

Braquant toujours son pistolet devant elle, Anna sortit sa torche de son sac à main. Elle l'alluma, la tenant à bout de bras. La lumière dévoila les yeux de Rowe. Ils étaient exorbités. Son visage était d'une pâleur cadavérique et ses poings martelaient quelque chose à la hauteur de sa taille. Les attaches jumelles de l'attelage, qui s'étaient refermées sur ses hanches quand la machine avait poussé les deux wagons l'un contre l'autre. La pression était si puissante que seules quelques gouttes de sang étaient tombées sur le ballast, entre les traverses. Près de l'endroit où le petit semi-automatique luisait.

– Terry, tu m'entends ?

Il acquiesça avec une lucidité remarquable, même s'il semblait sur le point de succomber aux convulsions.

– Je vais arrêter la machine avant qu'elle revienne avec un autre wagon. Je vais appeler de l'aide.

– Faites seulement venir Lolly, supplia-t-il.

14

Les gyrophares donnaient le vertige à Anna. Les infirmiers des pompiers avaient garé leur ambulance entre les deux trains, alors qu'elle n'avait que quelques centimètres de battement de part et d'autre. Un des infirmiers avait le rhume des foins et, avec son mouchoir mouillé, il fit signe à Anna, à Summerfield, à quelques policiers et au détective de la Compagnie de chemin de fer de se rassembler autour de lui.

– Écoutez, dit-il à voix basse, parce que Rowe risquait d'entendre, tout ce qu'il y a entre le haut des cuisses et le bas de l'abdomen de ce type est écrasé. Ce sont des éclats d'os et de la bouillie.

– Dans ce cas, pourquoi n'est-il pas mort ? demanda le détective de la Southern Pacific.

– L'attelage agit comme un garrot géant…

L'infirmier éternua, puis montra la locomotive et reprit :

– Dès que le mécanicien décrochera les wagons, la partie inférieure de son système circulatoire disparaîtra.

Summerfield demanda :

– Est-il possible qu'il survive ?

– Bon sang, répondit l'infirmier, il a été coupé en deux.

Summerfield prit Anna par le coude et l'entraîna près de Rowe. Elle avait envie de vomir. Elle avait envie de s'allonger dans un endroit tranquille. Rowe semblait déjà mort. Sa peau était translucide, dévoilait un réseau de veines gonflées et pourpre sur ses bras.

C'était à peine si ses yeux restaient ouverts, et ses pupilles étaient opaques.

Du côté opposé de la voie, un flic motocycliste de Phoenix, assis sur les talons, fumait une cigarette. Summerfield l'avait chargé de surveiller le pistolet Raven de calibre .25 que Rowe avait lâché lorsque les wagons l'avaient écrasé.

– Terry Wade Rowe, dit Summerfield sur un ton sévère.

Un instant plus tard, l'homme réagit, frémit.

– Qui vous êtes ?

– L'agent Summerfield, du FBI. Une autorité médicale compétente vient de m'apprendre que vous ne survivrez pas à cette blessure. Comprenez-vous ce que je viens de vous dire ?

Rowe eut un rire étouffé. Un cadavre mimant la gaîté.

– Je pige, fils de pute. Où est Lolly ? Je parlerai si vous faites venir Lolly.

Anna expliqua :

– La police a envoyé une voiture la chercher il y a... dix minutes ?

L'agent motocycliste inclina sa tête casquée. Dans les minutes qui avaient suivi l'accident, Rowe avait donné à Anna une nouvelle adresse à University Park, mais elle doutait que la prostituée s'y trouverait un vendredi soir.

– Tu es sûre qu'elle sera là, Terry ?

– Oui, dit-il d'une voix rauque. Elle m'attend. Il fallait qu'on parle. On n'a pas pu le faire cet après-midi, à cause de vous, fils de pute.

Summerfield entraîna Anna à l'écart.

– Aidez-moi, dit-il, insistant.

– Comment ?

Elle avait envie de retrouver l'intimité de la voiture d'Emmett, que Summerfield avait garée au nord des voies. Mais Juan Morada, les menottes aux poignets, occupait la banquette arrière.

– Aidez-moi à obtenir une dernière déclaration. Quelques mots de la part de cette ordure et on règle l'affaire. (Les yeux de Summerfield étaient fiévreux, surexcités.) Et vous pouvez compter sur moi, Anna, ajouta-t-il.

– Pour quoi ?

– L'enquête sur les coups de feu.

– Qu'est-ce que vous voulez dire ?

– Le responsable du bureau de Phoenix et son adjoint sont en route. C'est pour cette raison que personne ne devait toucher l'arme de Rowe tant que nos collègues ne l'auraient pas vue personnellement, à ses pieds. A-t-il tiré sur vous ?

– Non.

Summerfield grimaça, puis demanda :

– Combien de cartouches avez-vous tiré, finalement ?

Le responsable du bureau local du FBI était en route. Elle comprit alors qu'on risquait de mettre son jugement en doute.

– Qu'est-ce que vous avez dit, Reed ?

– Vous avez tiré combien de fois ?

– Trois. Non, quatre.

Deux fois dans le pneu et deux fois sur Rowe, dans la gare de triage.

– Avez-vous tiré dans le stade ? insista Summerfield, qui éleva la voix parce qu'une sirène approchait.

– Non. Je n'avais pas mon arme à la main.

– Bien. C'est un bon point.

Puis, elle se souvint. Elle avait son pistolet à la main quand elle était sortie du tunnel. Quelle était la réalité de ces minutes ? Elles semblaient toutes, désormais, irréelles.

Une voiture de patrouille de la police de Phoenix s'arrêta brièvement près de la locomotive, qui tournait au ralenti, et sa sirène se tut. Le phare puissant de la locomotive éclaira, derrière les vitres tachées de graisse, la femme aux cheveux noirs qui occupait la cage de la partie arrière du véhicule. Elle frappait à coups de poing sur la paroi en Plexiglas. Le flic descendit, ouvrit la portière arrière et Lolly Blackhouse se précipita vers les lumières de l'ambulance. Sans rouge à lèvres ni maquillage, elle ne ressemblait guère à la créature maigre qu'Anna avait rencontrée dans la matinée au Serpent à plumes.

Quand elle arriva près de lui, Rowe lui adressa un rire strident.

– Sacré problème, hein, chérie ?

Anna crut que Lolly allait s'évanouir. Mais elle prit les mains de l'homme avec une tendresse qui parut presque servile et les embrassa.

– Je vais t'emmener à l'hôpital.
– Non. Pas cette fois.
Puis Rowe baissa légèrement la voix, probablement sans se rendre compte, en raison de son état, que tous ceux qui se trouvaient à moins de six mètres de lui pouvaient toujours l'entendre.
– J'ai essayé, chérie. Je suis allé partout où tu m'as demandé d'aller…
Il secoua la tête.
– Ça n'a pas d'importance, dit-elle avec un sourire tendre. Rien n'est important, à part te conduire à l'hôpital.
Mais Rowe fixait Summerfield.
– Dis-le lui, fils de pute. Personne pourra prétendre que je suis un dégonflé.
L'agent demanda :
– Donc, vous comprenez que votre mort est imminente ?
La phrase du manuel.
Rowe montra l'attelage et ses jambes inertes, fléchies.
– J'estime que cette réponse équivaut à oui, témoins, dit Summerfield, faisant allusion à Anna et au flic motocycliste. Terry Rowe, avec-vous écrit à l'agent Carbert Knoki, de la police de la nation navajo ?
– Ouais, sûrement.
– Oui ou non ?
– Oui.
– Et quelle était l'objet de cette correspondance ?
– Une affaire personnelle.
– Avez-vous *tué* Carbert et Aurelia Knoki ?
– Quoi ?
– Vous avez compris.
Rowe tourna son visage, désormais frissonnant, vers Anna.
– Éloignez ce fumier et laissez-moi mourir en paix. C'est un beau soir pour mourir.
Tandis qu'Anna l'entraînait, Summerfield dit, furieux :
– C'est ce salaud qui les a tués !
Elle regarda le mécanicien de la Southern Pacific. Il avait passé la tête par la vitre de la cabine et attendait que le détective de la

Compagnie de chemin de fer lui fasse signe. Un peu plus loin, deux hommes en costume descendirent du quai et se dirigèrent vers elle. Minces, très droits et soignés. Chemise blanche et cravate discrète. L'incarnation de l'idéal de J. Edgar Hoover, plus d'un quart de siècle après la mort du premier directeur.

– Turnipseed ? s'enquit le plus blond des deux.

– Oui.

– Je suis Jim Niehaus, responsable du bureau de Phoenix, et voici mon assistant, Fred Waggoner.

Niehaus lâcha la main d'Anna pour serrer celle de Summerfield.

– Content de vous revoir, Reed, dit-il. Merci de nous avoir appelés aussi vite.

– De rien.

Mais, aussitôt, Niehaus se concentra à nouveau sur Anna. Il posa les mains sur ses épaules et la regarda affectueusement dans les yeux.

– Ça va, Turnipseed ? C'est ma première question.

Elle supposa que son inquiétude était sincère. Elle n'avait pas de raison de croire qu'elle ne l'était pas. Mais elle se méfia immédiatement de lui. La méfiance innée, vis-à-vis de la bureaucratie blanche, issue d'une enfance dans une ranchería modoc ?

– Ça va, répondit-elle froidement.

– Jim, intervint Summerfield, je voudrais vous montrer quelque chose.

Anna resta figée sur place. Rowe chantait un chant de mort en lakota. Elle ne put se forcer à le regarder une nouvelle fois. Emmett. S'il était là, il l'aiderait à sortir de ce mauvais pas. Évidemment, à l'académie, on lui avait enseigné quand tirer et quand ne pas tirer. Mais les reconstitutions n'avaient rien à voir avec ce qui était arrivé en début de soirée.

Elle sursauta quand une main se posa sur son épaule. Niehaus à nouveau. Souriant. Tout comme Waggoner, qui avait à présent un sac en plastique contenant le semi-automatique.

– Vous devriez nous raconter ce qui s'est passé, dit Niehaus.

Il s'immobilisa tout près d'elle. Cherchait-il à établir si son haleine sentait l'alcool ?

– Eh bien…

Elle ne voulait pas commencer par *eh bien.* Elle s'efforça de paraître plus ferme quand elle exposa la raison de la tentative d'arrestation. Mais sa voix se brisa légèrement lorsqu'elle raconta qu'elle avait tiré deux balles dans le pneu de la voiture pour empêcher Rowe de prendre la fuite. Était-ce une mauvaise solution ? Sur le moment, il lui avait semblé que c'était le seul moyen d'empêcher une course poursuite à grande vitesse dans les rues de Phoenix. N'était-ce pas la préoccupation principale de Summerfield, à ce moment ? Prendrait-il sa défense sur ce point ?

– … À ce moment, le vigile en faction à l'entrée du stade m'a indiqué que Rowe était en possession d'une arme.

– Vous en étiez-vous aperçue ?

– Non, reconnut-elle. Je n'ai pu m'en assurer qu'au…

Un hurlement la fit sursauter. Deux agents avaient saisi Lolly par les bras et l'éloignaient de Rowe.

– Lâchez-moi !

Les infirmiers s'écartèrent et l'enquêteur de la Southern Pacific leva une torche dont la lumière était rouge. La locomotive avança. Une cloche retentit et les barrières du passage à niveau de la Troisième Rue se baissèrent. Sans doute les infirmiers avaient-ils donné quelque chose à Rowe : sa tête était maintenant baissée. Le mécanicien éloigna le premier wagon aussi délicatement que possible, compte tenu de la masse énorme de sa machine, mais il y eut une secousse qui fit gémir Rowe.

La voix de Niehaus souffla à l'oreille d'Anna :

– Vous avez toujours votre arme sur vous, Turnipseed ?

– Oui.

– Il faut que vous me la remettiez. La procédure, comme vous savez. Passez au bureau dès la fin de votre suspension administrative et nous vous la rendrons, ou bien nous vous en fournirons temporairement une.

Elle était suspendue, avec traitement, jusqu'au moment où une décision aurait été prise sur le bien fondé de ses actes. C'était également conforme à la procédure.

– Retournez chez Emmett, Anna, dit Summerfield, apaisant. Je vais transférer Morada dans un véhicule de patrouille et vous pourrez prendre notre voiture. Je peux terminer. Placer la bagnole de Rowe sous séquestre et interroger Morada. Quelqu'un me raccompagnera. Allez vous reposer, ma chère.

Puis il y eut un claquement assourdissant quand l'attelage s'ouvrit. Anna fut incapable de regarder. Lolly fut apparemment dans le même cas car, toujours immobilisée par deux agents, elle foudroyait Anna du regard.

– Tu as besoin de tout ce cirque pour le sortir de ta chatte… hein, petite sœur ?

Depuis presque une heure, l'avion tournait autour de l'énorme tempête de sable qui soufflait sur la région de Phoenix. Les lumières de la ville étaient visibles mais floues, en partie à cause du sable en suspension dans l'air et en partie en raison des turbulences qui entouraient l'orage. Immobilisé sur son siège par sa ceinture, Emmett aperçut son quartier et se demanda s'il devait demander au pilote de contacter la tour par radio, afin qu'elle transmette un message à la police de Phoenix. Ou bien à un de ses collègues du BIA.

Cesse de tout voir en noir.

Anna ne risquerait rien tant qu'elle n'interrogerait pas Summerfield sur Dieter Preuss. Et elle ignorait tout de l'ancien agent de la Stasi, si bien qu'il n'y avait aucun danger pour le moment. L'arrivée inopinée d'un flic de la police de Phoenix ou du BIA – sur la base d'un tuyau provisoirement impossible à vérifier – risquait de se révéler plus dangereuse que laisser les choses en l'état jusqu'à son arrivée à Phoenix.

Des éclairs zébraient l'intérieur de l'orage.

Un trou d'air plaqua son front contre le hublot et il grogna tandis qu'une femme, de l'autre côté de l'allée, hurlait. Les muscles de ses épaules, meurtris par la chute de la poutre du hogan, se crispèrent douloureusement.

Comment affronterait-il Summerfield ?

Ce n'était pas le plus important. Il pourrait prendre le temps de réfléchir dès qu'Anna serait en sécurité. Il ne savait pas ce qu'il ferait s'il ne trouvait, chez lui, que Summerfield affirmant qu'il ne l'avait pas vue depuis plusieurs heures et qu'il commençait à s'inquiéter. Il n'était pas certain qu'il pourrait, dans ce cas, garder son calme. Mais logiquement, l'agent du FBI n'avait aucune raison de s'en prendre à Anna. Elle n'était pas liée à la police navajo et il était peu probable que Tallsalt ou Yabeny lui eussent communiqué l'existence des fiches d'interrogatoire. Emmett connaissait bien la police tribale et Yabeny avait pris tout son temps pour les lui transmettre.

– Mesdames et messieurs, annonça le pilote dans l'interphone, nous commençons à manquer de carburant et nous avons été autorisés à nous poser à Tucson International. C'est à environ cent cinquante kilomètres au sud de Phoenix. Excusez la gêne occasionnée.

La chaleur de Niehaus, sur les lieux du drame, n'avait été qu'un amuse-gueule. Il avait fait subir un véritable interrogatoire à Anna, qui se demandait maintenant si elle avait l'impression d'avoir été violée. Elle ne savait pas exactement ce qu'elle ressentait. On lui avait pris son arme de service. Suspension administrative jusqu'à nouvel ordre. Elle était désœuvrée au moins jusqu'au début de la semaine suivante, quand on déciderait si elle avait agi sainement. Ou pas.

Ce soir, sainement lui semblait désespérément subjectif. *Il fallait avoir vécu ces événements.*

Elle se gara devant l'immeuble d'Emmett, prit son coupe-vent du FBI et son sac à main, qui lui parut très léger. Aussi léger qu'un oiseau-mouche séché. L'orage avait dépouillé les citronniers nains de leurs fleurs qui flottaient, comme de l'écume blanche, à la surface de la piscine. Seules les lampes en forme de champignons des parterres rompaient l'obscurité de la cour.

Elle gravit lentement l'escalier, s'immobilisa devant la porte de l'appartement d'Emmett et chercha les clés dans son sac à main. Il avait sûrement téléphoné.

Mais il n'y avait pas de message sur le répondeur.

Elle comprit à quel point elle avait besoin de lui quand elle faillit fondre en larmes. Puis elle décida d'aller de l'avant. Tranquillement et efficacement. De se débarrasser de la soirée. De ces nouvelles visions hideuses. Elle pleura en silence, tandis qu'elle fermait la porte à clé derrière elle, quittait ses chaussures, lançait son coupe-vent et son sac à main sur le fauteuil d'Emmett.

Elle gagna la salle de bains, chercha l'interrupteur à tâtons.

Le tube au néon bourdonna puis s'alluma.

En milieu de journée, entre la réunion avec Fanning et un déjeuner rapide dans un café de South Phoenix, ils étaient passés, Summerfield et elle, à l'appartement pour se rafraîchir. Elle avait négligé de suspendre la serviette, après s'être rapidement lavée. Elle y enfouit son visage et rit à travers ses larmes. Il y avait indéniablement, au cœur de sa torpeur, un noyau dur de satisfaction. Elle avait survécu aux événements tumultueux de la soirée. Elle en avait même pris le contrôle. Elle s'était dit, sur le chemin du retour, que Rowe serait peut-être toujours en vie si elle n'avait pas tiré deux balles dans un des pneus de sa voiture, mais il lui avait suffi d'évoquer le souvenir des nombreuses fois où elle lui avait ordonné de s'immobiliser pour acquérir la certitude, au plus profond d'elle-même, que l'homme était responsable de sa mort.

Vivre avec ce qui venait d'arriver était possible.

Elle s'essuya les yeux et le nez, puis posa la serviette. Elle ouvrit la fermeture à glissière de son pantalon, qu'elle laissa tomber sur le dallage. Ses sous-vêtements le rejoignirent et elle se promit de se laver à fond avant de rejoindre Emmett à Window Rock. Elle regarda son corps nu dans le miroir. *Tu as besoin de tout ce cirque pour le sortir de ta chatte... hein, petite sœur ?* Lolly Blackhouse savait exactement dans quelle plaie il fallait retourner le couteau. Elle était capable de repérer les cicatrices, même très vieilles. Et cette aptitude la rendait beaucoup moins sympathique qu'en début de journée. Même en tenant compte de la mort de son amant. Rowe était-il la cause du bleu qu'elle avait au bras ? Anna examina l'arrière de ses bras dans le miroir. Il ne restait aucune trace de l'étreinte fantôme qui serrait ses bras, aujourd'hui encore, lorsqu'elle sentait l'odeur du Wild Turkey et du Coca-Cola.

Trop fatiguée. Trop épuisée pour plonger dans le passé.

Elle ferma la porte de la salle de bains et ouvrit les robinets. Le fracas de l'eau sur le fond de la baignoire couvrit tous les bruits extérieurs à ce petit espace empli de vapeur... surtout le claquement de deux wagons attelés l'un à l'autre. Elle plongea un orteil dans l'eau. Exactement la bonne température. Il est possible de nettoyer le corps. Elle n'était pas certaine que la même chose fût vraie de l'esprit.

Lézard Perlé se réveilla.

La tempête de sable était terminée mais, dans la camionnette, régnait encore une immobilité qui sentait la poussière. La lumière d'un lampadaire à vapeur de mercure entrait à travers les rideaux qu'il était possible de tirer, sur une tringle courbe, devant les vitres des portières et le pare-brise. Il tendit ses pattes antérieures, tremblantes en raison de la contraction isométrique, laquelle se mua en spasme agréable au creux des reins. Mais le mince matelas dur sur lequel il était allongé était trempé de sueur, si bien qu'il se leva et gagna la cabine. Il écarta les rideaux du bout de sa patte antérieure droite.

Elle était toujours là.

Aux environs de midi, la Dodge marron était garée au même endroit, près de l'entrée de la piscine. Il l'avait suivie du tribunal jusqu'ici et, avant, avait filé une voiture de police banalisée, mais aisément identifiable, depuis le Serpent à plumes... seulement parce qu'elle était descendue du deuxième véhicule et était entrée dans la boîte. Pas Femme Papillon de nuit. Mais la jeune Indienne qu'il avait vue à travers les trous d'aération de l'habillage du mobile home de Knoki. Une femme flic qui risquait à tout moment de tout remettre en cause. Deux policiers en civil, un Noir et un Blanc, l'avaient déposée près de la boîte, puis avaient parcouru le quartier, forçant Lézard Perlé à prendre position quelques blocs plus loin.

Il posa vivement les mains sur ses tempes quand la tornade brûlante de la Voix emplit son crâne. *Quand la rédemption n'est pas le but, amène les autres à tuer à ta place. Surtout si la cible est une personne appartenant aux autorités.*

– C'est ce que j'ai fait, souffla Lézard Perlé.

Mais la Voix n'était jamais satisfaite.

Écoute, imbécile, ce n'est que de cette façon que tu pourras servir plus longtemps les Élus, car nombreux sont ceux qui tenteront de t'empêcher d'accomplir tes tâches !

Mais était-ce possible dans ce cas ?

Non. Il ne connaissait personne à Phoenix. Comme en d'autres endroits, à d'autres périodes. À la dérive, pendant toutes ces années, dans un océan d'enfants. Une rangée pour lui seul dans la petite salle de classe. Et seul ce soir, dans le restaurant, jusqu'au moment où la serveuse, aguichante, s'était agenouillée près de sa table et avait dit que personne, jamais, ne commandait le ragoût de mouton. *Qu'est-ce qui fait que tu es si différent ?* Riant, face à sa gêne, elle lui toucha le bras, si bien qu'il sortit précipitamment son portefeuille, jeta un billet de dix dollars sur la table et prit la fuite.

– Il faut que je fasse ça moi-même, dit Lézard Perlé.

Une heure et demie auparavant, l'Indienne était descendue de la Dodge… seule. Et elle était entrée dans l'appartement situé en haut de l'escalier. Elle s'appelait Turnipseed. Il lisait les journaux. Elle commandait les démons chargés de le traquer.

Lézard Perlé lâcha le rideau.

Il entendait, sur le tableau de bord, le tic-tac de la montre que la Voix lui avait donnée. *Il faut que je te fasse confiance, car mon souffle est court et mes ennemis puissants.* Et, à l'extrémité opposée de la camionnette, les trois frères restants bougeaient dans leurs cages. Leurs griffes déchiraient les journaux qui leur tenaient lieu de litière. Chuintements presque inaudibles des langues qui sortaient, dans l'espoir de flairer des petits roses. Les priver de nourriture était horrible, mais ce n'était qu'au moment où ils sentaient qu'ils risquaient de mourir de faim qu'ils se jetaient sur n'importe quelle créature à sang chaud et serraient les mâchoires jusqu'au moment où toute résistance cessait. Ils prouvaient à la Voix qu'il avait accompli sa tâche. Et au monde.

Il ouvrit la boîte à outils qui se trouvait derrière le siège du conducteur et en sortit un grand sac en cuir. Il y prit ses gants en lézard perlé et les enfila. Il avait limé les griffes, si bien que leurs extrémités étaient semblables à des aiguilles. Très doucement, il passa sa patte gauche sur la peau humaine nue de son épaule droite. Malgré l'absence de pression, cinq lignes noires apparurent sur sa chair, comme une portée vide. Le sang est noir, dans l'obscurité. Malgré les nombreuses rédemptions infligées au cours de ces cinq dernières années, cela l'émerveillait toujours. Cette nuit, il en verrait de grandes flaques, répandues dans toute la chambre.

Il reprit le sac et en sortit le javelot, qu'il emporta à l'extrémité opposée de la camionnette et avec lequel il perça des trous dans une caisse en carton.

Anna sentit qu'elle n'était pas seule dans le lit. Le lit de qui ? Il lui semblait qu'il n'était pas tout à fait semblable à celui de son appartement de Las Vegas, mais le bourdonnement de l'appareil de conditionnement d'air était familier. Ou bien était-ce le grondement de la locomotive prête à détacher les wagons ? Elle perçut une odeur de gasoil. *Tu rêves, tu rêves.* Mais Terry Wade Rowe était près d'elle, dans le lit, ses deux moitiés presque séparées l'une de l'autre d'une immobilité cadavérique. *C'est un beau soir pour mourir.* La sirène d'un train retentit. La tête dégarnie de Reed Summerfield apparut à la vitre de la locomotive, dans l'attente du signal que donnerait Anna. Elle abattit la main comme le couperet d'une guillotine et la machine avança, entraînant le premier wagon. Rowe bascula en arrière, presque plié en deux, et tomba sur le ballast. Sur son lit.

Quelque chose effleura sa joue. C'était froid et écailleux.

Elle ouvrit les yeux, stupéfaite.

Un gant nauséabond se posa brutalement sur sa bouche et son nez, étouffa son cri. Ensuite, elle fut incapable de crier parce qu'elle manqua d'air. Elle leva les mains, frappa les bras qui l'immobilisaient sur le matelas. Les coups ricochèrent sur des biceps puissants et des pectoraux aussi durs que la pierre. La pression augmenta, de part et d'autre de sa tête, puis des griffes s'enfoncèrent dans son cuir chevelu.

Ses mains s'agitaient, impuissantes, dans l'espace qui séparait leurs têtes.

– Ne bouge pas et je ne te ferai pas de mal.

La voix était un faible sifflement reptilien qui lui donna la chair de poule.

Elle se força à rester un instant immobile, simplement pour voir ce qu'il ferait. Le gant resta plaqué sur sa bouche et ses narines. Il l'étoufferait, quoi qu'elle fasse.

– Arrête, dit-il, de plus en plus furieux.

Mais elle frappa son entrejambe du poing, de toutes ses forces. Il grogna. Elle frappa une nouvelle fois et le gant s'éloigna de son visage, si bien qu'elle eut le temps de prendre une longue inspiration convulsive, douloureuse. Ses idées se firent un peu plus claire et elle put commencer à se demander ce qu'elle ferait au-delà de l'inspiration suivante.

L'obscurité estompait son visage, mais elle distingua les étincelles rouges, glacées, de ses yeux. Ils approchèrent, comme s'il voulait ajouter quelque chose, mais elle abattit la paume de sa main sur la racine de son nez. Sentit une moustache.

Il fut projeté sur le plancher.

Elle ouvrit le tiroir de la table de nuit, y chercha son pistolet à tâtons. Il n'y avait pas d'arme, à l'intérieur, et elle se souvint pourquoi, resta un instant paralysée. Seulement un instant. Il s'était redressé, aussi lentement que s'il venait de se matérialiser. Elle estima qu'il était aussi grand qu'Emmett, qui faisait un mètre quatre-vingt-cinq. Et c'était un colosse. Torse nu. Elle lança le tiroir sur lui, l'obligea à reculer d'un pas pour l'écarter d'un geste du bras, faisant voler le bois en éclats. Il portait des gants qui montaient jusqu'aux coudes.

Et, dans la main gauche, il tenait une lame à long manche.

Elle prit les deux oreillers d'Emmett et se mit à genoux.

Il s'immobilisa avant de frapper.

Des taches noires apparurent sur le blanc lumineux des draps froissés. Il saignait du nez. Parce qu'elle était tout près de lui quand elle l'avait frappé. Exactement comme, selon les instructeurs de l'académie, il fallait se comporter face à une personne armée d'un poignard. Rester à proximité et attaquer les yeux. Prendre position à l'intérieur de l'arc de cercle de la lame.

Mais elle ne put se contraindre à le faire. Elle serait alors une nouvelle fois à la portée des griffes.

Elle attendit qu'il approche.

– Qu'est-ce tu es venue faire ici ? s'enquit-il.

Un ton étrangement troublé.

Pas le temps de répondre. Elle se leva. Lentement. Afin de ne pas perdre l'équilibre sur la surface instable du matelas. Fallait-il qu'elle hurle ? Ou bien cela risquait-il de l'amener à précipiter son attaque ? Et, ce soir, tous les appareils de conditionnement d'air de l'immeuble fonctionnaient. Sans doute ne l'entendrait-on pas. Mais les vibrations, c'était autre chose. Elle donna un coup de talon dans la tête du lit. La cloison frémit.

– Arrête ! gronda-t-il, s'efforçant de ne pas hausser le ton.

Malgré sa taille effrayante, il sembla puérilement furieux du fait qu'elle ait osé le défier.

– Arrête tout de suite !

Dans la pièce voisine, quelqu'un frappa contre la cloison. Ensuite, la sonnette retentit. Par deux fois, puis on tenta de tourner la poignée. Le gardien ou Summerfield. Peut-être la police, même si Anna refusa de se laisser distraire par cet espoir très improbable.

Elle saisit la lampe posée sur la table de chevet et la lança en direction de la fenêtre. Le tintement des éclats de verre sur le béton de la cour, en bas, succéda au fracas. Les rideaux avaient disparu, emportés par la lampe, mais il ne faisait pas plus clair pour autant dans la chambre. Elle resta face à la silhouette. Sans visage. Gigantesque. Prête à lui plonger sa lame dans le corps.

Quelqu'un donna un violent coup d'épaule contre la porte d'entrée. Quand son agresseur tourna la tête vers l'origine du bruit, elle se jeta sur lui. Quand il leva son arme, afin de frapper, elle l'avait dépassée. Elle appuya de toutes ses forces sur les muscles noueux de sa poitrine tout en posant les mains sur l'arrière de son bras gauche, les faisant glisser sur la surface rugueuse du gant jusqu'au poignet. Elle pliait l'articulation à contresens, réprimant la joie issue de l'idée qu'elle allait peut-être parvenir à le désarmer… quand il ouvrit la main et lâcha sa lame.

Il y eut ensuite un instant terrible pendant lequel il ne se passa rien. Ils cherchaient leur souffle, face à face, tandis qu'on continuait de donner des coups contre la porte.

Puis, de sa main libre, il prit Anna par les cheveux et projeta sa tête contre le mur.

Une voiture de patrouille de la police de Phoenix croisa Emmett dans la rue où se trouvait son immeuble. Il ralentissait afin d'entrer dans le parking ; trois cents mètres auparavant, l'agent l'aurait arrêté pour excès de vitesse. Au terme de cent cinquante kilomètres d'autoroute parcourus en moins d'une heure, la voiture qu'il avait louée à l'aéroport de Tucson était sur le point de chauffer. Il se gara près de son véhicule, descendit précipitamment, et se figea.

Il y avait de la lumière dans tous les appartements de l'immeuble, hormis dans le sien.

Il appuya sur le bouton de l'éclairage de sa montre : 0 h 23.

Il ouvrit la barrière de la cour où se trouvait la piscine, se dit une fois de plus que Summerfield n'avait aucune raison de renoncer à la comédie de l'innocence et de s'en prendre à Anna.

Mais, aussitôt après, le béton qui entourait la piscine l'intrigua. Des formes trop anguleuses pour qu'il puisse s'agir de flaques d'eau luisaient. Son regard alla de la lampe cabossée, qui se trouvait ordinairement sur sa table de nuit, à la fenêtre cassée de sa chambre. Puis il se mit à courir. Il avait dégainé son revolver quand il arriva en haut de l'escalier. Il lui fallut faire un gros effort pour se contraindre à s'arrêter sur le seuil et à écouter. Il ne perçut que le bourdonnement de son appareil de conditionnement d'air bon marché : la porte était enfoncée, ne tenait plus que par le gond du bas.

L'arme toujours braquée sur l'intérieur, il tendit la main vers l'interrupteur.

Il avait déjà vu ce spectacle brillamment éclairé. Cent fois, au cours de sa carrière. Mais il en était maintenant témoin dans son salon. On s'était introduit chez lui et il s'efforça de contenir une bouffée de fureur. Un Blanc en costume gisait sur le flanc gauche, le bras droit sous lui et, sous ses reins, le canon d'un pistolet était visible. Il y avait deux flaques de sang, une grande et une petite. Rouge foncé et récentes.

C'était Summerfield.

Emmett dut faire trois pas pour s'en assurer, car une grimace de souffrance indicible déformait le visage de l'agent.

Il se précipita dans la chambre, alluma le plafonnier, braqua son .357 Magnum d'un côté et de l'autre.

Anna était au pied du mur, sous la fenêtre, la tête basculée en arrière. Jamais, jusqu'à cet instant, il n'avait été plus proche de l'évanouissement. Son champ visuel prit une teinte grisâtre. Il dut se redresser, pour éviter de comprimer ses poumons et de succomber au vertige.

On lui avait brisé la nuque.

Il se laissa tomber à genoux, resta immobile, à peine capable de tenir son revolver tant ses mains étaient faibles. Il ne voulait pas confirmer ce qu'il voyait. Il voulait se cramponner aussi longtemps que possible à l'espoir. Il finit pourtant par rengainer son arme et posa deux doigts sur la carotide gauche d'Anna. Mais il fut incapable de déterminer si le pouls puissant qu'il perçut était le sien ou celui de la jeune femme. Il approcha l'oreille de ses lèvres légèrement entrouvertes. Imaginait-il un faible souffle ? Il lécha le dos de sa main, le plaça devant sa bouche. Une légère évaporation et il ferma les yeux, reconnaissant. Ça ne l'avait touché d'aussi près qu'une seule fois. Sa mère l'avait appelé, de préférence aux services du shérif, lorsque son frère s'était suicidé. Cette fois là, il n'y avait pas d'espoir.

Emmett souffla :

– Anna.

Elle ouvrit les yeux. Ses pupilles semblaient normales. Apparemment, pas de dégâts neurologiques.

– Reste immobile. C'est Emmett.

Ses mains bougèrent. Il tenta de l'en empêcher, mais elle se redressa, se frotta la nuque. Puis ce qui lui était arrivé lui revint en mémoire dans toute son horreur. Elle le prit par le cou.

– Où… ?

Elle ne put terminer.

– Summerfield ?

– Qui ?

Elle parut si stupéfaite qu'Emmett crut qu'elle était devenue amnésique. Peut-être son esprit, dépassé par les événements, avait-il trouvé plus facile d'oublier, incapable qu'il était de saisir la raison de l'agression de Summerfield. Emmett la souleva, la posa sur son lit. Il était taché de sang. Celui d'Anna ou celui de Summerfield ? Elle avait des griffures sur la tempe, juste sous la naissance des cheveux. Mais elles n'avaient pas beaucoup saigné. Elle avait aussi un bleu sur le front.

Une voix choquée, mais familière, lui parvint de l'extérieur.

– Emmett ?

Laissant Anna, il prit la direction de la porte et contourna Summerfield. Le gardien humblement alcoolique de l'immeuble s'aventura jusqu'à la moitié de l'escalier mais n'eut pas le courage d'aller plus loin.

– Quent, dit Emmett, se plaçant de telle façon que l'homme ne pouvait voir l'intérieur.

– Qu'est-ce qui se passe ?

– Il faut que je téléphone à la police. Empêchez les gens d'approcher jusqu'à son arrivée.

– Ça va ?

– Oui.

Quentin, retraité de l'armée de l'air, avait l'habitude de recevoir des ordres.

– Okay.

Prenant soin de ne pas toucher la poignée, Emmett coinça la porte dans son encadrement. Puis il pivota sur lui-même et, l'estomac noué, tenta de comprendre pourquoi Summerfield gisait, mort, sur le plancher. Avait-il vraiment attaqué Anna ? Et l'avait-elle tué en légitime défense ? Emmett savait qu'il aurait dû être en train de téléphoner à la police au lieu de tenter de faire entrer les chevilles carrées des faits concrets dans les trous ronds de la supposition selon laquelle Summerfield avait fait ce à quoi il ne s'attendait pas. *Jusqu'où suis-je prêt à aller pour la protéger ?*

Il fallait qu'il comprenne rapidement cette mort.

Il écarta la veste de Summerfield. Une bouffée d'air nauséabond fut libérée et Emmett recula de quelques dizaines de centimètres. Dès que le haut-le-cœur réflexe eut cessé, il se pencha à nouveau sur le cadavre. La plaie était impressionnante. Du nombril au xiphoïde, la partie inférieure du sternum. Les organes avaient terriblement souffert, pourtant l'abondance du sang indiquait qu'il avait vécu quelques secondes après l'instant où il avait été poignardé. L'instrument était si tranchant qu'il avait coupé franchement la chemise blanche. Et la pointe était sortie, dans le dos, près de la colonne vertébrale.

Anna n'était pas assez forte pour porter un tel coup.

Lentement, Emmett se redressa, écrasé par la conviction qu'elle n'avait pas tué Summerfield. Et que le meurtrier était en train de prendre la fuite. Jusqu'ici, il n'avait pas imaginé qu'elle puisse ne pas en être responsable. Pendant de trop nombreuses heures d'angoisse, il s'était représenté cette issue possible d'une confrontation entre elle et Summerfield.

– Oh, mon Dieu, dit-elle, derrière lui.

Il se retourna, la vit s'appuyer, instable sur ses jambes, contre le plan de travail de la cuisine. Il se précipita vers elle, l'empêcha de tomber.

– Tu vas vomir ? demanda-t-il, et elle acquiesça.

Il l'aida à gagner l'évier, où elle se soulagea. Deux fois. Quand elle cessa enfin et ouvrit le robinet d'eau froide, il demanda :

– Quelqu'un est entré ici… à part Summerfield ?

Elle acquiesça une nouvelle fois.

– Signalement ?

– Un homme, répondit-elle d'une voix rauque. Un mètre quatre-vingt-cinq, très musclé. Moustache. Il faisait trop sombre pour en voir davantage. Sauf qu'il portait des gants en peau de lézard perlé.

Un frisson parcourut la nuque d'Emmett.

– Je veux me brosser les dents, ajouta-t-elle d'une voix faible. Me laver le visage.

– Vas-y.

Mais, d'abord, il l'embrassa sur la joue. Incompréhensible d'être à la fois aussi secoué et débordant de joie.

Tandis qu'elle gagnait la salle de bains, il saisit le téléphone, posé sur le plan de travail, et retourna près du cadavre. Il lui était difficile de considérer désormais Summerfield comme une victime, plus comme une menace. Mais il allait essayer. Il s'accroupit, se pencha, sentit le canon du pistolet de l'agent. Pas d'odeur de poudre. Il n'avait pas tiré. Il se redressa, commença de composer le numéro de la police. Summerfield avait-il été blessé tandis qu'il se défendait ? Cela expliquerait les taches de sang sur les draps.

Mais les manches de sa chemise étaient intactes.

Emmett tendit le cou, examina la petite flaque de sang. Et remit aussitôt le combiné en place. Le sang s'était écoulé goutte à goutte sur la moquette exactement sous la gorge de Summerfield, formant une tache d'une dizaine de centimètres de diamètre. Emmett dégagea la cravate en soie du cadavre, qui s'était enroulée autour de son cou tandis qu'il tombait. La pomme d'Adam de Summerfield. Elle n'était pas écrasée, elle était pulvérisée. Mastiquée. Emmett changea de position afin que son ombre ne tombe pas sur la partie supérieure du corps de Summerfield. Dès qu'il y eut davantage de lumière, il vit les deux arcs de cercle caractéristiques de marques de dents… et se redressa vivement.

Près de la porte se trouvait une caisse en carton de taille moyenne. Il la poussa du bout de sa chaussure. Vide. Il examina le dessus et les flancs : percés.

Il lâcha la caisse.

Il fouilla le salon, renversa le canapé et le fauteuil, regarda derrière le meuble de la télévision, dans la cavité qui se trouvait sous les fils. Ensuite, il se précipita dans la chambre, souleva le lit, regarda sous le matelas et le sommier. Il lâcha le tout, qui retomba avec un bruit sourd, et fonça en direction de la salle de bains, prenant, en chemin, un balai dans le placard. La porte était verrouillée.

– Anna !

Tout d'abord, elle ne l'entendit pas, parce que le robinet était ouvert. Il donna des coups de poing contre le battant.

– Quoi ? demanda-t-elle, inquiète.

– Déverrouille la porte et monte sur le meuble du lavabo !

– *Quoi ?*

– Tire le verrou et ne reste pas sur le sol !

Il y eut un claquement, de l'autre côté du battant, et il entra prudemment dans la salle de bains. Elle était accroupie sur le meuble du lavabo, ses jambes nues de part et d'autre de la vasque. Les poings serrés. Emmett avança, agitant le balai devant lui. Il aperçut le museau noir à l'instant où des bandes de couleurs vives jaillissaient de sous un petit tas de vêtements sales. Le lézard perlé cracha et ses mâchoires se refermèrent sur le manche du balai, juste au-dessus des soies. Le bois tendre crissa sous l'effet de la pression des dents. Mais le manche tint bon. Emmett souleva l'animal qui se tortillait et l'emporta dans le séjour. Le bois céda alors qu'Emmett avait placé le lézard perlé au-dessus de la caisse. Et l'animal tomba dedans.

Il la ferma et rejoignit Anna, qui était descendue du meuble. Il la serra dans ses bras.

15

Dès que le gardien de la prison du comté de Maricopa apparut en haut de l'escalier du garage, qui se trouvait en sous-sol, en compagnie de Juan Morada, Emmett comprit que l'Akimel O'odham au nez aquilin parlerait. Il avait cette expression ébahie qu'ont les gens chroniquement coupables quand, pour une fois, ils sont innocents.

– Menottez-le à la rampe, s'il vous plaît, dit Emmett au gardien, avant de se tourner à nouveau vers la Plymouth Gran Fury 1983 de Rowe.

Le gardien remonta l'escalier d'un pas lourd et le détenu, désormais menotté à la rampe, s'assit sur une marche en béton. Un large rayon de soleil doré entrait dans le sous-sol, éclairant la poussière que soulevaient les allées et venues des voitures de patrouille.

– Je suis l'inspecteur Parker, du BIA.

La voix d'Emmett résonna dans le vaste espace vide.

– Je sais. Tout le monde vous connaît.

– On t'a lu tes droits, Juan ?

– Ouais. L'agent du FBI. Il ne vous l'a pas dit ?

– Il n'a pas pu.

– Pourquoi ?

– Il est mort.

Lui laissant le temps d'assimiler cette information, Emmett sortit un gros tournevis de sa boîte à outils et dégagea la garniture de la portière du conducteur. Rien d'intéressant derrière. *Pourquoi, nom de Dieu, Rowe tenait-il absolument à échapper à Anna ?*

Morada soupira.

– Qu'est-ce que vous voulez savoir, Parker ?

Tout. Et Emmett en était apparemment aussi loin que cinq jours plus tôt, quand il était arrivé à Crystal Wash. Summerfield avait arrêté Morada sous prétexte qu'il cachait un fugitif. Il était désormais possible d'y ajouter les nécessités de l'enquête sur le meurtre d'un agent fédéral. Mais Emmett était persuadé que Morada ne tarderait pas à comprendre que les gens qui l'interrogeaient n'étaient pas sur un terrain solide.

– Très bien, dit-il sur un ton neutre, explique-moi comment un Blanc est entré dans la Fraternité indigène.

Morada fixait les grains de poussière qui tourbillonnaient dans le rayon de soleil. Pas la voiture.

– La vérité ?

Emmett coupa le tissu élimé du siège du conducteur avec un cutter.

– De préférence.

– Le directeur de la prison fédérale de Phoenix nous refusait le bénéfice des avantages accordés aux groupes religieux, sous prétexte qu'on était une organisation raciale. Rien que des Indiens, voyez ? Et, à l'époque, l'administration décourageait le séparatisme basé sur la couleur. Alors un gars…

– Qui ? demanda Emmett, les yeux rivés sur l'enchevêtrement de fils électriques qui se trouvait sous le tableau de bord.

– Oscar Grass Rope. Un Lakota. Il a dit : écoutez, mon compagnon de cellule est blanc et il serait peut-être intéressé. En fait, Terry *était* intéressé. La religion indigène le bottait vraiment. Ou alors c'était la première fois qu'on lui demandait de participer à quelque chose. Je veux dire que c'était un type à la coule, qui connaissait les affaires, mais on s'est aperçu, dans nos cercles de discussion, qu'il était vraiment déchiré, à l'intérieur.

– Qu'est-ce que tu sais sur ses affaires ?

– Il transportait de la drogue pour des Mexicains.

– Il faisait passer des livraisons dans la réserve navajo ?

– Jamais entendu parler de ça. Tout se passait ici, à Phoenix. La DEA l'a fait tomber dans un hangar de Sky Harbor.

– Il pilotait ?

– Non. Il devait accompagner la livraison depuis le Mexique jusqu'ici, c'est tout. Il connaissait très bien la radio et les micro-ondes. Un génie de l'électronique. Il aidait les pilotes à échapper aux radars américains.

– Qu'est-ce qui constituait l'essentiel des livraisons ? demanda Emmett. La coke ?

– Non, les amphés.

Nouveau démenti de la théorie de Tallsalt, selon laquelle les Colombiens importaient leur marchandise par l'intermédiaire de trafiquants originaires du Sonora. Les Mexicains fabriquaient leurs amphétamines.

Emmett s'assit sur le siège en lambeaux. Une vague odeur de sueur rance suggérait qu'on avait souvent dormi dans la voiture. Il y avait du sable rougeâtre et des miettes de pain sur les tapis de sol. Mais pas de journaux ou d'emballages susceptibles d'indiquer où Rowe était allé. Emmett prit un marteau dans la boîte à outils puis fracassa le milieu du tableau de bord, plissant des paupières en raison des projections d'éclats de plastique. Mais cela ne dévoila que le mécanisme du levier de vitesses. Il avait examiné le coffre, la banquette arrière et les recoins de la carrosserie. Il ne comprenait plus très bien. Le plus souvent, lorsqu'un détenu pour trafic de drogue en liberté conditionnelle disparaît, c'est qu'il convoie une nouvelle cargaison. Jusqu'ici, rien n'indiquait que la Plymouth ait été modifiée en vue de transporter de la drogue. Et Morada n'avait pas une seule fois jeté un regard discret sur une partie de la voiture, dévoilant ainsi la cachette d'une livraison, dont Rowe lui aurait fait part.

– Vous aviez rendez-vous, Terry et toi, hier soir ?

– Non, il est arrivé comme ça.

– S'il te plaît, Juan.

Anna lui avait raconté que Rowe avait fait le tour du bloc avant de s'arrêter près de Morada.

– Okay, okay, s'empressa de dire l'Akimel O'odham, il a fait un tour avant de s'arrêter près de moi. C'est pratiquement comme s'il était simplement passé me voir, hein ?

– Rowe t'a dit qu'il était en cavale ?

Morada hésita. Il avait compris que c'était le moment où les ennuis risquaient de commencer. Comme il était désormais au courant de la mort de Summerfield, il était assez futé pour comprendre que le problème n'était plus simplement l'aide qu'il aurait pu apporter à un homme en fuite. Il ne fallait pas qu'il mente sans connaître les risques qu'il courait.

– Summerfield ne t'a pas interrogé sur ta conversation avec Rowe ? insista Emmett.

– Pas vraiment. Il s'intéressait simplement à ce qui vous intéresse maintenant… la drogue et la réserve navajo. Et un flic nommé Knoki. Il croyait sûrement que Knoki était pourri, parce qu'il n'arrêtait pas de demander si Terry et lui se connaissaient.

On en revenait au même point. Peut-être Summerfield avait-il tué les Knoki, mais sa mort réduisait pratiquement cette éventualité à néant.

– Qu'est-ce que Rowe t'a dit, hier soir, Juan ?

Morada changea de position, sur la marche, et la chaîne des menottes tinta.

– Terry m'a dit que le type chargé de le contrôler viendrait peut-être demander où il était, mais qu'il ne fuyait pas. Il ne s'était pas présenté, il avait manqué une séance de thérapie de groupe, mais il ne fuyait pas. Quelqu'un en voulait à sa nana…

– Lolly Blackhouse ?

– Ouais. Et Terry devait partir, parce qu'il fallait qu'il trouve qui c'était.

– Partir où ?

– Apparemment, tout au nord de l'État. Au Nouveau-Mexique, aussi, parce qu'il m'a dit que son alternateur l'avait lâché dans un bled qui s'appelle Canoncito.

Ce n'était pas un bled. Canoncito était une enclave navajo située à l'est de la Big Rez.

– Pourquoi en voulait-on à Lolly ?

– D'après Terry, un de ses gogos avait quelque chose contre elle. Ça lui foutait vraiment les boules et il voulait remettre ce type à sa place.

– Rowe connaissait-il le nom de ce type ?

– Non, et je crois que c'était ce qui le rendait dingue. J'ai pas buté l'agent du FBI, Parker.

Emmett ne tint pas compte de cette déclaration.

– Raconte-moi ce que la femme a fait, hier soir, pendant la tentative d'arrestation. Tu y as assisté, hein ?

– Ouais. Elle a été très correcte. Elle a dit à Terry de laisser tomber, mais je crois qu'il était très énervé, à cause de sa nana, et qu'il ne savait plus ce qu'il faisait, voyez ? Il ne voulait pas que Fanning le coince tant qu'il n'aurait pas mis la main sur ce type.

– Donc elle lui a clairement dit de se rendre ?

– Ouais, qu'elle était du FBI et tout. Mais il a filé comme s'il avait le feu au cul.

– Sans réfléchir ? insista Emmett, qui passa devant la calandre de la Plymouth.

– Oui.

– Des piétons ?

– Sûr. La partie était commencée depuis longtemps et les Diamondbacks se faisaient botter le cul. Beaucoup de gens sortaient.

Emmett ouvrit le capot tordu.

L'alternateur semblait être resté longtemps sur une étagère avant d'avoir été monté. Ni marque ni étiquette. Plus simple d'aller à Canoncito que de remonter laborieusement la piste du numéro de série.

– Je ne crois pas que tu aies joué un rôle dans la mort de Summerfield, Juan…

Sinon, il se serait comporté comme le faisaient les membres de la bande incarcérés à Tohatchi : il n'aurait accepté d'être interrogé que par un Grand Jury. Puis il se serait retranché derrière le cinquième amendement, si son avocat n'était pas parvenu à éviter sa comparution dans les semaines à venir. Alors que Morada laissait transparaître son soulagement, Emmett ajouta :

– Mais je n'appartiens pas au FBI et c'est un de ses agents qui s'est fait buter. Quelle était la raison de ta dernière condamnation ?

– Tentative de meurtre, reconnut Morada sur un ton neutre. Vous ne pouvez pas, au moins, dire ce que vous pensez aux fédéraux ?

– Tu es prêt à négocier ?

– Sûr, s'empressa de répondre Morada.

– Signe le procès verbal de ce que tu viens de me raconter sur le comportement de l'agent Turnipseed et je parlerai au boss du FBI de Phoenix.

Anna se brossait les dents devant la fenêtre de sa chambre de l'Embassy Suites de l'aéroport de Camelhead. Elle avait cru, lorsqu'elle avait tiré les rideaux, découvrir le désert sous le soleil du matin, mais n'avait vu que la ville qui s'étendait, dans la brume, jusqu'aux collines crevassées qui se dressaient à l'ouest. Néanmoins, sous sa torpeur pointait la satisfaction, caractéristique des lendemains de mort, de contempler un spectacle que Summerfield ne verrait plus.

Soudain, elle tourna le dos à la fenêtre.

L'ouest était le point cardinal de la mort, du mal. Dormir face à lui risquait de susciter des cauchemars, le désir irrésistible de dévorer des serpents ou de se jeter dans le feu. Les morts étaient si nombreux, autour d'elle, que ses croyances modocs refoulées fissuraient ses doutes. Le mal guettait partout.

Son regard se posa sur son sac à main, qui se trouvait au pied de son lit.

La veille au soir, quand elle avait été attaquée, le sac – contenant l'oiseau-mouche de Boston – était dans le tiroir de la table de nuit d'Emmett. Elle se dit que, logiquement, elle devrait être morte. Elle dormait quand on l'avait agressée. Son pistolet se trouvait au siège du FBI.

Pourtant, elle avait survécu, parce qu'elle avait reculé, était restée hors de la portée de la lame de ce monstre. Comme un oiseau-mouche.

À 1 h 30, Emmett lui avait pris une chambre dans cet hôtel tandis que les techniciens du FBI et de la police de Phoenix photographiaient son appartement, y recherchaient des empreintes et y passaient l'aspirateur. Elle avait dormi un peu, puis s'était réveillée en sursaut, à 4 heures, persuadée que quelqu'un s'était introduit dans sa suite. Elle avait même pris, dans le tiroir de la table de nuit, le .38 Spécial à canon court qu'Emmett lui avait prêté. Son arme de rechange. Mais personne ne l'avait dérangée.

Jusqu'à maintenant. On frappa à la porte.

Elle sortit le revolver du tiroir de la table de nuit et cracha le dentifrice dans le lavabo sur le chemin du salon minimal. À travers la lentille déformante du judas, elle vit deux nœuds de cravate énormes surmontés de têtes blondes minuscules. Avant d'ouvrir, elle glissa le .38 Spécial dans son sac à main, qu'elle ferma.

– Turnipseed ? demanda Jim Niehaus avec un sourire gêné.

Le responsable du FBI de Phoenix et son adjoint parurent étonnés de la voir.

– Bonjour, marmonna-t-elle.

Niehaus montra la brosse à dents qu'elle tenait à la main.

– Désolé de vous déranger. Est-ce que c'est la chambre de Parker ?

Puis le sens du sous-entendu lui apparut. Ils croyaient qu'elle avait passé la nuit avec Emmett.

– Non, il a eu la gentillesse de me déposer ici, pendant la nuit, avant de sortir à nouveau. Je ne sais pas quand il reviendra.

– Parker nous a demandé de le retrouver ici à neuf heures, dit Waggoner, embarrassé. C'est dans quelques instants. « Pour faire le point ».

Elle comprit immédiatement quelle avait été l'intention d'Emmett en les invitant ici : il tentait de déterminer les limites de la suspension administrative qu'on lui imposait. Elle décida de faire de même.

– Vous êtes sûrs que je peux rester ?

– Bien entendu, dit Niehaus.

Toute autre réponse aurait été grossière et elle comprit, quand il plissa légèrement le front, qu'il se rendait compte qu'il était manipulé.

Qu'il aille se faire foutre. On avait essayé de la tuer, la veille au soir, et sa gueule de bois émotionnelle cédait lentement la place à la colère. Désormais, elle ne redoutait plus qu'une chose : être mise sur la touche.

– Entrez.

Les deux hommes pénétrèrent dans le salon d'un pas traînant. Elle remarqua que les deux agents, originaires du nord de l'Europe, étaient cependant différents : le visage de Niehaus était mince, prussien, et ses cheveux évoquaient du duvet d'oie. Il y avait une robustesse paysanne, chez Waggoner, dont le visage était rougeaud et les courts cheveux raides couleur de paille.

– Voulez-vous du café ? demanda-t-elle.

– Je vais en faire, proposa Niehaus. Finissez de vous préparer.

Le ton de sa voix amena Anna à soupçonner que son apparence n'était pas convenable. C'était le cas. Un bleu sur le front – conséquence du fait que son agresseur lui avait cogné la tête contre le mur – et du dentifrice au coin droit de la bouche. Plus la cicatrice du chalumeau, qui datait de janvier dernier. Que disait l'instructeur d'autodéfense, à l'académie ? *Ils peuvent vous tuer, mais ils ne peuvent pas vous manger ?*

Deux minutes plus tard, entendant la voix d'Emmett, elle termina en hâte de se maquiller et regagna le salon. Niehaus disait à Emmett :

– Naturellement, on fait le maximum. Je mets tous mes agents sur l'affaire. Le bureau de Gallup aussi. En plus, Washington a proposé de nous fournir tout ce dont on aura besoin pour coincer ce salaud, et on va en profiter.

Les yeux d'Emmett, installé dans le seul fauteuil de la pièce, restèrent fixés sur Anna quand il dit :

– Il nous faut un responsable libre de ses mouvements.

Waggoner, qui était assis sur le canapé, se leva comme si les coussins étaient soudain devenus trop mous, et demanda, bourru :

– Bon sang, Parker, est-ce qu'on ne vous laisse pas libre de vos mouvements ?

– Il ne s'agit pas de moi, expliqua Emmett. Mais de Turnipseed. Elle dirige cette opération. Depuis le début. Et si vous y affectez du personnel supplémentaire, il sera, d'après moi, placé sous sa responsabilité.

– Et comment, au juste, entravons-nous les mouvements de Turnipseed ? demanda Niehaus, prudent.

– En la suspendant au moment où ses directives me sont absolument nécessaires. Et pour quelle raison la suspendez-vous ? À cause d'une fusillade où personne n'a été tué par balle ? Elle a tiré à juste titre. Mercredi matin dans la réserve navajo, alors qu'on nous attaquait. Moi aussi. Et un rapport de routine, transmis au bureau de Gallup, vous a suffi.

– Il n'y a pas eu mort d'homme, fit remarquer Niehaus.

– Et personne n'a été tué par balle hier soir. Un dealer s'est fait écraser par un train en s'enfuyant. Si ça lui était arrivé au volant de sa voiture, ce serait du ressort de la police de Phoenix. S'il avait succombé à une crise cardiaque, on aurait chargé la fourrière de récupérer son corps. Bon sang, Jim… soyons expéditifs. Il faut que cet incident soit classé *aujourd'hui*. On a du travail et personne ne connaît cette affaire mieux que Turnipseed.

D'un air dégagé, Niehaus se tourna vers Anna.

– Vous voulez du café ?

– Non merci, dit-elle, s'asseyant sur une chaise.

Elle en avait terriblement envie, mais ne voulait ralentir en rien l'action d'Emmett en vue de clarifier sa situation. Et telle était l'intention de Niehaus.

Waggoner, visiblement, comprenait lentement.

– Précipiter ce type d'enquête est une connerie. Dans tous les cas.

Il foudroya Emmett du regard, qui déclara :

– Interroger un agent sur les lieux de l'incident est une connerie. Au BIA, on a l'habitude de les installer dans un environnement apaisant. On leur laisse le temps de se calmer et de reprendre leurs esprits avant de leur placer un chalumeau sous la plante des pieds. Et lui avez-vous proposé de téléphoner à un avocat ?

Emmett sortit une liasse de documents de la poche de son coupe-vent poussiéreux et ajouta :

– Il y a de nombreuses omissions, Fred, dans votre rapport sur le comportement d'Anna…

– Comment vous avez eu ça, nom de Dieu ! s'emporta Waggoner. Il n'a même pas été transmis à la hiérarchie.

Niehaus lui posa légèrement la main sur le bras.

– Je le lui ai donné hier soir. Il le fallait. Ça exerce une influence sur l'enquête.

– Et je vous en remercie, Jim, dit Emmett.

Pas tout à fait sincère.

– Premièrement, poursuivit-il, Anna était parfaitement fondée à croire que Rowe était soupçonné de meurtre. D'avoir tué un flic. Elle est venue ici, en compagnie de Summerfield, afin d'enquêter sur cette éventualité, et je serai heureux de vous fournir les éléments qui nous ont entraînés dans cette direction…

Il passa à la page suivante, reprit :

– Où est l'avertissement de Fanning selon lequel, chaque fois qu'il a été arrêté, Rowe avait un flingue ? Ou bien Anna n'a-t-elle pas eu l'occasion de vous le dire, pendant que vous attendiez que Rowe meure ?…

Waggoner se mit à tripoter un fil qui pendait au revers de son pantalon.

– Anna peut affirmer, reprit-il, qu'elle a ordonné par quatre fois à Rowe de se rendre, sous la menace de son arme. Il a négligé tous ces avertissements. Elle n'a tiré sur lui qu'au moment où elle a vu qu'il avait une arme à la main, à l'instant où il s'est tourné vers elle, dans un endroit où il n'y avait aucun passant. En outre, le train de marchandise aurait arrêté tous les projectiles n'ayant pas atteint leur cible. Je ne vois que deux de ces avertissements, dans votre rapport, Fred.

– Où voulez-vous en venir, Parker ? demanda Waggoner, qui arracha finalement le fil. Depuis quand tire-t-on dans les pneus en plein centre de Phoenix ?

– Je ne sais pas comment fonctionne le FBI, Fred, mais, nom de Dieu, j'aime mieux buter M. Goodyear que laisser un tueur de flic s'en tirer.

– Effectivement. Il est évident, depuis des années, que vous ignorez totalement qu'il est possible de faire appliquer légalement…

Mais la main de Niehaus, sur son bras, se fit plus insistante et il se tut.

– Merci, Jim, dit Emmett. Je veux seulement m'assurer que tous les éléments sont pris en compte. Vous savez, Anna s'est trouvée dans cette situation du simple fait que l'agent qui l'accompagnait, lequel était son supérieur hiérarchique, a décidé d'employer une méthode stupide pour coffrer Rowe. Les équipiers ont-ils l'habitude de se séparer, au FBI, lors d'une arrestation ? De mon point de vue, c'est un excellent moyen de se faire buter, mais je suis sûr que Reed savait ce qu'il faisait. Le plus important est que Summerfield a persuadé Anna d'éviter une poursuite à grande vitesse dans le quartier du stade à cette heure.

Waggoner ironisa :

– Dommage qu'il ne soit plus là pour confirmer.

– J'ai presque aussi bien, Fred. Je crois que Juan Morada brosse un tableau objectif du comportement d'Anna pendant les premières minutes de cette arrestation salopée. Tout comme nous, il ignore le rôle que jouait Rowe dans cette affaire, si bien que je vous conseillerais de le libérer le plus vite possible. Dans le cas contraire, on risque de perdre la confiance du magistrat qui m'a délivré en un temps record, ce matin, le mandat qui m'a permis de fouiller la voiture de Rowe.

Évitant le regard d'Anna, Emmett s'appuya contre le dossier de son fauteuil tandis que Niehaus lisait les deux pages qu'il lui avait données. Parker suscitait à la fois son irritation et sa reconnaissance. Sa tactique revenait pratiquement à utiliser un fusil de chasse pour tuer une mouche même si, la veille au soir, après son entrevue avec Niehaus et Waggoner, elle n'était plus absolument certaine d'avoir agi convenablement. Mais peut-être Emmett était-il mieux au fait qu'elle des arcanes de la bureaucratie.

Au bout d'une minute, Niehaus posa le procès-verbal de Morada sur ses genoux et, impassible, dévisagea Emmett. Emmett soutint son regard sans bouger un muscle si bien que l'agent baissa les yeux et demanda :

– Alors, Turnipseed, quel est votre plan ?

Waggoner resta bouche bée. Anna était tirée d'affaire, même si elle prit soin de ne pas trahir son soulagement. On aurait pu y voir un indice de culpabilité.

– Où en est-on en ce qui concerne la localisation de la camionnette ? demanda-t-elle.

La camionnette bleue, immatriculée dans l'Utah, garée près du Serpent à plumes dans la matinée de la veille, et la camionnette de couleur foncée, peut-être la même, qu'elle se souvenait vaguement avoir vue passer, dans une petite rue, la veille au soir, près de chez Emmett.

– J'ai envoyé une demande aux services des immatriculations de Salt Lake mais, sans marque ni année, ça risque de prendre un moment.

Elle ne tint pas compte d'un soupçon de critique dans la voix d'Emmett.

– Et les taches de sang de l'agresseur sur les draps ?

Elle ne dit pas *les draps d'Emmett,* percevant que Niehaus et Waggoner ne croyaient toujours pas que Summerfield et elle se fussent installés chez Parker par mesure d'économie.

Waggoner répondit, morne :

– En route pour Washington.

– Assurez-vous qu'on recherchera l'ADN, en plus du groupe sanguin. Est-ce qu'on sait comment il est entré dans l'appartement ? J'avais fermé à clé avant d'aller me coucher.

– Il a crocheté la serrure, dit Niehaus. Les techniciens ont trouvé de minuscules paillettes de cuivre dans le mécanisme. Il a utilisé un rossignol.

– Dans ce cas, il faudrait peut-être ajouter le cambriolage à son profil, dit Anna. Tout ce qui permettra d'élargir les recherches dans l'ordinateur du NCIC est bon à prendre. Et, Fred… s'il vous plaît, voyez ce qu'on peut trouver sur Lolly Blackhouse. Selon Fanning, elle a été arrêtée à plusieurs reprises pour racolage. Il faudrait aussi connaître ses autres noms. J'aimerais savoir qui elle est vraiment. Et j'aurai besoin du rapport d'une fusillade, dans laquelle le FBI était impliqué, à Cortez, dans le Colorado, où le frère de Lolly a été abattu.

– Jamais entendu parler, marmonna Waggoner.

– Une camionnette immatriculée dans l'Utah, fit Niehaus, songeur. Parker, vous ne rentrez pas du sud de l'Utah ?

– Exact. Pendant l'hiver, un braconnier a capturé plusieurs lézards perlés qu'un biologiste du BLM étudie. Le mâle qu'on a laissé chez moi est vraisemblablement l'un d'entre eux. Chaque fois qu'il en capture un, ce type grave un dessin dans la roche. Un lézard perlé avec des ailes de papillon de nuit. Identique à celui qu'Anna a trouvé sur l'arrière de la maison de Rowe, à University Park.

Sans cesser de prendre des notes, Waggoner demanda :

– Le nom du biologiste ?

– Nick Stepanek.

– À quel centre est-il rattaché ?

– Elle, dit Emmett. J'aurais dû dire la biologiste. Nicole Stepanek. Celui de St. George.

Niehaus avait visiblement réfléchi à tous ces éléments.

– Que signifient les papillons de nuit et les lézards perlés pour les Indiens, Turnipseed ?

– Emmett est mieux informé que moi mais, pour les Navajos, le lézard perlé est un animal sacré. Il diagnostique les maladies grâce à sa patte. C'est ça, Emmett ?

– Ouais, répondit-il.

Il évitait toujours son regard après avoir maladroitement dévoilé que le biologiste à qui il avait rendu visite était une femme.

– Et les guerriers lui envient son armure, ajouta-t-il. Elle le rend invulnérable.

– Et les papillons de nuit ? demanda Niehaus.

– Il y a quelque chose qu'on appelle le mythe du Chemin du Papillon de nuit, mais le peu que j'en sais n'a rien à voir avec les lézards perlés.

Se penchant, Emmett reprit :

– Écoutez, Jim, Fred… c'est la panique, depuis hier soir, comme vous savez, si bien que je n'ai pas eu l'occasion d'aborder ce sujet. Mais j'ai appris quelque chose qui dépasse nos compétences. Et sur quoi nous n'avons pas les moyens d'enquêter.

Il s'interrompit et Anna ne put déterminer si c'était un silence rhétorique ou bien s'il n'avait vraiment pas envie de poursuivre.

– À Window Rock, reprit-il, j'ai reçu un coup de téléphone anonyme. Une voix étouffée par un mouchoir, quelque chose comme ça. Je crois que c'était un membre de la police tribale, mais je suis dans l'incapacité de le confirmer. Quoi qu'il en soit, d'après la voix, Knoki a rencontré, à l'automne dernier, deux hommes qui prenaient un bain de soleil. L'un d'entre eux était nu, l'autre portait un maillot de bain. Celui qui portait un maillot de bain était Reed Summerfield, entre son affectation au contre-espionnage, à Washington, et sa nomination à Gallup. Celui qui était nu était un ressortissant allemand nommé Dieter Preuss. Ne le prenez pas mal, mais j'ai jugé bon de me renseigner, indirectement, auprès de votre bureau de Washington au cas, même improbable, où Preuss aurait appartenu à la Stasi.

– Et quel a été le résultat de cette demande de renseignements ? s'enquit Niehaus.

Depuis qu'Emmett avait mentionné le nom de Reed, Anna n'avait pas vu les deux responsables ciller. Elle perçut un frémissement, à la base de son crâne, tandis qu'elle assimilait l'information fournie par Emmett.

– On m'a apparemment opposé une fin de non recevoir, dit Emmett.

Le visage mince de Niehaus se durcit.

– Donnez-moi le nom de votre contact et je veillerai à ce que cela ne se reproduise pas.

– Oh, ce serait contre-productif, Jim. Laissons tomber. Le plus important, c'est obtenir des informations sur ce Preuss le plus rapidement possible.

– D'accord, dit Niehaus. Qu'est-ce que vous savez sur lui ?

Emmett lui donna une feuille qu'il avait préparée à l'avance. Il avait une quantité stupéfiante de papier, sur lui, ce matin, alors que ses rapports tenaient généralement sur une pochette d'allumettes.

Niehaus et Waggoner se levèrent à l'unisson. Probablement impatients d'ouvrir les parapluies.

– Où pouvons-nous vous joindre ? demanda Niehaus.

– Avec votre permission, répondit-il, nous devrions, Anna et moi, retourner dans la réserve navajo, et tenter de confirmer tout cela, dans la mesure du possible.

16

Emmett venait de prendre l'Interstate 25 en direction du nord, à la sortie de Socorro, dans le Nouveau-Mexique, quand Anna, qui était sur la banquette arrière de sa voiture, demanda :

– Où tu as dormi, finalement, jeudi soir, dans l'Utah ?

Elle était apparemment totalement réveillée.

Trois kilomètres plus loin, les peupliers bordaient le Rio Grande. Il se demandait si ses ancêtres avaient campé dans cette bande de végétation luxuriante. Assurément, les Comanches s'aventuraient aussi loin à l'ouest. Et le printemps était la saison des raids. *Le printemps arrive et les jeunes gens rêvent de raids, de captives.*

– Qu'est-ce que tu disais ?

– Rien.

– J'ai cru que tu avais dit quelque chose.

Silence. Puis :

– Où as-tu dormi, jeudi soir ?

– Oh, tu me connais. Je ne suis pas difficile.

– À St. George ?

– Il ne me semble pas.

Il somnolait vaguement, après le déjeuner dans un boui-boui de Magdalena, petite ville dans les montagnes. Et il se sentait étrangement apaisé. En arrivant à Socorro, quelques minutes auparavant, il avait connu une de ces petites épiphanies qui semblaient condamnées à s'estomper dès qu'il y réfléchissait : il partageait effectivement, d'une certaine façon, la vie d'Anna Turnipseed. Ils avaient une intimité, un peu perverse, car ils avaient parcouru six cent vingt kilomètres, depuis qu'ils avaient quitté Phoenix, à 4 heures du matin, sans avoir échangé plus d'une douzaine de mots. Ni ressenti la nécessité de le faire. Jusqu'à maintenant. Étaient-ils semblables aux autres couples du café, qui allaient en promenade par un chaud dimanche de mai ?

Mais Anna et lui traquaient un meurtrier qui avait maintenant frappé deux fois pendant la même semaine. Une fois avec un complice. Une fois sans. Les êtres humains les plus violents, eux-mêmes, étaient peu fréquemment violents, de sorte que cela signifiait qu'il perdait la tête. Qu'il perdait de plus en plus contact avec la réalité. Les pensées d'Anna s'étaient également tournées vers le meurtrier, car elle demanda :

– Comment nous a-t-il trouvés, Reed et moi ?

– Je croyais que tu voulais dormir un peu.

– Je ne peux pas.

Il orienta le rétroviseur de façon à pouvoir la voir : elle était adossée aux deux oreillers qu'il avait apportés, les bras croisés derrière la tête et les yeux fermés.

– Vous étiez trop près, Summerfield et toi.

– De son repaire ?

– Non, il rôde. Il est probable qu'il ne reste jamais longtemps au même endroit. Je veux dire que vous étiez trop près de son obsession.

– À savoir ?

– Je m'interroge. Lolly Blackhouse, peut-être.

La veille au soir, pendant le dîner, dans la suite d'Anna, il avait répété les propos de Juan Morada, selon lesquels Rowe croyait que quelqu'un traquait sa maîtresse. Mais comment l'obsession d'un gogo aurait-elle pu inclure Bert et Aurelia Knoki, qui vivaient à des centaines de kilomètres de Phoenix ? Jusqu'ici, le seul lien établi entre les deux victimes et Rowe ou Blackhouse était une lettre que Tallsalt détenait toujours. Rowe, agonisant, vendredi soir, avait donné à la police de Phoenix l'adresse de l'appartement qu'il partageait avec Lolly, afin qu'on puisse aller la chercher. Emmett s'y était rendu dans la matinée de la veille, après avoir rencontré Niehaus et

Waggoner, mais avait constaté que le studio meublé de University Park était vide. Visiblement, Lolly avait l'habitude de disparaître, même s'il avait trouvé des paillettes de rouille sur sa place de parking. Provenaient-elles de son véhicule ?

La bouche d'Anna était légèrement entrouverte, comme si elle somnolait enfin. Elle ne lui avait pas encore demandé pourquoi il avait affronté les huiles du FBI, la veille, et il avait l'intention de ne jamais le lui dire. Ils n'avaient pas compris ce qu'il faisait : si Anna Turnipseed restait suspendue, désœuvrée, pendant une semaine, elle se persuaderait de ne jamais remonter sur la bicyclette. La façon dont elle réagissait à l'agression dont Summerfield et elle avaient été victimes le stupéfiait, mais il gardait les limites de sa résistance présentes à l'esprit. Tout comme il gardait les siennes présentes à l'esprit. Il s'était forcé à dormir chez lui, la nuit dernière, et s'était réveillé en sursaut, convaincu qu'il partageait les pièces, qui sentaient le désinfectant, avec la présence pâle de Summerfield. Grâce à sa profession, il connaissait une entreprise spécialisée dans le nettoyage des lieux où des crimes avaient été commis. Les deux taches de sang de la moquette avaient disparu, et il avait posé le pied sur une de ces auréoles mouillées quand il avait gagné précipitamment le réfrigérateur, en quête de lait destiné à faire passer une poignée de cachets anti-acide.

Anna se glissa entre les sièges avant, s'installa et boucla sa ceinture.

– Tu renonces ? demanda-t-il.

– Ouais. Où on est ?

– Dans la vallée du Rio Grande, en direction d'Albuquerque.

– C'est la route la plus courte pour la réserve de Canoncito ?

– Dans ce pays, il y a toujours deux façons de calculer… le temps et la distance.

Mais le scepticisme d'Anna ne lui échappa pas. Il n'avait pas voulu prendre la route du Nord, l'Interstate 40, qui longeait la limite inférieure de la Big Rez. Le flic tribal affecté à Canoncito avertirait toujours assez tôt Window Rock du fait que les fédéraux fouinaient dans les dépendances de la réserve. *Est-ce que j'ai une justification que je suis prêt à partager avec John Tallsalt ?*

Anna semblait plongée dans ses pensées et Emmett demanda :

– Qu'est-ce qui te rend si songeuse ?

Elle soupira.

– Je ne sais pas. Lolly, peut-être. Je me demande comment elle va, aujourd'hui.

De toute évidence, l'Ute du Sud avait beaucoup impressionné Anna.

– À ton avis, quelle était sa relation avec Rowe ?

– On appelle ça répétition, répondit-elle.

– De quoi ?

– De ce qui lui est arrivé quand elle était enfant. Lolly se punit pour échapper à la terreur qu'elle éprouve encore. D'autres recourent à d'autres moyens, mais ça revient toujours à se donner des coups de marteau sur la main. On se sent tellement bien quand ça s'arrête.

– Donc Rowe la maltraitait.

– Oui.

– Dans ce cas, pourquoi Blackhouse s'en est-elle prise à toi quand tu l'as coincée ?

– C'est là que ça devient malsain, je suppose. Tu refoules les émotions dues aux mauvais traitements. Et, quand celui qui te les infligeait meurt enfin, ces sentiments se muent en chagrin. Être libre n'a aucun sens.

Emmett plissa le front.

– Pourquoi ce type, qui traquait éventuellement Lolly, faisait-il perdre les pédales à Rowe ? Bon sang, Blackhouse faisait l'amour avec des tas de types d'un bout de la semaine à l'autre et Rowe l'avalait.

– La domination qu'il exerçait sur Lolly.

– Je ne suis plus.

– Les autres *louaient* l'illusion d'exercer ce pouvoir. Celui qui la traquait cherchait peut-être à se l'approprier. Rowe n'avait rien d'autre. Un minable tel que lui ne pouvait permettre à personne d'autre de la posséder comme il la possédait. Même si ça signifiait une nouvelle peine de prison.

Puis elle ajouta, avec une tendresse qui le blessa vaguement :

– Tous les hommes ne sont pas comme toi, Em.

Gêné, il changea de position sur son siège. Les explications d'Anna l'avaient agacé… Elle se nourrissait apparemment de son expérience.

– Tu as étudié ça à l'académie ?

– Non.

Emmett ne somnolait plus. Et ne se sentait plus apaisé. L'autoroute, rectiligne, ne nécessitait aucune concentration, ce dont il était reconnaissant. *Va jusqu'au bout de cette conversation.* Il s'aperçut qu'il cherchait à se souvenir de toutes les allusions au désir sexuel qu'il avait pu faire par inadvertance au cours des mois écoulés… hormis le fiasco de mardi matin, dans la chambre du motel. Qu'il se demandait si, à un moment donné, il avait pu lui sembler agressif. Il était furieux, aussi. Furieux parce qu'il se sentait coupable à cause de quelque chose qu'il considérait comme normal et sain. Il avait envie de faire l'amour avec cette femme, et il comprenait avec stupéfaction qu'elle risquait de trouver cela dégoûtant.

– Em, pourquoi tu es rentré, vendredi soir, sans avoir téléphoné ?

Cherchait-elle à changer de sujet ?

Il fut si soulagé qu'il eut l'impression d'être lâche.

– Je craignais que Summerfield s'en prenne à toi. Et j'ai téléphoné. Plusieurs fois. Mais je n'ai pas laissé de message, parce qu'il aurait pu l'entendre. Et je n'ai pas envoyé quelqu'un, qui aurait risqué de mettre la puce à l'oreille de Reed et le pousser à agir.

Elle regardait par la vitre. La forêt de peupliers qui bordait le Rio Grande. Il avait envie de s'y arrêter, d'étendre une couverture sur la rive herbue du fleuve vert, boueux, et de faire l'amour. Pourquoi cette rêverie lui semblait-elle à présent si anormale ?

– Donc, tu avais des raisons de croire que Reed ou Dieter Preuss avait tué les Knoki ? demanda-t-elle.

– Parfaitement.

Sur le ton monotone qu'il employait à la barre des témoins.

– Et qu'ils avaient une relation inconvenante ?

– Oui.

– Je ne fais pas allusion à leur homosexualité. J'ai le sentiment que Reed était en paix avec ça et que le FBI n'avait pas l'intention de lui chercher des noises sur ce point, du moment qu'il ne le cachait pas.

– Tu as probablement raison.

Il s'interrompit, puis reprit :

– J'ai découvert que Preuss appartenait à la Stasi.

– Mais tu as dit à Niehaus et Waggoner…

– Je ne leur ai dit que ce qu'ils avaient besoin de savoir pour remonter cette piste, puis la rayer de la liste.

– Pourquoi la rayer ?

Il avait cru qu'elle serait plus choquée.

– Parce que je suis prêt à parier mon dernier dollar que c'est une impasse. Il est possible que Reed ait recruté l'Allemand de l'Est. Dans ce cas, la rencontre entre Preuss et Summerfield, en octobre dernier, au bord d'Asaayi Lake, était légitime, malgré son aspect sentimental.

– Avant que j'oublie… Il y a, dans le livre de Reed sur les mythes navajos, la photo d'un homme qui est peut-être Preuss.

– Okay. Les agents de Gallup la récupéreront quand ils iront chercher la Suburban à l'aéroport.

– Et si Summerfield n'a pas retourné Preuss ?

– Dans ce cas, je me trompe, répondit Emmett. Mais j'ai également alerté les niveaux les plus élevés du FBI. Donc, ils ont tous les éléments. Comment Niehaus pourrait-il râler ?

Elle posa un pied sur le siège et le menton sur son genou. Cette attitude était insupportablement propre à susciter le désir.

– Tiens-toi bien, dit-il sèchement.

Ignorait-elle totalement l'effet qu'elle produisait sur lui ?

Elle le foudroya du regard mais baissa la jambe, trop préoccupée pour protester.

– Est-ce que c'était Dieter Preuss, chez toi ?

– Je me suis posé la question. Mais pour quelle raison Preuss aurait-il tué Summerfield ?

– La jalousie ?

– Possible, surtout chez les membres de cette caste…

Emmett surprit le regard désapprobateur d'Anna face à cette entorse au politiquement correct.

– Mais, poursuivit-il, à mon avis, la cible, c'était toi, et Summerfield s'est simplement trouvé là au mauvais moment. Tu étais surveillée et ce cinglé a frappé au moment où il croyait que tu étais seule…

Il s'aperçut que cela la troublait, mais ne trouva rien de réconfortant à ajouter. C'était la déduction la plus logique.

– Il y a aussi le chantage, reprit-il. Mais de quoi Summerfield aurait-il pu menacer Preuss ? La Stasi et l'Allemagne de l'Est sont *kaput*. Et qu'est-ce qui aurait pu amener Preuss à s'intéresser à Lolly Blackhouse ?

Ils parcoururent un kilomètre en silence, puis elle demanda :

– Qu'est-ce qu'on fait aujourd'hui ?

– On remonte la piste de Rowe sur les traces de la personne qui a peint le lézard perlé ailé sur l'arrière de sa maison.

Emmett ajouta, contrarié :

– Si j'avais connu l'existence de ce dessin, je n'aurais même pas pris la peine de venir à Phoenix.

– Pourquoi ?

– Merde, c'est ce qui blanchit Summerfield, de mon point de vue. Il avait une raison d'en vouloir à Bert Knoki. Mais pas à Rowe et à Blackhouse.

Au bout d'un moment, elle dit :

– Je te remercie d'être venu. Et d'avoir pris mon parti face à Niehaus et à Waggoner.

– Les remerciements sont inutiles. C'était un plaisir. Je hais cette saloperie de FBI.

Hormis les hogans qui se dressaient derrière les mobile homes et les maisonnettes en bois, Anna aurait pu se croire revenue dans sa ranchería de la frontière entre l'Oregon et la Californie. Mêmes prairies vallonnées parsemées de genévriers. Au loin, bleues en raison des conifères, des montagnes. La même sensation désespérante d'isolement, même si Canoncito se trouvait à quarante kilomètres d'Albuquerque, la plus grosse ville du Nouveau-Mexique. Peut-être la sensation d'abandon venait-elle du fait que cent vingt kilomètres la séparaient de la réserve principale. Presque hors de la portée du gouvernement tribal, hormis une caravane, dans la cour de l'école, sur laquelle on lisait : *Poste de la police navajo.* La voiture de patrouille n'était pas garée près d'elle, mais Emmett passa devant sans s'arrêter.

– Rowe a fait changer son alternateur ici, dit-il, cherchant apparemment un garage des yeux.

Il ne semblait pas y avoir de quartier commercial, sauf si on comptait les bâtiments modulaires des divers services administratifs.

– Tu es sûr qu'il ne l'a pas fait changer sur l'autoroute ?

– Non. Mais l'alternateur de sa Plymouth ne ressemblait pas à ceux que fournissent les chaînes. Usagé et rouillé. Démonté sur une épave et remis en état.

Deux jeunes Navajos se dirigeaient vers eux en roulant des épaules. Chemises et pantalons trop grands. Crânes pratiquement rasés. Des bandeaux sur le front, si bas qu'ils devaient incliner la tête en arrière pour voir où ils allaient. Ils étaient du côté de la large route gravillonnée où se trouvait Anna et Emmett braqua dans leur direction afin de pouvoir leur parler.

– Non, dit-elle, baissant sa vitre, si bien que l'odeur de l'herbe entra dans l'habitacle. Je vais demander.

Emmett freina tandis que les deux adolescents s'arrêtaient en traînant les pieds.

Ils se mirent aussitôt à agiter les doigts : les lettres qui symbolisaient leur bande, C… quelque chose.

– Pouvez-vous me dire s'il y a un garage par ici ?

L'un d'entre eux ironisa :

– *Me vale madre.*

– Pourquoi tu t'en branles ? répliqua Anna.

Il fut si étonné qu'elle ait compris que ses yeux se dilatèrent, mais il fit signe à son compagnon de le suivre :

– *Justicia*, marmonna-t-il, méprisant.

Les représentants de l'ordre.

Anna demanda à Emmett :

– On parle *espagnol*, ici ?

– Parce qu'on est tout près d'Albuquerque, répondit-il en démarrant. Les gens parlent même anglais et navajo avec l'accent espagnol. Les habitants de la Big Rez les surnomment *les Navajos ennemis,* parce qu'ils ont servi d'éclaireurs aux Mexicains, puis à Kit

Carson, contre les Dines installés plus à l'ouest. Ils s'opposent à Window Rock chaque fois qu'ils en ont l'occasion, simplement pour montrer qu'ils sont capables de retourner le compliment.

Une nouvelle fois, son regard nerveux scruta le village.

Pourtant, il contrôlait la situation.

Il était parvenu à détourner le cours d'une opération du FBI, désormais massive, à franchir tous les obstacles bureaucratiques qui se dressaient devant lui, afin de se lancer sur la piste qui lui semblait la plus prometteuse. Mais il avait demandé à Anna de l'accompagner. C'était pour cette unique raison qu'elle n'était pas trop fâchée contre lui.

– Tu dors bien ?

– Pourquoi je ne dormirais pas bien ?

– À cause des mensonges comme celui que tu as dit à Niehaus et Waggoner.

– Mentir, c'est donner une information fausse. Je ne suis qu'à moitié sûr de ce qui concerne Summerfield et Preuss.

Il tourna dans une rue étroite où se trouvait une bande de jeunes voyous à laquelle ceux qu'ils avaient rencontrés appartenaient sûrement. Ils étaient rassemblés autour d'un ensemble de boîtes à lettres. Emmett appuya trois fois sur l'accélérateur, coupa le moteur, courut pendant quelques instant sur son élan, redémarra.

L'explosion de l'auto-allumage fit sursauter Anna.

– Qu'est-ce qui te prend, bon sang ?

Mais il s'était arrêté près des adolescents.

– J'ai des petits problèmes mécaniques, messieurs, dit-il, aimable. On n'a pas la moindre envie, mon équipière et moi, de passer la nuit ici. Vous ne pourriez pas, par hasard, nous indiquer un mécanicien, dans le coin ?

La réponse fut instantanée. Un jeune garçon qui portait un bonnet dit :

– Dominguez va vous arranger ça.

– Où puis-je le trouver ?

Une demi-douzaine d'index montrèrent un groupe de bâtiments qui se dressaient quatre ou cinq cents mètres plus loin… Apparemment, ici, on ne tendait pas les lèvres. Une des constructions brillait spectaculairement sous le soleil de la fin de l'après-midi.

– Merci beaucoup, dit Emmett, qui prit cette direction.

– Comment tu fais ? demanda Anna dès qu'ils furent à bonne distance.

– Dès qu'on est arrivés ici, tout le monde a commencé à retenir son souffle. Après qui les fédéraux en ont-ils, cette fois ? Combien de temps vont-ils rester ? Donne-leur une raison de supposer qu'on ne s'arrêtera que quelques minutes et tout le monde s'efforcera de nous aider à regagner l'autoroute le plus rapidement possible.

– Tu es fourbe, Emmett Parker.

– Absolument pas. Je tiens trop à la vérité pour la galvauder.

Elle sentit également qu'il veillait à éviter de la regarder. *Il sait ce qui m'est arrivé. Enfin, il sait.*

Sur la rive opposée d'un arroyo plein d'épaves de voitures se dressaient un vaste bâtiment en tôle ondulée et un mobile home simplement posé sur des parpaings. Ce qui réfléchissait brillamment le soleil était un hogan couvert de cabochons. Un autel à la gloire de Detroit. Emmett s'arrêta devant la barrière ouverte et klaxonna deux fois. Un Navajo apparut bientôt sur le seuil du mobile home. Il avait du ventre et son bermuda kaki dévoilait des mollets d'oiseau. Il examina Emmett et Anna à la jumelle, puis leur fit, à contrecœur, signe d'entrer.

Emmett se gara près de la rive de l'arroyo, jugeant préférable de ne pas emprunter la piste sablonneuse qui courait entre les véhicules accidentés et cannibalisés. Ils descendirent de voiture, Anna et lui, prirent la direction des portes de l'atelier, où le Navajo se tenait, sous une pancarte proclamant qu'il était prêt à acheter un dollar toute batterie d'occasion. Ses tempes commençaient juste à grisonner. Près de lui était assis un chien de berger de race indéfinissable, la queue à plat sur le sol.

– Bonsoir, dit Emmett, qui sortit ses papiers et renonça à faire croire qu'il cherchait un mécanicien. Je suis l'inspecteur Parker, du BIA, et voici l'agent Turnipseed, du FBI. Vous êtes Dominguez ?

– Ouais.

Ce fut tout. Pas d'énumération de clans. Dominguez ouvrit les portes et, du menton, fit signe à Parker et à Anna d'aller se mettre à l'ombre dans l'atelier. La chaleur accumulée à l'intérieur était telle qu'Anna eut presque le souffle coupé.

Dominguez pivota sur lui-même et s'appuya contre l'étau d'un long établi couvert de pièces de rechange. Aucune d'entre elles ne semblait neuve.

– Qu'est-ce que je peux faire pour vous ?

– Un bilagaana a récemment fait changer l'alternateur de sa Plymouth Fury dans ce coin, répondit Emmett. Il faut que nous interrogions le mécanicien qui a effectué ce travail.

– Vous êtes des fédéraux ou vous appartenez à la répression des fraudes ?

Sans laisser à Emmett le temps de répondre, Dominguez eut un rire étouffé et reprit :

– Écoutez, pratiquement tous mes clients sont des *gringos*. Vous croyez que ces minables de Dines ont les moyens de faire réparer leurs bagnoles ?

Il tendit vaguement le bras vers les épaves qui emplissaient l'arroyo et ajouta :

– Voilà le travail que me donnent les habitants du village. Comment est votre type ?

– Blond, les yeux bleus, dit Anna, mais vêtu comme un Indien. Nattes et collier de perles. Il s'appelait Terry Rowe.

Le regard de Dominguez se fit méfiant. L'implication de l'imparfait ne lui avait pas échappé.

– C'est exact, dit Emmett, avec juste ce qu'il fallait de menace voilée. Rowe est mort et il faut que nous interrogions ceux qui l'ont rencontré au cours des jours qui ont précédé son décès.

Le mécanicien attendit qu'ils posent leurs questions.

– Quand est-il arrivé ? demanda Anna.

– Dans l'après-midi de mardi dernier, répondit Dominguez. Il a dit que le témoin s'était allumé à Grant et qu'il ne s'était pas arrêté depuis…

Quatre-vingts kilomètres à l'ouest, sur l'Interstate 40, estima-t-elle. En direction de la Big Rez.

– Il a payé en liquide, poursuivit Dominguez. Un gringo comme je les aime, parce que je ne prends pas la carte American Express. Qu'est-ce que je peux vous dire de plus ?

– D'où venait-il ? s'enquit Emmett.

– De l'Utah, je suppose.

– Comment ça, vous supposez ?

– Il avait un sac en papier d'une épicerie de Mexican Hat. Il y prenait des gâteaux secs et du fromage… ce genre de truc. Il n'a pas dit d'où il était. Immatriculé dans l'Arizona, mais Mexican Hat n'est pas loin de la frontière.

Anna regarda Emmett, qui assimilait l'information. Il était allé dans le sud de l'Utah deux jours auparavant. Rowe et lui étaient-ils sur les traces du même homme ? Emmett fit remarquer :

– Drôle d'idée de venir chercher un mécanicien à Canoncito.

– Ça, vous pouvez le dire. Non, il venait ici de toute façon. C'est pour ça qu'il a continué, après que son alternateur est tombé en rade.

– Comment savez-vous ça ? demanda Anna.

– Rowe m'a demandé si quelqu'un, dans le coin, avait une camionnette de boulanger bleue.

Elle espéra que son visage restait aussi impassible que celui d'Emmett.

– Et vous avez répondu ?

– Personne, parmi les gens que je connais. Et je connais tout le monde.

– En avez-vous vu une dans le coin ?

– Non.

Emmett sortit, s'agenouilla et gratta les oreilles du chien. Anna était incapable de faire un pas. Ses genoux tremblaient. Lolly Blackhouse avait-elle vu la camionnette qu'elle avait elle-même aperçue, vendredi matin, près du Serpent à plumes ? Lolly ou Rowe l'avaient-ils remarquée, à University Park, avant qu'on ait peint le lézard perlé ailé sur l'arrière de leur maison ? L'image du cadavre de Summerfield sur la moquette du salon d'Emmett lui revint en mémoire, si bien qu'elle se sentit à la fois glacée et écrasée de chaleur. Ils étaient à nouveau près de la piste du monstre. Terriblement près. Qu'est-ce que Rowe avait crié, devant le stade ? *Je vais te montrer quelque chose qui va te faire peur !*

– Qu'est-ce qui vous fait croire que Rowe tenait absolument à atteindre cette réserve ? demanda Emmett au mécanicien.

– Je ne vous suis pas.

– Il aurait pu visiter toutes les réserves de la région à la recherche de cette camionnette. Acoma, Laguna, Isleta.

– Ah !

Le mécanicien hocha la tête, poursuivit :

– Il cherchait aussi Bernadine Altasal.

– Qui ?

– Une vieille femme.

– L'a-t-il trouvée ?

– Ouais.

Une nouvelle fois, Dominguez eut un rire étouffé.

– Au cimetière, ajouta-t-il, où elle est depuis dix ans.

D'après le mécanicien, Bernadine Altasal avait encore une petite fille dans la réserve de Canoncito. Le crépuscule prit une teinte violacée, tandis qu'Emmett fonçait en direction de la résidence indiquée par Dominguez. Elle était à peine visible dans l'ombre du mont Taylor. La montagne de turquoise. Un des quatre pics sacrés qui abritaient les Dines, mais pas cette réserve, qui se trouvait hors du périmètre qu'ils délimitaient. La piste était creusée d'ornières profondes et la voix d'Anna trembla quand elle dit :

– La police tribale est-elle au courant de l'existence de la camionnette bleue ?

– Elle a sûrement reçu une notification, répondit Emmett. Mais je téléphonerai à Yabeny ce soir. C'est plus prudent.

– Pourquoi pas à Tallsalt ?

Emmett ne répondit pas.

Darcy Altasal se tenait derrière sa barrière, comme si elle les attendait depuis le début de l'après-midi. Même si aucune ligne téléphonique ne reliait son hogan en contreplaqué au réseau. Il n'y avait pas d'habitation moderne, sur son terrain, alors que tel est généralement le cas en pays navajo. La femme, âgée d'un peu plus de trente ans et très maigre, portait une robe passée, trop ample, en coton. Elle était frêle et semblait desséchée, malgré son jeune âge. Ses yeux interrogateurs étaient anormalement éloignés l'un de l'autre.

Emmett coupa le moteur et demanda :

– Est-ce qu'elle est en bonne santé ?

– Non, répondit Anna. Sa mère buvait pendant sa grossesse. Je vais m'occuper d'elle.

Emmett resta donc à l'écart tandis qu'Anna, souriante, se dirigeait vers la jeune femme.

– Darcy Altasal ?

– *Sí...*

– Je m'appelle Anna, et voici Emmett. On est policiers. Ça va, ce soir ?

Les mains de Darcy se crispèrent sur le barreau supérieur de la barrière.

– Je vois plus les voyous. Mme Newton dit : faut plus voir les voyous.

Anna ralentit le rythme de son interrogatoire.

– Qui est Mme Newton ?

– La dame du service.

Anna jeta un coup d'œil sur le hogan.

– Il y a quelqu'un chez vous ?

– *Pas de voyous,* répondit Darcy, sur la défensive.

– Je pensais à votre mère ou à votre père ?

La femme lâcha la barrière et braqua un doigt vers le sud-est. Une lueur en forme de dôme y était apparue quelques minutes auparavant. Les lumières d'Albuquerque. Darcy voulait dire que ses parents, ou l'un d'entre eux, y vivaient. Puis Emmett remarqua des croix blanches, parmi les broussailles, un peu plus d'un kilomètre plus loin. Également au sud-est.

– Elle veut dire qu'ils sont décédés, indiqua-t-il à voix basse.

Anna adressa un nouveau sourire à Darcy.

– Avez-vous de la famille qui veille sur vous ?

– *Mi tía.*

Cette fois, elle tendit les lèvres et un doigt en direction de l'ouest. Voulait-elle dire que sa tante habitait la Big Rez ? Il n'y avait pas de maison entre le hogan de Darcy et le massif de Mesa Gigante.

– Et Mme Newton, ajouta-t-elle.

– Elle appartient à votre famille, Darcy ?

– Quoi ?
– Est-ce que Mme Newton est dine ?
La femme trouva cela stupide et rit.
– Pas de voyous. Personne. Sinon, retour au foyer.
Imitait-elle l'employée des services sociaux ?
L'expression du visage d'Anna s'adoucit, mais Emmett ne put cacher sa déception. L'espoir de découvrir ce que recherchait Rowe, ou qui il recherchait, s'amenuisait.
Mais Anna insista.
– Est-ce que Terry Rowe est venu vous voir, Darcy ?
Le visage de la femme s'éclaira.
– Terry.
Mais, tout aussi vite, la confusion l'assombrit.
– Bernadine. Où est Bernadine ?
– Terry voulait-il voir votre grand-mère ?
La femme saisit à nouveau le barreau supérieur de la barrière et tira dessus.
– Et le bébé.
– Quel bébé, Darcy ?
Mais, intraitable, Darcy répéta, tel un perroquet :
– Pas de voyous. Personne.
– Quand Mme Newton a-t-elle donné votre bébé à ces gens ?
La femme hésita, puis répondit :
– Il y a dix ans.
Anna tapota le dos des mains de Darcy.
– Garçon ou fille ?
– Garçon.
– Et où est-il né ?
Darcy montra le hogan.
– Pas dans un hôpital ? insista Anna.
Emmett comprit dans quelle direction s'orientait l'interrogatoire : était-il possible que son agresseur et celui de Summerfield soit son fils ? Son âge, dix ans, allait à l'encontre de cette théorie, mais il était convaincu que la femme n'avait guère la notion du temps. Et si Darcy était tombée enceinte à douze ou treize ans ? Cela arrivait de temps en temps. Les dossiers de l'hôpital ou des services sociaux

fourniraient la date de naissance. Pourquoi Rowe se serait-il intéressé à l'enfant de Darcy, dont le père était un voyou membre d'une bande, si ce fils, devenu grand, ne représentait pas une menace pour lui et Lolly Blackhouse ?

– Votre bébé n'est pas né à l'hôpital ? poursuivit Anna, patiente.

– *Awee*, dit Darcy, qui parut s'emporter. *Awee haliile* ?

Anna adressa un bref regard à Emmett.

– Qu'est-ce qu'elle dit ?

– Bébé quelque chose. Je n'en sais rien.

Turnipseed se tourna à nouveau vers la femme.

– Qu'est-ce ça veut dire, *awee haliile* ?

Mais elle n'obtint pas de réponse.

Darcy lâcha la barrière et prit, d'un pas morne, la direction du hogan. Emmett s'aperçut qu'il avait peut-être sous-estimé son aptitude à éprouver des regrets et du chagrin. Anna jugea nécessaire de la retenir.

– Darcy, Terry a-t-il dit d'où il venait ?

La femme se retourna.

– De Phoenix.

– Il vous plaisait, n'est-ce pas ?

Un sourire déchirant, à peine visible dans l'obscurité.

– *Sí.*

– Pourquoi Terry voulait-il voir votre fils ?

Darcy secoua la tête.

Emmett rejoignit Anna, lui souffla à l'oreille l'intuition qui venait de lui traverser l'esprit, si bien qu'elle demanda :

– Avez-vous vu Ivan Jumper ?

Mais le nom ne suscita aucune réaction et Anna conclut :

– Emmett et moi, on va à la Big Rez. On peut transmettre un message à votre tante ?

– Non.

– Vous en êtes sûre ? Elle a peut-être envie de savoir comment vous allez.

Darcy montra le cimetière, au loin.

– Comment savez-vous que votre *tía* est morte ?

Emmett espéra que sa voix ne l'effraierait pas.

– Les voyous me l'ont dit…

Darcy s'interrompit, parut vaguement comprendre qu'elle venait d'avouer quelque chose. Les services sociaux l'avaient sans doute placée sous surveillance, après sa sortie du foyer, afin de s'assurer qu'elle était capable de vivre seule. Puis, gênée, elle ajouta ;

– *Tía* Aurelia est partie, comme *abuela* Bernadine.

17

Imbécile ! Maladroit !

Lézard Perlé attendit que la nuit soit tombée sur la forêt nationale de Sitgreaves avant d'abandonner sa camionnette. Il avait suivi une piste de débardage aussi loin qu'elle s'enfonçait dans les montagnes, puis avait remonté Chevelon Creek, parmi les pins, jusqu'au moment où il s'était avéré impossible d'aller plus loin. Peu importait. Il ne pouvait plus utiliser la camionnette. Il était sûr d'avoir fait ce qu'il fallait en parcourant plus de cent quatre-vingts kilomètres, sur les petites routes et les pistes, depuis qu'il avait quitté Phoenix, samedi matin à 3 heures… mais la Voix n'était jamais satisfaite et ne faisait jamais de compliments. *On te l'a dit et redit !* rugit-elle. *Veille à ce qu'il soit impossible de te suivre et châtie tous ceux qui tentent de le faire !* À l'aube, il s'était engagé dans les broussailles et avait attendu la nuit pour reprendre la route. *Tout cela n'aurait pas dû être nécessaire !*

Il resta immobile, écoutant le bruit du vent dans les branches des pins. On aurait dit de l'eau courante, mais ça n'en était pas.

La rivière, en bas, n'était plus qu'un filet d'eau boueuse mais, à l'aube, il était passé près d'un jeune couple qui campait sur la rive. Shorts blancs et chaussures de marche. Bronzés et heureux. Ils faisaient cuire le petit déjeuner sur leur feu de camp et lui avaient adressé des signes joyeux jusqu'au moment où ils avaient aperçu son visage derrière le pare-brise. Ils avaient été visiblement soulagés lorsqu'il avait poursuivi sa route. Mais il avait constaté qu'ils ne se trouvaient pas dans un terrain de camping aménagé. Et qu'un quatre-quatre Lincoln tout neuf était garé près de leur tente.

– Partez, avait-il supplié à voix basse. Fuyez pendant qu'il en est encore temps.

La journée s'était écoulée dans une brume de vertige et de maladresse croissante. Une crise était imminente. Il s'était efforcé de faire durer les médicaments qui lui restaient puis, ce matin, dans son agitation grandissante, il avait renversé les cachets en ouvrant le flacon. Il n'en restait que deux.

Et la Voix ne lui avait pas laissé de répit.

Comme tu as échoué à Phoenix, tu seras enfermé pendant trois jours dans le garde-manger... Tu apprendras ainsi que le noir est le seul compagnon de la négligence ! Mais, dans la glacière, il s'était aperçu qu'il aimait le noir, qu'il était préférable à la compagnie des autres enfants. *Tu n'es pas un Élu !* psalmodiaient-ils pendant les récréations. *Tu n'en es pas un, tu n'en es pas un !*

Je n'ai pas envie d'en être un, se disait-il. Je veux rentrer chez moi. Manger du ragoût de mouton.

Mais il n'oublia pas de prendre la caisse en carton qui se trouvait à l'arrière de la camionnette. Elle oscilla entre ses pattes antérieures. La vie se réveillait, assoiffée de sang. À présent, la caisse en équilibre sur sa hanche, il s'engagea parmi les arbres.

Une heure auparavant, il avait entendu les chocs sourds d'une hache attaquant le bois. L'homme préparait la nuit. La femme était séduisante, avait les cheveux platine, luisants. Lézard Perlé était persuadé que son visage avait suscité en elle autant de fascination que de crainte. Il la terrifiait déjà. En général, cela lui procurait une sensation de puissance. Mais ce soir, après de si nombreuses rédemptions du sang, au terme de cinq années passées sur les routes, cinq années de cambriolages et de Burger King, il se sentit las, parce qu'il savait exactement ce qui allait arriver.

Un tapis d'aiguille de pin mortes couvrit le bruit de son approche.

Au loin, des flammes dansaient entre les pins. La soirée était chaude, mais l'homme et la femme avaient ranimé le feu. Ils ne voulaient pas mourir. Rien de ce qui vivait ne voulait mourir hormis, peut-être, lui. Si la mort était synonyme d'immortalité, et d'invulnérabilité.

– Père… il se cogne encore la tête contre le mur du garde-manger.

– Va en empêcher cet imbécile avant qu'il se tue.

Lézard Perlé s'arrêta brusquement, à une trentaine de mètres du feu, posa la caisse et s'assit en tailleur sur l'humus.

Lève-toi, sauvage entêté !

Remarquant le douce lumière grise qui se réfléchissait sur ses épaules, il leva la tête. La lune, pas tout à fait pleine, jetait de longues ombres sur le sol. Dans quelques minutes, elle disparaîtrait derrière la crête rocheuse qui se dressait à l'ouest. Le bruit du vent dans les arbres lui plaisait. Mais la Voix fit voler cet instant paisible en éclats : *Tue ces deux personnes, et tu pourras surprendre les deux autres ne faisant qu'un dans le mal !* Pour réussir, il fallait qu'il surprenne Homme Papillon de nuit et Femme Papillon de nuit dans la plénitude trempée de sueur de leur pêché. La rédemption du sang n'était pas possible autrement.

Pourquoi laisses-tu tout s'effondrer ?

Deux mois auparavant, il avait enfin trouvé Femme Papillon de nuit à University Park. Pas très difficile… Sa lettre à Knoki. Mais, tandis qu'il faisait son possible pour qu'Homme Papillon de nuit la rejoigne, d'autres l'avaient également trouvée. Des flics. Les flics qui étaient venus au mobile home. Turnipseed et Parker, d'après les journaux. Et, malheureusement, ils avaient tenté d'entrer en contact avec Femme Papillon de nuit, à Phoenix. Se sentant traquée, elle avait disparu. Lézard Perlé risquait de ne pas la retrouver avant des mois. La seule solution avait consisté à attaquer ces flics, surtout Turnipseed, pour les contraindre à reculer. Mais ça n'avait pas marché. Turnipseed avait survécu. Et, plus grave, Femme Papillon de nuit avait à nouveau disparu. Donc, Lézard Perlé avait repris le chemin du Nord, dans l'espoir qu'elle se trouvait en territoire navajo, attirée, comme le papillon de nuit, par la flamme, par des retrouvailles qui, si elles se terminaient comme il se devait, les enverraient tous les deux au Paradis.

Tic-tac, tic-tac… La montre que la Voix lui avait donnée, glissée dans la poche de son Levi's, le narguait. *Debout ! En avant, païen stupide !*

Des gens mouraient, pourtant il ne semblait pas plus proche de la rédemption ultime.

La jeune femme s'immobilisa devant le feu de camp, un verre à la main. L'homme lui dit quelque chose et Lézard Perlé entendit son rire cristallin.

Debout ! En avant !

Il sentit la brûlure de la cravache sur le dos de ses mains. Comme toujours, il refusa de laisser paraître la douleur. Il souffrit, immobile et silencieux, persuadé que sa peau de lézard perlé couvrirait un jour tout son corps, le rendrait insensible aux coups. Que son corps d'homme mourrait et que son corps de reptile vivrait éternellement.

Mais, finalement, il se leva.

La lune avait disparu et seules les étoiles éclairaient vaguement les ténèbres.

Prudemment, afin de ne pas réveiller son petit frère, il ouvrit la caisse et en sortit ses gants. Il la referma, projetant de rejoindre son semblable plus tard. Dans un des gants se trouvait son javelot… plus un pistolet de calibre .40. *C'est le pistolet à cochon*, disait le mot presque illisible qui l'accompagnait, *et il est à toi. Ma mère dit que tu nous a ensorcelés. Mais je ne la crois pas. Tu nous as sauvés en tuant ce cochon. Elle le sait, maintenant, et elle te remercie beaucoup…* Lézard Perlé n'avait pas utilisé le pistolet à Phoenix, chez la femme flic, craignant que le tonnerre de la détonation l'empêche de fuir. Mais cet endroit se trouvait à au moins six kilomètres du terrain de camping de Chevelon Canyon Lake.

Dépêche-toi !

Il enfila ses gants, prit son javelot dans la main droite et le pistolet dans la gauche. Puis il rampa en direction des flammes. À cette altitude, il y avait des chênes parmi les sapins et les feuilles sèches craquaient sous ses coudes et ses genoux. Mais il y avait aussi d'autres craquements, plus sonores, parce que l'homme avait jeté du bois vert sur les flammes. Des spirales d'étincelles montaient vers le ciel. Tout en riant, l'homme et la femme éloignèrent leurs chaises de jardin en raison d'une soudaine bouffée de chaleur. Un peu comme faisaient les autres enfants, dans la salle de classe, quand il lisait le Livre d'une voix hésitante.

Lézard Perlé fit tout son possible pour détester le couple. Les shorts blancs et le bronzage. Le mépris était l'huile du meurtre. Il imagina Femme Papillon de nuit le jetant dans le feu, psalmodiant *lol-lol-lol* tandis qu'il brûlait.

Il traversa la rivière, glissant sur les pierres moussues, sa langue testant l'air. Il gravit la rive opposée sur ses pattes postérieures, ses pattes de devant placées de telle façon que l'homme et la femme ne puissent pas voir le javelot ou le pistolet.

Il se dressa devant eux, cracha, et ils sursautèrent.

Mais leur expression se mua rapidement en incompréhension. Ils avaient visiblement peur, mais semblaient attendre de sa part une explication susceptible de les rassurer. Comme il n'en donna pas, la femme dit, sur un ton neutre :

– On vous a vu, ce matin.

Elle semblait savoir ce qui se préparait. L'accepter même, peut-être.

Mais l'homme, vigilant, se leva, saisit une bouteille de bière.

– Avez-vous besoin de quelque chose ?

Il souriait, comme si cela pouvait rendre la situation moins désespérée.

– Fuyez et je ne vous ferai pas de mal.

Mais ils ne bougèrent pas.

Imbécile, ne laisse pas de témoins en âge de comprendre !

Lézard Perlé braqua le pistolet sur l'homme, mais épia la réaction de la femme. *Tire tout de suite !* Il hésita. *Tire !* Chacune des trois détonations rauques la fit sursauter, mais ses yeux dilatés restèrent rivés sur Lézard Perlé. Il y eut un fracas de tubes en aluminium quant l'homme fut projeté en arrière sur sa chaise et la renversa, puis le glouglou de la bouteille de bière qui se vidait.

Mais la femme refusait toujours de regarder la silhouette effondrée sur la chaise. Et elle ne hurla pas. Au bout de quelques secondes elle posa, lentement et prudemment, son verre sur la table pliante. Puis elle se dirigea vers la Lincoln, comme si ses pieds touchaient à peine le sol ; les bras contre les flancs ; la tête baissée.

Pas de témoins !

Quand Lézard Perlé la suivit, elle n'accéléra pas le pas. Elle continua de glisser en direction du quatre-quatre, comme indifférente au martèlement régulier des pattes qui retentissait derrière elle.

Il la laissa monter et s'asseoir au volant, même s'il avait vu, grâce à la lumière du feu, que la clé se trouvait sur le contact. Mais la vitre était baissée. Il passa son javelot à l'intérieur. Elle se figea, regardant droit devant elle, tandis que la lame cherchait un espace entre deux côtes, au bord de son sternum. Mais, à ce moment, sa patte droite se mit à trembler. Elle retint son souffle quand ses griffes passèrent sur sa joue, qui se mit à saigner.

Avait-il trop attendu avant de prendre son médicament ?

Rapidement, maintenant, il se prépara à frapper.

Enfin, elle se mit à hurler. Mais il n'était plus temps de hurler. Il appuya fortement, de la patte gauche, sur l'extrémité de la hampe du javelot et la lame pénétra dans son cœur.

Empalée, agitée de violents frissons convulsifs, elle parvint néanmoins à garder la tête levée. Sa patte trembla à nouveau, si bien qu'elle fit pivoter la lame du javelot, ce qu'il n'avait pas eu l'intention de faire. Elle se tourna vers lui, comme pour lui demander de ne pas faire ça. Mais les mots refusèrent de sortir.

Une mèche de cheveux était coincée au coin de ses lèvres et il l'écarta avec une griffe.

– Je voulais seulement votre voiture, dit-il d'une voix douce. Vous auriez dû partir quand vous en aviez l'occasion.

Puis elle s'affaissa.

Il sortit la pointe du javelot et un flot de sang la suivit. Puis se tarit. Elle était affaissée sur le volant, enchevêtrement de bras et de cheveux platine.

Il se redressa et marcha en direction de la forêt. Et de la caisse. Trébuchant au début mais, finalement, d'un pas ferme. Il reprenait ses esprits. Il n'y aurait pas de crise ce soir ; il avait pris son médicament à temps… Grâce à Dieu. Il envisagea de mettre le couple dans le coffre de la Lincoln et de jeter les cadavres dans un ravin, dans un endroit isolé. Mais, quand il regagna le camp, il constata qu'il n'y avait guère d'endroits plus isolés.

Jette-les dans les flammes ! ordonna la Voix.

Lézard Perlé posa la caisse sur la banquette arrière, puis regarda la femme. Pendant les quelques secondes qui avaient séparé le retrait du javelot et la fin, elle avait beaucoup saigné sur le tableau de bord et le volant. Il la sortit du véhicule, la traîna près du feu, puis il ouvrit la tente et pris les deux sacs de couchage qui se trouvaient à l'intérieur. Il s'en servit pour essuyer le sang, dans la mesure du possible. Il y avait encore une odeur cuivrée, dans l'habitacle, semblable à celle de l'abattoir du village. Agneaux qui bêlaient dans l'enclos, cochons qui glapissaient.

Si tu me déçois, je t'abattrai sans plus hésiter que quand j'abats ces bêtes stupides !

Lézard Perlé jeta les sacs de couchage trempés dans la rivière, puis prit l'homme sous les aisselles et le jeta, à plat ventre, sur le feu. Les bûches cassèrent sous l'effet de son poids et une gerbe d'étincelles jaillit. Il ajouta des branches, qu'il prit sur la pile de petit bois. Une puanteur de nylon fondu et de cheveux brûlés se répandit dans l'air. Quand les flammes grandirent à nouveau, il alla chercher la femme et la jeta sur l'homme.

Pars... tu n'as plus rien à faire ici.

– Ai-je fait comme il fallait ?

Dépêche-toi !

Quittant ses gants, il gagna précipitamment la Lincoln.

Le volant, couvert de sang partiellement coagulé, était collant. Sans tenir compte de cette sensation sur ses mains nues, il recula jusqu'à la piste de débardage et prit la direction de la 260. Elle se trouvait à une quinzaine de kilomètres. C'était samedi soir. On ne s'inquiéterait pas de l'absence du couple avant le lendemain soir, au terme d'un week-end de trois jours. Avant cela, il abandonnerait la Lincoln dans un endroit aussi isolé que celui où il avait laissé sa camionnette. Le tissu du siège était imbibé de sang et l'humidité traversa le tissu de son Levi's.

Quand Homme Papillon de nuit et Femme Papillon de nuit subiraient-ils le même sort ? Pourquoi lui échappaient-ils sans cesse alors qu'il ne voulait que leur bien ? Le meilleur bien possible. Le pardon de la dysharmonie qu'ils avaient créée, des désirs de meurtre qu'ils nourrissaient à son égard. Telle était la mission de Lézard Perlé : tout racheter et restaurer l'harmonie. N'était-ce pas dans ce but que la Voix l'avait envoyé dans le monde à la veille de la destruction du village ?

Oui, résonna dans son crâne, *oui !*

Soudain, Lézard Perlé gronda. Un véhicule arrivait rapidement en sens inverse, sa lumière tournoyant parmi les arbres. Fallait-il qu'il fasse demi-tour ? Il n'y avait pas d'endroit assez large. Et il ne fallait pas qu'il recule jusqu'au camp.

Peut-être le conducteur du véhicule céderait-il.

Lézard Perlé fonça sur les phares qui approchaient. Mais le chauffeur refusa de freiner. Et alluma un projecteur.

Lézard Perlé s'arrêta, ébloui.

– Coupez votre moteur, dit une voix masculine, dure, par l'intermédiaire d'un haut-parleur.

Au même instant, une barre semblable à celle des voitures de police s'alluma sur le toit du véhicule.

Il était impossible de contourner la Bronco verte du Service forestier. À soixante centimètre d'elle, l'accotement cédait la place à une haute falaise. Les gardes forestiers étaient parfois armés. Il le savait. Au claquement d'une portière succéda une vague silhouette en uniforme devant la source de la lumière aveuglante braquée sur Lézard Perlé. Le garde forestier contourna le capot de la Lincoln.

– Vous campez un peu plus loin, au bord de la rivière ? s'enquit-il.

Lézard perlé décida rapidement que c'était le meilleur moyen d'expliquer sa présence.

– Oui.

– Le poste de surveillance de Promontory Butte a repéré votre feu de camp...

Le faisceau de la torche du garde forestier balaya l'habitacle, sans passer sur le tableau de bord, s'arrêtant sur la caisse en carton posée sur la banquette arrière.

– Vous ne savez pas qu'il est interdit de faire du feu hors des... *Nom de Dieu !*

Le faisceau venait de dévoiler le sang coagulé dont le tableau de bord et le volant étaient couverts.

Tue, tue !

Lézard Perlé tira deux fois sans viser.

Le garde forestier bascula en arrière, comme frappé par une batte de base-ball. Sur le dos, il hoqueta violemment, tentant de reprendre son souffle. Il portait un gilet pare-balle : Lézard Perlé vit la légère protubérance qu'il formait sur son abdomen. L'impact des deux balles l'avait étourdi, mais il se redressait déjà en dégainant son pistolet.

Posant les avant-bras sur le haut de la portière, Lézard Perlé tira une troisième fois.

– Vous voulez des informations sur le fils de Darcy Altasal, dit Sylvia Newton.

C'était moins une question qu'une manifestation d'incrédulité, comme si elle ne s'intéressait pas sincèrement aux gens dont elle s'occupait. Elle reconnaissait qu'elle n'avait jamais eu l'intention de rester aussi longtemps au sein des Services sociaux de la nation navajo. Vingt-deux ans. Un de ces fonctionnaires blancs que les Dines n'acceptaient jamais vraiment, mais qui connaissaient trop bien la complexité des relations, au sein de la tribu, pour recommencer ailleurs. Au mur, au-dessus de sa chevelure poivre et sel, était accroché un diplôme d'anthropologie de Berkeley, mais Anna n'éprouva pas le besoin de dire à Mme Newton qu'elle avait fait ses études dans la même université. L'assistante sociale, femme d'âge mûr, avait déjà accepté, un dimanche soir en fin d'après-midi, de venir de Grants, où elle habitait, à Crownpoint, centre administratif navajo situé à l'est de la réserve. Un bureau dans un complexe où, même pendant le week-end, stagnait l'odeur rance des endroits où les gens attendent pendant de longues heures la solution de problèmes que l'État est incapable de résoudre. N'importe quel État.

– Darcy a-t-elle des ennuis ? demanda la femme.

– Non.

Après une journée interminable sur les routes du désert, Emmett semblait épuisé. Cent cinquante kilomètres de plus, depuis la réserve de Canoncito. Mais il voulait aller jusqu'à Window Rock et Anna avait eu beaucoup de mal à le convaincre de passer par Crownpoint.

Mme Newton demanda :

– Le fils de Darcy a-t-il des ennuis ?

Comme Emmett hésitait, Anna répondit :

– Nous ne sommes pas certains d'avoir bien compris ce qu'elle nous a dit. Mais, si nous ne nous sommes pas trompés, il y a des implications dans l'affaire de meurtre sur laquelle nous travaillons.

– Quelles implications ? s'enquit Mme Newton.

Anna jeta un nouveau coup d'œil sur le diplôme d'anthropologie.

– Nous vous serions très reconnaissants de pouvoir jeter un coup d'œil sur le dossier.

Elle comprit immédiatement que la femme n'avait pas la moindre intention de le leur transmettre, car elle s'appuya contre le dossier de son fauteuil et croisa ses bras maigres sur sa poitrine.

– Sans devoir nous trouver dans la désagréable obligation d'en faire officiellement la demande, ajouta Anna avec un sourire destiné à atténuer la menace juridique implicite.

– Je crois que Window Rock serait tout à fait prête à affronter cette désagréable obligation, dit sèchement Mme Newton. Le dossier de l'adoption est tenu secret, dans l'intérêt de l'enfant. Je ne suis pas autorisée à le consulter. Cela relève de l'autorité judiciaire tribale.

Emmett chassa avec bruit l'air contenu dans ses poumons.

– Écoutez, il n'est peut-être pas nécessaire que nous nous engagions sur cette voie.

– Voulez-vous dire que je pourrais vous passer le dossier sous la table, monsieur Parker ?

– Non. Voulez-vous répondre à quelques questions relatives à ce que vous savez personnellement ? Rien ne sera mentionné dans nos rapports… sans vous avoir contactée à l'avance et avoir obtenu votre accord.

– Cela me place dans une situation difficile.

– Moi aussi, reconnut-il. Peut-être avez-vous connaissance d'un élément qui serait capital pour l'accusation et, dans ce cas, dans quelle position nous trouverions-nous, l'agent Turnipseed et moi ? Mais il s'agit du meurtre de trois personnes, deux agents des forces de l'ordre et l'épouse d'un flic. Dans d'autres circonstances, nous ne vous demanderions pas cela, croyez-moi.

– L'affaire des Knoki, fit Mme Newton. Mais cet autre policier… ?

Elle répondit elle-même à sa question :

– L'agent du FBI, à Phoenix. J'ai vu ça à la télévision.

Au terme de ce rapide monologue, elle décroisa les bras.

– Aurelia Knoki et Darcy Altasal étaient-elles parentes ? demanda Anna.

– Éloignées, répondit la femme. Par le sang ou dans le cadre du clan, je l'ignore, cependant je suis pratiquement certaine qu'Aurelia a passé son enfance à Canoncito. Mais, voyez-vous, j'ai fait la première moitié de ma carrière à Tuba City.

– Où travailliez-vous quand Darcy a eu son fils ?

– Ici, à Crownpoint.

– C'est arrivé quand ?

– Il y a une dizaine d'années. Peut-être onze, maintenant.

Du coin de l'œil, Anna vit Emmett se tasser sur lui-même. Elle commençait à se sentir coupable de l'avoir fait venir jusqu'ici pour rien quand il se redressa et demanda, sec :

– L'hôpital ou l'état-civil du BIA peuvent-ils permettre de vérifier ?

– L'hôpital ou les archives de l'État, non. L'état-civil du BIA, oui.

– Donc le bébé n'est pas né à l'hôpital ?

– Non, monsieur Parker. Voyez-vous, Bernadine Altasal, la grand-mère de Darcy, était sage-femme…

– *Awee haliile,* coupa Anna, qui comprit enfin ce que Darcy avait dit.

– Exact, une sage-femme traditionnelle, dit Mme Newton avec un sourire interrogateur. Vous ne semblez pas être Dine.

– Modoc.

– Ah, Captain Jack et tout ça.

– Mon arrière-arrière-grand-père.

– Triste.

Mme Newton revint au sujet.

– Je suis persuadé que Bernadine a mis au monde de nombreux bébés dont l'existence n'a pas été signalée à l'administration. Mais, quand j'ai appris la naissance du fils de Darcy, j'ai aussitôt veillé à la faire enregistrer.

– Combien de temps après sa naissance Bernadine est-elle morte ? demanda Emmett, à nouveau intéressé.

– Quelques mois. Il a été son dernier.

Puis la femme ajouta, avec une pointe d'orgueil :

– Quand je suis arrivée ici, l'état-civil était totalement à l'abandon. Il m'a fallu convaincre Window Rock que la tribu perdait des subventions du fait que toutes les naissances n'étaient pas comptabilisées. Et un autre problème pesait sur la comptabilisation des naissances. Le marché noir de bébés indiens. Pas seulement ici, mais dans toutes les réserves du pays.

– Le marché noir ? demanda Anna, dubitative.

– Comment, selon-vous, à la fin des années soixante-dix, trente pour cent des bébés indiens se sont-ils retrouvés dans des familles d'accueil ou d'adoption, Mme Turnipseed ? Un taux d'adoption huit fois supérieur à la moyenne nationale, quatre-vingt-dix pour cent de ces jeunes Indiens aboutissant dans des familles blanches. Je parle de marché noir parce que pratiquement toutes ces transactions étaient extra-juridiques et réalisées sous la contrainte. Sans prendre en considération la souveraineté des tribus, ni les droits de parents à problèmes, susceptibles de vaincre un jour leur dépendance à la drogue et de vouloir récupérer leurs enfants.

Anna connaissait vaguement l'Indian Child Welfare Act [1] de 1978, mais ignorait que sa motivation – l'adoption d'enfants indiens par des Blancs – fut forte à ce point. Les Modocs étaient si peu nombreux qu'un membre de la famille étendu ou de la tribu était toujours prêt à recueillir un enfant non désiré ou négligé.

– Mais l'essentiel de ces abus datent d'avant 78, n'est-ce pas ?

– L'essentiel, mais pas la totalité, répondit Mme Newton. La bureaucratie a mis une éternité à réagir et de nombreux parents indiens – surtout les anciens délinquants et les anciens drogués – ignorent les droits que cette loi leur confère.

Elle s'interrompit, puis ajouta :

1. Loi sur la protection des enfants indiens (NdT).

– Je n'ose pas imaginer les situations dans lesquels certains de ces enfants se sont retrouvés.

– Pires que celles qu'ils quittaient ? demanda Emmett.

Anna était persuadée qu'il n'approuvait pas ces adoptions. Il n'aimait pas Mme Newton, voilà tout. Elle évoquait vaguement une religieuse et Anna commençait à comprendre que tous ses préjugés, apparemment frivoles, trouvaient leur origine dans son enfance passée dans un pensionnat catholique.

– On ne saura jamais ce que certains de ces enfants ont subi, monsieur Parker, répondit la femme en se levant. Mais sachez que le fils de Darcy a été confié à un couple dine tout à fait bien, qui vit à Shiprock.

La pendule du tableau de bord indiquait minuit.

Emmett fonçait, sur l'Interstate 40, vers les lumières de Gallup. Encore très éloignées, elles clignotaient. Il projetait, s'il était trop épuisé pour continuer quand il y arriverait, d'y trouver un motel. Mais, théoriquement, il voulait aller jusqu'à Window Rock et affronter John Tallsalt dès le lendemain matin. Dans son bureau ou chez lui, partout où il serait possible de rencontrer le lieutenant. À propos de la lettre, qui constituait désormais le meilleur espoir de résoudre l'affaire. Et de la raison pour laquelle Tallsalt s'en était emparé. *Merde... je le mets sur le gril.* Mais il se demandait si Tallsalt et lui étaient encore amis, si les liens de la loyauté comptaient toujours, quand Anna, réfléchissant à voix haute, dit :

– Rowe est allé à Canoncito parce qu'il recherchait un bébé ?

– Vraisemblablement.

– Mais pas un jeune garçon de dix ans, qui vit à Shiprock chez ses parents adoptifs ?

– Non. J'y ai réfléchi sous tous les angles et ça ne mène nulle part.

– Quelque chose s'est passé, entre Rowe et Lolly, juste avant la mort de ce type, Em...

Elle s'interrompit, parce que sa voix s'était soudain altérée. Vendredi soir, elle avait été confrontée à deux morts violentes en l'espace de trois heures. Emmett eut envie de s'arrêter au bord de l'autoroute et de la réconforter. Mais cela aurait été mal interprété.

Tout ce qui évoquait le désir, même si c'était totalement innocent, était désormais hors de question. Cela le rendait furieux, même s'il ne l'avouerait jamais à Anna. Ce n'était pas sa faute. Et c'était uniquement sa faute. Incroyable, l'instabilité de la situation dans laquelle tout ça l'avait plongé.

– Rowe a dit à Lolly qu'il avait essayé, reprit-elle. Qu'il était allé partout où elle lui avait demandé d'aller. Puis il a secoué la tête, comme si ça n'avait servi à rien.

Emmett força son esprit à réfléchir.

– Rowe savait ce qui est arrivé aux Knoki, quels qu'aient été ses contacts antérieurs, ou ceux de Lolly, avec eux. Quelle place les médias de Phoenix accordent-ils à l'affaire ?

– La première page et le début des journaux télévisés.

– Donc, cela nous ouvre deux perspectives. Rowe savait qu'il existait des liens familiaux entre Aurelia et les Altasal. Ou bien il l'ignorait, mais son nom aurait sûrement attiré son attention, si Darcy l'avait mentionné. Mais peut-être n'a-t-elle pas…

Emmett passa sur la file de droite afin de prendre la sortie de Window Rock. Ils étaient arrivés à Gallup et il se dit qu'il avait bien la force de conduire une demi-heure de plus.

– D'après Juan Morada, Rowe cherchait un type qui traquait Lolly et, d'après Darcy, il cherchait son fils. Qui croyons-nous… un ancien détenu ou une malheureuse débile ?

Anna resta quelques minutes silencieuse, puis :

– Est-il possible que Rowe ait participé au meurtre des Knoki ?

– Oui. Mais le seul projectile fourni par les autopsies est une balle de calibre .40 extraite du corps d'Aurelia. Rien à voir avec les .25 du Raven de Rowe.

– Frank Trente-trois, ici Gallup.

Anna prit le micro.

– À vous, Gallup.

– Votre position ?

– Au nord de la ville.

Le service de répartition du FBI de Gallup fonctionnait au milieu de la nuit et elle ne put cacher son étonnement. En général, ce type de tâche était confié aux services du shérif du comté de McKinley.

– Frank Trente-trois, téléphonez dès que possible au responsable de Phoenix. Vous avez son numéro personnel ?

– Affirmatif. J'appellerai de chez vous.

– Négatif. Sauf si vous ne pouvez pas le faire plus tôt. Ce sont les instructions de M. Niehaus.

Au lieu de continuer en direction de Window Rock, Emmett fit demi-tour dans un hurlement de pneus et fonça sous l'Interstate à la recherche d'une cabine téléphonique. Ils en trouvèrent une au bord de l'US 66, en face d'une station BP fermée. Anna se précipita hors de la voiture, fermant la porte vitrée à l'approche d'une locomotive allant vers l'est. Il s'agissait d'un train de voyageurs. Dix heures, d'ici jusque chez Emmett, dans l'Oklahoma. Les seules relations qu'il entretenait encore avec sa mère semblaient concerner la mort des membres de sa famille. Des veillées funèbres auxquelles il n'avait jamais le temps d'assister. Le passé s'éloignant, une personne après l'autre. L'année précédente, son oncle Howard avait succombé à une hémorragie cérébrale, la dernière personne qui parlait véritablement bien comanche parmi les Parker. Emmett avait toujours projeté de passer ses vacances chez Howard, dans son ranch proche de Lawton, d'enregistrer le vieillard, de mettre sa connaissance de la langue à l'épreuve de cette oreille impeccable. Désormais, l'accent et les nuances linguistiques de ses ancêtres quahadis avaient disparu à jamais dans une explosion interne de sang.

Ses mots mués en sang.

Le train était passé et Emmett se contraignit à revenir au présent. Anna raccrocha lentement le combiné mais s'attarda dans la cabine après avoir ouvert la porte. De ce fait, il descendit de voiture et la rejoignit sur le trottoir. Une nuit chaude, où traînaient encore les miasmes des vapeurs de gasoil de la locomotive. Elle sortit et ses yeux luirent dans la lumière des phares d'une voiture.

– Qu'est-ce qu'il y a ? demanda-t-il.

– Summerfield n'avait rien à se reprocher. Sa relation avec Dieter Preuss avait la caution du FBI. Un recrutement, comme tu l'avais supposé…

Emmett fourra les mains dans les poches, regardant la perspective du large boulevard. Cette nouvelle parut accentuer sa fatigue dans des proportions insupportables. Et avoir eu raison ne lui procura aucune satisfaction.

– Preuss habite à présent Silver Spring, Maryland. Il a un magasin d'antiquités à Washington, où il a passé ces deux dernières semaines. Alibi confirmé. Washington Metro l'a interrogé sans relâche pendant tout l'après-midi. Il a reconnu qu'il avait passé une semaine ici, en compagnie de Reed, à l'automne dernier. Et que leur relation était devenue sexuelle après l'effondrement de l'Allemagne de l'Est. D'après Niehaus, la mort de Reed l'a durement secoué. Je suppose qu'ils avaient des projets…

Elle secoua la tête, comme si elle se demandait si elle devait continuer.

– Allons nous reposer, dit Emmett. Trouvons un motel ici et dormons un peu.

– Niehaus n'avait pas que ça à dire.

Elle se redressa, le regardant droit dans les yeux.

– Tu sais où se trouve la forêt de Sitgreaves ?

– Entre ici et Phoenix.

– À quelle distance ?

– À peu près à une heure et demie au sud-ouest de l'endroit où on se trouve. Pourquoi ?

– Un garde forestier a été abattu, là bas, en début de soirée, dit-elle d'une voix sans inflexion. Il allait constater la présence d'un feu de camp illégal dans un endroit appelé Chevelon Canyon. Les services du shérif de Coconino l'ont découvert dans sa voiture de patrouille, qu'on avait partiellement poussée dans un ravin. Ils ont aussi trouvé le feu de camp…

18

C'était un matin clair, dans les montagnes, et un cadavre était déjà en route pour le Centre hospitalier universitaire de l'Arizona, à Tucson, tandis que deux autres, sous une bâche noire, étaient en instance d'évacuation. Emmett avait aidé les deux techniciens du FBI à couvrir les deux masses de chair calcinée après qu'un hélicoptère de la télévision de Phoenix eut remonté Chevelon Canyon juste au-dessus du sommet des arbres. Il avait percé la toile avec son couteau de poche, afin de permettre à la chaleur résiduelle de s'échapper, lorsque les braises du bûcher s'étaient ravivées. À présent, un filet de fumée s'en échappait.

– Est-ce que le plastique ramollit ? demanda Emmett.

Le légiste de Tucson serait furieux si une couche de polyéthylène fondu couvrait les deux sujets.

Le technicien toucha le plastique en plusieurs endroits, puis secoua la tête.

Emmett se concentra à nouveau sur la calligraphie d'empreintes laissées par le meurtrier. Assurément un homme, sauf s'il y avait, dans les environs, une amazone chaussant du quarante-quatre. Les allées et venues de l'assassin étaient moins visibles sur le tapis d'aiguilles de pin et de feuilles de chêne, qu'Emmett écartait au moindre indice de déformation, que sur la couche de matière végétale en décomposition qui se trouvait dessous, où les empreintes étaient beaucoup plus nettes. Et c'était exactement ça : *des allées et venues.* Le meurtrier avait descendu la pente, venant d'un endroit qu'Emmett n'avait pas encore déterminé, était resté pendant quelque temps assis sur un ressaut, puis s'était redressé.

Mais pas complètement.

Il avait rampé jusqu'à la rivière, laissant une piste semblable à celle d'un alligator sur les feuilles partiellement décomposées, puis sur la mousse couvrant les galets du lit de la rivière. Il s'était remis debout sur la rive, juste sous le camp. Afin d'attaquer ses victimes, car Emmett trouva trois douilles de calibre .40. Le calibre du pistolet de service de Bert Knoki... si bien que son cœur s'était mis à battre plus vite. Ensuite, après avoir vagabondé autour du feu et jeté un sac de couchage dans la rivière, le meurtrier était retourné, d'un pas traînant, à l'endroit où il s'était assis, laissant des taches de sang sur l'humus (le sien ou celui de ses victimes ?), avant de gagner à nouveau le camp.

Pourquoi ?

Emmett se tourna vers les chaises de jardin, l'une d'entre elles renversée et l'autre pas. Accessoires trahissant une horrible surprise.

Au-delà, Anna se tenait au milieu de la piste poussiéreuse, en compagnie de l'agent chargé de l'enquête sur ce nouveau bain de sang, un membre du bureau du FBI de Flagstaff. L'enquête sur l'assassinat de Summerfield avait été confiée à un agent de Phoenix. Leur affaire accumulait les agents comme des bernacles et Emmett avait décidé de se désolidariser aussi rapidement que possible de la concrétion bureaucratique qui croissait autour d'Anna Turnipseed, responsable de la coordination. Cependant ce serait, pour elle, une expérience salutaire, dans la mesure où il se tiendrait à distance. Si bien qu'il était resté à l'écart dès l'instant où ils étaient arrivés, à 3 heures du matin, à l'endroit où la Ford Bronco du Service forestier avait plongé dans le lit d'une rivière. Elle dirigeait désormais la plus grosse enquête de la région et demander sans cesse conseil à un humble flic du BIA ne l'aiderait pas à gagner le respect des nombreux enquêteurs et techniciens qui l'entouraient.

Expliquant quelque chose à l'agent de Flagstaff, elle eut un geste expressif. Elle était désormais capable d'être expressive. Emmett sourit. Elle avait également refusé de passer de la benzoïne sous son nez. Elle était de moins en moins sensible aux horreurs. En tout cas, sur les lieux d'un meurtre. Cependant, après ce geste, elle frotta machinalement l'endroit où le lézard perlé l'avait mordue.

Le meurtrier n'était sûrement pas venu à pied de Phoenix dans ces montagnes. Où s'était-il garé ?

Le soleil pénétrait parmi les pins et les chênes, même si les feuilles se faisaient moins nombreuses à mesure qu'il montait. Et finalement, quand les feuilles de chêne cessèrent de crisser sous ses pieds, il comprit à quel point l'approche du meurtrier avait été silencieuse, comme une brise qu'on sent alors qu'on ne l'a pas entendue. Il tendit le cou pour jeter un coup d'œil, à travers le feuillage, sur le camp. Dans le noir, le feu avait sans doute constitué un point de repère irrésistible. *Un papillon de nuit attiré par la flamme.* De la position des chaises, on pouvait déduire que les victimes avaient allumé le feu et que l'assassin avait simplement profité de sa présence pour brûler les corps.

Cent mètres plus loin, Emmett s'immobilisa d'un coup, la bouche sèche. Il venait d'apercevoir, entre les troncs, une camionnette bleu foncé.

Il dégaina son revolver et avança prudemment. Les constatations effectuées sur les lieux indiquaient que le meurtrier était parti depuis longtemps. Des empreintes de pneus tout terrain, sur la piste – et au-dessus de l'épave de la Bronco –, on pouvait conclure que l'homme avait pris la voiture du couple, probablement un quatre-quatre, et fuyait Chevelon Canyon quand il avait été confronté à l'agent du Service forestier. Les taches de sang relevés dans la poussière de la piste permettaient d'établir l'issue de cette confrontation.

Avait-il, pour une raison ou une autre, regagné sa camionnette ? Cela aurait été suicidaire, mais Emmett savait que d'autres meurtriers avaient recouru à cette porte de sortie.

Il s'immobilisa à cinquante mètres des portes arrière du véhicule.

Il n'y avait pas de vent et la forêt était calme, hormis les coups de bec lointains d'un pivert sur un tronc creux. Faisant quelques pas d'un côté puis de l'autre, il regarda les rétroviseurs extérieurs, cherchant à surprendre des mouvements à l'intérieur de la cabine. Rien n'indiquait qu'elle fût occupée. Mais ce monstre était capable de tout. Jamais Emmett n'aurait imaginé qu'il traquerait Anna jusqu'à Phoenix. Il semblait avoir toujours l'avantage. Il savait tout, connaissait tous les acteurs.

Emmett prit la direction des portes arrière, le canon de son arme braqué sur la fente qui les séparait. Guettant le moindre mouvement de la poignée, il la manœuvra du bout du pouce et de l'index. Il ouvrit la portière de droite, se jeta sur le plancher de la camionnette, balaya l'intérieur de son arme.

Le soleil éclaira l'espace vide.

Prenant appui sur les mains, il plongea en direction de la cabine. Vide.

Le véhicule avait été nettoyé. Il n'y restait rien.

Procède dans l'ordre. De l'extérieur à l'intérieur.

Il rengaina son arme et fit le tour de la camionnette. Les plaques d'immatriculation avaient disparu. Debout face à la calandre, il constata qu'il s'agissait d'une camionnette Grumman sur un châssis et une cabine General Motors. Il s'immobilisa et lut le millésime indiqué sur un des feux stop : 73. Le véhicule était un modèle 1973. Montant sur le pare-choc, mais veillant à ne pas toucher le rétroviseur extérieur, que le meurtrier avait forcément réglé, il scruta, derrière le pare-brise rayé, le coin droit du tableau de bord. La petite plaque métallique sur laquelle se trouvait le numéro de série du véhicule avait été arrachée ; il ne restait que les trous des rivets et un rectangle de peinture bleue que des années d'exposition aux ultraviolets du désert n'avait pas ternie.

Il ne toucha pas les poignées des portières de la cabine. Il fallait d'abord que les techniciens y recherchent des empreintes. Toutes les précautions avaient été prises, avant d'abandonner le véhicule, si bien que tous ces mètres carrés de métal et de vinyle ne permettraient peut-être de recueillir qu'une empreinte partielle. Surtout si on les avait effacées, comme il le soupçonnait. Il remonta dans la camionnette par les portes arrière, gagna la cabine et s'agenouilla devant le capot du moteur. La dernière attache cédait sous la pression de son stylo à bille quand il interrompit son geste. L'image du lézard perlé suspendu au poignet d'Anna, dans le noir, sous le mobile home des Knoki, lui traversa l'esprit.

Sortant sa petite torche de la poche de son coupe-vent, il le quitta et l'enroula autour de son avant-bras gauche. Il manœuvra la dernière attache, qui céda dans un claquement. Le visage posé sur le plancher métallique, il souleva le capot d'un centimètre, guettant un bruissement de griffes. Un autre centimètre. Protégeant ses yeux, il tenta d'apercevoir la peau écailleuse, mais se souvint que le museau du lézard perlé était du même noir luisant que le moteur couvert de cambouis. Il appuya le capot contre le tableau de bord et braqua sa torche sur le moteur. Une tache couleur d'argent scintilla. On avait gratté le numéro de série, ne laissant que la fonte vierge.

Ce numéro aurait pu lui indiquer qui avait tué six personnes au cours de ces huit derniers jours.

Il y avait encore une chance de trouver le numéro de série. L'usine le gravait quelque part sur le châssis, gardait religieusement le secret sur l'endroit où il se trouvait, et ne le dévoilait que lorsque les forces de l'ordre le lui demandaient avec insistance. Il aurait probablement besoin, pour le localiser, d'un spécialiste du vol de voiture. De sorte qu'il n'aurait pas de réponse avant plusieurs heures, sinon plusieurs jours. Et si la camionnette avait été volée, il ne saurait peut-être jamais qui l'avait abandonnée ici avant de prendre la direction du feu de camp, afin de tuer ses malheureuses victimes. *Les lézards perlés, dans la nature, sont des tueurs d'enfants*, avait dit le Dr Hennepin.

Puis il faillit ne pas entendre. Un grincement de charnières.

Il roulait vers l'extrémité opposée de la camionnette quand un sifflement furieux lui fit dresser les cheveux sur le crâne. Un gros lézard perlé sortit de la boîte à outils vissée sur le plancher, derrière le siège du conducteur. L'animal fonça sur lui à une vitesse stupéfiante, la bouche ouverte, les dents luisantes de venin. Emmett fléchit les jambes, déroula le coupe-vent, lança une manche en direction de la gueule ouverte. Les mâchoires se refermèrent sur le nylon. Sans laisser au cerveau de la créature le temps de réaliser qu'il ne s'agissait pas d'une proie, Emmett souleva l'animal, le laissa tomber dans la boîte à outils, fit basculer le couvercle d'un coup de pied, le maintint fermé d'une jambe tremblante.

– Putain de saloperie, grogna-t-il.

Il fourra son stylo à bille dans l'œillet, afin de maintenir le couvercle en place.

Puis il s'assit pour examiner la manche déchirée de son coupe-vent.

Un objet rouge et blanc, coincé entre deux des plaques métalliques en forme de losange du plancher, attira son regard. Une gélule bicolore. Il la dégagea à l'aide de son canif, puis la glissa dans un sachet en plastique.

Ainsi, le monstre avait oublié quelque chose. Il était faillible. Mais cela ne sauverait sans doute pas sa prochaine victime.

Pour supporter son enfance, Anna s'était divisée en deux moitiés conscientes. L'utilité imprévue de ce mécanisme l'étonnait. Une partie de son esprit avait une conscience aiguë de la puanteur de la chair humaine calcinée, de retour au moment où elle s'était enfin débarrassée de celle des Knoki. Conscient des silhouettes noircies et grotesques, l'une sur l'autre, en forme de croix… un homme et une femme, selon le légiste, qui avait procédé à un premier examen. Conscient du chuintement d'une goutte de graisse tombant, de temps en temps, sur les braises encore chaudes. Pourtant, l'autre moitié de son esprit se consacrait exclusivement à l'analyse des ramifications de l'affaire, aux moyens de relever et de conserver les indices. La brise s'était levée, attisant les braises. L'hélicoptère de la télévision ne tournait plus dans le ciel bleu pâle, de sorte qu'elle avait fait enlever la toile. Si le plastique fondait, les autopsies ne seraient pas rigoureuses.

Il ne se passait rien sans qu'elle eût donné son accord.

Elle était responsable de la coordination. Tous les membres du personnel, ici ainsi qu'à Phoenix et à Gallup, étaient comme des rayons fixés sur le moyeux que sa volonté était devenue.

– Madame Turnipseed…

Le légiste du comté de Coconino indiqua que l'examen initial des corps était terminé et qu'on les avait photographiés ; pouvait-on, maintenant, les mettre dans des sacs ? Machinalement, elle chercha Emmett du regard, mais il avait disparu sur la pente qui aboutissait au camp. En quête de sa vue d'ensemble. Et, supposa-t-elle, la laissant intentionnellement se débrouiller seule.

Une plainte stridente se fit entendre. Puis une masse noire passa au-dessus d'elle, suivant le canyon. L'hélicoptère, à nouveau.

– Merde, marmonna Anna.

Au lieu de faire couvrir une nouvelle fois les cadavres, elle cria au sergent du comté de Coconino chargé de sécuriser le périmètre :

– Demandez à votre répartitrice de téléphoner à la station de télévision et de lui dire que si l'hélico fait encore un passage, nom de Dieu, je dépose plainte auprès de l'U S attorney !

Elle n'était pas certaine de pouvoir le faire, mais le sergent porta deux doigts à la visière de sa casquette et gagna sa voiture de patrouille.

Le légiste attendait toujours sa réponse.

– Voyons…

Elle passa la langue sur ses lèvres, qui avaient un goût de poussière. Jim Niehaus avait quitté Phoenix et était en route. Mais il semblait ridicule d'attendre que le chef du bureau de Phoenix arrive, visite les lieux et félicite chacun du travail accompli. Plus tôt les corps seraient autopsiés, mieux ce serait.

– Évacuez-les, dit-elle.

Le légiste cachait une barre à mine derrière son dos. Il la garda à la main quand il se dirigea vers les corps.

Anna pivota sur elle-même.

Altasal. Elle faillit prononcer le nom à haute voix. Il surgissait dans son esprit depuis le début de la matinée.

L'agent de Flagstaff, une touffe de poils noirs apparaissant dans l'encolure de sa chemise depuis qu'il avait quitté sa cravate, lui fourra pratiquement un sweat-shirt froissé sous le nez. Université d'État de l'Arizona. Elle avait oublié qu'elle avait demandé de fouiller la tente.

– Autre chose ? demanda-t-elle.

– C'est tout, répondit-il, exaspéré. Il y a bien quarante mille étudiants dans cette université ? Et l'une ou l'autre des victimes y était peut-être inscrite. Ou bien avait de la famille qui la fréquentait. Ou avait simplement acheté ce foutu truc, hein ?

On supposait que le portefeuille et le sac à main des victimes se trouvaient dans leur véhicule, présumé volé. Elles faisaient du camping sauvage, de sorte qu'il n'y avait pas trace d'elles au centre régional du Service forestier, à Winslow. Anna estimait qu'on ne s'inquiéterait pas de leur disparition avant ce soir, peut-être même mardi soir. Et elle se demandait quelles informations elle était prête à communiquer aux médias. Il fallait que certains détails restent secrets, ne serait-ce que pour être en mesure d'écarter les faux aveux. Elle en parlerait avec Niehaus, dont le spécialiste des relations publiques avait rédigé les communiqués de presse habiles concernant les Knoki et Summerfield.

Altasal.

– Autre chose, Turnipseed ? s'enquit l'agent de Flagstaff.

– Le directeur du Service forestier de Sitgreaves est-il encore ici ?

– Quelque part.

L'homme était fatigué. Bizarrement, elle ne l'était pas. Elle n'avait pas dormi de la nuit, mais elle avait l'impression de pouvoir continuer jusqu'à la fin des temps.

– Voulez-vous aller le chercher ?

L'agent s'éloigna d'une démarche lasse.

Niehaus voudrait une information complète, y compris sur les antécédents de l'agent du Service forestier assassiné. Pour le moment, alors qu'elle avait passé deux heures à examiner et à photographier son corps, dans la Bronco accidentée, elle savait seulement qu'il s'appelait Gary Clement. Deux balles, semblables à des boules de gomme couleur de plomb, étaient fichées dans son gilet pare-balles en Kevlar. Une troisième avait pénétré dans son crâne juste au-dessus de l'œil droit. Sa dernière communication avait été adressée aux pompiers de Winslow :

– Un véhicule vient à ma rencontre. Je vous contacterai...

Puis, après avoir tenté par deux fois de joindre Clement, la répartitrice avait lancé un appel de détresse au shérif du comté de Coconino. L'adjoint, habitué à repérer les véhicules tombés dans les ravins des routes de montagne, avait trouvé l'endroit où on avait poussé la Bronco hors de la piste.

Un homme aux cheveux blancs, en uniforme du Service forestier, s'immobilisa devant elle.

– Vous voulez me voir, agent Turnipseed ?

– Oui, monsieur. Que pouvez-vous me dire sur Clement ?

– C'était un type bien. Il va nous manquer.

– Quel âge avait-il ?

– Trente-trois ans. Deux ans chez nous, plusieurs années au LAPD [1] précédemment. Il est venu s'installer ici pour soustraire sa femme et ses enfants à la violence de la ville…

L'homme eut un sourire gêné, puis ajouta :

– Il s'entendait bien avec les gens de la région. Je suis stupéfait.

Une nouvelle fois, une moitié de l'esprit d'Anna enregistra, avec un sentiment de tristesse, l'allusion à la femme et aux enfants, tandis que l'autre refoulait partiellement l'émotion et cherchait des éléments matériels. Une cause imprévue à l'homicide, notamment. Cependant, elle était convaincue que Clement et l'assassin ne s'étaient pas rencontrés avant la veille au soir.

– Il tenait un journal de ses patrouilles.

Elle avait trouvé le porte-papiers dans la rivière.

– Absolument.

– Je voudrais la copie de tous ses rapports du mois écoulé. Simplement pour m'assurer qu'il n'a pas mentionné quelque chose qui pourrait être lié à tout ceci avant…

Elle ne jugea pas nécessaire de terminer.

– Je veillerai à vous les fournir dans la journée.

Le directeur s'éloignait quand elle éprouva une étrange sensation de bien être. Elle ne put déterminer si elle était due à l'acceptation de sa condition ou, tout simplement, au manque de sommeil. *Ma place est ici.* Même si cela semblait ridicule, alors que deux cadavres gisaient à moins de dix mètres et qu'une douzaine d'hommes attendaient, retenant leur souffle, qu'elle commette une erreur. Elle eut l'impression d'avoir pénétré dans une nouvelle dimension. Qui avait, sûrement, ses démons propres. Mais pas les démons qui lui étaient depuis toujours familiers, lesquels étaient apparemment incapables de l'y suivre. Car, ici, elle commandait.

Mais Jim Niehaus arriva.

1. Los Angeles Police Department (NdT).

À peine eut-il claqué la portière de sa voiture que le responsable du bureau de Phoenix ordonna de couvrir les cadavres.

– Désolée, contra-t-elle, mais nous n'avons que du plastique et les corps sont encore très chauds, si bien qu'ils risquent de le faire fondre.

Il la foudroya du regard pendant quelques instants, puis leva les yeux au ciel.

– Et l'hélico de la télé, qui m'a survolé ?

– J'ai demandé à la police du comté de téléphoner à la station. Si ça ne marche pas, je suis certaine que votre responsable des relations publiques trouvera le moyen de le lui faire regretter. Et puis, vous croyez vraiment qu'ils vont diffuser ces images ?

Niehaus se dirigea lentement vers elle, ses cheveux blonds semblables à une flamme dans la lumière du soleil. Elle s'aperçut qu'il se forçait à paraître détendu, que l'horreur du spectacle le troublait. Il jeta un coup d'œil sur les vêtements d'Anna. Poussiéreux et tachés de boue jusqu'aux genoux, parce qu'elle avait passé deux heures dans la gadoue de la rivière, lorsqu'elle avait examiné la Bronco de Clement. Niehaus portait un polo et un pantalon kaki, comme s'il venait tout droit du parcours de golf.

– Où est l'agent du Service forestier ? demanda-t-il.

– En route pour Tucson.

– Des indices sur l'identité des deux autres ?

– Non. J'ai demandé tous les services de police de l'Arizona, du Nouveau-Mexique et du sud de l'Utah de nous avertir au cas où on leur signalerait que deux campeurs n'étaient pas rentrés. Mais il faudra probablement recourir à l'analyse des dents.

– Possible, reconnut-il, se mettant à marcher, comme s'il se sentait très mal à l'aise.

Emmett avait raison : tout le monde réagit à sa façon. Sur les lieux d'un homicide, Parker ne tenait pas en place.

Elle emboîta le pas de Niehaus.

– Je présume que des équipes de télévision sont en route.

– Très vraisemblablement.

– Je voudrais savoir ce qu'on peut leur dire. Je ne veux pas faire de bêtises.

Sans doute sa naïveté fit-elle plaisir à Niehaus, car il sourit.

– Mon attaché de presse arrivera dans une heure. Fred Waggoner l'accompagne. On réfléchira avant qu'on nous fourre les micros sous le nez. Inutile, selon moi, d'espérer cacher que les corps ont été brûlés.

Ils passèrent entre le bûcher et un technicien, qui coulait consciencieusement du plâtre de Paris dans une des empreintes de pas du meurtrier.

– Comment va votre front ?

Elle comprit qu'il faisait allusion au bleu.

– Bien.

Il hocha la tête, songeur.

– Turnipseed, s'agit-il du suspect non identifié qui a également tué les Knoki et Summerfield ?

Suspect non identifié. Une façon étrangement détachée de qualifier ce monstre. Elle confirmait un des préjugés d'Anna, selon lequel les blonds ne ressentent pas les émotions avec la même acuité que les bruns.

– Je crois.

– Pourquoi ?

– Premièrement, il n'hésite pas à s'en prendre aux forces de l'ordre. Knoki, Summerfield et, maintenant, l'agent du Service forestier.

– Donc les flics sont ses cibles ?

– Seulement s'ils se mettent en travers de son obsession.

– À savoir ? demanda Niehaus, contournant un technicien qui photographiait des empreintes de pneus, derrière la tente.

– Je ne sais pas encore.

– Continuez.

– Deuxièmement, il brûle ses victimes s'il en a l'occasion.

– A-t-il brûlé l'agent du Service forestier ?

– Non.

– Et pas davantage Summerfield, fit remarquer Niehaus.

– Mais le meurtrier devait quitter l'appartement d'Emmett au plus vite. Tout comme il ne pouvait pas s'attarder dans ce canyon.

– Cependant, vous êtes convaincue qu'il a tué les Knoki et Reed ?

Anna réfléchit. Il y avait deux ensembles d'empreintes, près de la voiture de patrouille de la police tribale, à Crystal Wash. De ce fait, il était peu probable qu'il eût tué le flic navajo et sa femme seul, sauf si les meurtres et l'incinération des corps n'avaient pas été accomplis par la même personne. Mais les autopsies indiquaient que Bert n'était pas mort quand on avait incendié son véhicule de patrouille. Cependant, elle n'avait pas oublié Garwin Descheenie, le voyou qui portait sur le cou un tatouage représentant un lézard perlé ailé, arrêté avec cinq autres Vipères après l'agression dont elle avait été victime chez Clydine Jumper. Si quelqu'un avait aidé l'assassin, c'était lui. Ou, peut-être, Ivan Jumper. Descheenie était toujours en détention à Tohatchi. Et, selon Emmett, Ivan était toujours introuvable. Elle s'aperçut qu'elle avait fait attendre Niehaus trop longtemps.

– Vous ne me cachez rien, hein, Turnipseed ?

Il souriait à nouveau, mais sa méfiance était perceptible.

Heureusement, à cet instant, Emmett apparut entre les pins.

– Tu peux te passer d'un technicien ?

– Pourquoi ? demanda-t-elle.

– Il y a une camionnette bleu foncé, abandonnée, à trois cents mètres d'ici.

Emmett ne cacha pas sa joie quand Niehaus ouvrit la bouche et que tous ceux qui se trouvaient aux alentours, interrompant ce qu'ils faisaient, approchèrent.

– Immatriculée dans l'Utah ?

– Pas de plaques d'immatriculation, pas de numéro de série.

Emmett et Niehaus se serrèrent mollement la main.

– Vous pouvez faire venir rapidement un spécialiste compétent en vols de voiture, Jim ?

Comme Niehaus hésita un bref instant, Emmett se tournant vers Anna, ajouta :

– Je te serai reconnaissant de demander l'assistance d'un membre de la police de la route de l'Arizona, que je connais. Il trouverait le troisième numéro de série d'un char égyptien…

Elle comprit qu'il exagérait son accent de l'Oklahoma, généralement à peine perceptible, pour provoquer Niehaus. Mais pourquoi maintenant ?

– Il faut simplement lui dire de se méfier de la boîte à outils, ajouta-t-il. Elle contient un lézard perlé furax.

– Ça va, Em ?

– Au poil.

Il jeta un coup d'œil impatient sur sa montre. Machinalement, elle fit de même : presque midi.

– Bon, je crois que je devrais y aller.

Il avait l'intention d'abandonner sa responsable de la coordination à Chevelon Canyon. Vraisemblablement pour aller à Window Rock et interroger Tallsalt sur la lettre volée, son idée fixe depuis qu'il avait appris que Darcy Altasal et Aurelia Knoki étaient parentes. Elle resta immobile, luttant en silence contre la sensation de trahison que suscitait le départ d'Emmett.

– Où voulez-vous installer votre quartier général, Turnipseed ? demanda Niehaus.

Regardant Emmett droit dans les yeux, elle répondit :

– À Window Rock.

Mais le responsable du bureau de Phoenix parut plus ébahi que Parker.

– Pas à Phoenix ou à Gallup ? Réfléchissez aux ressources dont vous aurez besoin.

– Je l'ai fait. La Big Rez est au centre de cette affaire. Tout, d'une façon ou d'une autre, ramène à la nation navajo. Je veux arriver avant ce salaud, cette fois, et l'attendre…

Elle constata que Niehaus procédait à l'analyse qu'elle avait déjà faite : la forêt nationale de Sitgreaves se trouvait exactement entre Phoenix et le cœur du pays navajo. Le meurtrier ne s'y était arrêté que pour changer de véhicule avant de reprendre le chemin du nord. Et elle aurait juré que la camionnette était immatriculée dans l'Utah, État où se trouvait une part considérable de la réserve.

– Je voudrais pouvoir disposer de Parker, s'il se passe quelque chose là-bas.

Glacial, Niehaus répondit :

– Tout ce que vous voulez, du moment que le travail est fait… le plus vite possible.

19

À son corps défendant, Emmett fut entraîné dans les faubourgs noirs et blancs de Fort Sill, en direction de la maison de sa mère, certain qu'il rêvait, sur le chemin de la cour, certain qu'il rêvait, passa devant son visage consterné, sûr qu'il rêvait, entra dans cette cuisine horrible, tachée de sang et de matière cérébrale. Il s'immobilisa. Fou de joie parce qu'il était arrivé à temps, alors qu'il venait d'Oklahoma City. Le sang et la matière cérébrale se trouvaient toujours à l'intérieur du crâne de son frère. Mais Malcolm Parker, assis à table, considérait le pistolet qu'il tenait à la main. Et soudainement, comme cela arrive dans les rêves, ce ne fut plus Malcolm Parker, mais John Tallsalt, qui glissait l'index sous le pontet, puis le retirait. Dans l'étrange télépathie des rêves, Tallsalt dit : *Je serai réhabilité.* Mais Emmett était déjà presque réveillé, si bien qu'il se souvenait que, d'après sa mère, les derniers mots de Malcolm avaient été : *Je serai libéré, chère Numu Pabi.* Nom de Dieu ! Le canon entama sa montée fatale vers la tempe. Emmett tenta de se précipiter, mais fut incapable de bouger.

La détonation inévitable retentit et il se réveilla en sursaut.

Pendant un instant, il crut qu'il s'était endormi au volant. Il était indiscutablement dans sa voiture, mais Anna, vigilante, conduisait. Il se souvint qu'il avait insisté, dans l'après-midi, pour qu'elle conduise. Il essuya un filet de salive qui coulait au coin de ses lèvres, jeta un coup d'œil derrière lui. La détonation était, en réalité, le fracas des pneus sur une grille à bétail. Ce bruit était-il à l'origine du cauchemar, comprimé en une fraction de seconde ?

– Ça va mieux ? demanda Anna.

Non. Mais il répondit :

– Ouais.

La pendule du tableau de bord indiquait 17 h 12 et les rayons du soleil se déployaient en éventail au-dessus des Chuskas. Dans l'air raréfié, les hogans et les masures se détachaient avec une grande netteté. Les épaves de voitures. Un peuple vaincu en voie de rétablissement. Il n'avait pas pleuré après le suicide de son frère, mais espérait le faire un jour, ne serait-ce que dans son sommeil. Il fut heureux que cela ne se soit pas produit cette fois. Des cumulus couraient sur l'horizon, au nord, semblables à des voiles blanches. La tragédie cherche toujours les causes et les effets dans le passé et il se demanda si Malcolm serait toujours en vie si la petite flotte de Christophe Colomb avait disparu en mer. Était-ce aussi simple ?

Probablement pas.

Les Comanches, dans leur immense majorité, n'étaient pas portés à l'alcoolisme. Initiés à l'alcool par les commerçants américains, ils s'étaient demandés stupéfaits, pourquoi les êtres humains absorbaient un produit qui les rendait stupides. De sorte que la faiblesse commune à Malcolm et à Emmett était probablement individuelle et, s'il y avait un bouc émissaire, il était de nature génétique. De qui provenait-il ? Des Parker ? La mère de Quanah était une captive blanche.

Il bâilla et demanda :

– Où on est ?

– Presque à Tohatchi, répondit Anna. Sur la 666.

– Le signe du monstre.

– Quoi ?

– Rien.

Il remit sa ceinture, qui était montée sur sa gorge, en place. Il avait voulu aller directement de la forêt de Sitgreaves à Window Rock. Si Tallsalt n'était pas rentré de week-end quand ils arriveraient, Anna et lui, dans la capitale, il serait sur place et pourrait l'interroger dès le lendemain matin. Mais Anna avait demandé :

– Qu'est-ce que ça nous apportera si John est plus impliqué qu'on le croit ?

Il n'avait rien trouvé à répondre ; il était à présent dans la même situation. Il n'en pouvait plus. Et s'endormir pendant la journée, même lorsqu'il était épuisé, ne lui était jamais arrivé. Mais Anna l'avait surpris alors qu'il franchissait la ligne blanche. Deux fois.

À Winslow, environ une heure au nord de Chevelon Canyon, elle avait passé deux appels, depuis une cabine, n'en avait parlé qu'après l'avoir relayé et filait en direction de l'est, sur l'Interstate 40, dans la circulation chargée de Memorial Day. Elle avait tout d'abord téléphoné au responsable de service du centre de détention pour mineurs de Tohatchi – devant lequel elle freinait maintenant. Une prison en parpaings, au toit plat, les murs entourant la cour surmontés de fil de fer barbelé. Elle avait dit au responsable qu'elle voulait photographier le lézard perlé tatoué sur le cou de Garwin Descheenie. Elle avait ensuite téléphoné au service des abonnés absents de l'avocat d'Albuquerque chargé de défendre les Vipères devant le tribunal fédéral, l'informant de ce qu'elle avait dit au responsable. Emmett ne put s'empêcher d'admirer sa ruse : dès qu'il apprendrait qu'on avait gravé le même dessin sur les roches de Lowe Canyon, et qu'on l'avait peint sur l'arrière de la maison de Blackhouse et Rowe, à University Park, l'avocat déclarerait qu'il s'agissait d'indices susceptibles d'incriminer son client. Et Emmett savait que le juge refuserait d'en tenir compte s'il estimait que la façon dont ils avaient été obtenus était trop défavorable au prévenu. Mais il devina également que l'objectif réel d'Anna consistait à inquiéter l'avocat, afin qu'il autorise au moins un des voyous à subir un interrogatoire.

Très bien. *La tromperie au profit d'une cause juste est admirable.* Proverbe comanche.

Elle se gara sur le parking réservé aux visiteurs et Emmett descendit de voiture dans l'ombre des Chuskas. La fraîcheur le revigora légèrement. La seule autre voiture était une Porsche. Si elle appartenait à l'avocat des Vipères, le message d'Anna l'avait inquiété à un point tel qu'il était venu d'Albuquerque le soir du dernier jour d'un week-end prolongé.

– Je peux emprunter ton appareil photo ? demanda-t-elle.

– Ouvre le coffre.

Il sortit son 35 mm équipé d'un flash de la mallette qui contenait son matériel et le lui donna.

– Tu sais faire les gros plans ?

– Le plan de la pellicule et celui de l'objet doivent être parallèles.

Elle ouvrit la porte métallique et il entra.

– Pourquoi ai-je l'impression d'avoir créé un monstre ?

– Ne propose rien si tu ne le fais pas sincèrement, dit-elle, légèrement vexée, pénétrant à sa suite dans le hall d'entrée.

Sans décoration et sans meubles, hormis le règlement des visites et des chaises fixées au plancher. Les visites cessaient à 17 heures et la pièce était vide. Le responsable, un Navajo grassouillet qui portait un énorme trousseau de clés à la ceinture, les conduisit dans une salle d'interrogatoire et pas au service des incarcérations, où toutes les photos étaient réalisées, ce qu'Emmett ne comprit pas, jusqu'au moment où l'homme ouvrit la porte sur Garwin Descheenie et son avocat. Le voyou portait la combinaison orange réglementaire. Et un filet sur les cheveux. L'Indien, trapu mais pas gras, était probablement un Pueblo. Pas tout à fait trente ans, les cheveux noirs coupés avec élégance. Il portait un costume beige et des chaussures en chevreau. Il se leva et, avec un sourire tendu, demanda :

– Agent Turnipseed ?…

– Bonsoir.

– Je m'appelle Rod Guzman.

– Voici l'inspecteur Parker, du BIA, dit Anna.

– Ah, oui.

Emmett avait l'habitude de ces *Ah oui.*

Guzman ne tendit pas la main. Il était sur ses gardes. Rien, dans son attitude, ne le trahissait. C'était son apparence. Il avait pris le temps, alors qu'il était en congé, de s'habiller de telle façon qu'on ne puisse pas le prendre pour un avocat indien minable.

– Madame Turnipseed, je vous remercie d'avoir téléphoné à mon cabinet et j'ai expliqué à Garwin que nous acceptons d'accéder à votre demande, mais que nous avons le droit de savoir dans quel contexte ces photographies seront utilisées.

Descheenie fixa Emmett dans les yeux. Ce dernier soutint son regard et dit :

– Elle seront utilisées dans le contexte de l'enquête sur un tueur en série qui a aujourd'hui six cadavres à son actif.

Le voyou ricana.

– Debout, s'il te plaît, ordonna Emmett, même s'il avait déjà saisi le voyou par l'empiècement de sa combinaison et l'avait contraint à se lever.

– Ça va, ce soir, Gar ? ajouta-t-il.

Sans laisser à Descheenie le temps de répondre, Emmett se tourna vers l'avocat :

– Je suis désolé, dit-il… ça ressemble à la préparation d'un interrogatoire, hein ? Et, à l'heure qu'il est, s'il y a une chose dont on n'a pas envie, c'est bien d'écouter les conneries de Gar.

– Monsieur Parker…

– Pardon, monsieur Guzman.

Anna passa devant l'avocat, interrompant ses protestations, braqua l'appareil sur Descheenie.

– Tourne-lui la tête, Emmett.

Il obéit, avec brusquerie, et dans l'éclair aveuglant qui suivit vit le lézard perlé ailé voler. Elle photographia le tatouage trois fois, de trois distances différentes :

– Terminé.

Elle gagna la porte et s'éloigna si rapidement, dans le couloir, qu'Emmett crut qu'elle était furieuse parce qu'il avait gâché l'éventualité d'un interrogatoire. Dès l'instant où Guzman avait fait allusion au contexte, il n'y en avait plus eu aucune. Il était venu dans le but d'empêcher ses clients de parler, de toute évidence parce qu'il croyait qu'ils avaient plus ou moins pris part au meurtre des Knoki. Le jeune avocat ne dominait pas encore l'impassibilité qui permet de gagner à ce jeu, où seules comptent les apparences.

Quand il rejoignit Anna, Emmett constata avec étonnement qu'elle réprimait un sourire.

– Qu'est-ce qu'il y a ? demanda-t-il, innocemment.

– La comédie destinée à pousser Guzman à négocier.

– En réalité, je ne supportais pas le filet que Garwin portait sur les cheveux.

– Agent Turnipseed ?…

C'était le responsable du centre de détention.

– Votre code est-il Frank Trente-trois ?

– Oui.

– Gallup tente de vous joindre. Je ne sais pas depuis combien de temps. J'ai rarement l'occasion d'écouter la radio.

– Je peux téléphoner ?

– Dans la salle de contrôle.

Le responsable tendit les lèvres en direction d'une porte.

Emmett attendit dans le hall d'entrée en regardant, derrière la vitre épaisse qui se trouvait près de la porte, Chaco Mesa, excroissance rocheuse qui se dressait au loin. Les Anasazis y vivaient en harmonie, il y a mille ans, sans avoir besoin de prisons. Dans quelle mesure Descheenie et ses compagnons avaient-ils peur de l'incarcération ? Assez pour avouer leur rôle dans ce gâchis ?

Nom de Dieu.

Cela lui échappait toujours : le lien entre les Knoki, Terry Rowe, Lolly Blackhouse, les Vipères, la créature sanguinaire qui avait à nouveau tué la nuit dernière *et* John Tallsalt. Impossible de le trouver. Pour la première fois de sa carrière, la solution semblait lui échapper.

Anna franchit précipitamment la porte.

– Lis.

Un fax du FBI de Gallup. En fait la copie d'un télégramme du service des immatriculations de l'Utah. *Recherche numéro de série 3748923S66 : immatriculation expirée en 1973 d'une camionnette General Motors. Dernier propriétaire connu : Église de la Vraie Prophétie, boîte postale 19003, Mexican Hat, UT84521.*

– Nom de Dieu, fit-il.

La piste serpentait dans la forêt de conifères sur la face nord de Chuska Peak. Selon Emmett, c'était le chemin le plus court pour rejoindre la Route navajo 12 et, de là, la partie de la Big Rez située dans l'Utah. Ils étaient à 2 200 mètres d'altitude, si bien qu'ils avaient pu couper l'air conditionné et baisser les vitres. Anna lui adressa un bref regard. Il était à nouveau sur le siège du passager ; il n'avait pas protesté, à Tohatchi, quand elle avait proposé de reprendre le volant.

– Je crois que je voudrais te demander quelque chose…

Le ton de sa voix la crispa.

– Si tu veux bien, ajouta-t-il.

– D'accord, dit-elle, les mains serrées sur le volant.

– Est-ce que tu as déjà trouvé que je me comportais vis-à-vis de toi d'une façon, disons, inconvenante ?

– Inconvenante ?

– Impatiente, je veux dire.

– Tu es tout le temps impatient, Emmett. *Direct* conviendrait mieux. Tu es comme ça, c'est tout.

Mais elle savait très bien de quoi il s'agissait. Il avait résolu son pitoyable mystère et avait besoin d'en parler avec elle. Elle avait besoin d'en parler, elle aussi, mais n'avait pas envie de plonger dans le passé maintenant. Alors qu'elle se sentait très bien. Très utile.

– Je suis si fatiguée que je n'arrive pas à te suivre, éluda-t-elle, se détestant.

Mais Emmett s'avéra entêté.

– Est-ce qu'il y a des moments où, à cause de moi, tu t'es sentie gênée ?…

Cela le troublait sincèrement et elle en fut émue.

– En raison de mes intentions, poursuivit-il, ou de ce que tu imaginais être mes intentions ?

Elle ne pouvait tergiverser que jusqu'à un certain point, au-delà duquel il se sentirait ridicule. Ils franchirent le sommet, s'engagèrent sur les lacets de la face ouest.

– Tu t'es toujours conduit comme un gentleman.

Mais cela lui parut si ridicule et prude qu'elle ajouta :

– Si c'est l'image que tu voulais donner.

– Quelle image ?

– Celle d'un gentleman.

En bas, un feu jetait une lueur orange sur une surface couleur de mercure, dans l'obscurité, et elle s'aperçut que c'était un lac de montagne.

– C'est ce que tu voulais ? demanda-t-elle.

– Oui, fit-il, morne.

– Tu n'as pas envie d'être un gentleman ?

– C'est exactement ce que j'ai envie d'être. C'est toujours la résolution que je prends au nouvel an.

Il renonçait à la possibilité d'une relation. Elle s'y attendait plus ou moins, depuis ce qui s'était passé dans sa chambre, mardi matin. Mais elle n'avait pas prévu qu'elle se sentirait aussi effondrée. Qu'est-ce qui se passerait, ensuite ? Laisserait-il tomber l'enquête ?

Il bâilla, croisa les doigts et tendit les bras.

– Je me fais trop vieux pour ça, Turnipseed.

– Le boulot ?

– Les représentations exceptionnelles. Le quotidien, ça va.

Il prenait le large. Elle changea de vitesse, les yeux pleins de larmes.

– Quel est ce lac ?

– Asaayi.

De ce fait, les lumières qu'on apercevait dans la vallée étaient celles de Navajo, là où se trouvait le mobile home des Knoki plongé dans le noir. Elle s'aperçut qu'elle en voulait au couple assassiné. Sans le cauchemar consécutif à la découverte de leurs cadavres, les choses auraient peut-être évolué lentement, naturellement, entre Emmett et elle. Elle croyait que, pour vaincre le passé et avoir une relation normale avec un homme, elle avait besoin de ces deux éléments. Elle se sentait prise au piège de l'ombre de Coyote, coupable d'inceste… Selon les mythes, il avait séduit sa sœur ou sa fille. Elle chercha désespérément une remarque anodine.

– Quel feu, hein ?

Il acquiesça d'un grognement.

Et il y avait apparemment des dizaines de personnes autour. En approchant, elle constata que c'étaient des jeunes. Dont des voyous. Leurs voitures barraient la route étroite permettant de gagner l'aire de pique-nique située sur la rive. Les bouteilles étaient nettement visibles, même s'il était interdit de boire de l'alcool sur le territoire de la réserve. Elle entendit des injures : on avait repéré leur voiture.

– Laisse tomber, dit Emmett. Il n'y a plus de place à Tohatchi.

Elle continua en direction de la 12, visible, en bas, à cause des phares des voitures qui la suivaient.

– C'était le village principal et le quartier général de l'église de la Vraie Prophétie, dit Jink Brill, avec un geste du bras qui engloba tout ce qui se trouvait à l'intérieur d'une muraille de pneus de camion de trois mètres de haut. Les bâtiments se dressaient là où il y a des tas de cendres…

L'agent du FBI de Monticello, dans l'Utah, qui se trouvait entre Emmett et Anna, les montrait du pouce quand ils passaient devant :

– Cuisines communautaire et salle à manger…

Des morceaux de céramique brillaient parmi les cendres.

– … Laverie. Dortoir. École et crèche…

La tête d'un cheval de bois calciné émergeait des cendres.

– Le garde-manger, là-bas, près des saules. Il n'a pas brûlé.

L'agent avait retrouvé Emmett et Anna, pour le petit déjeuner, avant de les conduire, douze kilomètres au nord de Mexican Hat, dans cette vallée où il y avait une source. Mormon maigre d'environ cinquante-cinq ans, Brill portait un costume sombre, malgré la chaleur, et une cravate de cow-boy ornée d'une turquoise, malgré le règlement du FBI.

– Ça a commencé à l'automne, il y a cinq ans, poursuivit Brill. Une armée de policiers d'État et d'adjoints au shérif du comté de San Juan ont tenté de faire appliquer une décision judiciaire selon laquelle les enfants des membres de l'église devaient fréquenter l'école publique. Hezekiah Pound, chef et prétendu prophète vivant de la secte, a actionné la sirène d'alerte aérienne achetée à Provo, dans une boutique de surplus militaire. Elle faisait un bruit de fin du monde. Les gamins avaient préparé des seaux d'eau, où ils jetteraient les grenades lacrymogènes. Un Pound a tiré à la mitraillette sur le shérif, qui lisait l'arrêt du tribunal, ici…

L'agent montra l'endroit où ils avaient franchi la clôture en pneus de camion.

– La détention d'armes illégale m'a amené ici, ainsi qu'un groupe d'intervention. Le siège s'est terminé quatre mois plus tard, dans ces conditions…

Du bout d'une botte de cow-boy, il fit rouler une grenade lacrymogène vide sur les cendres.

– Les produits chimiques déposés sur les bâtiments par les grenades ont déclenché l'incendie, reprit-il. Le groupe d'intervention a dû abattre Hezekiah, trois de ses fils et une de ses épouses. Je n'ai rien vécu d'aussi terrible. Il y a eu dix-neuf arrestations et quinze condamnations. Tu étais là, Emmett ?

– Non.

– Un coup de chance. À la fin du siège, on avait demandé à pratiquement tous les flics fédéraux de la région d'aider les groupes d'intervention et les polices locales à venir à bout de Pound.

– Qu'est-ce que c'était que cette église ? demanda Anna.

Elle semblait exceptionnellement réservée depuis qu'ils avaient quitté les Chuskas, la veille au soir.

– Une secte comme celle de Koresh ?

– Beaucoup plus ancienne que cette stupidité davidienne.

Brill se tourna soudain vers Emmett, ajouta :

– Bon sang, Parker, pourquoi tu ne m'as pas dit, la semaine dernière, qu'il y avait un lien avec les Pound ? Je glandouillais, à Monticello, en me demandant ce que je pouvais faire. Je connaissais Bert Knoki. Je l'aimais bien.

– Du calme, Jink. On a appris hier soir à qui appartenait la camionnette. Je savais que tu es le spécialiste des Pound et je t'ai téléphoné aussitôt qu'on est arrivés au motel.

Vaguement apaisé, Brill se passa de la pommade sur les lèvres. Les Blancs supportent mal le soleil et l'aridité de l'Ouest.

– Cette vieille camionnette de boulanger, fit l'agent, presque affectueusement. Hezekiah l'a achetée à la boulangerie de Monticello. Il fallait le voir, avec tous ses gamins dedans. Il en avait vingt-sept, enfin, c'est ce qu'on croit. Vous appartenez à l'ESDJ, Turnipseed ?

Une supposition relativement logique, puisque de nombreux Indiens du Grand Bassin étaient membre de l'église des Saints du Dernier Jour.

– Non.

– Enfin, comme toutes les religions, poursuivit Brill, nous, les saints, on a toujours eu des insatisfaits. Mais le Manifeste de 1890 a vraiment envenimé les choses. Il mettait un terme à la polygamie. Il y a des gens qui ont refusé d'y renoncer, malgré ce que l'église avait décidé. Pas pour des raisons sexuelles, il faut le reconnaître. Ils ont simplement continué d'estimer que Dieu l'exigeait des vrais croyants. Le sud de l'Utah est très isolé, si bien qu'ils se sont installés ici, près de la frontière de l'Arizona. Le père de Hezekiah comptait au nombre de ces premiers rebelles au Manifeste. Il a hérité de son manteau de prophète vivant. C'est une chose sacrée pour nous, les saints ordinaires, qui ne doit pas être conférée sans l'approbation divine, si vous voyez ce que je veux dire.

Anna sourit. Cet homme au cou parcheminé par le soleil, qui appelait un chat un chat, lui plaisait. Emmett savait qu'il appartiendrait volontiers au FBI si les hommes tels que Brill y étaient la norme.

– Les réunions de dames patronnesses ne suffisent pas à maintenir la cohésion d'un groupe dissident, poursuivit Brill. Les Pound se sont consacrés à la rédemption du sang. Des assassinats. Des exécutions. Au sein de la secte et hors de la secte. On pourrait parler de l'élimination de rivaux, de traîtres ou d'apostats. Pour Hezekiah, c'était répandre le sang des pécheurs afin de les aider à obtenir la rédemption de leurs pêchés.

– Une sorte de rédemption forcée ? demanda Anna.

L'agent adressa un bref regard à Emmett.

– Comment ça se fait qu'elle peut résumer en une demi-douzaine de mots ce que je ne peux pas dire en cent ?

– Elle est plus futée que toi, Jink.

Anna chercha le regard d'Emmett, afin que quelque chose d'affectueux passe entre eux, mais il tourna la tête.

Brill glissa son bâton de crème dans sa poche.

– Le problème de l'école n'a été que la goutte d'eau qui a fait déborder le vase. Selon certaines informations, Hezekiah avait imposé la rédemption du sang à une de ses épouses…

Le visage parcheminé de Brill se crispa.

– Elle s'appelait Saphronia, reprit-il. Je suis allée à l'école avec elle, jusqu'au jour où on l'en a retirée.

Il chassa l'air contenu dans ses poumons, continua :

– Ensuite, Hezekiah a fait tuer un de ses fils. Ça s'est passé au Sonora, où la secte possédait une propriété. Ses membres gagnaient El Refugio quand les problèmes devenaient trop pressants de ce côté de la frontière. Ensuite, l'aîné de ses petit-fils a disparu, mais je crois que le légiste de San Juan est en possession de quelques-uns des os de ce malheureux garçon, desséchés par le soleil. On n'a pas retrouvé le crâne. Puis le chef d'une autre communauté polygame a été abattu à Moab. Au bout du compte, les fils de Hezekiah passaient l'essentiel de leur temps en prison, en raison d'enquêtes pour homicide, et les honoraires des avocats pesaient lourdement sur le budget de la communauté.

– Mais les Pound ne sont pas anéantis, hein ? demanda Emmett.

– Les Pound ne seront jamais anéantis.

– Qui, parmi les survivants, pourrait être derrière ces homicides ?

L'agent fixa Emmett, songeur, puis pivota sur lui-même et reprit la direction de sa voiture.

– Venez.

Il prit une enveloppe brune sous le siège, dont il sortit des photos.

– Elles ont été prises il y a une dizaine d'années par un enquêteur de la police d'État qui se faisait passer pour un photographe itinérant.

Sur le premier cliché, en plan large, on voyait plus de cinquante personnes. Leurs vêtements évoquaient ceux des Amiches. Même si Hezekiah n'avait pas occupé la place d'honneur parmi ses épouses et sa progéniture, on aurait reconnu en lui le chef : barbe de patriarche et regard impitoyable.

Brill montra un jeune homme au regard aussi féroce que celui de Hezekiah.

– Si je devais désigner votre suspect non identifié, ce serait lui, Eshcol. Le dernier fils de Hezekiah par Saphronia. Il tuait parce que ça l'amusait. Et il est possible que ce soit lui qui lui ait imposé la rédemption du sang. À sa propre mère. Incroyable, hein ?

– Où est-il ? demanda Anna.

– C'est le problème, répondit Brill. En taule jusqu'à la fin de ses jours. Comme beaucoup d'hommes et de femmes présents sur ce cliché.

– Qui est-ce ?

Anna montra un visage plus foncé que les autres.

– Un petit Mexicain que Hezekiah a adopté pendant un séjour au Sonora.

– Il a l'air navajo ou apache, dit-elle.

– Non, c'était un Indien du Mexique, si mes souvenirs sont bons. Un Tarahumara, peut-être. Un petit gars bizarre, mais c'est devenu un colosse. Épileptique, quelque chose comme ça.

Emmett fut intéressé.

– Son nom ?

– Je ne m'en souviens pas. Il faudra que je sorte les dossiers.

– Qu'est-ce qu'il est devenu ?

– Il a été placé ou, tout simplement, libéré. Il avait presque dix-huit ans à l'époque du siège. Ou bien personne ne connaissait exactement son âge. J'ai oublié, Emmett.

– Mais a-t-il pris part à la défense du village ?

– Euh, non. Maintenant que j'y réfléchis, Hezekiah l'avait envoyé en mission. Avec cette camionnette. C'est pour ça qu'elle n'a pas été détruite, bon sang !

L'agent passa à la photographie suivante. Seulement des enfants. Des enfants blancs, pas un Indien.

– Pauvres gamins.

Il passait à la suivante quand Emmett lui saisit le poignet.

– Qui est cette petite fille ?

Il montra une adolescente de quinze ou seize ans, jolie, dont les couettes contrastaient avec les jambes, déjà féminines.

– Bizarre que tu poses cette question. C'est Nickie Pound, un des rares petits-enfants qui aient échappé à la folie qui a précédé le siège.

– Nicole Stepanek… la biologiste du BLM ?

– Oui, fit Brill, étonné. Comment tu sais ça, Parker ? Je l'ai retrouvée l'année dernière, dans une affaire de vol, à St. George. J'ai eu toutes les peines du monde à lui faire admettre qu'elle était une Pound.

Emmett sentait qu'Anna le fixait.

– Les lézards perlés qui apparaissent sans cesse dans cette affaire ont été capturés à Lowe Canyon, où elle effectue des recherches. Comment a-t-elle échappé à l'assaut ?

– Son père était le fils que Hezekiah a fait tuer au Mexique. Il s'appelait Zelek. À mon avis, il n'a jamais marché dans cette folie, même s'il a été condamné pour faux et escroquerie à l'aide sociale. Quoi qu'il en soit, sa femme et ses mômes étaient ici quand ils ont appris ce que Hezekiah avaient fait. Ils ont tous disparu. Se sont cachés.

– Quand ?

– Il y a huit ou neuf ans. Ensuite, Nickie me raconte, devant un bol de cidre chaud, qu'elle est devenue une scientifique. Et qu'elle est veuve, en plus. Qu'elle a épousé son directeur de thèse, à Cornell University, et que le malheureux est mort d'une crise cardiaque quelques mois après…

Brill battit des paupières, afin qu'Anna comprenne ce qui avait causé son décès, et poursuivit :

– Il s'appelait Stepanek. Un Polonais, spécialiste des lézards…

– Herpétologiste, dirent Anna et Emmett à l'unisson.

– C'est ça. Nickie n'est revenue dans l'Utah qu'après la destruction du village et la dispersion des membres de la secte. Mais ça la rend encore nerveuse.

Puis Anna irrita Emmett, parce qu'elle coupa le fil de sa réflexion – il tentait de se souvenir de tout ce que la jeune femme lui avait dit et le confrontait aux informations fournies par Brill. Nicole s'était montrée évasive quand il lui avait demandé si elle savait qui capturait ses lézards perlés.

– Qu'est-ce que vous savez sur les condamnations de Zelek, Jink ? demanda Anna.

– Pas mal de choses, répondit Brill, modeste. J'étais chargé de l'enquête.

– Qui a-t-il escroqué ?

– L'État fédéral, évidemment. À l'époque, il était responsable de la comptabilité du service de pédiatrie de l'hôpital de Salt Lake. Il gonflait les factures destinées à l'aide sociale et empochait la différence. Pour financer Hezekiah.

D'après Yabeny, Bert et Aurelia avaient eu un fils qui, malade, était mort dans cet hôpital. Il y avait vingt ans.

– Il faut qu'on y aille, Jink, dit Emmett.

– Si vous y tenez. Je vais voir à Mexican Hat si ce Rowe y est passé la semaine dernière. Au marché, d'où vient son sac en papier.

– Merci.

Mais, au volant de sa voiture, l'agent demanda, inquiet :

– Je vous ai été utile ?

– On ne sait pas encore à quel point, Jink, dit Anna. Si tout cela permet de résoudre l'affaire, on veillera à ce que tout le monde sache qui a fourni les informations.

Anna sortit précipitamment du siège du BLM de St. George et traversa le parking afin de rejoindre Emmett. Il attendait, le regard dur sous l'effet de l'impatience, au volant de la Bronco marron et blanc fournie par le Service forestier de la région, la voiture d'Emmett ne pouvant emprunter la piste de Lowe Canyon. Anna monta, des bribes des conversations téléphoniques qu'elle venait d'avoir tournoyant dans sa tête. Elle avait d'abord appelé Jim Niehaus.

– Les victimes de Chevelon Canyon ne sont toujours pas identifiées, indiqua-t-elle à Emmett, répétant les propos du responsable du bureau de Phoenix, tandis qu'Emmett sortait du parking à toute vitesse.

– Pas un seul cas de personnes disparues ou en retard qui pourrait correspondre ? demanda-t-il, incrédule.

– Rien. Soit on n'attend pas leur retour avant quelques jours, soit ils n'ont pas un emploi régulier. Ah, la gélule que tu as trouvée dans la camionnette : Dilantine. Ça sert à contrôler les crises.

– Il y a ce jeune garçon épileptique que Brill a mentionné. Demande à Niehaus de charger quelqu'un d'enquêter auprès des médecins. Quelque chose sur les quatre-quatre abandonnés ?

– Que dalle, répondit-elle.

Ils passèrent à toute vitesse devant le temple mormon, dont le clocher de conte de fée, blanc, luisait dans le crépuscule.

– Niehaus va charger des hommes de remonter toutes les pistes liées à l'église de la Vraie Prophétie. D'enquêter sur tous les membres connus, en prison ou en liberté. Je lui ai aussi demandé de s'adresser à Jink Brill pour toute information d'ordre général.

Comme elle n'en avait pas parlé préalablement avec Emmett, elle attendit sa réaction.

– Tu as mentionné jeune Indien ? demanda-t-il.

– Non.

– Bien.

– Ça pourrait nous retomber dessus, tu sais.

– Je prends le risque.

Elle regarda, par le pare-brise, une vaste faille dans une falaise de grès. Lowe Canyon, supposa-t-elle. La voiture de rechange du Service forestier, au terme de 150 000 kilomètres de pistes défoncées, était en mauvais état et la pendule du tableau de bord ne fonctionnait plus. Emmett jeta un coup d'œil sur sa montre. Il semblait exagérément impatient d'arriver au bout du canyon.

– J'ai également appelé Jink, lâcha-t-elle.

– Et ?…

– Terry Rowe était à Mexican Hat lundi de la semaine dernière. Il a dormi derrière la station Chevron et il est parti mardi matin…

Plus tard, pendant cette même journée, Rowe était arrivé à Canoncito, où il avait fait changer son alternateur et interrogé Darcy Altasal sur un bébé. Pas le sien, très vraisemblablement, même si la confusion de la jeune femme était compréhensible.

– Les gens que Brill a interrogés n'ont pas eu de conversation significative avec Rowe, mais il fera encore un tour dans la ville ce matin.

– Et il le fera, en plus.

– Qu'est-ce que tu veux dire ?

– Il est mormon.

– C'est un stéréotype.

– Oui, reconnut sèchement Emmett. C'est le stéréotype du mormon. Consciencieux et courageux. D'une honnêteté rigoureuse.

– Il n'y a pas de mormons paresseux et malhonnêtes ?

– Cite m'en trois, Turnipseed.

Elle serra les dents. *Il m'emmerde.*

– Et pourquoi est-il si foutrement important que tu te comportes en gentleman en ma présence ?

Voilà. C'est fait.

– Excuse-moi, mais mon humble formation à l'université d'État de l'Oklahoma ne me permet pas de voir le rapport. Qu'est-ce qu'il y a de commun entre les stéréotypes mormons et mon comportement en ta présence ?

Rien. Son commentaire de la veille au soir la rendit soudain furieuse. Et, à nouveau, les Knoki. Et Emmett Quanah Parker en général, parce qu'il s'éloignait. Et elle-même, parce qu'elle ne savait pas comment l'en empêcher. Comment pourraient-ils trouver le moyen de parler tranquillement de sa jeunesse ? Elle marchait sur des œufs depuis qu'ils avaient quitté Mexican Hat, cinq heures et quatre cent cinquante kilomètres auparavant. Non, depuis plus longtemps. Depuis la veille au soir, dans les Chuskas, quand il avait abordé ce sujet. Elle eut envie de le gifler, parce qu'elle avait l'impression, à cause de lui, d'être frigide. Mais, malgré ce désir de violence, sa colère se mua en une supplique qui lui rappela désagréablement sa mère.

– Je veux que tu sois naturel, Emmett. Je veux que tu sois toi-même. Je t'en prie.

– Non, ce n'est pas ce que tu veux, dit-il, glacial.

– D'accord.

– Quatre-quatre à droite.

– Quoi ?

– Un quatre-quatre est garé près de cette dune. Est-ce qu'il est immatriculé dans l'Arizona ?

– Non, dans l'Utah. Et il y a une remorque pour moto derrière.

Ils restèrent silencieux jusqu'au moment où ils furent entrés parmi les coulées de lave. Puis, sans raison apparente, il eut un rire étouffé. Amer.

– Tu sais, on mérite des félicitations. On a trouvé un raccourci. Esquivé toutes les conneries sentimentales et gagné directement le cœur de toute relation durable : l'hostilité quotidienne. J'ai l'impression d'être marié depuis dix ans. Et je fais une affaire. Pas la peine de verser une pension alimentaire, cette fois !

– Un feu à gauche, dit-elle.

Elle s'aperçut, grâce à lui, que la nuit était tombée.

– Quoi ?

– Il y a un feu, là-bas, à gauche, nom de Dieu.

Il scruta la base de la paroi sud du canyon.

– C'est sûrement le sien.

– Pourquoi faire du feu par une nuit comme celle-ci ? Il fait au moins vingt degrés.

– Pour repousser les ténèbres, dit Emmett, sur un ton d'une compassion exaspérante. Cette jeune femme a sûrement d'excellentes raison de vouloir maintenir les ténèbres à distance.

– Comme tout le monde.

Il n'y avait personne près du feu. Et l'unique tabouret était renversé. Emmett éteignit les phares de la voiture et en descendit. Une chauve-souris passa au-dessus de lui. Anna le rejoignait devant la calandre quand une voix de femme, stridente, cria derrière une haie d'aubépine :

– Je suis armée.

Instinctivement, Anna se figea. Emmett avait déjà dégainé et plaqué son arme contre la cuisse.

– Nicole ? demanda-t-il.

Il n'y eut pas de réponse.

– Nicole, c'est Emmett Parker, du BIA. Et mon équipière, l'agent Turnipseed, du FBI. Avez-vous eu le message où j'indiquais que la société protectrice des animaux de Phoenix s'est chargée d'un de vos spécimens ? Depuis hier, le shérif de Coconino en a un autre. Les gars voulaient en faire leur mascotte, mais je leur ai dit qu'il vous appartenait.

– Emmett ?

– En personne, ma jolie.

Ma jolie, répéta Anna, dégoûtée.

Il y eut un bruissement de feuilles et une femme de haute taille, mince, franchit la haie d'aubépine, traînant la crosse d'un fusil sur le sable. Dès qu'elle fut arrivée dans la lumière du feu, Anna constata qu'elle était exceptionnellement belle. Longues jambes. Et attirée par Emmett Parker. Sans la moindre hésitation, elle passa son bras libre autour de son cou et posa le front sur son épaule.

– Désolée, je ne savais pas quoi penser. Et oui, merci, j'ai eu votre message hier.

Contre toute attente, Emmett écarta le bras de Nicole Stepanek et demanda, sceptique :

– Vous ne saviez pas quoi penser quand vous avez vu arriver une voiture du BLM ?

Le visage de la biologiste se ferma et elle fit un pas en arrière.

– J'ai cru que le braconnier revenait. Puis j'ai vu les écussons.

– Et qu'avez-vous pensé ensuite, Nicole Pound ?

Sans répondre, tendue, elle posa le fusil sur la table – fusil qu'elle n'avait pas le droit de détenir, n'étant pas chargée du maintien de l'ordre, sauf si elle bénéficiait d'un permis conditionnel –, avant de redresser le tabouret. Elle se laissa tomber dessus, fixa les flammes sans les voir.

– Il faut que vous compreniez… Ils sont passés maîtres dans l'art de la ruse. Comme les Apaches. Quand ils ne peuvent pas approcher sans se faire remarquer, ils se font passer pour ce qu'ils ne sont pas. Vous savez ce qu'ils font aux apostats ?

– Plus ou moins.

S'agenouillant face à elle, du côté opposé du feu, Emmett ajouta :

– Mais si le danger était toujours présent, pourquoi être revenue dans le sud de l'Utah ?

Nicole réfléchit et, dans le silence, Anna se demanda s'ils avaient couché ensemble, jeudi soir. L'accueil chaleureux de la femme permettait de le supposer, mais la froideur d'Emmett allait à l'encontre de cette supposition. Même s'il l'avait appelée *ma jolie.*

– S'apercevoir qu'on ne se sent chez soi que dans une partie du pays est un peu effrayant, dit Nicole, qui regarda avec affection le ciel grouillant d'étoiles du désert. En plus, Lowe Canyon se trouve à quatre cent cinquante kilomètres de Mexican Hat et je passe l'hiver à Ogden.

Emmett se tourna vers Anna au moment où elle se dirigeait vers Nicole.

– Tu veux bien aller chercher la photo ?

Regagnant la voiture, Anna surprit leur conversation presque inaudible. Nicole demanda à Emmett, sur un ton plaintif, si elle l'avait déçu, et ce qu'il répondit fut inintelligible. Seul le ton de sa voix rassura Anna. Il était toujours froid. Elle lui apporta le cliché du clan Pound. Il sortit sa petite torche de la poche de son coupe-vent et braqua le faisceau sur le jeune Indien.

– Qui est-ce, Nicole ?

Les yeux de la femme s'emplirent de larmes.

– Je vous ai déçu. Vous croyez que je vous ai caché quelque chose.

– L'avez-vous fait ?

– Je ne pouvais pas aborder ce sujet avec un inconnu. Je fuis mon nom de jeune fille depuis des années. Si vous m'aviez carrément interrogée sur ma famille, je vous aurais peut-être tout raconté. Mais je n'en suis pas certaine. Ils tuent ceux qui peuvent témoigner contre eux, Emmett… Vous ne comprenez donc pas ?

– Le jeune garçon est-il Mexicain, comme le prétendait Hezekiah ?

– Non. Navajo.

Le pouls d'Anna s'accéléra.

– Comment s'appelle-t-il ? insista Emmett.

– Caleb Pound.

– Et comment s'appelait-il avant que Hezekiah l'adopte ?

– Je ne sais pas.

Nicole se moucha dans un Kleenex.

– Quel âge a-t-il aujourd'hui ?

– Vingt-deux ou vingt-trois ans.

Emmett éteignit sa torche et se tourna vers Anna afin qu'elle confirme, en silence, que cet âge correspondait à celui de l'homme qui l'avait agressée vendredi soir. Elle hocha la tête et il reporta son regard sur Nicole.

– Caleb a-t-il été adopté légalement ?

– J'en doute. Mon père l'a ramené de Salt Lake, c'est tout. Il y a travaillé pendant deux ans, à l'hôpital, avant son premier séjour en prison. Caleb, qui était bébé, était soigné à l'hôpital.

– Et votre père était Zelek Pound.

– Oui.

– Savez-vous qui étaient les parents naturels de Caleb ?

– Oui et non.

Emmett parut sur le point de lui reprocher de tergiverser, mais elle leva la main, afin qu'il prenne patience. Elle ne pleurait plus et avait retrouvé son calme. Elle raconterait tout, mais à son rythme et à ses conditions. Emmett s'accroupit à nouveau, les bras entre les jambes, la photo entre les doigts.

– Caleb est épileptique. Il faisait des crises très violentes, surtout quand il était petit. Vous connaissez les DINES. Ils croient que c'est la conséquence de la violation d'un tabou. À mon avis, c'est pour cette raison qu'ils étaient prêts à l'abandonner.

– Mais pourquoi votre père voulait-il un enfant navajo ? demanda Emmett, sur un ton moins froid.

Il était parvenu à la faire parler, en usant de moins de persusasion qu'il l'avait sûrement cru.

– Pas mon père. Hezekiah. Il voulait élever un enfant navajo ou apache dans la plénitude des Évangiles…

Elle secoua la tête, reprit :

– Écoutez, cette photo m'a replongée dans le conditionnement. Comme lorsqu'on a cessé de boire de l'alcool, je suppose. Il faut toujours rester méfiant…

Emmett se balança, mal à l'aise, face à cette allusion à sa dépendance, et Nicole fourra le Kleenex trempé dans la poche de son short.

– Mon grand-père croyait que les Indiens sont par nature des assassins. Cette conviction était partiellement fondée sur les Écritures. Vous savez sûrement que, selon le Livre des mormons, les indigènes américains sont les descendants de la tribu disparue d'Israël. Donc, d'après Hezekiah, les Indiens, surtout les Navajos et les Apaches, avaient un goût de la vengeance hérité de l'Ancien Testament.

– Pourquoi ces tribus particulièrement ? demanda Emmett.

– Peut-être parce qu'elles ont davantage résisté à la colonisation des mormons que les Paiutes et les Utes. Peut-être voulait-il seulement un assassin qui lui serait entièrement dévoué. Presque tous mes oncles étaient en prison, à un moment ou un autre, à cause de ses rédemptions du sang. Je suppose que ce vieux salaud voulait disposer d'un tueur.

– C'est ce qu'il a obtenu ?

– Presque, Emmett, répondit Nicole. La façon dont Hezekiah et Eschol, un de mes oncles, le conditionnaient était écœurante. Ils le déshumanisaient. Ils lui apprenaient à espionner et à approcher sans se faire remarquer, à frapper puis à disparaître. Je me suis souvent fait du souci pour Caleb. J'ai espéré qu'il trouverait de l'aide… après que Hezekiah l'eut lancé à l'assaut du monde, peu avant qu'il se fasse lui-même tuer.

– Mais Caleb a-t-il frappé avant la mort du vieillard ?

– Je ne sais pas. Probablement. Mon père exprimait déjà des doutes sur l'église et ma famille proche ne faisait plus vraiment partie du cercle. C'était à ce moment qu'on comprenait qu'on risquait la rédemption du sang… quand on n'avait plus la confiance des autres. Quand on risquait de témoigner des crimes de Hezekiah. Tout ça doit vous sembler bizarre.

Anna tira une glacière et s'assit dessus, face à Nicole.

– Vous étiez amis, Caleb et vous, n'est-ce pas ?

– Oh, oui. Il était si seul. Si égaré. Il savait qu'il était différent. La couleur de sa peau. Et il y avait ses crises. Elles terrifiaient les autres enfants.

– Mais pas vous.

– Non. J'aime les créatures que les autres trouvent repoussantes. Mon mari était si séduisant que ses étudiants le surnommaient le Monstre des marais.

Anna résista au désir d'adresser un regard triomphant à Emmett.

– Caleb savait-il qu'il était Dine ?

– C'est moi qui le lui ai appris. Je n'aurais pas dû le faire. J'ai surpris une conversation, un jour. Puis Hezekiah a eu peur que Caleb s'enfuie et retourne dans la réserve. Mais il n'y connaissait personne. Je crois que ce que je lui racontais sur son peuple lui faisait du bien. Voyez-vous, comme j'avais des prédispositions intellectuelles, Hezekiah m'a chargée d'étudier le mythe de création des Dines, dans l'espoir que j'y trouverais la confirmation du fait que les Navajos étaient la tribu disparue. Une recherche futile. Mais je suis tombée sur la partie de la cérémonie du Chemin du Silex, qui concerne Lézard Perlé, dont la patte tremblante n'est pas une maladie. C'est un don. J'ai lu cela à Caleb. Ça l'a vraiment beaucoup touché. Et qui sait ? C'est peut-être ce qui m'a amenée à m'intéresser aux lézards perlés. Enfin, quoi qu'il en soit, je crois que ça a aidé Caleb à accepter plus ou moins sa maladie. Le fait qu'il était différent sur de si nombreux plans. Mais les choses se sont emmêlées, dans son crâne... Je suis consciente du fait que le lézard perlé et la rédemption du sang peuvent constituer un ensemble terriblement pervers. Mais, à cette époque, Caleb n'était qu'un petit garçon qui poursuivait les lézards dans le village.

– Saviez-vous que Caleb capturait vos spécimens, ici, dans le canyon ? demanda Anna.

– Je m'en doutais peut-être, mais je n'en étais pas certaine.

Nicole, méfiante, adressa un bref regard à Emmett avant de se tourner à nouveau vers Anna.

– Quand je me suis intéressée aux reptiles, mon père nous a conduits ici, Caleb et moi, à la recherche de lézards perlés. Mais on ne savait pas où chercher, si bien qu'on est partis déçus.

Elle s'interrompit, songeuse, puis reprit :

– Mon père était différent des autres. Plus réfléchi et moins dogmatique, je suppose. Né dans une autre famille, il serait devenu peintre animalier. Pas faussaire. Je regrette que mon père et mon mari ne se soient pas connus.

Puis, se tournant vers Emmett, elle ajouta :

– Mais, quand vous êtes venu, je n'avais pas la moindre envie de revenir sur tout ça. Est-ce que vous comprenez ?

– Oui, répondit Anna à la place d'Emmett.

Puis elle sursauta légèrement quand la main calleuse de Nicole se posa sur son poignet et le retourna.

– C'est vous qui avez été mordue ?

– Exact.

– Je regrette.

– Vous n'y êtes pour rien.

Se dégageant, Anna demanda :

– Le lézard perlé ailé a-t-il un sens ?

– Je ne sais pas. Caleb n'a jamais fréquenté de Navajos. Et il n'a jamais eu l'occasion de s'entretenir avec un de leurs sorciers. Ce sont apparemment des ailes de papillon de nuit. Mais le peuple Papillon de nuit appartient à une autre mythe. Sans lien avec le Chemin du Silex. Une injonction morale totalement différente. Si c'est Caleb qui a gravé ces dessins, il est possible que leur symbolisme lui échappe.

– Quand l'avez-vous vu pour la dernière fois ?

– Le soir où on a fui le village, ma mère et moi. Après qu'Eschol eut tué mon père, au Mexique. Il y a neuf ans.

Emmett demanda, avec brusquerie :

– Tout à l'heure, vous avez répondu *oui et non* quand je vous ai demandé si vous connaissiez les parents de Caleb.

– C'est exact.

Le feu n'était plus que braises et Nicole les attisa à l'aide d'un cintre métallique. Puis elle reprit :

– Il y a longtemps, je ne sais pas exactement quand, je devais avoir douze ans, un policier navajo et sa femme sont venus au village. Je ne me souviens pas très bien de lui. Mais elle, elle pleurait beaucoup. Elle a dit qu'elle voulait qu'on lui rende l'enfant. Pendant que le policier et elle s'entretenaient avec Hezekiah, Eschol a quitté le village en compagnie de Caleb. Il l'a emmené dans les canyons, au cas où d'autres policiers arriveraient. Mais ça ne s'est pas produit et Hezekiah a menti au couple navajo. Il a dit que l'enfant était mort. Qu'il n'avait que des enfants blancs et qu'ils pouvaient visiter le village. Quand le policier l'a pris au mot, s'est mis à interroger les enfants, les hommes l'ont tabassé et ont conduit le couple hors de la propriété. En conclusion, Hezekiah leur a dit qu'ils s'exposeraient à de graves problèmes juridiques s'ils insistaient. Et il a ajouté : *Vous savez à quoi vous vous êtes engagés.*

Emmett s'était levé et avait sorti les clés de la voiture de sa poche.

– Un feu est parfois un réconfort fallacieux, Nicole… Vous voyez ce que je veux dire ?

Elle acquiesça, nerveuse.

– À votre place, je déplacerais le camp régulièrement. Je ne ferais pas de feu la nuit et je réduirais l'éclairage au minimum. Vous savez vous servir de votre fusil ?

– Hezekiah apprenait à tirer à tous les enfants.

Mais elle ajouta ensuite :

– Si c’est Caleb, me cacher ne changera rien. Eschol lui a appris à approcher sans qu’on puisse déceler sa présence… avant qu’il soit trop tard. Il est capable de se cacher et d’observer pendant trois jours sans manger ni boire. Il est inhumain. Ils ont tout fait pour qu’il le devienne.

20

Emmett resta dans la voiture tandis qu'Anna s'engageait sur Navajo Bridge, qui franchit le Colorado. Quand le soleil levant toucha Vermillon Cliffs, qui se trouvait derrière lui, un éclair ocre, dans le rétroviseur, lui fit plisser les paupières. Le pont en acier datant de 1920, autrefois le plus haut du monde, était devenu piétonnier depuis qu'un ouvrage moderne, en aval, permettait à l'U. S. 89A de franchir le fleuve. Anna avait proposé cet arrêt, le premier depuis qu'ils avaient quitté le motel de St. George, à 4 h 30.

On n'avait toujours pas signalé de disparitions susceptibles de correspondre aux deux cadavres brûlés, dont l'autopsie avait permis d'établir qu'il s'agissait d'un homme et d'une femme entre vingt-cinq et trente ans. L'homme avait été abattu de trois balles ; la femme avait succombé à une plaie au cœur presque aussi profonde et longue que celle de Summerfield à l'abdomen. Rien, pour le moment, sur un quatre-quatre abandonné. La veille au soir, par téléphone, Jink Brill avait rapporté que plusieurs habitants de Mexican Hat se souvenaient d'un Blanc au regard fou, vêtu comme un Indien, qui posait des questions sur Caleb Pound comme s'il en voulait à l'ancien protégé de Hezekiah. Personne n'avait vu Caleb depuis le siège, cinq ans auparavant. Emmett avait communiqué les résultats des autopsies à Brill, lui avait demandé si les Pound utilisaient une arme capable de trancher la chair humaine comme du mastic. L'agent s'était replongé dans ses dossiers.

Pourtant, les Knoki n'avaient pas été tués à l'arme blanche. *Connerie.* Emmett, qui avait mal aux yeux, fit pivoter le rétroviseur.

Rowe recherchait un bébé qui s'était mué en un monstre terrifiant. Ce n'était sûrement pas le fils de Darcy Altasal. Si ce n'était pas celui de Darcy, était-ce celui d'Aurelia ? Avec Bert, elle avait donné son fils épileptique à Zelek Pound, à Salt Lake, lequel avait ainsi pu accéder au désir de son père, qui voulait un garçon navajo ou apache afin d'en faire un assassin.

C'était ça.

Dans un sens, Emmett fut soulagé. Il savait enfin ce que John Tallsalt avait voulu cacher. Les Dines refuseraient d'honorer la mémoire des Knoki, s'ils apprenaient qu'ils avaient donné leur enfant aux Blancs. À des mormons fondamentalistes, qui avaient privé l'enfant de tout accès à sa culture et à ses traditions… Un type d'adoption désormais interdit par la loi. Brill avait apporté une indication supplémentaire : vendredi matin, tandis qu'Old Regis tirait sur tout ce qui bougeait à Shonto, Marcellus Yabeny était à Mexican Hat, en train de poser des questions sur Caleb Pound.

Johnny aurait dû m'avertir. Il me devait la vérité.

La main sur le parapet, Anna regardait prudemment en bas. Logique. La pancarte indiquait que le fleuve se trouvait cent quarante mètres plus bas. Elle s'arrêta juste avant la frontière de la nation navajo et se tourna vers le soleil, qui apparaissait au-dessus d'Echo Cliffs. Dans quelques minutes, ils seraient de retour dans la Big Rez. À Window Rock dans quatre heures. Peut-être avait-elle eu besoin de ce moment de tranquillité avant de plonger à nouveau dans le maelström. La matinée avait été paisible, jusqu'ici, le haut plateau passant derrière les vitres, comme un océan rouge terne.

Mais les suppositions ne cessaient de l'assaillir : *Pourquoi Rowe ou Lolly Blackhouse s'intéressaient-ils à Caleb Pound ?*

Le chantage ? Peut-être. Si Rowe se livrait toujours au trafic de stupéfiants et connaissait l'existence de l'adoption illicite, disposer d'un moyen de pression sur un flic pouvait se révéler utile. Était-ce pour cette raison que Caleb s'était lancé sur la piste du couple d'University Park ? Mais cette théorie perdait toute crédibilité si l'assassin de Hezekiah, livré à lui-même, avait tué sa mère et son père. Mais s'il ne l'avait pas fait ? Et s'il cherchait à les venger quand Anna et Summerfield s'étaient mis en travers de son chemin ?

Emmett descendit de voiture et s'engagea sur le pont. L'aube était fraîche et silencieuse, le Colorado un bruissement vert, lointain, bordé de falaises verticales. Elle le regardait approcher, un sourire espiègle aux lèvres.

– On pourrait tout rendre parfait pour l'éternité, Em, tout de suite.

– Comment ?

– En se prenant par la main et en sautant.

Mais le sourire d'Anna s'estompa. Parce qu'il semblait impossible qu'ils puissent être un jour unis, supposa-t-il.

Alors que telle n'avait pas été son intention, il s'entendit dire :

– Je n'ai pas passé la nuit à Rowe Canyon, jeudi dernier. Je suis allé prendre une chambre à Page.

– Je sais.

– Bon sang, ne me dis pas que tu le *sais*.

– Pourquoi ?

– Parce que, nom de Dieu, à t'entendre, c'est logique.

– Qu'est-ce qui est logique ?

– Que je renoncerai toujours à toutes les occasions à cause de toi. À Lowe Canyon, j'ai pris ma décision. Mais je ne peux pas affirmer que je prendrai la même un autre soir. Je suis un être humain. J'ai des besoins humains. Même si ça te semble écœurant.

– Ne parle pas de cette façon, s'emporta-t-elle. Tu ignores tout de ce que je ressens. Et, apparemment, tu n'as pas envie de savoir ce que j'éprouve pour toi. Alors plus de coups bas !

Sa voix résonna en écho.

– Okay, okay, céda-t-il.

Il ne voulait pas de dispute. Ni parler, maintenant, de ce qu'ils éprouvaient l'un pour l'autre.

Elle rompit le silence.

– Je t'ai entendu téléphoner, hier soir.

– Je ne pouvais pas dormir, dit-il. J'ai appelé quelqu'un que je connais en Virginie. Je l'ai remercié de nous avoir fourni des informations sur Dieter Preuss. Je lui ai dit que le problème ne se posait plus. Ensuite, j'ai passé un coup de fil à Marcellus Yabeny, à Window Rock.

– Pourquoi ?

– Je voulais lui poser une question culturelle. C'est lui, désormais, qui assure la permanence de nuit. Il a tout son temps.

Une petite flottille de kayaks, semblables à des oiseaux élancés, passa sous le pont.

– Quelle question culturelle ? demanda Anna.

Il s'aperçut qu'il s'était une nouvelle fois montré maladroit. Qu'il était à nouveau face au spectre qui ne cesserait désormais plus de les hanter.

– Je lui ai demandé de me parler du Chemin du Papillon de nuit, s'il voulait bien…

– Il a bien voulu ?

– Oui. Mais il a fallu que je le rappelle, parce qu'il devait s'assurer, auprès de son oncle maternel, qu'il en possédait tous les éléments. C'est à ça qu'on reconnaît les vrais Dines… ils veulent être sûrs de ne pas se tromper sur le récit de leurs origines.

– De quoi s'agit-il ?

– D'inceste entre frère et sœur.

Emmett en avait plus qu'assez de tourner autour de ça.

– Le Peuple Papillon de nuit était une race d'êtres mythiques. Uniquement composée de frères et de sœurs, apparemment, qui refusaient les partenaires extérieurs. Ces unions les ont rendus fous. Et, comme tous les papillons de nuit, ils se sont jetés dans les flammes…

Les mots de Tallsalt, près de la mine de charbon.

– D'après Yabeny, poursuivit Emmett, c'est à cause du peuple Papillon de nuit que l'inceste, pas l'homicide, est, du point de vue des Navajos, le crime le plus horrible. C'est la leçon morale dont Nicole parlait hier soir… les dangers que l'on court lorsqu'on ne tient pas compte des interdits sexuels de la famille ou du clan. Le fait que cela peut dérégler l'univers…

Mais Anna avait déjà repris, d'un pas vif, la direction de la voiture.

Merde. Il aurait pu se dispenser de parler du Chemin du Papillon de nuit.

– Qu'est-ce qui te prend ? s'enquit-il quand il la rattrapa.

– Est-ce que tu as vraiment confiance en moi ?

– Oh, non, dit-il, entêté. Quand il y a *vraiment* dans une question, je sais par expérience…

– Dans ce cas, je te demande de me laisser un peu tranquille. Un jour ou deux. Pas plus. Promis.

– Pourquoi ? Dis-moi pourquoi et j'accepterai.

– Impossible, Emmett.

– Connerie.

– J'ai besoin que le bien soit mal. Si j'y arrive, on recommencera à partir de là comme s'il ne s'était rien passé.

Il la força à s'arrêter.

– Qu'est-ce qui justifie une approche comme celle-ci ? Je m'efforce de comprendre, Anna.

– Tu comprends, fit-elle, maussade. Il faut que je sois prudente, Emmett.

Puis elle ajouta, d'un air dégoûté :

– Et je sais tout sur les secrets. La première règle est : n'en parler à personne.

Elle gagna rapidement la voiture et s'installa au volant.

Comme il restait à l'endroit où ils s'étaient arrêté, elle klaxonna.

– Oh, c'est magnifiquement cicatrisé, dit le Dr Hennepin, qui examinait le poignet d'Anna dans le cabinet du médecin de garde, au Sage Memorial Hospital. Elle avait déposé Emmett au Navajo Nation Inn, à Window Rock, puis avait poussé jusqu'à Ganado, cinquante kilomètres plus loin. Le catogan du spécialiste des morsures de reptiles s'était répandu sur l'épaule de sa blouse blanche et, dans la lumière de sa lampe frontale, ses cheveux roux et bouclés évoquaient des copeaux de cuivre. Comme les Modocs avaient dû trouver étranges les premiers Européens arrivés à la frontière de la Californie et de l'Oregon : les Anglais de la Compagnie de la baie de Hudson et les Russes de Fort Ross.

– Pas trace d'infection. Parce qu'on a pu nettoyer rapidement la plaie.

– Ou parce que mon équipier a sucé le venin.

– Sa bouche doit être très propre.

– Il faudrait que vous l'entendiez, parfois.

Le Dr Hennepin ne réagit pas à la blague.

– Il s'agit de l'agent qui a été tué à Phoenix ?

– Summerfield ? Non. J'étais présente quand…

Il lui sembla soudain inutile de poursuivre. Le médecin était au courant. Tout le monde, hormis Nicole Stepanek, lisait les journaux ou regardait les informations. Caleb Pound était à l'origine d'une vague de quasi-hystérie dans tout le Sud-Ouest, si bien qu'il était d'autant plus surprenant qu'on ne l'ait pas encore repéré. La photographie de son permis de conduire – visage sombre et symétrique, faisant plus vieux que son âge, qui aurait pu être d'une beauté équivoque sans le regard chargé de haine et la bouche cruelle – avait été communiquée aux médias.

– Ça va ?

Elle haussa les épaules.

– Je suis fatiguée, mais ça va.

– Je peux vous prescrire quelque chose qui vous aidera à tenir jusqu'à la fin de la semaine prochaine, si vous voulez.

– Je tiendrai.

– Vous dormez bien ?

– Quand je peux dormir, je suis comme anesthésiée.

– Au moins, votre rencontre avec le lézard perlé se termine bien.

Anna boutonna la manche de son chemisier puis dit :

– Le week-end dernier, notre bureau de Gallup a officiellement demandé à l'hôpital de lui fournir le dossier médical d'Aurelia Knoki.

– Ce n'est pas mon domaine, mais y a-t-il eu un problème ?

– Un petit. Pas imputable à l'hôpital. Nous sommes responsables, en réalité. La seule copie de ce dossier a été envoyée au légiste de Tucson. Maintenant, j'en ai besoin. Sans demander à Tucson de retrouver le dossier, si possible. La situation est devenue telle que nous manquons de personnel. Auriez-vous la gentillesse d'aller chercher le dossier de Mme Knoki ?

Le Dr Hennepin s'essuya les mains avec une serviette en papier qu'il jeta dans la poubelle.

– Vous êtes sûre que votre demande n'a pas été rejetée ?

– Absolument.

– D'accord. Une minute.

– Merci. Je peux téléphoner et imputer l'appel à ma carte de crédit ?

– Allez-y.

Le médecin sortit et Anna composa le numéro du bureau du FBI de Salt Lake City. Deux minutes plus tard, l'agent Weyman, qu'elle avait enrôlé dans la matinée, quand elle avait appelé d'une cabine, prit l'appareil.

– Je l'ai, dit aussitôt Weyman.

Demandez et vous recevrez. Jamais elle ne reconnaîtrait, devant Emmett, que le pouvoir que lui conférait son statut de coordinateur lui procurait beaucoup de plaisir.

– Un acte de décès au nom d'Alcee Knoki, poursuivit Weyman. Né le 11 février 1977 à Canoncito, Nouveau-Mexique. Décédé le 13 août 1979.

– Cause de la mort ? demanda Anna, qui prenait des notes sur un tract d'information sur le cancer du sein.

– *Status epilepticus.*

– Qu'est-ce que c'est ?

– Quelque chose que le médecin que j'ai consulté ne comprend pas. C'est une crise qui ne s'arrête pas. La concentration d'acides augmente, la totalité du glucose du sang est consommée et l'arrêt cardiaque survient, sauf si on le traite à temps. C'est ce que le médecin ne comprenait pas… Ça n'arrive pratiquement jamais dans un hôpital. Et le gamin était en soins intensifs quand il est mort.

– Encore un service, si vous voulez bien…

– Avec plaisir. Pour Summerfield.

C'était devenu le cri de ralliement des agents à qui elle demandait de participer à l'enquête. Un des leurs avait été assassiné. Peut-être étaient-ils plus touchés qu'elle parce qu'ils ne se trouvaient pas dans l'œil du cyclone. Elle n'autorisa pas son esprit à s'attarder sur le sort de Summerfield.

– Demandez des analyses en vue de déterminer si l'acte de décès est un faux.

– C'est en route.

– Si le labo vous répond qu'il n'a pas le temps de s'en occuper, dites au responsable de me téléphoner au Navajo Nation Inn.

– D'accord.

Quand elle raccrocha, elle s'aperçut qu'elle avait dessiné un lézard perlé ailé près des dates de naissance et de décès d'Alcee Knoki. Un lézard perlé à ailes de papillon de nuit. Canoncito. Il n'y avait pas de clinique dans cette réserve perdue, seulement des sages-femmes navajos, Bernadine Altasal ayant été la dernière.

Altasal.

Le Dr Hennepin revint.

– Ne me demandez pas pourquoi, dit-il en s'asseyant, mais le responsable des archives tient absolument à ce que je conserve le dossier pendant l'interrogatoire.

– Très bien. Aurelia Knoki a-t-elle été suivie par cet établissement pendant sa grossesse ?

Hennepin feuilleta les documents.

– Oui.

– À partir de quand ?

– Aurelia a vu le Dr Dooley au troisième mois. En mai 1976.

Anna fit un rapide calcul.

– Comment est-ce possible ?

Il leva la tête.

– Quoi ?

Mai était approximativement la période où Alcee avait été conçu. Pas le troisième mois de la grossesse.

– Alcee n'était pas…

Elle s'interrompit, consciente de la nécessité du secret.

Le médecin grimaça.

– Ils ont donné un nom au fœtus ?

– Au *fœtus*, docteur ?

– Sur la base du premier examen, Dooley a estimé que la croissance du fœtus était insuffisante. Il a prescrit une échographie à l'hôpital de Tuba City. Aurelia a appris la mauvaise nouvelle deux semaines plus tard : anencéphalie.

– Qu'est-ce que c'est ?

– La malformation neurologique la plus grave. Développement déficient du système nerveux de l'embryon. Absence virtuelle de crâne chez le fœtus. Elle apparaît plus fréquemment dans le cas de régimes alimentaires pauvres en acide folique. Les Dines ne mangent pas beaucoup de légumes. Beaucoup de mouton et de pain grillé. Il y a aussi des prédispositions génétiques.

– Même si cela vous semble ridicule, docteur… Est-il possible, même si c'est une possibilité infime, que l'enfant d'Aurelia ait vécu jusqu'à dix-huit mois ?

Anna s'aperçut qu'elle secouait la tête.

– Vous venez de répondre à votre question.

Le Dr Hennepin feuilleta le reste du dossier, revint sur une page, qu'il corna.

– Apparemment, Aurelia n'a pas revu le Dr Dooley. Elle a consulté un autre médecin de l'hôpital, il y a cinq ans, quand elle a tenté de cesser de fumer à la chaîne. Exceptionnelle, chez les Navajos, une accoutumance aussi forte à la nicotine. Elle devait être extrêmement stressée.

– Quelle est la page qui se trouve devant vous ?

Hennepin hésita, puis répondit :

– Un formulaire d'autorisation de transmission de documents, signé par Aurelia fin juin de la même année.

– Émis par quel établissement ?

– Une clinique d'El Paso, qui effectue des avortements, entre autres. Mais rien n'indique que c'est là qu'elle a mis un terme à sa grossesse. Cependant je suppose qu'elle est allée se faire avorter là-bas. Il est étrange qu'il n'y ait pas de documents relatifs au suivi. Mais, ici, ça arrive, croyez-moi.

– Donc un profane – qui ne connaîtrait pas cette clinique – pourrait lire le dossier d'Aurelia sans comprendre qu'elle avait envisagé un avortement en 1976 ?

– Probablement. Cela vous pose un problème ?

Aucun. Hormis le fait que le bébé des Knoki soit mort deux fois.

Emmett se dirigeait à grands pas vers le siège de la police navajo, caché, à cette distance, derrière une colline basse. Seuls les drapeaux américain et navajo étaient visibles au-dessus de sa crête, et flottaient, perpendiculaires aux hampes. Le vent d'ouest n'était pas vraiment chaud, mais Emmett était en sueur. Quelque chose venait de casser, en lui. Quelque chose qui était resté relativement flexible ces derniers jours, et l'était encore dix minutes auparavant, tandis qu'il attendait son tour à la réception du Navajo Nation Inn. Puis, brusquement, sa nuque était devenue brûlante et le hall d'entrée lui était apparu dans une brume rouge. Mais après avoir pris sa clé et demandé à la réceptionniste de tenir celle d'Anna à sa disposition, il était calmement monté dans sa chambre, avait mis son Levi's et ses chaussures de marche. Il ne fallait pas qu'il soit trop élégant, quand il cognerait la tête de Tallsalt contre le mur de son bureau. Anna lui avait fait promettre qu'il n'affronterait pas le lieutenant tant qu'elle ne serait pas rentrée et n'aurait pas fini ce qu'elle avait entrepris. Mais s'il avait été possible d'éviter le voyage à Phoenix ? Summerfield serait encore en vie. Et on n'aurait pas cogné la tête d'Anna contre un mur, traitement qu'il avait l'intention d'infliger à Tallsalt.

Les poings serrés, il gravit la colline, traversa Window Rock Boulevard en petites foulées et entra au siège de la police tribale.

Quand il s'agissait de terminer une enquête sur un meurtre, il n'y avait plus aucune raison d'accorder des faveurs. Et, en en accordant une à Tallsalt, Emmett avait violé une des règles qu'il s'imposait, tout cela pour lui éviter des ennuis qu'il méritait sans doute amplement.

Sans tenir compte de la réceptionniste du Service des enquêtes criminelles, il prit le couloir et ouvrit à la volée la porte du bureau de Tallsalt.

Marcellus Yabeny était assis derrière la table de travail du lieutenant. Il leva brusquement la tête. Son visage exprimait presque l'espoir.

– Où est-il, nom de Dieu ?

L'espoir disparut sur le visage du sergent.

– Fermez la porte.

Il ne reprit que lorsque Emmett fut entré et eut poussé le battant derrière lui.

– Je ne sais pas, Parker.

– Ne me racontez pas encore qu'il est *occupé*.

– Je ne le ferai pas. Je suis très inquiet.

C'était visible. Yabeny avait les yeux rouges, les cheveux en bataille. Sa chemise d'uniforme était froissée, parce qu'il n'en avait pas changé. La radio, posée sur un coin du bureau, transmettait des conversations incompréhensibles.

– J'attends...

Il ne termina pas, écouta une transmission jusqu'au moment où, apparemment, il constata qu'elle était sans lien avec ce qui le préoccupait.

– Qu'est-ce que vous attendez ? insista Emmett.

– Je ne sais pas.

– Vous saviez avant d'ouvrir la bouche.

Yabeny soupira.

– J'attends qu'une patrouille le retrouve. Dans un endroit isolé. John allait très mal quand il est parti, vendredi. Je ne l'avais jamais vu aussi déprimé.

C'était jeudi. Six jours et aucune nouvelle.

– Où allait-il ?

– Il a refusé de me le dire.

– Et qu'est-ce que vous foutiez à Mexican Hat, vendredi dernier, à poser des questions sur Caleb Pound ?

– Les ordres de John. Selon lui, Pound dealait peut-être des amphés dans le nord de la réserve. Il voulait trouver un moyen de le coincer.

– J'espère que vous avez compris que c'était un ramassis de conneries.

– À qui le dites-vous.

La colère à peine contenue de Yabeny, quand il prononça ces mots, persuada Emmett qu'il disait vrai.

– Et quelle est la vérité sur les empreintes laissées par un avion sur le lac à sec de Sonsela Buttes ?

– Qui sait ? répondit le sergent. Mais je suis prêt à parier qu'elles n'ont rien à voir avec la mort des Knoki.

Emmett desserra les poings, s'assit sur le canapé et regarda les diplômes et les photos accrochés au mur. Le premier Indien susceptible d'être nommé directeur de la Sécurité publique de l'Arizona. Était-il possible que cet homme si prometteur soit effondré sur un volant poisseux de sang, un pistolet et une douille entre les pieds, sur le tapis de sol ? Le frère d'Emmett faisait son droit sans la moindre difficulté, quand une balle dans la tête avait définitivement fermé le livre. *Je serai libéré...*

Yabeny monta le volume, écouta une nouvelle intervention d'un agent en patrouille.

– Je croyais que vous assuriez les permanences de nuit, dit Emmett, qui s'efforçait de se calmer.

– La nuit, le jour... je ne fais plus la différence, répondit Yabeny d'une voix rauque. Je ne pourrai plus couvrir John longtemps. Il assure l'intérim du directeur.

– Êtes-vous allé chez lui ?

– Oui. La chaîne est tendue en travers de l'entrée. Il ne le fait que lorsqu'il s'absente plus de deux jours.

– Mais vous n'êtes pas allé jusqu'à la maison.

– Non, reconnut Yabeny.

Un agent en patrouille annonça :

– Window Rock, ici Soixante et un cinq... propriétaire et avis éventuel de recherche sur plaque de l'Arizona : Paul-Baker-Victor-Deux-Neuf-Quatre.

– Avez-vous arrêté ce véhicule ? demanda la répartitrice.

– Négatif. On l'a poussée dans un ravin.

– Où ?

– En haut de la côte de Chuska Peak, près d'Asaayi Lake.

Emmett attendit, balançant un pied, que la répartitrice ait obtenu les informations. Même s'il se disait que les agents en patrouille trouvaient sans cesse des véhicules abandonnés. Surtout dans les juridictions où les jeunes avaient l'habitude d'en voler. L'inquiétude de Yabeny avait partiellement estompé son indignation. Sa méfiance, qui trouvait son origine dans le bateau monté par Tallsalt à propos des cargaisons de drogue que les Mexicains du Sonora introduisaient dans la Big Rez, l'avait-elle empêché de venir en aide à Tallsalt au moment où il en avait le plus besoin ? Ses oreilles sifflaient, à cause de l'épuisement. La mort approchait, selon les croyances navajos.

– Soixante et un cinq, prêt à noter le nom du propriétaire d'une Lincoln Navigator de 1999 ?

– Allez-y.

Emmett se redressa. Un quatre-quatre.

– Timothy et Marlene Olson, 402 Chaparral Knoll Drive, Scottsdale. Pas d'avis de recherche sur la Lincoln.

– C'est ça, dit Emmett, qui se leva d'un bond.

– Le véhicule des victimes de Chevelon Canyon ?

– Forcément. Rejoignons votre agent. Si Pound est encore dans les environs, il n'hésitera pas une seconde à buter un flic isolé.

Anna frappa à la porte de la chambre d'Emmett à plusieurs reprises, persuadée qu'il dormait. Pas de réponse. Elle pivota sur elle-même, lui accorda le bénéfice du doute, estimant qu'il était peut-être descendu à la cafétéria. Elle ouvrit la porte de sa chambre et la laissa entrebâillée, afin que l'odeur de fumée, laissée par l'occupant précédent, se dissipe. La réceptionniste lui avait remis une épaisse liasse de messages. C'était logique, puisqu'elle avait averti le FBI de Gallup, par radio, en rentrant de Ganado, qu'elle s'installait à Window Rock. Le plus urgent semblait être celui de Jim Niehaus : il avait laissé trois numéros où il serait possible de le joindre. Mais, au lieu d'appeler le bureau de Phoenix, elle téléphona au poste fédéral avancé de Monticello, tenu par un homme seul. Le répondeur de Jink Brill permettait de lui signaler les appels. Elle appuya sur le numéro correspondant, composa ensuite celui du Navajo Nation Inn, puis raccrocha et gagna la salle de bains d'un pas traînant, afin de se laver le visage. Le néon fixé au-dessus du lavabo n'était pas flatteur. Le bleu avait presque disparu, sur son front, mais la greffe de peau était encore visible, à la racine des cheveux. Elle posa les doigts dessus. Un chalumeau oxyacétylénique. Le cloisonnement de l'esprit qui lui avait permis de supporter son adolescence lui avait également permis de survivre aux tortures qui lui avaient été infligées en janvier. L'adolescence. Les mots de Lolly Blackhouse, dans la gare de triage, repassèrent dans son esprit, couvrirent le bruit de l'eau qui emplissait le lavabo : *Tu as besoin de tout ce cirque pour le sortir de ta chatte... hein, petite sœur ?*

Le téléphone sonna. Brill.

– Ça va, jeune femme ?

– Bien.

– J'ai reçu votre appel pendant que je faisais le plein. Vous avez vu Nicole Stepanek ?

– Oui, répondit Anna. Elle était coopérative. Et elle avait peur.

– Pas étonnant. J'ai vu les services de sécurité du BLM et le shérif du comté de Washington, qui ont promis d'intensifier les patrouilles dans le secteur où se trouve Nicole, jusqu'au moment où nous aurons trouvé…

– Parlez-moi de la rédemption du sang.

Elle regrettait de se montrer aussi abrupte. Mais le temps pressait : Emmett était sur une piste.

– À savoir ?

– D'où provient cette croyance ?

Silence.

– Vous êtes toujours là, Jink ?

– Oui…

Manifestement, il n'avait pas envie de parler de ça.

– Il faut vraiment que je sache.

– Bien, commença-t-il d'une voix altérée. On raconte que Brigham Young est à l'origine de la doctrine. Mais il faut que je vous avertisse… la rédemption du sang doit être comprise comme le produit d'une époque. Notre foi était nouvelle, subissait des pressions de l'intérieur et de l'extérieur. Nous, les saints, nous faisions tabasser partout où nous allions.

– Considérez que je suis avertie.

Son visage était encore mouillé et elle l'essuya avec un coin du couvre-pieds.

– De nombreuses traditions modocs n'ont aucun sens dans le monde moderne, poursuivit-elle. Elles en avaient un autrefois.

– Exactement. Quoi qu'il en soit, on raconte que quelqu'un a lancé un de ces *et si* énormes à Brigham : *Et si je trouve mon frère et ma femme dans le même lit ?* Il a répondu qu'il les tuerait l'un et l'autre avec un javelot. Non seulement cet acte serait justifié, mais il entraînerait aussi une rédemption qui leur permettrait d'entrer dans le royaume des cieux. Il a également dit qu'il n'aimait aucune de ses épouses au point de renoncer à lui infliger cela. Et que ses mains resteraient propres.

Anna se laissa tomber sur le lit, enroula le fil du téléphone autour de son index. Comment Caleb traduirait-il cela en actes ? Selon toute vraisemblance, il avait brûlé quatre de ses victimes parce qu'il avait voulu imiter la destruction du peuple Papillon de nuit incestueux. Comment mettrait-il en pratique une doctrine mormone pratiquement oubliée ? *L'un et l'autre avec un javelot.*

– Jink, je ne cherche pas à disséquer votre foi…

– J'en suis convaincu, Anna, coupa-t-il, sinon on n'en parlerait pas.

– Fallait-il que les coupables soient surpris sur le fait ?

– Que voulez-vous dire ?

– Fallait-il les tuer ensemble, en même temps ? Pour que la communauté accepte la rédemption ?

– Bonne question.

Brill rumina pendant quelques instants ; Anna entendit, en toile de fond, le bruit de la circulation.

– À mon avis… oui. Comme l'homicide par opposition au meurtre. La préméditation n'était pas acceptable. Pas de vendetta après une période de réflexion. Il fallait que cela se produise dans le déchaînement d'une passion vertueuse. Bon sang, c'est pompeux, hein ?

– Donc il fallait que l'homme et la femme soient surpris *ensemble*.

– Pour ce type de rédemption. C'est un concept plus étendu. Il faudrait peut-être que vous interrogiez mon évêque. Je ne suis pas capable de…

– Non, Jink, vous vous débrouillez très bien.

– Bon, je dis seulement que la rédemption du sang était plus proche de l'application de la justice divine à des païens incorrigibles dans un ordre du monde à venir. Elle n'était pas destinée à l'élimination des membres indésirables d'une famille.

– Compris. Vous avez répondu à ma question.

– Vraiment ?

– Nous en discuterons devant un décaféiné dès que Caleb Pound sera en détention.

– Une chose encore… c'est important.

– Allez-y.

– Parker m'a interrogé sur une arme, dit Brill. Celle qui aurait pu tuer Summerfield et cette jeune femme, à Sitgreaves. Je crois que j'ai trouvé de quoi il s'agit… une lance de *Californio*.

– Quoi ?

– Brièvement : Brigham Young a envoyé en Californie un bataillon de saints chargé d'aider l'armée américaine dans la guerre contre le Mexique. Un Pound en faisait partie et il a ramassé une lance brisée sur le champ de bataille de San Pasqual, près de San Diego. Une de ces lames grossières, forgées dans du métal de récupération, qu'utilisaient les *vaqueros* qui ont bien failli mettre le général Kearny en déroute. Dans le cadre de la rédemption, voilà le javelot. Il est possible que ce soit l'arme d'un double homicide perpétré à Nephi, un an après le siège. Toujours pas élucidé.

Elle se souvint de la lame de son agresseur et eut l'impression qu'une main glacée se refermait sur ses entrailles.

– Merci, Jink… ça correspond à l'arme que j'ai vue. J'informerai Emmett. Je sais qu'il ne vous a pas été facile de parler de tout cela avec un *gentil*.

– Tenez-moi au courant.

– Promis. Au revoir.

À peine avait-elle raccroché que le téléphone sonna de nouveau.

– Allô ?

– Agent Turnipseed ?

Femme. Accent navajo.

– En personne, répondit-elle, disposant les messages sur le lit, dans l'intention de les classer par ordre de priorité.

Seize en tout. Dont un du chef du bureau de Las Vegas, qui demandait en quoi il pouvait lui être utile. Deux en provenance du labo de D.C. Ils pouvaient attendre, parce qu'il lui semblait qu'elle n'avait plus besoin de ce que pourraient lui apporter les indices matériels.

– Ici le centre de répartition de la police navajo. L'inspecteur Parker m'a demandé de vous téléphoner.

Les antennes d'Anna se dressèrent. Elle tuerait Emmett s'il était revenu sur sa promesse et avait mis Tallsalt sur le grill. Cela risquait de réduire tous ses efforts à néant. La confrontation ne faisait que renforcer la volonté de nier.

– Parker est chez vous ?

– Non, madame. Il est parti pour Asaayi Lake, en compagnie du sergent Yabeny, afin d'examiner un quatre-quatre Lincoln. Il m'a demandé de vous dire : *C'est forcément ça.*

Une nouvelle fois, pendant une fraction de seconde, l'odeur de moisi des gants en peau de lézard perlé emplit ses narines.

– Merci. Je le joindrai par radio.

– Ça ne marchera pas, madame. En tout cas, pas de voiture à voiture. La côte qui commence au bord d'Asaayi Lake n'est pas accessible de cette façon. Vous pouvez venir l'appeler d'ici.

– J'arrive.

Seul un agent connaissant parfaitement son secteur pouvait avoir repéré le quatre-quatre de luxe qui gisait cent mètres en contrebas de la route, au pied d'une pente abrupte. La Lincoln était du même vert jade que les jeunes chênes parmi lesquels elle s'était immobilisée après qu'on l'eut poussée hors de la petite route qui conduisait à Tohatchi. La chaussée non goudronnée qu'Anna et Emmett avaient empruntée deux jours plus tôt. Y avait-on déjà abandonné la Navigator ? Contrairement à la piste qui longeait Chevelon Canyon, celle-ci n'avait pas d'accotement sur lequel les roues auraient laissé des empreintes, mais le flic dine au cou de taureau qui se trouvait sur les lieux – l'agent de patrouille qui était chez les Knoki en compagnie de Summerfield, Anna et Emmett – montra fièrement à Parker et à Yabeny la branche de cèdre cassée, pendante, qui l'avait amené à déduire qu'un véhicule avait quitté la chaussée.

– Je suis aussitôt descendu voir s'il y avait des gens, dit-il. Personne.

– Tu as touché quelque chose ?

– Rien, sergent. J'ai noté le numéro, puis je suis remonté pour avertir Window Rock par radio.

– Il y a un fusil dans votre voiture de patrouille ? demanda Emmett, sombre.

– Oui, inspecteur.

– Il faudrait que vous nous couvriez, le sergent Yabeny et moi, pendant qu'on ira jeter un coup d'œil.

– Sûr.

Puis Emmett s'engagea sur la pente, restant sur le sillage du véhicule, se cramponnant à des branches dénudées afin de ne pas perdre l'équilibre. Yabeny descendait derrière lui, probablement moins silencieux que de coutume, en raison du manque de sommeil. Emmett s'arrêta et regarda autour de lui. Deux véhicules poussés dans un ravin à des centaines de kilomètres l'un de l'autre. Impossible qu'il s'agisse d'une coïncidence.

La question n'était plus de savoir si Caleb Pound était dans les environs, mais à quelle distance il se trouvait.

– Vous croyez vraiment qu'il est resté dans le coin ? demanda Yabeny.

– Aucune idée.

Tout comme il n'imaginait pas que Pound attaquerait Summerfield et Turnipseed chez lui.

– Mais dites à vos gars de redoubler de prudence. En service et en dehors de leur service.

Le sergent hocha la tête et ils se remirent en route.

Parvenu près de la Lincoln rayée et cabossée, Emmett mouilla un doigt et le posa sur le tuyau d'échappement. La salive grésilla. Le capot, tordu, était partiellement ouvert. Il le leva complètement et dévissa le bouchon du radiateur. Du liquide de refroidissement bouillonnant en sortit.

Il recula afin d'avoir une vue d'ensemble.

Le véhicule s'était immobilisé dans la boue, la terre détrempée qui entourait la source ayant bloqué les roues. Yabeny examinait les déchirures laissées sur le tronc des saules par le pare-choc avant.

– Qu'est-ce que vous en pensez, Marcellus ?

– La sève coule encore.

Deux espaces dégagés, dans le cresson, évoquaient des empreintes de pas. Celles du flic, très vraisemblablement. Pound n'était pas dans la voiture lancée sur la pente. S'il avait laissé des empreintes de pas, elles seraient en haut, sur la piste. L'intérieur de la Lincoln, comme celui de la camionnette, avait été nettoyé. Aucun bagage susceptible de contenir les papiers d'identité et les objets personnels des Olson.

– Apparemment, la portière du conducteur est tordue, Marcellus.

Emmett s'en approcha, pataugeant dans la boue.

– Il faudra sûrement s'y mettre à deux pour l'ouvrir, ajouta-t-il. Mais, d'abord, si vous releviez les empreintes ?…

Sur l'insistance d'Emmett, le sergent avait apporté un pinceau en poil de chameau, de la poudre noire et du papier collant.

– Vraiment ? Les fédéraux auront ma tête.

– Ça ne posera pas de problème, promis.

Yabeny passa de la poudre sur la poignée, puis sur le bord de la portière, tandis qu'Emmett gardait un œil sur les broussailles qui les entouraient. Une cigale se mit à chanter, quelque part, dans les profondeurs du feuillage. Avait-elle perçu un mouvement qui lui avait échappé ? Il poussa le pan droit de son coupe-vent derrière la crosse de son arme. Son blouson de rechange, puisque le lézard perlé avait déchiré l'autre, dans la camionnette.

– Vous avez raison, Parker. Essuyé. Rien.

Aussi méticuleux que brutal, Caleb Pound avait effacé toutes les preuves de sa présence avant de pousser la Lincoln dans le ravin, probablement après avoir enroulé des chiffons autour de ses mains avant de les poser sur le hayon. Il avait bien assimilé les leçons d'Hezekiah et d'Eschol.

Emmett et Yabeny saisirent la poignée de la portière du conducteur. Elle pivota dans un grincement et resta ouverte. Se méfiant des lézards perlés, Emmett passa la tête sous le tableau de bord, encore mouillé parce qu'on l'avait récemment lavé. Mais elle ne lui échappa pas. L'odeur cuivreuse du sang. Les analyses en confirmeraient la présence, mais Emmett fut convaincu qu'un des Olson avait été tué dans la Lincoln. Peut-être au terme d'une tentative de fuite désespérée qu'il n'avait aucune envie d'imaginer.

Il se redressa.

– Remontons.

– Vous ne voulez pas fouiller le reste de la voiture ? demanda Yabeny.

– Pound ne laisse pas grand-chose derrière lui. S'il a laissé quelque chose, seuls les techniciens le trouveront.

Quand Yabeny et Emmett regagnèrent la route, l'agent fit passer son fusil automatique d'une hanche à l'autre et dit :

– Parker, votre équipière tente de vous joindre.

Yabeny déverrouilla la portière de sa voiture et Emmett s'assit sur le siège du passager puis demanda, avant de prendre le micro :

– Votre service dispose d'un canal brouillé ?

– Le trois.

Emmett régla l'appareil.

– BIA Dix-sept à Frank Trente-trois sur le trois.

– Je vais chercher des empreintes, dit Yabeny.

– Faites gaffe, dit Emmett, avec ferveur, tandis que le sergent s'éloignait.

Une autre voiture de patrouille arriva et Yabeny s'entretint brièvement avec l'agent avant de disparaître parmi les chênes.

– BIA Dix-sept, ici Window Rock, vous pouvez parler à Frank Trente-trois.

– Turnipseed ?

– Qu'est-ce que tu veux, Emmett ? demanda Anna.

– Non, c'est toi qui veux quelque chose.

Un silence, puis :

– Je veux isoler la zone. Quelle est son étendue ?

– Très vaste. La partie centrale des Chuskas. De Tohatchi à l'est à Navajo à l'ouest. Au moins quinze kilomètres au nord et au sud de Chuska Peak. Si c'est ce que tu décides, n'oublie pas ce que tu as à ta disposition. La patrouille aérienne. Le groupe d'intervention du FBI peut soutenir le groupe d'action navajo. Sur simple appel téléphonique au lieutenant Jimmy Dann, à notre académie d'Artesia, au Nouveau-Mexique, la section spéciale du BIA peut être mise en état d'alerte.

– Si j'utilisais l'équipe du BIA et que je mette le FBI en état d'alerte ?

Emmett sourit.

– Whoa. Ce serait du jamais vu.

– Et que va faire le meilleur atout de la responsable de la coordination ? demanda Anna.

Yabeny revint et Emmett baissa le micro.

– La piste va vers le nord, annonça-t-il, la voix un peu plus aiguë que de coutume. Elle me semble très fraîche.

– Vous voulez qu'on le suive ce soir, Marcellus ?

– C'est la meilleure solution. Je ne vois pas quel résultat les flics bilagaanas obtiendront en encerclant les montagnes.

Emmett dit à Anna :

– Avec ton autorisation, on voudrait, le sergent Yabeny et moi, se lancer à sa poursuite maintenant…

Silence, hormis le chuintement des parasites. Il jeta un coup d'œil sur sa montre : presque 16 heures.

– Tu m'entends, Frank Trente-trois ?

– À une condition. On parlera. Quand tout ça sera terminé, on prendra une journée et on parlera comme on n'a jamais parlé.

– Bien reçu.

Emmett posa la nuque sur l'appuie-tête. Yabeny le regardait.

– Je ne couche pas avec elle, Marcellus.

– Je n'ai rien dit.

Yabeny n'avait pas besoin de le faire. Pas plus que les membres du service d'ordre qui se trouvaient à portée de voix.

– La lune sera pratiquement pleine, cette nuit, remarqua Emmett. Un avantage et un inconvénient. Vous avez un talkie-walkie ?

Yabeny ouvrit la portière du conducteur et en prit un sous le siège. Pour tester la pile, il tourna le bouton… L'appareil émit un crachotement strident.

– Comme si ça pouvait nous servir à quelque chose dans les montagnes.

– J'aime mieux pouvoir crier dans quelque chose que dans mes mains vides, quand les emmerdes commencent. Prenez le fusil d'assaut et j'emprunterai votre fusil, si vous voulez bien. Mais il est probable qu'on ne le verra qu'au moment où il frappera. Et il le fera de près. C'est comme ça qu'il fonctionne.

Anna emprunta le téléphone du service informatique, qui jouxtait la salle de répartition, et appela Jim Niehaus à Phoenix. Elle mit le chef du bureau local au courant des derniers événements, hormis quelques omissions volontaires. Finalement, il demanda :

– Vous voulez que je vienne à Window Rock ?

Elle réfléchit aussi longtemps que possible. Sa proposition pouvait signifier qu'il ne lui faisait pas confiance, du fait qu'elle manquait d'expérience. Et, dans des circonstances ordinaires, elle aurait été vexée. Mais pas aujourd'hui. Pouvoir confier les détails logistiques, de plus en plus nombreux, à quelqu'un serait un soulagement. Elle comprit enfin pourquoi Emmett détestait les enquêtes qui mobilisaient beaucoup de personnel. Elles brouillaient la vision du crime qu'il élaborait pas à pas, et elles amenaient le détective le plus au fait de l'affaire à croire qu'il pouvait compter sur les autres. Au bout du compte, tout se résumait à un esprit. Une perception fondée sur l'expérience personnelle et professionnelle. Et, cette fois, elle était insupportablement personnelle.

Mais elle avait hésité trop longtemps, car Niehaus dit :

– Je ne sous-entendais pas que vous ne savez pas ce que vous faites, Turnipseed. Je voulais simplement…

– Non, j'ai besoin de votre aide. Et de celle de votre attaché de presse. Je suppose que le *Navajo Times* est en contact avec la presse nationale et que CNN va sûrement arriver d'une minute à l'autre. Venez.

– Avec plaisir, répondit Niehaus, enthousiaste. Je vais demander un hélico de la Garde nationale.

– Avec votre attaché de presse ?

– Et notre groupe d'intervention.

– Seulement en soutien. J'ai décidé de recourir à l'unité tactique du BIA.

Niehaus resta quelques instants silencieux.

– C'est ce que vous voulez ?

– Oui.

– Très bien. À tout à l'heure.

Quand elle raccrocha, ses yeux étaient fixés sur le moniteur qui se trouvait devant elle. L'économiseur d'écran indiquait : *Système d'identification des résidents.* Elle appuya sur une touche et un plan de Ganado apparut, chaque maison étant représentée par un nombre de quatre chiffres. Dans une boîte de dialogue, en bas de l'écran, un nom navajo apparaissait en blanc. De même qu'une adresse. Elle tapa *John Tallsalt* à la place du nom précédent et elle était sur le point d'appuyer sur « Entrée » quand la porte s'ouvrit et qu'une voix rauque demanda :

– Vous voulez une machine à café dans votre quartier général du premier étage ?

Le responsable de l'entretien de l'immeuble. Elle ne reprit pas immédiatement son souffle.

– Ce serait formidable.

Il traversa la pièce et elle appuya sur la touche. L'écran devint noir, puis une nouvelle carte apparut lentement. Un quartier situé à l'est de Window Rock, près de l'autoroute qui conduisait à Gallup. Elle imprima l'écran.

21

Les empreintes étaient celles de chaussures de marche de taille quarante-quatre. Elles étaient indistinctes et n'apparaissaient que sporadiquement. Mais Emmett et Yabeny comprirent rapidement qu'elles se dirigeaient vers le nord et les Chuskas, depuis la route de Tohatchi, sur un kilomètre et demi, avant de remonter une petite rivière qui contournait les montagnes. Ensuite, le fugitif avait pris la direction du sud. Tandis que les deux hommes suivaient cette piste fugace, parmi les peupliers aux troncs couleur d'os et les sapins bleu-vert, Emmett ne put s'empêcher d'admirer la formation dispensée par les Pound. À de nombreuses reprises, la piste disparaissait presque dans l'humus. Yabeny, qui marchait en tête, devait souvent se mettre à plat ventre, passer la main sur le sol afin de percevoir la dépression presque imperceptible laissée par la chaussure du fuyard.

Pendant ce temps, Emmett balayait l'obscurité qui régnait entre les arbres avec le fusil de Yabeny. Anna n'avait rien entendu avant que Caleb Pound apparaisse soudain au pied de son lit. Ce serait pareil ici. Pound serait quelque part, dans une dépression ou la vallée d'un ruisseau. Tout près d'eux.

Yabeny fit signe à Emmett d'avancer.

Il rejoignit le sergent, passa dans un nuage d'insectes. La nuit tombait rapidement, la lune se levait, gros globe chassieux dilaté par la poussière du désert et le smog d'Albuquerque.

– Il n'y a plus beaucoup de lumière, dit Yabeny. Si vous partiez devant ?

– Dans quelle direction ?

Yabeny, contraint de renoncer à l'étiquette dine, tendit le bras.

Emmett acquiesça mais, à son avis, les empreintes n'étaient pas assez nettes pour qu'il soit possible de précipiter le mouvement. Et peut-être Pound n'avait-il que quelques minutes d'avance. Mais le sergent était sur son terrain. Emmett fit plusieurs pas sur le côté, afin de ne pas marcher sur des empreintes, puis s'éloigna en petites foulées. Tandis que Yabeny suivait laborieusement la piste, Emmett continua son chemin, dans l'espoir de couper la piste du fugitif le plus loin possible.

En bas, dans la plaine, brillaient des lumières très éloignées les unes des autres. Tohatchi, où les voyous gardaient le secret du lézard perlé ailé. Crownpoint, poste avancé du gouvernement tribal, où une Blanche incapable de comprendre pourquoi les Indiens se désintéressaient d'une comptabilité imposée par une administration qu'ils subissaient surveillait Darcy Altasal, victime de l'alcoolisme. Canoncito, caché derrière le mont Taylor, qui séparait la petite réserve de la terre ancestrale, se réduisait à quelques points lumineux. *Les Navajos ennemis.* Tout cela tournoyait dans le crâne d'Emmett, sans promesse de résolution, du simple fait qu'il avait vu deux ensembles d'empreintes près de la voiture de patrouille incendiée de Bert Knoki et qu'une prostituée ute, Lolly Blackhouse, avait écrit au flic assassiné.

Il s'arrêta.

Une nouvelle empreinte. À l'endroit où Pound avait sauté du sol sablonneux sur un rocher couvert de lichens. À partir de là, il avait bondi de rocher en rocher, dans l'enchevêtrement de masses rocheuses qui constituaient l'essentiel de la face est de la chaîne.

Emmett fit signe à Yabeny d'approcher.

Le sergent le rejoignit rapidement et prit aussitôt la mesure de la situation.

– Merde.

– Vous connaissez les semelles des chaussures de marche, Marcellus ?

Yabeny examina le sommet du premier rocher. Il avait retiré la plaque en cuivre qui portait son nom et agrafé son insigne sous sa chemise, afin qu'il ne réfléchisse pas la lumière de la lune.

– Il porte de bonnes chaussures à semelle en caoutchouc. Et il arrache un peu de mousse à chaque pas.

– Bien.

Emmett scruta les dépressions creusées dans le grès, cherchant à y surprendre un mouvement. Formées par le vent au fil des millénaires, quelques-unes d'entre elles contenaient encore de l'eau, où des crevettes de conte de fées nageaient juste sous la surface.

– Mettons-le sous pression, ajouta-t-il.

Ils durent s'arrêter tous les vingt ou trente mètres, afin que Yabeny puisse examiner une empreinte possible. Comme il faisait de plus en plus noir, le sergent fut obligé d'utiliser sa torche, posant sa main libre sur le réflecteur, afin d'en atténuer l'éclat. Il devint de plus en plus évident que Pound traverserait à nouveau la route de Tohatchi. Probablement à quelques kilomètres de l'endroit où se trouvait la voiture de Yabeny, surveillée par deux adjoints du comté d'Apache, également chargés de guider les techniciens du FBI jusqu'à la Lincoln. Mais, au milieu de l'après-midi, rien ne permettait de déduire avec certitude que le fugitif avait pris la direction de Shiprock, au nord.

Et on pouvait prévoir que Pound n'avait laissé aucune empreinte sur la piste elle-même.

Ce qui se révéla juste trois quarts d'heure plus tard, quand les deux hommes descendirent un talus abrupt qui aboutissait sur l'accotement. Ils sortirent leurs torches, braquèrent leurs faisceaux sur la poussière. Pound avait si efficacement effacé ses empreintes qu'ils ne les auraient pas vues s'ils étaient passés en voiture. Le sergent traversa et trouva les branches que le fugitif avait utilisées.

– On peut continuer, dit Emmett. Mais il faut que je sois sûr que vous comprenez une chose.

– Laquelle ?

– Il faudra qu'on utilise nos torches de plus en plus souvent. Donc, il sera facile de nous repérer.

– Vous voulez dire qu'on devrait retourner jusqu'à ma voiture ? demanda Yabeny.

– Absolument pas. Je veux simplement pouvoir dire à votre famille que je vous ai averti.

Yabeny le dévisagea comme s'il ne savait que penser de l'humour comanche, puis il pivota sur lui-même et s'engagea sur la pente.

Une heure plus tard, Emmett se demanda si le sergent commençait à regretter de ne pas avoir renoncé. Pound était plus négligent, mais la poursuite entraînait les deux hommes dans un paysage étrange de ravines rongées par l'érosion, séparées par des crêtes maigres. La lune conférait des formes fantasmagoriques au grès torturé. Parfois humaines. Parfois si grotesques qu'elles ne pouvaient être humaines. Même les pins, parmi lesquels il s'étaient engagés une fois sortis de la forêt de sapins, modelés par le vent, évoquaient des démons. Puis les arbres clairsemés disparurent et ils se frayèrent un chemin dans des enchevêtrements de bistorte et d'armoise. Les broussailles, qu'aucun vent n'agitait, semblaient vouloir se saisir d'eux. La méfiance des Navajos vis-à-vis de la nuit était sensible dans la façon dont Yabeny, penché, progressait. Dans la façon aussi dont il tournait brusquement la tête au moindre bruit, comme si les démons grouillaient autour d'eux.

La piste de Pound était facile à suivre. Branchettes cassées, d'où la sève, parfois, coulait encore. Un étrange morceau de papier marron, pas plus gros que l'ongle du pouce, que Yabeny trouva sur la tige d'un yucca. La piste de quelqu'un qui savait exactement où il allait.

Est-ce qu'il fuit ? Est-ce qu'on est à ce point proches de lui ?

Ayant demandé à Yabeny de s'arrêter, Emmett s'agenouilla, mesura avec son fusil la distance qui séparait les petites dépressions elliptiques. Il avait précédemment établi que les pas de Pound faisaient la même longueur que son arme. À présent, ils faisaient le double. Au lieu de conseiller à Yabeny d'accélérer le pas, il souffla :

– Il veut qu'on se précipite.

– On ralentit ?

– Oui.

Un bouquet de négondo se dressa en travers de leur chemin tandis qu'ils franchissaient un espace marécageux. Afin de limiter le bruit, ils se glissèrent entre les branches au lieu de les écarter. Pound pouvait apparaître à tout instant à quelques mètres d'eux, invisible dans l'enchevêtrement de feuilles éclairées par la lune jusqu'au moment où il serait trop tard. Emmett dégaina son revolver. Plus facile à manipuler que le fusil dans ce fouillis dense de branches.

Trois mètres devant lui, Yabeny se mit à plat ventre afin de passer sous deux branches entrecroisées. Emmett le couvrit jusqu'au moment où le sergent fut sorti du bosquet de négondo, puis eut mis un genou en terre dans la forte lumière de la lune. Ensuite, il passa à son tour sous l'obstacle. De l'eau glacée imbiba sa veste et son Levi's. Il se redressait quand un fort grognement retentit. Quelque chose passa à grand bruit dans le feuillage, sur sa gauche. Les branches immobilisaient sa main armée contre son flanc. Il tenta de lever le fusil, mais il était également coincé dans les branchages.

Il vit Yabeny pivoter en direction du bruit, qui n'avait pas cessé. Le cœur au bord des lèvres, Emmett ne pouvait qu'assister à la scène. À l'instant où le doigt du sergent commençait à appuyer sur la détente, le bruissement des feuilles céda la place au martèlement rythmique de sabots.

– Un wapiti, marmonna Yabeny, comme s'il était au courant depuis le début.

Emmett finit de franchir l'obstacle et s'assit près de Yabeny. Il prit une profonde inspiration, discrètement, afin de calmer les battements de son cœur. À une quarantaine de kilomètres, au sud, une lueur était visible. Gallup. D'où rayonnaient des tentacules de points rouges et blancs. Les autoroutes.

– Prêt ? demanda Yabeny.

– On y va.

Emmett se leva.

Mais la piste de Pound disparut complètement. Comme s'il s'était soudain envolé. Emmett couvrit Yabeny tandis qu'il décrivait un arc de cercle, presque totalement dérouté, sa lampe s'allumant et s'éteignant parmi les touffes de hautes herbes dont la longue pente sur laquelle ils s'étaient engagés était parsemée. Finalement, Yabeny fit claquer la langue, imitant la perdrix, afin qu'Emmett le rejoigne, puis braqua le faisceau de sa lampe sur des tiges tordues et partiellement écrasées par le bord d'une semelle. Pound avait sauté par-dessus les touffes d'herbe.

– Il se prend pour Baryschnikov, blagua Emmett.

– Qui est Baryschnikov ?

– Un danseur que je suis allé voir avec ma deuxième femme. La soirée la plus longue de ma vie.

– Indien ?

– Non, il danse pour de l'argent.

Ils poursuivirent leur chemin.

La piste franchissait la crête. En bas s'étendait un pâturage entouré d'une clôture dont les pieux jetaient de longues ombres ; le fil de fer était probablement si rouillé qu'il ne réfléchissait pas le clair de lune. Pound avait suivi la crête sans craindre qu'elle se mue en haute falaise dominant la prairie. Connaissait-il l'endroit ? Cela semblait désormais probable. Et plus probable encore quelques secondes plus tard, quand Yabeny saisit la manche de la veste d'Emmett et dit, aussi bas que le permettait sa surexcitation :

– Je connais cet endroit. Il y a un hogan d'été derrière les cèdres.

– Il sert encore ?

– J'en doute. Les pâturages d'altitude ne sont pratiquement plus utilisés.

Emmett n'avait pas envie de trouver à nouveau des innocents comparables à ceux de Chevelon Canyon. Rares étaient ceux qui survivaient à une rencontre avec Caleb Pound s'ils possédaient quelque chose dont il avait besoin.

– D'autres habitations dans les environs ?

– Pas à cette altitude.

– Des routes ?

– Une vieille piste, un kilomètre et demi à l'est. Barrée par des coulées de boue.

De la fumée, invisible, passa au-dessus d'eux, apportée par une brise dont Emmett ne perçut l'existence qu'au moment où la sueur qui couvrait sa peau refroidit. Un feu de genévrier. L'odeur lui chatouilla les narines. Yabeny demanda :

– Vous croyez qu'il s'est mouillé, lui aussi, là-bas ?

– Peut-être.

Mais Emmett ne voyait pas pourquoi Caleb Pound ferait du feu… hormis pour attirer ses poursuivants.

– Si on essayait de prendre contact par radio ?

Yabeny sortit son walkie-talkie de sa poche et tenta de joindre Window Rock, même si Emmett et lui se trouvaient sur le mauvais versant des Chuskas. Après trois échecs infructueux, une voix féminine laconique répondit :

– CIS Deux, ici la police de Gallup. Voulez-vous que je vous relaie ?

– Affirmatif, s'il vous plaît, souffla Yabeny. Indiquez à mon centre que BIA Dix-sept et moi sommes en code quatre près d'un hogan d'été, à l'extrémité nord de Manuelito Plateau.

– Ne quittez pas.

Le code quatre indiquait que tout allait bien. Qu'ils n'avaient pas besoin d'aide. Mais Emmett ne savait pas pendant combien de temps cela resterait vrai si le sergent et lui descendaient dans le pâturage. Une évacuation serait peut-être nécessaire.

– Demandez à Gallup de nous appeler dans une demi-heure. Sans réponse de notre part, il faudra qu'ils envoient un hélico et un groupe d'intervention ici.

– CSI Deux, dit la répartitrice de Gallup. Window Rock accuse réception de votre message et demande si vous voyez le suspect.

Yabeny adressa un regard interrogateur à Emmett, qui secoua la tête.

– Négatif, Gallup…

Puis le sergent répéta ce qu'Emmett venait de lui dire. Ensuite, il éteignit la radio et se leva. Les deux hommes s'engagèrent lentement sur la crête friable. Emmett concentra son attention sur la nécessité de ne pas glisser. L'ensemble du pâturage devint progressivement visible et, tandis qu'il jetait un coup d'œil sur l'étendue plate éclairée par la lune, une énorme flamme orange jaillit, parmi les genévriers, à l'extrémité opposée de la prairie. Les falaises et les crêtes environnantes furent éclairées comme en plein jour. Et Emmett s'aperçut qu'ils se découpaient en ombre chinoise sur la lumière.

Rapidement, Yabeny et lui descendirent dans la plus profonde de deux ravines perpendiculaires à la crête. Emmett dut se retenir de la main gauche, afin de ne pas glisser trop rapidement jusqu'aux rochers qui en tapissaient le fond. Néanmoins, quand il y arriva, ses genoux et ses chevilles souffrirent.

La poussière qu'ils avaient soulevée retomba sur eux. Ils hoquetèrent, tant l'effort qu'ils fournirent pour éviter de tousser fut violent.

Du côté opposé du pâturage, la lumière se fit de plus en plus intense. En attendant qu'elle s'estompe, Emmett suça la paume déchirée de sa main gauche. Il perçut le goût salé du sang.

Les flammes ne diminuèrent pas. Elles grandirent.

Yabeny gravit le flanc de la ravine et jeta un coup d'œil. Au-dessus de lui, un nuage de fumée passa devant la lune.

– Le hogan brûle, indiqua le sergent, le souffle court. Orange et blanc… de l'éther. On vient de trouver un labo clandestin.

– Qui utilise encore l'éther pour faire cuire les amphétamines ? demanda Emmett.

À Phoenix, on se servait d'essence sans plomb.

– Nos voyous. On est dans la réserve, Parker.

Yabeny redescendit au fond de la ravine.

– Les produits chimiques qui se trouvent dans le hogan explosent comme le feu d'artifice du 4 juillet.

Emmett réfléchit pendant quelques instants.

– Les Vipères ?

– Possible.

– Vous avez eu le temps de faire surveiller la boîte à lettres proche de Crystal ?

Le soir où Emmett était parti pour Phoenix, Yabeny avait indiqué que les membres de la bande y déposaient peut-être des messages.

– Non.

Posant son fusil sur ses cuisses, le sergent ajouta :

– Je n'avais pas assez de personnel.

– Bon.

Si Pound et les Vipères étaient liés à ce labo isolé de fabrication d'amphétamines, Caleb pouvait tout de même être à l'origine de l'incendie. Un fugitif ordinaire en allumerait un afin de faire diversion et de favoriser sa fuite. Mais pas Pound. Tous ses actes semblaient être l'incarnation du mythe, même si son interprétation des croyances dines était pervertie. Du point de vue des Navajos, un hogan en flammes était le présage de mort le plus terrifiant, comme la dame blanche pour les Irlandais.

Yabeny gardait le silence.

– Écoutez, dit Emmett, inutile qu'on descende tous les deux. Vous voulez bien me couvrir ?

– Non, on y va tous les deux. Ce *niziz* veut nous faire sortir d'ici…

Pénis. Un des rares mots dines qu'il était possible de transformer en juron, et Emmett se rendit compte que ces vocables, ainsi que le texte des droits dont les suspects doivent être informés, constituaient son vocabulaire navajo.

– Et on ne peut pas le coincer en restant ici, Parker.

Et, à l'arrivée de l'hélicoptère, Pound disparaîtrait tout simplement dans les Chuskas. Le flic qui se trouverait sur sa route serait pris par surprise. C'était pour cette raison qu'il fallait en finir maintenant.

– Des idées ? demanda Emmett.

On ne dit pas ce qu'il doit faire à un homme qui se trouve dans son pays.

Et on ne donne pas d'ordres à un visiteur.

– On pourrait peut-être contourner le pâturage et approcher du hogan par le sud, proposa Yabeny. Lui couper la retraite, s'il a l'intention de prendre la direction de Gallup.

– Vous croyez qu'il est toujours à proximité de l'incendie ?

– Ouais. Il veut conserver l'avantage de la lumière.

Le sergent s'interrompit, puis ajouta sans grande conviction :

– On aura peut-être de la chance. On le trouvera peut-être avant qu'il nous trouve.

– Alors on y va.

Emmett jeta un coup d'œil sur sa montre, constata qu'ils disposaient de vingt-cinq minutes pour régler le problème et avertir Gallup ; ensuite, Anna, à Window Rock, supposerait le pire et enverrait un groupe d'intervention du FBI sur les lieux. Niehaus l'avait sûrement convaincue de ne pas utiliser celui du BIA.

À son extrémité la plus basse, une tranchée de trois mètres de profondeur, aux flancs de sable friable, permettait de drainer la prairie. Elle indiquait que, comme l'essentiel du pays navajo, ce haut plateau avait été surexploité, les troupeaux broutant l'herbe jusqu'à la racine, si bien qu'elle mourait et laissait la terre nue exposée aux pluies mâles de l'été. Yabeny chercha des empreintes sur le fond boueux du chenal. Seulement celles de daims et de coyotes. Pound n'avait donc pas emprunté ce chemin afin d'éviter de franchir l'espace dégagé à découvert.

Tenant son fusil devant lui, le sergent partit, en petites foulées, vers le sud-ouest.

Emmett le suivit parmi les pins et les genévriers. Les aiguilles fouettèrent son visage, déposèrent de la résine sur ses avant-bras. L'odeur de Noël, déplacée compte tenu des circonstances. Il ne put percevoir celle du chlorure de vinyle, dans la dépression. Sans doute la violence de l'incendie l'avait-elle dissipée.

Les arbres se firent moins denses et Yabeny s'accroupit, regardant sous les branches qui touchaient presque le sol afin de s'assurer que Pound n'était pas caché derrière un des conifères malingres.

– C'est bon, souffla-t-il.

Ils avancèrent rapidement. Mais seulement pendant un instant. Bientôt, la lumière de l'incendie projeta les ombres mouvantes de la forêt sur le sol rocailleux, si bien que tout autre mouvement devint impossible à déceler.

Lentement, les deux hommes s'éloignèrent l'un de l'autre.

Emmett chercha des empreintes. Mais le sol était trop accidenté pour que les traces de pas soient facilement décelables. Le hogan en flammes chauffait le côté droit de son visage. Un fort craquement couvrit les crépitements. Une poutre du toit qui tombait. Puis la hutte tout entière s'effondra. Les flammes jaillirent, projetèrent des tourbillons d'étincelles. L'odeur des produits chimiques se mêla à celle de la fumée.

Quinze mètres d'espace découvert entre eux et le tas de braises. Emmett ne jugea pas utile d'approcher des ruines du hogan. Pound était à proximité. Il percevait un regard rivé sur sa nuque. Un regard glacé de reptile.

Passe à l'action, fils de pute… Tu es comme nous, tu veux en finir.

Un frisson, sur la nuque, amena Emmett à faire ce que Yabeny avait déjà fait : se glisser entre les branches basses d'un pin. Les aiguilles piquèrent sa peau à travers sa veste. Il chercha des yeux, autour de lui, une silhouette humaine. La légère brise changea de direction et, soudain, l'air fut chargé de l'odeur de l'herbe verte brûlée.

Montre-toi.

La prairie qui aboutissait au hogan, qui semblait plate, était en réalité parcourue par un réseau de ravines étroites. On avait tenté de contrôler la progression de l'érosion : une petite digue en pierres se dressait dix mètres devant Yabeny.

Emmett retint son souffle. Pour écouter. Dans l'espoir de déterminer si le martèlement qu'il entendait était un bruit de pas ou les battements de son cœur. C'était indéniable. Quelqu'un courait dans leur direction.

Mais venant d'où ?

Comme ils étaient entourés de collines, il était impossible de distinguer les bruits de leur écho… jusqu'au moment où des coups de fusil retentirent.

Pound arrivait derrière eux. Parmi les arbres. Vite.

Emmett n'entendit pas les balles, mais une branchette de pin, coupée, tomba dans le col de sa chemise. Il fonça dans la direction opposée à celle des coups de feu, se jeta dans l'herbe, chaude et collante à cause de l'incendie.

S'immobilisant sur le dos, il se retourna et leva le guidon du fusil à la hauteur de ses yeux.

Mais il n'y avait pas de cible.

Frustré, il vit une balle toucher le sol, dans une gerbe d'étincelles, à quelques centimètres de la tête de Yabeny. Le sergent s'était mis à couvert derrière la digue. Il plaçait la crosse du fusil automatique contre son épaule quand son corps tout entier devint rigide. Une balle ? Emmett fut convaincu qu'il avait été touché. Pourtant, le sergent tira une rafale au moment où la silhouette d'un colosse jaillit à toute vitesse entre les arbres.

Emmett appuya sur la détente, et fit monter une nouvelle cartouche dans la culasse.

La silhouette fonçait toujours sur Yabeny, en tirant, la carabine à la hauteur de la hanche. Emmett se força au calme le temps de suivre l'homme, qui hurlait comme un fou, avant de tirer à nouveau. Il n'entendit pas la détonation, mais perçut le choc du recul contre son épaule. La silhouette trébucha. Emmett était persuadé de l'avoir touchée à la poitrine. Mais il n'en était pas absolument sûr. Dans la même fraction de seconde, le fusil de Yabeny vomit une succession de flammes. La silhouette tournoya et disparut.

L'air, autour d'Emmett, était chargé de poussière et de fumée.

Il eut l'impression de rester immobile pendant une éternité, le canon de son fusil braqué sur l'homme qui gisait devant la digue. Yabeny était toujours accroupi derrière, le front posé sur les pierres.

– Marcellus… Ça va ?

Pas de réponse.

Emmett avait envie de le rejoindre. Mais c'était impossible. Pas maintenant. Il se contraignit à oublier provisoirement Yabeny et se dirigea vers la silhouette. Le canon de son arme resta braqué sur la forme immobile tandis qu'il en éloignait la carabine du pied. Il passa le faisceau de sa petite torche sur la tête et la poitrine. Le visage et un côté du crâne avaient disparu, pulvérisés par les projectiles de Yabeny, et il n'en restait que la rosée rouge déposée sur l'herbe, dans un rayon de trois mètres, derrière le corps. Il y avait aussi des traces d'impacts de plombs de chevrotine sur le sweat-shirt de l'homme.

Emmett prit les menottes suspendues à sa ceinture et menotta le cadavre. Pour empêcher le mort présumé d'attaquer à nouveau.

Puis il se tourna vers Yabeny.

Les yeux du sergent étaient dilatés et Emmett redouta le pire, jusqu'au moment où les paupières battirent dans la lumière de la torche.

– Marcellus ?…

L'homme regarda le sol, comme pour montrer quelque chose. Emmett baissa le faisceau de sa lampe et aperçut une peau écailleuse aux couleurs vives. Le plus gros lézard perlé qu'Emmett eut jamais vu serrait la jambe droite de Yabeny dans sa gueule, juste au-dessus de sa chaussure de marche. Le corps du reptile formait un croissant, mais il faisait au moins soixante-quinze centimètres de long. Il injectait obstinément son venin dans la chair de l'homme.

– Arrêtez de m'éclairer, dit Yabeny, pratiquement sans bouger les lèvres. Éloignez-vous et ça ira.

Emmett obéit, même si le sergent n'avait pas du tout l'air d'aller. La douleur et la volonté stoïque de ne pas paniquer crispaient son visage. Au bout d'un moment, le lézard perlé déciderait qu'il ne représentait plus une menace et s'éloignerait.

Mais les secondes parurent si longues qu'Emmett concentra son attention sur le cadavre. C'était fini. Comme d'autres affaires apparemment insolubles, celle-ci s'était terminée dans le crépitement des armes à feu. Il avait du mal à y croire. Caleb Pound semblait si redoutable. Si rusé. Le morceau de papier marron que Yabeny avait trouvé sur un yucca prenait maintenant un sens. Il provenait du carton dans lequel Pound transportait le dernier des lézards perlés capturés à Lowe Canyon. Un carton comparable à celui qu'il avait abandonné chez Emmett.

Yabeny se redressa, instable sur ses jambes. Il se dirigea en boitant vers Emmett, qui se précipita pour le soutenir. La morsure saignait et le sang imbibait sa chaussette.

– Ce n'était pas un lézard perlé dine, dit-il, les dents serrées.

– En fait non. Du pays des Shivwits, dans le sud de l'Utah.

– C'est bien ce que je pensais. Les lézards navajos ne se retournent pas contre les leurs.

– Vous voulez vous asseoir ?

Yabeny secoua sèchement la tête.

– J'ai envie de vomir.

Emmett prit la radio dans la poche de la veste du sergent et appela Gallup.

– Envoyez un hélico aussi vite que possible. Un mort et un policier blessé…

Yabeny s'appuya lourdement contre lui.

– Demandez au Sage Memorial Hospital d'appeler le Dr Hennepin, ajouta Emmett.

– Bien reçu, avez-vous indiqué l'endroit où vous vous trouvez ?

– Affirmatif. Près des restes d'un hogan incendié. L'appareil est-il équipé d'infrarouge ?

– Restez à l'écoute.

– Je crois que je vais m'allonger maintenant, Parker, dit Yabeny.

– Vous souffrez ? demanda Emmett, qui l'aida à s'allonger sur l'herbe.

– Ça dégage les sinus.

Et l'estomac : le sergent vomit. Aussi violemment qu'Anna l'avait fait.

– BIA Dix-sept, transmit Gallup. Ce n'est pas un hélico de recherche et de sauvetage. Pas de scanner infrarouge.

– Bien reçu.

Les semelles des chaussures de sport de Pound réfléchissaient la lueur rouge des braises. Pendant un bref instant, Emmett ne s'aperçut de rien. Puis il se leva d'un bond. Des chaussures de sport. Pas des chaussures de marche. Et pas, sur la semelle, le motif que Yabeny et lui avaient repéré près de la Lincoln abandonnée. Mais, surtout, pas du quarante-quatre. Emmett retourna près du cadavre, compara la taille des chaussures avec celle des siennes.

– Nom de Dieu !

Yabeny cracha, puis leva péniblement la tête et demanda :

– Qu'est-ce qu'il y a ?

Emmett fit le tour des ruines du hogan. La chaleur était encore si intense qu'il tira le pan de son coupe-vent sur sa tête afin de la protéger. Il n'avait pas besoin de torche. Le sol était couvert d'empreinte de taille quarante, récentes et anciennes. Parmi elles, des empreintes de taille quarante-quatre formaient un V : en direction de l'entrée du hogan, qui était probablement dirigée vers l'est, puis dans la direction opposée… vers les arbres qui se dressaient au sud.

– Qu'est-ce qu'il y a ? répéta Yabeny.

– Ivan Jumper a des cicatrices ou des tatouages ?

– Sur les doigts de la main gauche.

Emmett baissa le pan de son coupe-vent et retourna auprès du cadavre. Il l'avait placé à plat ventre, si bien que les mains menottées étaient visibles. Comme Yabeny venait de l'indiquer, les doigts avaient été grossièrement tatoués à l'aide d'un stylo à bille. Une lettre par doigt : I-V-A-N.

Yabeny se redressa, inquiet.

– C'est Jumper ?

Au ton ébahi de sa voix, Emmett comprit que c'était la première fois qu'il tuait quelqu'un. Et quelqu'un qu'il connaissait. Qu'il avait côtoyé au supermarché ou dans la file d'attente du Mc Donald's de Window Rock. Peut-être même quelqu'un avec qui il avait passé un accord.

– Oui.

– Oh, nom de Dieu !

Yabeny serra sa jambe entre ses mains, les yeux fermés. Se demandait-il s'il y avait un lien clanique ? C'était toujours un cauchemar potentiel, dans une fusillade, pour un flic navajo.

– Qui l'a touché, Parker ?

– Moi.

– Vous en êtes sûr ?

– Ouais.

On pouvait estimer que les plombs de la chevrotine avaient transpercé le cœur de Jumper avant que les balles de Yabeny emportent la moitié de sa tête. Mais, d'après lui, même un légiste ne pourrait l'établir avec certitude. Autant laisser au sergent le réconfort de ce doute. Il vivait dans cette région. Pas Emmett.

Il rechargea le fusil tout en gardant les yeux fixés sur les arbres. Stupéfiant. Il avait l'impression de n'avoir fait feu que deux fois, mais le magasin était vide. Si facile, quand on est sous pression, de tirer.

– On n'avait pas le choix, Parker.

Yabeny transpirait abondamment.

– Ça, vous pouvez le dire. Jumper me tenait en joue.

C'était l'inverse, Yabeny essuyant l'essentiel des coups de feu. Mais ça n'avait pas d'importance et ça n'en aurait jamais.

– Ah bon ?

Face à l'espoir qui apparut sur le visage crispé de Yabeny, Emmett tourna la tête. Le sergent était dans la police depuis onze ans, mais le premier mort était comme la perte brutale d'une virginité.

– Vous avez fait ce que vous deviez faire, Marcellus.

– Vous savez, Ivan m'a dit un truc incroyable, un jour, poursuivit Yabeny. Il m'a dit qu'il voulait être flic, quand il était petit. Mais il a cru que le fils d'un trafiquant d'alcool n'y arriverait jamais. Pourtant, c'était ce qu'il voulait devenir. Il aimait l'uniforme. Le respect.

– Un zig au lieu d'un zag et ça pourrait être vous ou moi, dans l'herbe, menottes aux poignets.

– Comment avez-vous deviné que c'était exactement ce que je pensais ?

Yabeny tremblait convulsivement.

– Parce que, il y a douze ans, j'étais à votre place. Mais ma première fois, c'était sur le parking d'un magasin, à Oklahoma City, pas dans les Chuskas.

– Mon vieux, ça *pourrait* être moi, vous savez ? Sans mon oncle… Le frère de ma mère m'a remis sur le droit chemin alors que j'avais treize ans. Il m'a fait comprendre qu'il faut être fier. Qu'il faut être dine, vous savez ? Ivan n'a pas rencontré quelqu'un comme ça. Et c'est peut-être la seule différence.

– Gallup, dit Emmett dans la radio, où en est l'hélico ? J'ai un homme en état de choc.

– Restez à l'écoute.

– Ça va, protesta Yabeny.

– Je sais, Marcellus. Mais il faut les pousser un peu. On a affaire au gouvernement fédéral. Jetons un coup d'œil sur cette morsure.

Emmett approcha et le sergent éloigna les mains posées sur les lacérations laissées par les dents striées du lézard perlé. La plaie ne saignait plus.

– Ça semble aller. Vous avez vu où il est parti ? Il appartient à une amie.

Yabeny eut un rire étouffé, puis reprit son sérieux.

– Merde. J'ai envie de pleurer.

– Allez-y.

– Non.

– C'est ce que j'ai fait, dit Emmett. Dans les bras de l'officier instructeur, qui me traitait de négro des plaines quand j'avais le dos tourné.

C'était peut-être pour cette raison qu'il ne l'avait pas fait... pas devant ce crétin ignorant.

Le talkie-walkie craqua.

– BIA Dix-sept, ici Gallup.

– J'écoute.

– L'hélico devrait arriver au-dessus de vous d'une minute à l'autre.

– Bien reçu.

Emmett scruta à nouveau les pins. Pound fuyait en direction du sud, sinon il les aurait déjà attaqués. Ivan Jumper lui avait tenu lieu d'arrière-garde, retardant ses poursuivants, tout comme le jeune adolescent l'avait fait au profit d'Ivan, neuf jours auparavant, chez Clydine. Emmett perdait son temps. Et il en perdrait encore quand il lui faudrait exposer la situation au chef d'un groupe d'intervention du FBI.

Le regard fiévreux de Yabeny était fixé sur lui.

– Vous allez le poursuivre seul, hein ?

– Dès qu'on vous aura évacué.

– Partez. Écoutez...

Le martèlement du rotor résonnait dans les canyons, au-dessus d'eux.

– Ça ira.

– Vous en êtes sûr ?

– À cent pour cent.

– Très bien. Dites-leur de rester à distance tant que je ne demanderai pas de l'aide. Ils n'ont pas de scanner infrarouge capable de localiser Pound grâce à la chaleur de son corps et le projecteur de l'hélicoptère ne fera que lui indiquer où je suis. Si le groupe est dans l'obligation de prendre position quelque part, je voudrais qu'il lc fasse plusieurs kilomètres au sud d'ici.

– Je transmettrai.

Emmett serra brièvement l'épaule de Yabeny puis gagna les arbres à petites foulées. La lune avait franchi son zénith et ne tarderait pas à disparaître derrière les montagnes.

22

La lune avait disparu depuis au moins une heure, mais les Chuskas se découpaient encore sur une lumière crayeuse. Debout sur le parking du centre de détention pour mineurs de Tohatchi, Anna se demandait où était Emmett, dans cet amoncellement obscur de grès. Il était 1 h 30 du matin. Deux heures s'étaient écoulées depuis que l'hélicoptère avait transporté Marcellus Yabeny, nauséeux, de Manuelito Plateau au Sage Memorial Hospital. Le sergent leur avait aussitôt annoncé, à Jim Niehaus et elle, qu'Emmett poursuivait Caleb Pound à pied. Seul. Le chef du bureau de Phoenix avait conseillé à Anna de demander au groupe d'intervention tribal, qui était resté sur place afin de surveiller le cadavre d'Ivan Jumper jusqu'à l'arrivée des techniciens du FBI, de se joindre à la traque. Yabeny avait alors indiqué que, selon les instructions d'Emmett, il devait prendre position plusieurs kilomètres au sud de la prairie où Ivan Jumper avait été abattu. Et qu'aucun hélicoptère ne devait survoler les montagnes avec le projecteur en batterie. Anna tenta de réconforter Yabeny, tandis que le Dr Hennepin nettoyait sa morsure. Elle lui montra ses plaies cicatrisées et le sergent eut un pâle sourire. Elle avait cru, elle aussi, qu'elle allait mourir. Ayant demandé à Niehaus de la rejoindre dans le couloir, elle lui annonça qu'Emmett obtiendrait ce qu'il avait demandé. Personne n'était capable d'acculer un fugitif plus rapidement que Parker. Et l'analyse de l'incident où Jumper avait trouvé la mort ne pourrait se dérouler qu'une fois Pound en détention. Yabeny était trop faible pour qu'il soit possible de l'interroger, et Emmett trop occupé. Niehaus n'avait pas protesté, mais il n'avait pas prononcé dix mots sur la route de Window Rock.

Soudain, de la lumière apparut dans les Chuskas.

Les techniciens avaient fait démarrer le groupe électrogène destiné à l'alimentation des projecteurs. Avant d'être installé dans une chambre particulière, Yabeny, sous sédatif, avait dit à Anna que la fusillade s'était heureusement déroulée à l'air libre, si bien qu'Emmett et lui n'avaient été que très peu exposés au *chindi* de Jumper, ce résidu nuisible de son esprit.

Malgré l'heure tardive, la nouvelle de la mort du chef des Vipères se répandit rapidement. À peine Anna eut-elle regagné la capitale, déposé Niehaus au siège de la police navajo et fait demi-tour, que le chef du bureau de Phoenix lui demanda par radio, depuis l'intérieur du bâtiment, d'attendre. Puis il sortit précipitamment et lui donna un message de l'U S attorney d'Albuquerque : l'avocat de Garwin Descheenie, Rod Guzman, était maintenant prêt à négocier. Anna pouvait-elle le retrouver, ainsi qu'un procureur adjoint, au centre de détention de Tohatchi dès que possible ? Il fallait qu'elle aille chez John Tallsalt. La première fois, elle avait dû y renoncer en raison de la fusillade qui s'était déroulée à Manuelito Plateau.

Maintenant, c'était ça.

À son arrivée à Tohatchi, quarante minutes plus tard, on lui avait annoncé que le procureur adjoint et Guzman négociaient. On lui avait demandé d'attendre dans le hall d'entrée. Mais l'éclairage cru lui rappelait les urgences de l'hôpital, si bien qu'elle sortit et fit les cent pas dans la nuit.

Elle attendait maintenant depuis vingt minutes.

L'air fraîchissait enfin. Une voiture de patrouille de la police navajo était garée sur l'étendue plate et poussiéreuse qui se trouvait derrière le centre. L'agent, penché sur le capot, scrutait, à l'aide d'une lunette à vision nocturne, les dépôts alluviaux qui marquaient l'entrée des canyons des Chuskas. Presque tous ces hommes étaient en service depuis plus de dix-huit heures, en comptant leur service normal, depuis la découverte du quatre-quatre Lincoln des Olson…

L'examen des dents avait permis de confirmer que les cadavres brûlés étaient bien les leurs. Le groupe d'intervention du BIA était sur le point de se déployer à l'extrémité sud de la chaîne. Et le groupe d'intervention du FBI de Phoenix fouillait Window Rock Ridge. Elle était elle-même si surexcitée qu'il lui semblait qu'elle ne dormirait plus jamais.

– Agent Turnipseed ?...

Des chaussures crissèrent sur les marches en béton. Walt Coombs, procureur adjoint envoyé par Albuquerque. Environ cinquante-cinq ans, joues creuses couvertes de cicatrices d'acné et cheveux couleur d'acier.

– Désolé de vous avoir fait attendre. Il y avait un blocage, mais je crois qu'on l'a surmonté...

Il approcha une allumette de sa pipe, la flamme accentuant ses cicatrices.

– Pourquoi Guzman négocie-t-il à cette heure ridicule ? demanda-t-elle.

– Jumper est mort et il ne veut pas que Descheenie porte le chapeau. Il est clair que Jumper et Descheenie ont joué un rôle central dans le meurtre des Knoki... et Guzman veut y mettre son grain de sel avant de perdre complètement le contrôle de la situation...

Dévisageant Anna, Coombs laissa l'allumette se consumer presque jusqu'à ses doigts avant de la souffler.

– Si je comprends bien, vous avez vécu deux semaines terribles, vous et ce flic du BIA... comment s'appelle-t-il ?

– Emmett Parker.

Elle jeta un nouveau coup d'œil sur les Chuskas.

– Qu'est-ce que vous avez sur Descheenie et les Vipères en ce qui concerne les Knoki ?

Si peu de choses qu'elle avait tenté de bluffer Guzman, trois soirs auparavant, afin de l'amener à faire ce qu'il faisait maintenant. Jumper avait-il confié à Emmett des informations susceptibles de rendre la négociation contreproductive ?

– Rien, malheureusement.

– Pas de fibres dans la voiture de police qui a brûlé ? demanda Coombs.

– Le feu a tout détruit, d'après les techniciens. Pas davantage d'empreintes. Ni sur le véhicule ni sur la pelle.

– D'autres membres de la bande ont accepté de parler ?

– Non.

Surtout pas le jeune adolescent qui leur avait tiré dessus afin de favoriser la fuite d'Ivan. Il mourrait sans avoir parlé.

– Des proches de la bande ?

– Désolée.

Anna s'interrompit, puis reprit :

– Vous êtes sûr que Guzman ne veut pas attendre le début de la semaine prochaine ?

– Si on ne trouve pas un accord, il retirera sa proposition ce soir. On accepte l'immunité totale et d'avertir le tribunal du résultat de la négociation dès demain matin, en échange de quoi Descheenie, qui était le lieutenant de Jumper, se met à table maintenant.

– Mais pourquoi cette précipitation ? Je ne comprends pas.

– Peut-être Guzman sait-il que quelqu'un coopérera si son client ne le fait pas, dit Coombs. C'est un pari. Et voici l'inconvénient possible : on renonce à poursuivre Descheenie et on trouve un témoin plus crédible dans une semaine. Mais si le témoin ne se présente pas ? Ou n'existe pas ?

Elle avait terriblement envie de prendre l'avis d'Emmett, même par radio. Mais il était très occupé. Et chaque fois qu'elle pensait à lui, dans ces montagnes, affrontant Caleb Pound sans assistance, elle ne tenait plus en place. *Attends… voilà ta réponse.* Pound était la cible capitale. Elle était convaincue qu'il ne parlerait pas, du fait qu'il avait été conditionné par Hezekiah, qui exécutait tous ceux qui parlaient. Descheenie était peut-être le seul moyen de démontrer que Pound était impliqué dans le meurtre des Knoki.

– Quel est le résultat de la négociation ? demanda-t-elle finalement.

– Guzman a tenté de me convaincre de laisser Descheenie plaider la détention arbitraire…

À peu près l'équivalent de l'enlèvement, constata Anna, inquiète. Mais le procureur poursuivit :

– Après quelques marchandages, il a accepté la complicité, à condition qu'on ne demande pas la peine de mort. C'est à vous de décider, madame Turnipseed.

Descheenie connaissait peut-être un élément susceptible d'aider Emmett à arrêter Pound sans risque. Elle échangerait n'importe quoi contre ça.

– Acceptez.

Coombs posa le pouce sur le foyer de sa pipe, afin de l'éteindre.

– Vous avez un magnétophone.

– Je suis sûre que Parker en a un. C'est sa voiture.

– On se retrouve à l'intérieur.

Ses mains tremblaient quand elle sortit la machine du coffre. Elle espéra avec ferveur que cette affaire ne lui réservait pas de nouvelles surprises, qu'elle avait compris et que ce coup de dés était justifié.

Cinq minutes plus tard, le responsable corpulent, du centre, au regard ensommeillé, fit entrer Descheenie dans la salle d'interrogatoire où Emmett et elle l'avaient rencontré lundi soir. Le jeune homme s'assit près de Guzman qui, fidèle à lui-même, portait un costume élégant. Anna s'installa en face d'eux, près de Coombs, qui ne portait pas de cravate et était en bras de chemise. Il se lança dans un préambule juridique, essentiellement en raison de la présence du magnétophone.

Feignant ostensiblement de ne pas écouter, Descheenie gratta machinalement le tatouage qu'il portait au cou. Il semblait légèrement infecté.

Guzman souleva un problème dont le sens échappa à Anna et, pendant quelques minutes, l'accord parut sur le point d'être remis en cause. Mais, ensuite, Coombs adressa un signe de tête à Anna.

– Je suis l'agent Anna Turnipseed, du FBI, et je dirige l'enquête sur les meurtres de Carbert et Aurelia Knoki, ainsi que sur ceux qui ont suivi…

Elle fixa Descheenie. *Tu ne me fais pas peur, pitoyable petit con.* Il n'y avait pas d'autre bruit, dans la pièce, que le grincement de la cassette dans le magnétophone poussiéreux d'Emmett.

– Garwin, où va Caleb Pound, cette nuit ?

La confusion crispa le visage brun et lisse de Descheenie, qui changea de position sur sa chaise.

– Qui ?

– Lui.

Le bras tendu, elle ajouta :

– J'indique, afin que cela figure dans l'enregistrement, que je montre le tatouage que Garwin a sur le cou, lequel représente un lézard perlé ailé.

– Ah, fit Descheenie. Lézard Perlé.

Anna sortit de son sac à main la copie de la photo figurant sur un permis de conduire délivré par l'Utah.

– Cet homme est-il Lézard Perlé ?

Caleb Pound foudroyant l'objectif du regard.

– Je connais pas ce mec. Je l'ai jamais vu. Lézard Perlé non plus.

Elle avait espéré obtenir rapidement une information susceptible d'aider Emmett, mais ça ne serait pas aussi facile.

– Vous affirmez que vous n'avez jamais vu Lézard Perlé ?

– Oui.

– Comment est-ce possible ?

– C'est un Dieu. Et on voit pas les Dieux comme on voit les mecs ordinaires. En tout cas, c'est ce qu'Ivan m'a dit.

– Alors pourquoi vous êtes-vous fait faire ce tatouage ?

Guzman souffla quelque chose à l'oreille de Descheenie.

– *C'est ce que je fais.* Je sais que c'est pas comme piquer une voiture.

Les narines dilatées par l'indignation, il mit quelques secondes à reprendre son calme, puis se tourna à nouveau vers Anna.

– Juste avant les vacances de printemps, on a laissé une lettre sur le pare-brise de Clydine, sous un essuie-glace.

– Celui de son pick-up Dakota ? coupa Anna.

– Ouais. Elle disait que Bert Knoki l'arrêterait mardi soir, quand elle rentrerait de Gallup.

– Avec une cargaison d'alcool ?

– Sûrement.

– Introduisait-elle de l'alcool dans la réserve à jour fixe ? Oui ou non ?

– Oui.

Descheenie se tourna vers Guzman, mais n'obtint qu'un froncement de sourcils nerveux.

– Quoi ?

– Continue, fit l'avocat, morose.

Sans doute la défense élaborée par certains de ses collègues du service tribal d'aide juridique venait-elle de s'effondrer.

– Elle était signée *Lézard Perlé...*

Portant deux doigts à son cou, le jeune homme poursuivit :

– Et il y avait ça, à côté du nom. Le jeudi soir, Clydine décide de faire comme si la lettre disait vrai. Elle va à Gallup, mais revient sans alcool. Elle fait le trajet, c'est tout. Et Knoki l'arrête juste avant Window Rock...

La semaine suivante, une deuxième lettre apparut, pendant la nuit, sous l'essuie-glace de Clydine. Elle indiquait que Knoki projetait de l'arrêter à nouveau, et elle s'en tira une nouvelle fois. Elle suggérait également que les messages à venir soient déposés dans une boîte à lettres proche de Crystal. Apparemment, Lézard Perlé ne voulait pas que ses adorateurs le voient en chair et en os. Du point de vue des Vipères, le troisième message fut beaucoup plus inquiétant. Il indiquait que Knoki était sur le point localiser le labo où ils fabriquaient leurs amphétamines.

– Où se trouve-t-il ? s'enquit Anna.

Une nouvelle fois, Descheenie n'obtint pas l'aide de Guzman.

– Dans un vieux hogan, dans les Chuskas. À l'endroit où Ivan s'est fait buter ce soir, je suppose.

Anna cessa de voir la petite pièce, vit Caleb Pound tapi dans le noir, sous le mobile home des Knoki, écoutant tout ce que Bert disait, par téléphone, à ses collègues, tous les aspects de son travail qu'il confiait à Aurelia. Sa haine des trafiquants d'alcool et de drogue, les malheurs qu'ils apportaient à son peuple. Le jour où ils s'étaient rencontrés, à la cafétéria de l'hôtel, Tallsalt avait reproché aux flics navajos de consulter leur épouse sur tout, y compris les questions les plus confidentielles. L'héritage d'une société matrilinéaire. Pound les avait-il entendus évoquer le programme dans le cadre duquel les épouses participeraient aux patrouilles ? Y avait-il vu le moyen de les éliminer en même temps ? Les gens qui l'avaient confié à Hezekiah ? Dans ce cas, pourquoi ne l'avait-il pas fait lui-même ?

Anna s'aperçut que tout le monde attendait qu'elle poursuive.

– Garwin, Lézard Perlé vous a-t-il indiqué, dans une lettre, quel soir les Knoki seraient ensemble ?

– Ouais. Il a dit que tous les flics emmèneraient leur femme et que vendredi soir…

– Dit ou écrit ? demanda Coombs, peut-être dans l'espoir de surprendre le jeune homme en flagrant délit de mensonge et de renforcer ainsi les liens qui l'unissaient à Pound.

Mais Descheenie resta de marbre, d'une impassibilité effrayante, si on tenait compte du fait qu'il parlait de meurtres prémédités.

– Écrit.

Puis il se tourna vers Anna :

– Lézard Perlé écrivait que Knoki et sa vieille patrouilleraient ensemble vendredi soir, donc on est tous allés au bord d'Asaayi Lake…

Plusieurs membres des Vipères et leurs petites amies, dont Anna exigea les noms. Et c'était visiblement ce qui, selon Guzman, risquait de dévaluer le témoignage de Descheenie : une des jeunes filles venant raconter toute l'histoire.

– On a fait un feu…

Si grand qu'il serait visible depuis la vallée.

– Ivan était complètement défoncé au whisky et aux amphés, disait que Lézard Perlé était notre Dieu. Qu'il venait empêcher les sorciers de nous jeter un sort et les flics de nous harceler. Que, sans Lézard Perlé, on serait tous en taule ou morts. Même la mère d'Ivan.

Ce qui rappela à Anna une question qui la tourmentait depuis longtemps :

– Que faisait Clydine sur la route, ce soir-là ?

– Elle faisait le guet, je suppose. Faisait exprès de rouler trop vite. Pour s'assurer que Knoki était bien dans le coin. S'il n'y était pas, elle devait nous faire trois appels de phares. C'est une femme bien, vous savez. Elle a pris une contravention seulement pour s'assurer que c'était bien Knoki. Après, pendant qu'il prenait la route d'Asaayi pour voir qui faisait du feu, elle a filé à Window Rock, déposer des trucs à la prison, pour le grand frère d'Ivan.

– Que s'est-il passé ensuite, au bord du lac ?

Anna n'avait pas envie de savoir comment Bert et Aurelia étaient morts, mais rien n'aurait pu la contraindre à quitter la petite pièce étouffante.

– Knoki est arrivé sur la rive en voiture…

Le jeune homme haussa les épaules, premier indice du fait qu'il n'avait pas envie de raconter la suite.

– Pendant qu'il se dirigeait vers nous à pied, je suis allé sans me faire voir jusqu'à sa voiture, où sa vieille se trouvait toujours, et j'ai coupé l'antenne avec des pinces qu'Ivan m'avait données…

Bert s'était dirigé tranquillement, sans inquiétude, vers le feu, convaincu que les voyous et leurs petites amies se contenteraient de l'injurier tandis qu'il confisquerait leur bière et la verserait sur le sol. Mais les garçons l'encerclèrent. Un coup de bâton derrière les genoux le jeta à terre. Anna ne put s'empêcher d'ouvrir et de fermer les poings tandis que Descheenie racontait, sans émotion, que les voyous avaient tabassé Bert, qui avait presque perdu connaissance, puis lui avaient pris son arme de service. Le visage couvert de sang. À terre, la main levée, les implorant. Aurelia se précipita hors de la voiture, les supplia de cesser, mais Ivan la frappa à la tête avec un bâton et elle s'effondra.

– Après, il a dit qu'on pouvait plus reculer. Donc il l'a butée…

Une balle dans la nuque, selon le rapport d'autopsie. Avec l'arme de son mari, alors que les Vipères avaient apporté les leurs.

Anna ne put s'empêcher de demander :

– Est-ce que Bert a vu Aurelia mourir ?

– Je suppose, répondit Descheenie sur un ton neutre. Il a vaguement gémi.

Anna ferma les yeux : toute sa famille avait assisté à la pendaison de son arrière-arrière-grand-père, Captain Jack. Ils avaient gémi.

– Mais, après, Ivan a frappé à nouveau Bert et nous a dit de les charger tous les deux.

– Avez-vous frappé les Knoki ?

– Quoi ?

– Vous avez compris.

Anna espéra, afin que son témoignage demeure crédible, qu'il ne mentirait pas maintenant.

– J'ai donné des coups de poing à Bert. Mais ça servait à rien, voyez ? Ivan l'avait salement amoché à coups de bâton.

Anna se remit à respirer.

– Qui conduisait la voiture de police, quand vous avez quitté la rive du lac ?

– Moi. Ivan était à l'avant avec une carabine, au cas où des flics auraient essayé de nous arrêter.

– Quelqu'un vous a accompagné ?

– Non.

– Comment la vitre arrière a-t-elle été cassée ?

– Un de nos potes nous a demandé de le faire.

– Son nom ?

– Lokey. Son oncle est plus ou moins sorcier, mais pas vraiment un gogo, contrairement à beaucoup d'autres.

Anna demanda :

– Que signifie *gogo* ?

– Navajo traditionaliste, répondit Guzman, un Pueblo, à la place de son client. J'ai défendu ce monsieur.

– Enfin, poursuivit Descheenie, notre pote nous a dit que les esprits des Knoki resteraient prisonniers à l'intérieur de la Ford et nous rendraient malades. Sauf si on leur permettait de s'échapper. Et si on leur mettait leurs chaussures à l'envers. Ivan a ri, mais il a cassé la vitre avec son bâton. Lokey s'est occupé des chaussures. Après, on a versé de l'eau sur le feu et on s'est barrés.

– Où transportiez-vous les corps, Ivan et vous ?

La curiosité de Coombs avait pris le dessus sur sa volonté de ne pas intervenir.

– Dans un endroit qu'Ivan connaissait, à Crystal Wash. Où on pouvait enterrer facilement la voiture après l'avoir fait brûler. Mais on s'est enlisés dans la boue. Donc on a mis le feu à la Ford à l'endroit où elle se trouvait et on a foutu le camp.

Anna reprit le contrôle de l'interrogatoire.

– Qui a eu l'idée de brûler les Knoki ?

– Lézard Perlé, je suppose. C'était dans la lettre. *Jetez-les dans les flammes.* Je voulais pas le faire à cet endroit. Quelqu'un risquait de voir les flammes, même si Crystal Wash est une cuvette. L'endroit qu'Ivan avait repéré était meilleur. Entre deux falaises. Mais on a pas pu y aller, à cause de la boue, et je l'ai laissé faire comme il voulait.

Guzman demanda :

– Regrettes-tu le rôle limité que tu as joué dans cette tragédie, Garwin ?

– Plus ou moins.

L'avocat foudroya son client de regard.

– Je veux dire, poursuivit Descheenie, que j'ai eu peur quand la voiture a commencé à brûler.

– *Pourquoi ?* s'enquit Anna.

– Knoki s'est redressé et s'est mis à hurler, à l'arrière de la Ford. Je croyais qu'il était mort… voyez ?

Les empreintes de Caleb Pound descendaient à flanc de montagne, ne s'écartant de la ligne droite que pour éviter les bouquets de corne de cerf, vigoureux sur ce versant exposé au sud.

Emmett ralentit.

Devant, se dressait une colline anguleuse de pentes et de plates-formes. Ridée d'ombres. L'aube était-elle proche ? Emmett appuya sur le bouton qui éclairait le cadran de sa montre. 4 h 35. Trop tôt.

Pound mijotait quelque chose. Après n'avoir dévoilé sa piste qu'à contrecœur pendant des kilomètres et des kilomètres, il la rendait à présent exagérément visible.

Emmett s'assit, réfléchit et écouta.

Il avait décidé que la colline ressemblait à un château médiéval. Créneaux et tourelles. Le sable, produit au fil des âges par le gel et le dégel à partir de la roche coulait autour de ces tours et au bord des falaises successives.

En bas, les lumières de la mine de charbon scintillaient. À des kilomètres, mais sans doute aurait-il entendu la pelleteuse géante, si elle avait fonctionné. Elle ne fonctionnait pas. Bien. Non seulement Anna avait empêché l'hélicoptère de l'ennuyer pendant toute la nuit, elle avait aussi fait évacuer les employés de Dinetah Coal Company. Cela signifiait-il qu'elle était également allée chez Tallsalt ? Probablement, car la maison se trouvait à l'intérieur du périmètre qu'il avait défini. Dans à peu près une heure, il pousserait Pound vers les lunettes des armes d'un groupe d'intervention. Les célèbres commandos du FBI pourraient l'abattre pendant qu'Emmett irait se désaltérer.

Il attendit, espérant surprendre un bruit. Un bruissement de vêtement. Le claquement d'un caillou déplacé.

Mais Pound veillerait à ce que ça ne soit pas aussi simple.

Fallait-il qu'il contourne la colline ? Il se leva, malgré ses pieds en feu, constata que cela nécessiterait une longue ascension à découvert. Et si Pound avait poursuivi son chemin, il perdrait du temps. Emmett se dit que, s'il voulait garder le contact, il devait franchir le banc de sable incliné qui surmontait la dernière falaise, si haute que sa partie inférieure disparaissait dans le noir.

Il huma l'air. Pound et lui avaient fourni de si gros efforts qu'ils devaient pouvoir se flairer à cent mètres. Mais cela profitait au fugitif : la faible brise soufflait dans le dos d'Emmett.

Le fusil de Yabeny sur l'épaule, il prit la direction de la colline. Depuis qu'il avait laissé le hogan incendié derrière lui, il se disait que Pound allait pivoter sur lui-même et frapper. Il valait mieux que cela se produise maintenant que plus tard, dans la vallée, en présence d'innocents.

Il s'engagea sur le plan incliné. Le sable était épais et granuleux. Il exigea un effort supplémentaire de ses mollets douloureux.

Une couche de sable glissa en direction du précipice, le contraignant à monter.

Au-dessus de lui et sur la droite, il aperçut une barre verticale d'ombre, de plus en plus large à mesure qu'il approcha. L'entrée d'une fissure qui divisait la colline en deux. Si Pound s'y était caché, il avait pris une mauvaise décision. Emmett le tenait. Il n'y avait pas de sortie, car la fissure aboutissait au pied d'une haute falaise.

Emmett se figea.

Il avait entendu un bruissement, plus haut. De la toile de jean contre la roche.

Il plongea la tête la première dans une dépression située juste sous l'entrée de la fissure. Il se mit sur le dos, guetta un autre bruit. Il n'y en eut pas. Et il commença à se demander si le premier avait été aussi intentionnel que la piste de Pound au flanc de la montagne. Le faisceau de la petite torche d'Emmett ne pouvait pas dissiper les ténèbres, au-dessus de lui, mais sa voix pouvait s'y propager :

– Caleb ?...

Silence, mais un silence qui avait des oreilles.

– Caleb Pound ? Je m'appelle Emmett Parker. Je suis un flic du BIA. Il faudrait qu'on puisse parler avant que le FBI te mette le grappin dessus. Tu as tué un de leurs agents, à Phoenix, et ils veulent se venger...

Il se tassa sur lui-même au fond de la dépression. Depuis quelques minutes, le ciel, à l'est, s'éclaircissait. De jour, Pound serait pratiquement dans l'impossibilité de sortir de la cage de grès dans laquelle il s'était enfermé.

– J'ai vu Nicole. Elle t'embrasse. Elle pense à toi. Elle se souvient du jour où vous êtes allés tenter de capturer des lézards perlés à Lowe Canyon, Zelek, elle et toi...

Emmett s'interrompit, comprit que si les souvenirs d'enfance ne suscitaient aucune réaction, rien ne pourrait parvenir à le faire.

– Je regrette qu'Ivan soit mort. Mais il a refusé de se servir de sa tête. Je ne veux pas qu'il t'arrive la même chose, Caleb. Je ne...

Un long sifflement retentit dans la fissure. À la fois inhumain et manifestement humain.

Puis le silence.

Ensuite, il y eut des chocs sourds contre les parois du défilé, de plus en plus proches d'Emmett. Comme un jerrycan en plastique. Il se coinça apparemment entre deux rochers, plusieurs mètres au-dessus de lui. Instinctivement, Emmett avait croisé les avant-bras devant le visage, mais il les écarta, braquant à nouveau le fusil sur les ténèbres. Quelque chose s'écoulait de l'objet. Il crut tout d'abord qu'il s'agissait d'essence, mais les vapeurs qui parvinrent jusqu'à lui étaient sucrées, vaguement enivrantes. Puis, quand elles se concentrèrent autour de ses mollets, au fond de la dépression, et lui piquèrent les yeux, il les identifia. De l'éther. Laquelle explose comme une bombe. Il fléchissait les jambes, se préparant à bondir, quand il entendit le crissement d'une allumette. Une flamme orange, translucide, avança dans la fissure, se dirigeant vers lui. Sans la moindre hésitation, il sauta hors de la dépression, s'engagea sur le plan incliné. Il tentait de ralentir sa glissade en enfonçant la crosse du fusil dans le sable quand, derrière lui, la flaque d'éther explosa, le projetant au-delà du bord de la falaise.

Il entendit le grésillement de ses sourcils qui roussissaient, mais rien d'autre.

Il rentra la tête dans les épaules. Quoi qu'il y ait en bas, dans le noir, il fallait qu'il l'atteigne en roulé-boulé.

Anna ne pouvait aller chez Tallsalt tant que le groupe d'intervention du BIA, avec l'aide d'un groupe d'intervention du FBI, venu de Santa Fe, n'auraient pas bouclé la zone. Un poste de commandement avait été installé dans les baraques de la société minière et l'aube éclairait le ciel, à l'est, quand Anna s'arrêta devant elles. Le chef du groupe du BIA sortit, visiblement un Paiute : visage rond et affable, poitrine puissante.

– Jimmy Dann. Vous êtes sûrement Turnipseed.

– Oui, lieutenant. Heureuse de vous rencontrer enfin en personne.

Ils avaient conversé à plusieurs reprises par radio depuis l'arrivée du groupe du BIA.

Dann la dévisagea discrètement.

– Modoc ou Klamath ?

– Modoc. Paiute du Nord ?

– Tout près de chez vous. Pyramid Lake.

Mais elle n'était pas d'humeur à parler du pays.

– Des nouvelles de Parker ?

Il ne répondait plus aux appels depuis minuit, mais elle savait qu'il coupait invariablement la radio quand son bavardage nuisait à sa concentration.

– Non, répondit Dann, apparemment sans inquiétude. Un de mes éclaireurs croit avoir entendu un coup de feu, il y a à peu près une heure. Mais il a finalement décidé que c'était le bang d'un avion supersonique.

Elle commençait à se demander si leur foi en l'indestructibilité d'Emmett ne se retournerait pas un jour contre lui.

– La zone qui se trouve au nord d'ici a-t-elle été évacuée ?

– Il n'y a qu'une maison sur la carte. Celle de Tallsalt. Et il est venu au bord de la route, à minuit et demi, en pagne, pour nous envoyer balader. Il a dit qu'il ne bougerait pas. Il paraît qu'il déraille, depuis quelque temps. Mais on ne pouvait pas faire grand-chose… il est chez lui, pas vrai ? Bon, on peut l'évacuer de force, si c'est ce que vous voulez, Turnipseed.

– Non, il a le droit de rester chez lui. Mais il faudra que j'aille le voir. Montrez-moi où sont vos gars.

Dann la précéda dans la cabane de chantier, où le personnel de la mine, visiblement heureux de l'ambiance de vacances due à l'interruption du travail, lui offrit une tasse de café. Comme elle avait besoin d'énergie, elle y ajouta la plus grande quantité possible de sucre sans paraître abuser, puis rejoignit Dann. Le flic du BIA montra, sur la carte d'état-major, les endroits d'où cinq équipes de deux commandos des deux organisations surveillaient l'extrémité sud des Chuskas.

– Est-ce qu'une de vos équipes de tireurs d'élite peut garder un œil sur moi à proximité de chez Tallsalt ?

– Vous êtes sûre que vous voulez y aller ?

– Il le faut.

– C'est votre décision.

Dann montra une équipe postée sur un petit promontoire situé à environ quatre cents mètres de la maison.

– Je vais demander par radio à Larry Kills Back et Tom Richards de prendre position face à la maison. Ils ne la voient pas à l'endroit où ils sont en ce moment.

– Merci.

Elle gagna la porte, parmi les mineurs fascinés.

– Soyez prudente, Turnipseed.

Puis elle l'entendit ajouter, à l'intention des Blancs :

– Des durs, ces Modocs. Cinquante d'entre eux ont battu l'armée américaine.

Souriante, elle descendit les marches. Ce serait une chaude journée de juin. La fraîcheur de la nuit était trop frêle pour durer. Son sourire s'estompa quand elle s'interrogea sur le possible coup de feu qu'un des éclaireurs de Dann avait entendu. Elle donnerait encore une heure à Emmett avant de faire décoller l'hélicoptère de la patrouille aérienne. Elle se dit qu'il était encore en vie, qu'elle percevrait immédiatement sa mort. Ou bien était-ce simplement un noyau de foi auquel elle se cramponnait, afin de pouvoir continuer ?

Elle prit la direction du nord, parmi les collines.

Rien ne trahissait le bouclage strict de la zone. Les équipes s'étaient fondues dans le paysage. Le soleil franchit une crête et l'herbe, sur le versant opposé, devint soudain verte. Elle rongea l'ongle d'un pouce, mais se força aussitôt à cesser. Un tic auquel elle avait renoncé à la fin de son adolescence. Après la mort de son père, du delirium tremens, dans l'ambulance qui le transportait à Reno. Quand on y avait chargé la civière sur laquelle il gisait, il avait voulu dire quelque chose à Anna. *Quoi ?*

Elle se redressa, s'efforçant de sortir de sa rêverie.

Window Rock appelait à intervalles réguliers les flics qui bouclaient le périmètre. Finalement, la répartitrice demanda :

– BIA Dix-sept... répondez !

Je savais que tu étais prêt à essayer, Em. Malgré nos attitudes absurdes, j'étais sûre que tu essaierais.

– Gallup, dit la répartitrice de la police tribale, voulez-vous relayer ?

– Affirmatif, Window Rock... BIA Dix-sept, m'entendez-vous ?

La police de Gallup attendit dix secondes, pendant lesquelles Anna leva le pied, puis la répartitrice coupa la communication.

Anna prit le micro.

– Window Rock, ici Frank Trente-trois... mettez la patrouille aérienne de Farmington en état d'alerte.

Elle hésita, ajouta :

– Et demandez à votre groupe d'intervention de suivre la piste de Dix-sept à partir de Manuelito Plateau.

– Bien reçu.

Puis le haut-parleur transmit la voix fatiguée de Niehaus.

– Où êtes-vous, Trente-trois ?

– Sur le chemin de la capitale.

Niehaus appuya deux fois sur le bouton de son micro, indiquant qu'il avait compris.

Anna arriva devant l'entrée de la propriété. Un catadioptre, cloué sur une souche, permettait de la repérer. Et une chaîne était tendue en travers, entre deux piquets en acier galvanisé. Fixée par des cadenas. Elle envisagea de klaxonner.

Mais elle dépassa l'entrée, parcourut cent mètres, se gara sous la masse échevelée d'un genévrier. Un corbeau, posé au sommet de l'arbre, s'envola, fila en direction de la maison en parpaings qu'elle apercevait, indistincte, derrière les arbres malingres, comme s'il voulait annoncer sa présence. Son croassement déchira le silence de l'aube. *Kak*, incarnation du destin dans la cosmologie modoc, Celui qui châtie.

Elle descendit de voiture, enfila son coupe-vent du FBI, afin de cacher le pistolet qu'elle portait à la ceinture, traversa la route et prit le chemin de la maison. Il était possible d'expliquer pourquoi Caleb Pound n'avait pas tué lui-même les Knoki. Leur mort était sans lien avec la rédemption du sang. Leur assassinat n'était qu'un leurre destiné à attirer des victimes plus importantes, un plan complexe qui avait déraillé quand Emmett et elle étaient arrivés, vêtus de leurs blousons bleu marine de la police fédérale. Il n'avait pas prévu les fédéraux. Il attendait un flic dine spécifique.

Anna vit une AMC Eagle au bas de caisse rouillée. Il n'y avait personne près de lui, ni devant la maison, pourtant l'odeur de la fumée de genévrier était forte. Elle ne venait pas de la cheminée. Des mouches bourdonnaient, tout près, et elle s'immobilisa. Elle pivota sur elle-même et s'éloigna de la maison, tentant de remonter la piste d'une puanteur de chair en putréfaction. Quand elle arriva près d'un bouquet de manzanita, des milliers de mouches s'envolèrent, puis revinrent aussitôt se poser sur deux cadavres. Anna se boucha le nez et les examina. De jeunes coyotes. Tous les deux saupoudrés de ce qui était, à son avis, du pollen de maïs. Morts depuis au moins une journée car, lorsqu'elle en retourna un du bout de sa chaussure, elle constata que le corps était mou. Après les dernières étapes de la rigidité cadavérique. Les pattes postérieures étaient écartées et elle constata qu'on avait retiré les organes sexuels mâles à l'aide d'un poignard. Et on avait également extrait les organes sexuels de l'autre animal, une femelle.

Anna recula, baissa la main posée sur son nez et regarda autour d'elle. Tout était incroyablement étrange et familier. Elle comprit, compte tenu de la façon dont elle avait été élevée, qu'il ne s'agissait pas d'un acte de barbarie. La présence de pollen de maïs attestait du caractère sacré du sacrifice des animaux, même si les Modocs ne faisaient rien de tel.

Un chant lui parvint, si faiblement qu'elle crut qu'elle l'imaginait. Contournant la maison à bonne distance, elle s'immobilisa derrière elle, sur une pente où les arbres étaient si peu nombreux qu'elle ne pouvait continuer sans se faire repérer. Un corbeau, peut-être le même, était perché au sommet d'un jeune pin et s'envola, ses ailes claquant dans l'air immobile. Il se posa sur un hogan, le plus neuf et le plus beau qu'Anna eut vu depuis son arrivée dans la Big Rez. En planches de cèdre. Le surplomb étroit qui se trouvait devant lui était couvert de sciure de la même couleur. Un filet de fumée blanche s'élevait au-dessus du feu qui brûlait devant, et les flammes caressaient le fond d'une marmite suspendue sous un trépied.

Soudain, un homme sortit du hogan, dans la lumière de plus en plus vive de l'aube, psalmodiant toujours la même phrase en navajo. Pendant un instant, Anna crut que c'était John Tallsalt. Mais le Dine de haute taille était âgé, un peu voûté, même si ses cheveux, à cette distance, ne semblaient pas gris. Une peau d'ours était posée sur ses épaules. Il tourna le contenu de la marmite avec une louche.

Puis sa psalmodie s'interrompit et il regarda Anna.

Il rentra dans le hogan, la louche à la main. Avant que la porte se ferme derrière lui, Anna aperçut brièvement l'intérieur. Un rideau blanc, translucide, était tendu devant la paroi du fond. À peine la porte fut-elle fermée qu'elle s'ouvrit à nouveau. Une femme aux cheveux noirs sortit, vêtue de fourrure de coyote. Anna eut l'impression que Lolly Blackhouse la considérait avec la sensation de résignation à l'inévitable qu'elle éprouvait elle-même. Lolly lui avait montré le chemin, vendredi soir, dans la gare de triage, quand elle avait dit : *Tu as besoin de tout ce cirque pour le sortir de ta chatte... hein, petite sœur ?* Anna s'aperçut qu'aucune prescience n'avait conduit à cet instant. Que le retour vers son passé lui avait simplement permis de suivre les chemins tortueux de celui de Lolly.

Ainsi, ce fut sans étonnement qu'elle vit John Tallsalt, également vêtu de peaux de coyote, sortir du hogan et se porter aux côtés de sa sœur, prêt à la défendre.

23

– Mon frère ne veut pas de toi ici, dit simplement Lolly Blackhouse.

Comme pour donner davantage de poids au message qu'il l'avait chargée de transmettre, John Tallsalt pivota sur lui-même, le visage fermé, et rentra dans le hogan.

– Et toi ? demanda Anna à Lolly. Tu veux de moi ici ?

Les yeux de la femme, extraordinairement grands, dominaient toujours son visage, mais ils étaient bordés de rouge. Lolly semblait épuisée.

– Va-t-en, Turnipseed… d'accord ? On parlera un autre jour.

– Il n'y aura peut-être pas d'autre jour. Caleb arrive.

La femme serra les dents.

– Comment tu le sais ?

– Mon équipier le suit, dans les montagnes, depuis hier après-midi. Sa piste conduit ici…

Une nouvelle fois, Anna jeta un coup d'œil sur les Chuskas. Emmett aurait dû prendre contact, maintenant, même si les radios l'agaçaient.

– Il y a des groupes d'intervention du BIA et du FBI dans les environs, mais vous êtes hors de leur périmètre.

– On s'en fiche.

– Qui y a-t-il, ici ? Seulement toi, John et le chanteur ?

– Oui, répondit Lolly.

Anna ne constata aucune ressemblance physique nette entre la sœur et le frère, si bien qu'elle eut le sentiment de ne pas avoir commis d'erreur le jour où elle avait fait la connaissance de Lolly, au Serpent à plumes. Mais l'une et l'autre avaient un regard pénétrant, qui n'avait rien de navajo et plongeait au plus profond.

– Depuis combien de temps sais-tu qu'on est parents, John et moi ? demanda la femme.

– Quelques jours.

– Qu'est-ce qui t'a mise sur la voie ?

– Des choses que tu as dites. Aussi *Tallsalt* et *Altasal*...

Anna se sentait en fait un peu gênée de ne pas avoir compris plus tôt qu'Altasal signifiait Tallsalt en Espagnol, même si l'adjectif, *alta* placé avant le nom, *sal*, était une forme irrégulière qui l'avait déroutée.

– Quel est ton vrai prénom ?

– Joann.

Ses mains serraient toujours ses bras. Des traces de vernis violet étaient encore visibles à la racine des ongles.

– Il faut vraiment que tu partes, reprit-elle. C'est déjà très risqué.

Anna jeta un coup d'œil sur le promontoire où les deux tireurs d'élite étaient postés. Kills Back et Richards étaient en tenue de camouflage et cachés... et, espérait-elle, la couvraient.

– Qu'est-ce qui est risqué ?

– Va-t-en, Turnipseed.

– J'essaie de comprendre.

– Le Chemin du Papillon de nuit, répondit la femme d'une voix lasse. Personne ne se souvient de la cérémonie. Nous n'avons trouvé qu'un chanteur prêt à essayer. Ça nous coûte une petite fortune, mais il n'est même pas certain de l'ordre des différentes parties du rituel. En plus, aucun des membres de notre famille n'a accepté de venir ici.

– Pourquoi avez-vous besoin de la famille ?

– Pour assurer l'efficacité du traitement.

– Le traitement de quoi ?

– Tu sais, petite sœur, répondit la femme avec un sourire groggy, douloureux.

Comme si elle avait appris à tout supporter, hormis parler de cela sans sarcasme au vitriol.

– Je crois que oui, reconnut Anna au bout d'un moment. Mais est-ce que ça vaut la peine de mourir, quand Caleb arrivera, dans la matinée ?

– Oui, répondit Joann, véhémente.

– J'en doute.

– Le traitement est le seul moyen de l'arrêter sans le tuer. Et je t'en prie, supplia la femme, ne tue pas mon fils comme…

– Rowe est seul responsable de sa mort, coupa Anna, furieuse.

– Tu le poursuivais…

– C'était mon droit.

– Mais pourquoi ? ironisa Joann. Le plaisir ?

– Non… parce qu'il fuyait. Et, avant de m'accuser de faire ce travail parce qu'il m'excite, tu devrais essayer de déterminer ce que tu ressens, aujourd'hui, vis-à-vis de Rowe… du soulagement ou du chagrin ? On connaît toutes les deux ce genre d'homme, hein ?

Les yeux de Joann s'emplirent soudain de larmes.

– Et je ne peux pas promettre qu'il ne sera pas nécessaire d'abattre Caleb, poursuivit Anna sur le même ton sans concession. Trois flics sont morts, à cause de lui. Et trois civils, dont Aurelia. Tout ça parce qu'il nourrit le projet dément de vous tuer en même temps, toi et John.

– Qu'est-ce que tu racontes ?

– C'est une obsession que les Pound lui ont gravée dans l'esprit. La rédemption du sang. Tuer les deux pécheurs en même temps. Toutes les morts qui ont précédé n'étaient destinées qu'à préparer ce matin.

Anna se souvint d'une partie de l'interrogatoire de Descheenie.

– Comment s'appelle le chanteur ?

– Lokey… Pourquoi ?

– Son neveu appartient à une bande. Les Vipères. Ils ont assassiné Knoki à la place de Caleb et je suis sûre qu'il sait, grâce au jeune Lokey, que vous êtes ici, John et toi. C'est pourquoi il faut que vous veniez avec moi au poste de commandement. On attendra ensemble.

Et on pourra peut-être convaincre Caleb de négocier. Mais il faut qu'on parte *tout de suite.*

Tallsalt, impatient, apparut sur le seuil du hogan.

– Écoute, dit Joann, je crois qu'il faut être dine pour comprendre le sens du Chemin du Papillon de nuit. Il nous terrifie, Johnny et moi. Il faut répéter… tu sais, ce qui est à l'origine de tout ce malheur.

– Tu veux dire *l'acte* ? demanda Anna, incapable de cacher sa stupéfaction.

Le soleil franchit la crête, à l'est, et une chaude lumière se déversa sur elles, si bien que les larmes de Joann scintillèrent. Pourtant la femme souriait aussi.

– Tu n'es pas prête à tout pour qu'il sorte de toi, petite sœur ?

Anna voulut protester, mais Joann poursuivit :

– Oh, oui, c'est la première chose que j'ai vue, dans tes yeux, au bar… ton *lui*. C'est par eux que, toutes, nous montrons sa présence, même s'il nous a fait jurer de garder le secret.

Son père était évoqué d'une façon moins crue, cette fois, mais Anna eut l'impression d'être nue. Puis, malgré le dégoût croissant que lui inspirait ce que John et Joann avaient l'intention de faire, elle se demanda : revivrais-je une dernière fois l'horreur, pour en être définitivement débarrassée ? La répétition ultime. Pas sous l'effet d'une poussée d'adrénaline ou de désir de s'humilier. Mais était-il possible de retourner la répétition contre elle-même, comme on allume un contre-feu, afin de priver le violent conflit émotionnel de combustible ? Les Navajos d'autrefois considéraient-ils cela comme le seul moyen d'exorciser les démons de l'inceste ? Si tel était le cas, Joann avait une bonne raison de ne pas quitter le hogan. Cela signifierait qu'elle ne faisait plus confiance au traitement. Croyait-elle aussi que le Chemin du Papillon de nuit pouvait restaurer partiellement l'harmonie, l'*hozho*, au sein de sa famille et, d'une façon ou d'une autre, amener Caleb Pound à renoncer ?

– Il faut que j'y aille, dit soudain Joann.

Mais Anna la prit par le bras. Il fallait qu'elle la persuade de remettre la cérémonie. Sinon, rien n'arrêterait la créature qui l'avait attaquée chez Emmett… hormis une balle.

– Je ne crois pas que tu sois prête, Joann.

– Qu'est-ce que tu en sais ?
– Le traitement ne dépend-il pas de ton état d'esprit ?
– Qu'est-ce qui t'autorise à dire ça ?
Joann se dégagea. Mais Anna avait visé juste.
– Ce qui t'autorisait à me dire ce que tu m'as dit dans la gare de triage, répondit Anna. On ne se ménage pas, toi et moi.
Des gouttes de sueur apparurent sur les tempes de Joann. *Continue de la déséquilibrer et elle partira peut-être avec toi.*
– Qui t'a convaincue d'abandonner le bébé ?
Joann la fixa comme si la réponse lui échappait, puis dit :
– Bernadine.
– Le mère d'Aurelia ?
– Non, plutôt une cousine. Bernadine voulait qu'elle ait son bébé, mais Aurelia est allée s'en débarrasser à El Paso. Elle a bien fait. Elle m'a dit qu'il avait une tête de lézard. Ensuite, elle est rentrée à Canoncito, pour se reposer, avant de rejoindre Bert dans la Big Rez. Il était très traditionaliste, dans sa jeunesse. Et avoir fait un bébé comme celui-là lui a vraiment tourné la tête. Gravement. Il a cru qu'il avait offensé le Peuple sacré. Il n'avait peut-être pas entièrement tort, ajouta-t-elle tristement.
– Tu vivais à Canoncito, à l'époque ?
– Non, mon père haïssait cette réserve. Il n'y avait pas plus sous-développé en pays indien, d'après lui. Donc, il a renoncé à son nom espagnol et on est allés s'installer à Window Rock alors que j'allais entrer en sixième. Mais, après ce qui est arrivé avec Johnny, ma mère m'a envoyée chez Bernadine, pour que je puisse avoir Alcee. Comme ça, personne ne serait au courant à Window Rock.
– C'est le nom que tu as donné à Caleb ? demanda Anna, d'une voix plus douce, même si elle continuait de surveiller les Chuskas.
Elle aurait donné n'importe quoi pour voir Emmett apparaître, sur la pente, parmi les pins.
– Peu importe le nom que lui ont donné ces *locos* mormons, dit Joann, haineuse. Il s'appelle Alcee Altasal.
– Mais comment a-t-il abouti chez les Knoki ?
– Une idée de Bernadine. Aurelia se désespérait, à Canoncito, parce qu'elle avait perdu un bébé, et je me désespérais, parce que

j'allais en avoir un. La solution, de son point de vue, était simple. Mais il a été très difficile de convaincre Bert. Il ne savait pas exactement pourquoi son bébé n'était pas viable, mais il savait quel tabou on avait violé, John et moi. Bert ne voulait pas d'Alcee, même si Aurelia avait fait de nombreuses fausses couches. Même s'il admirait Johnny, comme tout le monde. Y compris la petite Joann.

– Donc Bernadine a mis Alcee au monde chez elle ? demanda Anna.

– Ouais.

– Et Aurelia est resté à Canoncito le temps d'une grossesse, puis a regagné la Big Rez en prétendant que le bébé était le sien ?

– C'est ça, dit Joann, amère. Mais, deux ans plus tard, Alcee est devenu épileptique, à cause d'une très forte fièvre due à une infection des oreilles. Bert s'est empressé de le refiler aux Pound. S'en est pris à Aurelia, parce qu'elle avait recueilli un bébé du peuple Papillon de nuit.

Anna se souvint de la seule sanction disciplinaire figurant dans le dossier, par ailleurs impeccable, de Bert Knoki. La prostituée ute en compagnie de qui on l'avait surpris était presque sûrement Joann.

– Est-ce que tu es allée à Mexican Hat, en 1986, dans l'espoir de reprendre Alcee ?

– Et j'aurais réussi. J'aurais pris un avocat et, grâce à la nouvelle loi, j'aurais enfoncé les Pound…

Elle fit claquer les doigts, apparemment convaincue de l'efficacité de l'Indian Child Welfare Act.

– Mais Bert avait une trouille bleue de perdre son travail. Aurelia et lui avaient passé un marché illicite avec les Pound. Ils avaient prétendu qu'Alcee était mort dans un hôpital de Salt Lake. Ils m'ont convaincue de ne rien faire. Mais je crois que Bert avait peur de Hezekiah.

Elle cracha sur le sable, devant ses pieds nus, et reprit :

– Et tu ne trouves pas que la façon dont les choses ont tourné est incroyable ? Les Knoki seraient en vie, aujourd'hui, s'ils m'avaient laissé reprendre mon enfant, exact ?

– Probablement.

– Je ne me suis plus jamais laissé convaincre, petite sœur. Donc ne gaspille pas ton énergie.

Joann transpirait abondamment. Des gouttes de sueur coulaient sur son front et son cou. Et ses lèvres étaient d'un bleu cireux.

– Et la lettre que tu as envoyée à Bert début mars ? C'était la première fois que tu reprenais contact avec lui depuis votre visite à Mexican Hat ?

– Ouais, répondit Joann. Il fallait que je sache ce que Alcee était devenu, après que les flics ont abattu les Pound.

Elle eut un sourire sans joie, puis poursuivit :

– Pour une fois, ils ont fait quelque chose de bien.

Le sourire disparut et elle continua :

– Mais j'étais aux trente-sixièmes dessous, à l'époque, incapable de m'occuper de moi-même, moins encore d'Alcee. Donc je n'ai écrit que cette année, alors que les choses allaient plutôt bien, pour demander à Bert s'il savait ce qu'il était devenu.

– Les Knoki ont-ils répondu ?

– Non. Mais Johnny a trouvé ma lettre chez eux. Donc Bert avait peut-être encore l'intention de le faire. Il s'était toujours senti coupable d'avoir abandonné Alcee. C'est pour ça qu'il a fait entrer John dans la police.

Un monomoteur survolait les Chuskas. Niehaus avait fini par alerter la patrouille aérienne.

– Tu avais écrit depuis combien de temps quand on a peint le lézard perlé ailé sur ta maison ?

– À peu près une semaine.

Puis Joann comprit :

– Tu crois que c'est à cause de ça qu'Alcee a découvert… ?

– Les Pound lui ont appris à traquer les gens. Puis à les assassiner. Il sait que vous êtes ici, John et toi. Ce n'est plus l'enfant que tu as donné aux Knoki.

– Oh, Seigneur, fit Joann, désespérée. Je veux seulement le voir. C'est pour ça que j'ai demandé à Terry de le rechercher. Même si ça me faisait peur, parce qu'il était si furieux contre ce type qui me suivait qu'il risquait de s'en prendre à Alcee. C'était ma seule chance. Avant aujourd'hui.

Elle se pencha et cracha une nouvelle fois.

– Tu as envie de vomir ? demanda Anna.

Joann hocha sèchement la tête.

– Le chanteur nous a fait boire quelque chose. Des parties génitales de coyote dedans. Pour qu'on vomisse les papillons de nuit qui sont en nous.

Après deux décennies de doute autodestructeur, elle était devenue croyante et Anna ne ferait rien qui puisse lui retirer cela. Mais, faute de nouvelles d'Emmett, elle devait déduire que Caleb arrivait. Il fallait éloigner les Tallsalt. Au moins Joann. Peut-être Caleb n'attaquerait-il pas s'il ne trouvait, face à lui, que John et le chanteur. Peut-être attendrait-il encore – comme il l'avait fait pendant des mois, sinon des années – afin de pouvoir accomplir la rédemption du sang dans les règles.

– Qu'est-ce qui t'est arrivé, après Canoncito ? demanda Anna, qui fit un pas en arrière.

Joann, sans s'en rendre compte, la suivit.

– Ce qui m'arrive toujours, petite sœur. Je suis partie avec un connard de Mescalero qui travaillait sur les champs pétrolifères du Texas. Il m'a larguée à Galveston. Une chose en a entraîné une autre. Toutes sans espoir, jusqu'à samedi dernier. Après la mort de Terry, j'ai été prise de panique. J'ai téléphoné à Johnny, après toutes ces années, alors que je m'étais jurée un million de fois de ne jamais le faire…

Elle eut un haut-le-cœur, et prit une profonde inspiration afin d'en atténuer la violence.

– Il m'a dit, reprit-elle, que ce qu'il avait fait autrefois le tuait à petit feu, lui aussi, et qu'il voulait qu'on s'en débarrasse. Que l'harmonie reprenne une place dans nos vies. Et qu'il ne voulait plus avoir de Knoki sur la conscience.

– Donc il est allé te chercher à Phoenix ?

Joann acquiesça.

– On a parlé pendant tout le chemin du retour. Même de *la chose*.

Elle hoqueta à nouveau, reprit :

– Dimanche soir, on s'est engagés sur le Chemin du Papillon de nuit. Il dure cinq nuits. C'est la fin, dieu merci. Johnny et moi, on est des morts vivants.

Joann s'interrompit, si bien qu'Anna scruta les collines en quête de mouvement. La femme sourit une nouvelle fois, malgré la nausée, et demanda :

– Tu as eu l'occasion de parler de *la chose* avec… qui était-ce, petite sœur… ton vieux ?

– Oui, mon père. Et non. Je crois qu'il a essayé de le faire, alors qu'il allait mourir, mais il était trop tard.

– Comment t'a-t-il persuadée d'accepter ?

– Rien d'exceptionnel. La peur, l'humiliation.

– À savoir ?

Joann était sincèrement curieuse, même si elle était impatiente de regagner le hogan.

– Autrefois, les Modocs croyaient que la femme qui donnait aux chiens le placenta de son premier né ne serait plus jamais enceinte…

Le visage mort depuis des années, la peau marbrée par le Wild Turkey, grotesquement bouffi dans le judas de son esprit.

– Quand il était saoul, reprit-elle, mon père me disait que ma mère avait donné le mien à notre chien. Que ça montrait à quel point elle avait envie d'une autre petite merdeuse telle que moi. Puis il m'engueulait jusqu'à ce que je me mette à pleurer.

– Tu as demandé à ta mère si c'était vrai ? s'enquit Joann.

– Non.

– Tu aurais dû.

Exact, mais Anna avait peur de la réponse que donnerait sa mère.

– On n'a pas d'autre confident que la personne qui nous maltraite, dit-elle. Tu le sais.

Deux tourterelles jaillirent des broussailles, comme chassées par une présence dans la ravine qui courait dans la végétation. Anna espéra que les hommes du BIA, depuis leur promontoire, voyaient le fond du ruisseau à sec.

– Comment John s'y est-il pris ? demanda-t-elle.

Elle recula de nouveau, entraînant Joann de plus en plus loin du hogan, sur le seuil duquel le chanteur se tenait à présent, près de John Tallsalt. Maussade, sa peau d'ours miteuse sur les épaules. Sans doute avait-il compris qu'Anna était plus qu'une brève interruption.

– Mon père travaillait six mois par an à l'entretien des lignes de chemin de fer, à Santa Fe, dit Joann. Mais, quand j'ai eu quinze ans, maman est partie, elle aussi. Femme de chambre dans un motel de Flagstaff. Johnny avait deux ans de plus que moi, donc il a été chargé de me surveiller. Il avait toujours été bon élève, mais il s'est mis à boire à cette époque…

Elle cassa une longue tige d'herbe, l'enroula nerveusement autour d'un doigt de sa main gauche.

– Déjà à cette époque, reprit-elle, tout le monde savait que ce serait un meneur d'hommes. Il était fort. Et intelligent. Donc ça n'a pas été la violence. Il ne m'a jamais menacée, en tout cas je ne m'en souviens pas. Mais c'était un personnage important et pas moi. Donc, bizarrement, j'avais l'impression de bien faire quand je faisais ce qu'il voulait. Même si ça me faisait très peur. Que ça me rabaissait. Tu comprends ?

– Oui, Lol…

Anna s'interrompit, reprit :

– Je suis désolée.

– Inutile. Je suis aussi Lolly, je suppose. Un vrai nom de prostituée, hein ?

Elle eut un bref sourire éblouissant, que la nausée fit aussitôt disparaître.

– Mais ce n'est pas pour cette raison que je l'ai choisi. Je cherchais peut-être déjà, à l'époque, le chemin du retour. Il vient, ce nom, du Chemin du Papillon de nuit, de cette chanson que le vieillard psalmodie depuis le lever du soleil… *Quand la coiffe de plumes du soleil est ma coiffe de plumes, on entend le lol, quand la lumière qui entoure le soleil m'entoure, on entend le lol… quand les jeunes filles se vendent aux voyageurs, on entend le lol…*

Elle s'interrompit.

– *Lol-lol-lol* est le chant du peuple Papillon de nuit, reprit-elle, et, maintenant, je dois me débarrasser définitivement de ce chant, sinon je brûlerai, moi aussi.

Elle posa une main sur la joue d'Anna, conclut :

– Merci de m'avoir aidée à me préparer, Turnipseed. Je suppose que j'avais besoin de parler. Mais va-t-en. Tu vas tout foutre en l'air.

Lézard Perlé descendit la dernière pente, dans une ravine qui courait parmi d'épaisses broussailles.

Tout s'accélérait.

Il se demanda comment tout pouvait aller si vite sans être emporté dans l'éternité. Il avait prévu qu'il serait traqué impitoyablement à mesure qu'approcherait le moment de la rédemption. Eschol, afin de l'y préparer, le poursuivait avec ses chiens dans les canyons desséchés du sud de l'Utah. Mais ni la Voix ni son fils préféré, Eschol, ne l'avaient préparé à affronter cette sensation déconcertante : la compression du temps à l'approche de l'instant où il serait libre.

Elle et son mari impie n'ont d'autre but que t'attirer vers ta destruction dans cette nation païenne !

Il lui semblait que la veille au soir n'était que quelques minutes dans le passé, même si la montre de la Voix indiquait qu'il s'était écoulé sept heures depuis qu'il avait laissé le hogan en flammes derrière lui. Lézard Perlé ne s'était jamais senti à l'aise avec les gens. Mais il n'avait pas été confronté à *l'adoration* avant d'entrer dans cette hutte. L'air, à l'intérieur, empestait les produits chimiques et il ne put comprendre comment il était possible d'y dormir. Frère Ivan se réveilla, avec un grognement étonné, et tendait la main vers la carabine cachée sous le lit de camp, quand Lézard Perlé lui plaqua les bras contre les flancs et souffla :

– Je suis venu.

Il n'oublierait jamais la fascination, accentuée par les amphés, qui transparut dans la voix d'Ivan quand il demanda :

– C'est vraiment toi ?

– Oui.

– Tu as eu du mal à trouver ?

– Non, le mot de la boîte à lettres était clair. Et remercie Frère Lokey de m'avoir averti du Chemin du Papillon de nuit. Je voudrais tous vous remercier de m'avoir aidé. Mais ils me traquent. Deux flics. Ils savent suivre une piste et il faut que je les retarde.

– Je vais les buter, dit Ivan, féroce. J'ai eu Knoki, pas vrai ?

Et il l'avait fait, épargnant ainsi à Lézard Perlé la tempête qui suit toujours le meurtre d'un flic.

– Je peux voir ton visage ? demanda Ivan.

L'obscurité qui régnait dans le hogan ne le permettait pas, mais c'était pour une raison plus importante que Lézard Perlé cachait son visage à ses disciples. Il ne pourrait jamais être plus imposant que dans leur imagination.

– Je ne peux pas t'autoriser à voir mes yeux, répondit finalement Lézard Perlé. Tu mourrais. Tous ceux qui les voient meurent.

– Tu es dine ?

– Oui.

– Tu n'as pas l'accent.

– J'ai vécu longtemps dans le Nord.

– Irréel. C'est absolument irréel.

Ivan fourra des cachets dans sa bouche et but une gorgée du contenu d'une gourde pour les avaler.

– Les vieux disent que les Dines seront sauvés par une personne sacrée venue du Nord. C'est toi ?

– Oui.

Ivan remarqua la caisse que Lézard Perlé tenait sous le bras.

– Qu'est-ce que c'est ?

– Un petit frère que je laisserai ici. Ainsi, ceux qui ne croient pas en moi me connaîtront par mes œuvres…

Pourtant, il n'avait pas besoin de cet ultime frère lors de la rédemption. Quand il aurait répandu le sang de ses parents impies, une peau de lézard perlé le couvrirait de la gueule aux pattes postérieures. Il se transformerait enfin, serait invulnérable pour l'éternité. Serait-il aussi délivré de la Voix ? Non, il ne fallait pas désirer cela. La Voix était son berger.

– Il faut faire vite, frère Ivan…

Ils sortirent. Ce fut Ivan qui eut l'idée d'incendier le hogan, afin d'attirer les policiers dans une embuscade et de détruire les preuves de l'existence du labo. Quelques minutes plus tard, Lézard Perlé dit adieu et s'éloigna à petites foulées, faisant à nouveau confiance à la Voix, après la confusion et les doutes de ces trois derniers jours. S'il obéissait à la Voix, tout se passerait bien. Des coups de feu retentirent dans la prairie mais, une heure plus tard, il comprit que Jumper – qui était complètement défoncé – avait échoué. Un flic était toujours sur sa piste. Près… jusqu'au moment où il avait fait tomber sur lui un récipient en plastique plein d'éther et avait enflammé les vapeurs, précipitant le flic dans un ravin. Il n'y avait plus eu de bruit, ensuite. Et plus personne ne l'avait suivi.

Il avança parmi les broussailles, sortant la langue et la rentrant. Un espace apparut. Au-delà, il vit les bois, en bas. Il s'arrêta, serrant son sac à dos sur sa poitrine. Il contenait ses gants en lézard perlé et son javelot, dont la pointe sortait. La mine à ciel ouvert, qu'il avait empruntée plusieurs semaines auparavant, quand il était venu voir où habitait Homme Papillon de nuit, défigurait le paysage. Et plus récemment, depuis une crête, il avait vu deux vieillards aux cheveux gris construire le hogan. Il n'y avait pas de hogan, la fois précédente, si bien qu'il en avait déduit que quelque chose se préparait. Mais il n'en avait eu la confirmation que la veille, grâce au mot du neveu du chanteur.

On préparait le Chemin du Papillon de nuit. Le meilleur traitement des maladies de Coyote, des malheurs engendrés par la débauche.

Près de la hutte, un feu fumait. Bien. Il ne serait pas obligé d'en faire. La marmite contenait-elle du ragoût de mouton ? L'image de Femme Papillon de nuit tournant le contenu de la marmite eut quelque chose d'attendrissant. Avait-il vraiment envie de la tuer ?

Oui, oui, oui ! hurla la Voix. *Ne faiblis pas maintenant !*

Lézard Perlé cessa de penser à elle, se contraignant à scruter le paysage.

Il y avait sûrement des policiers. Où ?

Sur les hauteurs. Ils se postaient toujours sur les hauteurs. Finalement, un bref éclair le récompensa. Le reflet du soleil sur la lentille d'une jumelle. Il y avait une légère éminence à l'ouest du hogan. Il ne put voir les hommes, parce qu'il était trop loin. Mais ils étaient là. Prêts à protéger Homme Papillon de nuit.

Un mouvement attira son regard sur les arbres qui se dressaient près de la maison principale. Son cœur se mit à cogner quand il comprit que c'était Femme Papillon de nuit, vêtue d'une peau. Elle passa entre les derniers genévriers et poursuivit son chemin en direction du hogan. Homme Papillon de nuit apparut sur le seuil et alla à sa rencontre. Ils échangèrent quelques mots puis, gênés – main dans la main – regagnèrent la hutte.

Si proches.

Soudain, le bras droit de Lézard Perlé se mit à trembler.

Il s'efforça de rester lucide et dans le présent, mais le début paralysant d'une nouvelle crise l'entraîna dans le tonnerre sempiternel de la Voix. Il se retrouva dans le village, sous un soleil torride, à genoux devant Hezekiah. *Nicole a eu tort de te parler de ton sang navajo. Parce que tu n'es plus indien, Caleb Pound. Tu es un des miens. Un Élu. Et, comme je crois que tu as vu l'homme et la femme qui sont venus, la semaine dernière, poser des questions sur toi, je te dirai ceci : cette femme, qui s'appelle Joann Altasal, est ta mère naturelle, mais le policier, Knoki, n'est pas ton père. Ils me l'ont avoué. Knoki n'est qu'un démon qui l'aidait. La femme, vois-tu, s'est accouplée avec son frère... qui est ton père. Maintenant, ils veulent te ramener dans la réserve afin de te tuer. Elle et son mari impie n'ont pas d'autre but que t'attirer vers ta destruction et ta damnation dans cette nation païenne, car ils savent qu'il te faudra les tuer, un jour, pour échapper à leur malédiction, qui est la cause de la maladie qui te fait trembler !*

Hezekiah disparut sous un voile de vertige et Lézard Perlé vit à nouveau, devant lui, le versant sud des Chuskas.

Si proches.

Homme Papillon de nuit et Femme Papillon de nuit étaient si merveilleusement proches. Mais, d'abord, il y avait les flics en faction sur l'éminence. Toujours, il y avait des flics.

Les insectes se mirent à chanter sous le soleil levant.

Après avoir laissé Joann Tallsalt croire qu'elle reprenait le chemin de la route, Anna avait obliqué vers l'ouest et se dirigeait vers le promontoire. L'antenne du talkie-walkie que Jimmy Dann lui avait donné, au poste de commandement, resta coincée dans sa poche quand elle tenta d'en sortir l'appareil. Ses aisselles et le dos de son coupe-vent étaient trempés de sueur, et cela accentua son irritation.

– Ici Frank Trente-trois, dit-elle.

Elle avait pris une décision, depuis qu'elle avait quitté Joann : laisser les Tallsalt terminer la cérémonie. Ils méritaient de ne plus souffrir. Et si Caleb était dans les environs, comme elle le croyait, cela signifiait simplement que l'affaire serait terminée dans quelques minutes. Et elle pouvait compter sur l'aide de nombreux hommes en arme.

– À vous.

– Dites à Kills Back et Richards que je rejoins leur position à pied par le sud-ouest.

– Bien compris, répondit Dann. Aigle Trois…

Elle franchit une plate-forme rocheuse, guettant les serpents à sonnette, et traversa une colonie d'éphèdres, dont les branches en forme de balais bruirent contre ses jambes. Le soleil fit pleurer ses yeux, irrités par le manque de sommeil.

– Aigle Trois, répéta Dann, vaguement inquiet.

Toujours pas de réponse de la part des deux tireurs d'élite.

Anna accéléra le pas tout en appuyant sur le bouton :

– J'arriverai sur leur position dans une minute.

– Okay. On a des problèmes de transmissions depuis notre arrivée. Dites-leur de changer de place, si possible, afin qu'on puisse communiquer.

– Bien reçu.

Anna franchit une nouvelle plate-forme, atteignit le pied du promontoire où, croyait-elle, Kills Back et Richards étaient cachés. Mais la dépression était pleine de chênes nains. La brise agitait leurs feuilles, si bien qu'il était pratiquement impossible d'y déceler des mouvements. Des gouttes de sueur se formaient au bout de son nez et de son menton. Elle les essuya sur la manche de sa veste. Tentant de s'orienter, elle pivota sur elle-même et regarda le hogan. La porte était fermée. Elle chassa une image évocatrice, troublante, de son esprit, se concentrant sur la nécessité de trouver Kills Back et Richards sans leur faire peur, sans qu'ils braquent leurs armes sur elle.

Cela signifiait qu'elle devait ralentir.

Elle réduisait la longueur de ses enjambées de moitié quand elle vit des chaussures de marche, sous les branches basses d'un chêne, trois mètres devant elle.

– On ne bouge plus.

Une voix masculine, dans les profondeurs du feuillage.

Instinctivement, elle voulut dégainer. Mais elle ne le fit pas et s'immobilisa, les bras légèrement écartés, afin de montrer qu'elle n'avait pas l'intention de sortir son arme.

– Kills Back ?… s'enquit-elle.

Puis, comme seul le silence lui répondit :

– Richards ?

– Qui êtes-vous ? dit-il, d'une voix presque imperceptiblement moins tendue.

Elle l'amenait à avoir envie de croire qu'il s'agissait effectivement de Richards.

– Turnipseed, FBI.

– On ne m'a pas averti qu'il y avait des bonnes femmes, dit la voix sur un ton joyeux. Jetez votre arme sur le côté en attendant que je vérifie vos paps.

Paps. Jargon des forces de l'ordre fédérale. Mais Anna examina à nouveau les chaussures. Elles étaient éraflées ; il n'y avait pratiquement plus de teinture noire sur le cuir. Les membres des groupes d'intervention étaient souvent obsédés par leur uniforme et un court trajet sur la route ne pouvait avoir mis les chaussures dans un tel état. La voyait-il nettement, derrière les feuilles de chêne ?

– Pardon ? dit-elle, gagnant du temps.

– Je vous ai dit de poser votre neuf mil.

Nouvel indice permettant de déduire que c'était Richards. Il connaissait l'arme de service du FBI. Il lui donnait son surnom le plus répandu. Et la voix ne ressemblait en rien au sifflement reptilien qu'elle avait entendu pendant ces minutes terrifiantes, chez Emmett, un gant en peau de lézard perlé sur la bouche et le nez.

Mais ce fut la radio de Dann qu'elle laissa tomber sur le sol, pas son pistolet. Ses pièces en plastique et en métal firent un bruit convaincant, car les chaussures se dirigèrent soudain vers elle. Les feuilles frémirent quand une silhouette humaine passa parmi elles, et elle se trouva confrontée aux pupilles rougeâtres de Caleb Pound. Elle soutint son regard tout en portant la main à son arme. Il avait les yeux de ses parents, mais les Pound les avaient rendus vides et sans âme. Ses doigts se refermèrent sur la crosse du pistolet. L'instant se déploya avec une lenteur cauchemardesque. Tout en dégainant, elle fit quelques constatations supplémentaires. De haute taille. Très puissant. Torse nu, hormis les sangles du petit sac à dos qu'il portait. Cheveux très courts, comme les membres des bandes. Et il avait à nouveau ses gants, armés de griffes, en peau de lézard perlé. Elle leva son semi-automatique, son champ visuel se réduisant à un tunnel.

– Ne bouge plus, Pound !

Mais, pendant cette même fraction de seconde au ralenti, elle le vit lancer le contenu d'une petite tasse métallique, qu'il tenait pressée contre la cuisse. Le liquide transparent explosa en un millier de gouttes. Elle en perçut l'odeur alors même qu'elles ne s'étaient pas écrasées, glacées, sur l'avant-bras qu'elle avait levé afin de protéger son visage. Ses yeux piquèrent, comme si on y avait lancé du sel, et les vapeurs odorantes lui brûlèrent la gorge. Mais, plus effrayant encore, le dernier ordre donné par son cerveau – appuyer sur la détente – fut estompé par le désir irrésistible de fuir ce déluge de feu glacé.

Tire.. tire !

Mais elle n'entendit pas de détonation. Ne sentit pas le recul crisper les muscles de son avant-bras.

Elle était par terre. Sur le dos. Tentait de faire entrer de l'air dans une poitrine que la chaussure de Pound avait violemment frappée.

Un craquement lui apprit que son talkie-walkie avait été écrasé.

Puis la même chaussure appuya très fort sur son poignet et elle sentit qu'on lui prenait son pistolet.

– Ne bouge pas et je ne te ferai pas de mal…

La même voix sifflante que dans la chambre d'Emmett. Ses poumons s'emplirent enfin, si douloureusement qu'elle reprit complètement ses esprits.

– Il ne faut pas qu'il y ait de coups de feu, expliqua-t-il. Donc ne bouge pas.

Mais, maintenant, elle avait les idées claires et voyait. À califourchon sur elle, il s'était penché pour prendre son pistolet. Il l'examinait quand elle saisit une poignée de sable et la lui lança dans les yeux.

Il gronda comme un dément, mais recula, si bien qu'elle put se dégager et rouler sur le côté.

– Païenne ! glapit-il à voix basse. Sale païenne !

Se redressant, elle le vit lutter contre le désir de lui tirer dessus. Mais elle avait compté sur le fait qu'il n'ouvrirait pas le feu. Il ne voulait absolument pas alerter les Tallsalt, qui se trouvaient dans le hogan, et elle se servirait de cela contre lui. Elle pivota sur elle-même et fonça parmi les chênes nains. Prise de vertige. Le souffle court. Courbant machinalement le dos dans l'attente d'une balle qui pouvait toujours arriver.

Elle l'entendit se lancer à sa poursuite.

Elle quitta son coupe-vent, sous lequel elle portait un chemisier de couleur claire. *Ne crie pas. Il t'abattra si tu cries.* Elle jeta la veste sur un jeune genévrier.

Elle vit la longue lame briller dans la main de Pound. La lance de *Californio.*

Dans l'autre main, il serrait son pistolet.

Lézard Perlé ne voyait qu'une mosaïque liquide, douloureuse, d'ombre et de lumière. Battre des paupières n'arrangeait rien. Mais la veste presque noire de la femme était très visible parmi les verts pastels, les marrons et les jaunes du bois. Il buta contre une racine. Il trébucha, reprit son équilibre en tailladant les arbres qui l'entouraient. Les palpitations bourdonnaient dans sa poitrine. Elles montèrent jusqu'à sa gorge et il eut l'impression d'étouffer. Une crise était toute proche.

Puis, heureusement, la femme s'arrêta. Tassée sur elle-même, en un tas sombre, sur la terre.

À bout de nerfs, elle s'était effondrée, ses jambes refusant de la porter. Il fourra le pistolet sous la ceinture de son Levi's. Elle était penchée, lui offrait son dos arrondi. Il ne ralentit qu'à l'instant où il abattit la lame de toutes ses forces, à deux mains. Il était si intimement convaincu que les os et la chair offriraient une résistance qu'il faillit crier quand le javelot perça le coupe-vent et disparut entièrement derrière lui. Comme s'il cachait un fantôme. Il fut projeté sur le sol, cassant presque toutes les branches du petit arbre sur lequel elle avait posé la veste.

Lézard Perlé resta immobile, s'efforçant de repousser les convulsions qu'il sentait venir. Sa bouche et sa langue étaient insensibles.

Il leva la tête et regarda autour de lui.

Sans doute les environs grouillaient-ils de flics, mais Turnipseed n'avait plus de radio et ne pouvait pas les avertir. Tôt ou tard, elle trouverait de l'aide. Mais les minutes dont il disposait lui permettraient d'accomplir la rédemption du sang. Et de prendre la fuite, une fois de plus. Il retournerait dans les Chuskas, par le même chemin, afin de dérouter ses poursuivants.

Il se leva et prit en titubant la direction du hogan.

Anna se dirigeait en courant vers la voiture d'Emmett. Elle calculait rapidement le temps dont elle aurait besoin pour atteindre la voiture, joindre Dann par radio, prendre le fusil d'Emmett dans le coffre. Puis les précieuses minutes qui lui seraient nécessaires pour regagner le hogan, avertir les Tallsalt. Il était hors de question d'aller en voiture jusqu'à la maison. Une chaîne en barrait l'entrée et la Dodge du BIA n'était pas un quatre-quatre.

Pound arriverait bien avant elle au hogan.

Elle était à présent convaincue qu'il ne la poursuivait plus.

Elle ralentit, le souffle court, la poitrine douloureuse à l'endroit où il l'avait frappée. Il fallait qu'elle avertisse les Tallsalt. Mais crier signifiait la mort certaine. Pound la repérerait au son de sa voix, et fondrait sur elle si John ou Joann risquaient d'entendre.

Anna se remit à courir en direction de la voiture. Puis elle s'arrêta quelques instants plus tard, frappa du plat de la main, sous l'effet d'une colère impuissante, sur son holster vide. *Que sont devenus Kills Back et Richards ?* C'était auprès d'eux qu'elle pouvait trouver le plus rapidement de l'aide. S'ils étaient toujours en vie.

Elle pivota sur elle-même et prit une fois de plus la direction du promontoire. Les genévriers cachaient le hogan, mais la fumée du feu montait vers le ciel, qui était maintenant d'un blanc laiteux, à cause de la chaleur. Pound s'attendrait-il à ce qu'elle revienne ? Non, décida-t-elle. Il n'y penserait même pas. Pourtant elle se baissa et, sans ralentir, ramassa un gros caillou.

Des cailloux. J'envisage de me battre avec des cailloux.

Elle passa près de sa veste. Un frisson parcourut son échine trempée de sueur quand elle vit l'entaille laissée par Pound dans le nylon. Mais les empreintes de pas indiquaient qu'il avait pris la direction du hogan.

John Tallsalt avait-il une arme ?

Elle sprinta en direction du sommet du promontoire, écartant les branches des bras. Une nouvelle fois, parmi les feuilles, la visibilité fut réduite à quelques dizaines de centimètres. Cette fois, s'il était revenu, Pound l'aurait. Un rugissement la jeta sur le sol. Se mettant sur le dos, elle regarda le ciel. Des ailes et un fuselage. La patrouille aérienne à la hauteur du sommet des arbres. Si bas qu'elle perçut le sillage de l'hélice et l'odeur des gaz d'échappement. Puis l'avion disparut.

Elle resta un instant immobile.

Quelque chose avait amené l'avion à quitter les montagnes. *Quoi ?* Elle eut envie de comprendre… mais retrouver Kills Back et Richards était plus important.

Elle reprit son chemin, pliée en deux, dans les broussailles. Ses avant-bras étaient couverts d'éraflures et elle respirait avec bruit, même si elle tentait de se contrôler. Elle passa le dos de sa main sous son nez, persuadé que de la sueur était à l'origine de la sensation de mouillé, s'aperçut que le liquide était rouge. Pas la moindre idée de la raison pour laquelle elle saignait du nez.

L'avion avait contraint Pound à se mettre à couvert. Mais seulement pendant quelques instants. L'appareil ne pouvait pas rester sur place. Ce n'était pas un hélico.

Est-ce que les renforts arrivent ? Est-ce que je devrais attendre... et sauver ma peau ? Dann, sans nouvelle des tireurs d'élite et d'elle depuis plusieurs minutes, avait-il déployé tous les éléments disponibles ?

Elle arriva près d'un corral en pierres. Il était pratiquement en ruine mais, visiblement, deux êtres humains étaient restés longtemps postés derrière un des murs bas. La poussière était tassée, comme par des fesses, creusée aux endroits où des talons allaient et venaient sous l'effet de l'ennui. Le papier d'argent d'un emballage de chewing-gum, roulé en boulle, brillait au soleil.

Son cœur se serra. Kills Back et Richards avaient abandonné leur position. Elle se retourna. Le hogan était parfaitement visible, en bas.

Elle scruta les broussailles, mais eut l'intuition que Pound ne se montrerait qu'au moment où il serait sur le point d'attaquer les Tallsalt. Si elle criait, compte tenu de la distance, on ne l'entendrait pas à l'intérieur du hogan.

Elle se remit en route et comprit soudain, à trente mètres du corral, ce qui s'était passé. Deux ensembles d'empreintes se dirigeaient, côte à côte, vers une butte qui se dressait au nord-ouest. Et, quinze mètres plus loin, des empreintes plus grandes que celles des deux autres ensembles apparurent. Pound avait attiré Kills Back et Richards dans les ravines rocheuses, probablement en faisant du bruit. Puis, après les avoir lancés sur une fausse piste – ou les avoir tués –, il était revenu sur ses pas, mais était tombé sur Anna dans les broussailles. Les deux flics étaient-ils allés assez loin du promontoire, où la réception était mauvaise, pour avertir Dann de leurs mouvements ? *Où sont-ils, nom de Dieu ?* Ils avaient des armes.

Mais le temps pressait et elle ne pouvait plus compter que sur elle-même. Le soleil en plein visage, elle prit en courant la direction du hogan.

Lézard Perlé rampa parmi l'armoise et les éphèdres jusqu'au moment où elles devinrent si clairsemées qu'il n'y eut plus de raison de tenter de se cacher. Il se redressa et prit la direction du hogan d'un pas décidé. Quelqu'un psalmodiait, à l'intérieur. Le chanteur, Lokey, que Lézard Perlé avait promis d'épargner. Même si laisser des témoins allait à l'encontre de tout ce que les Pound lui avaient enseigné. *Pas de témoins en âge de comprendre !* Il ne comprenait pas les paroles du chant. Elles étaient en navajo et il ne connaissait le Chemin du Papillon de nuit qu'en anglais. Mais il y avait quelque chose de définitif dans le ton de la voix du vieillard. Le chanteur arrivait au point culminant de la cérémonie éprouvante et, dans quelques minutes, Homme Papillon de nuit et Femme Papillon de nuit connaîtraient l'émerveillement de la rédemption, s'élèveraient joyeusement vers les cieux alors que leur péché aurait dû les précipiter aux enfers. Il était temps, car la crise était imminente.

La marmite ne contenait pas du ragoût de mouton, mais quelque chose qui sentait mauvais.

– Arrête-toi, cria une voix, dans les broussailles.

Lézard Perlé sursauta et se tourna vers l'homme qui venait de sortir de l'armoise, à l'est. Il l'avait déjà vu. Mais où ? Un côté de sa tête et de son visage étaient rouge sombre, couverts de sang séché, et un œil si enflé qu'il était fermé. Indien, mais pas dine. Il avait un revolver à la main, mais cela n'inquiéta pas Lézard Perlé. L'homme était à plus de soixante mètres. Difficile d'atteindre une cible à cette distance, même pour un tireur en pleine possession de ces moyens, et celui-ci semblait à peine capable de tenir debout. Il vacillait, comme sous l'effet de fortes rafales de vent.

– Jette tes armes !

L'ordre fut donné d'une voix grave et étranglée.

Puis Lézard Perlé se souvint. Parker, le flic du BIA. Sa voix était claire et forte, dans la nuit, quand il s'était présenté. Avant que l'éther enflammée le projette dans le ravin. Lézard Perlé redoutait que la pente sablonneuse se prolonge dans le précipice, et il en avait maintenant la confirmation.

– Je tirerai ! cria Parker.

Puis il tira.

Mais Lézard Perlé resta immobile, tandis que la première balle passait à quelques dizaines de centimètres de lui. Il se débarrassa de son sac à dos, y remit son javelot, en sortit le pistolet de Knoki. Il avait deux armes, en comptant le 9 mm de Turnipseed. Ses jambes étaient lourdes et récalcitrantes. Mais il chargea, tira à plusieurs reprises, ricana quand il s'aperçut qu'il avait deviné juste : Parker n'avait plus que cinq cartouches. Il ne pouvait pas les gaspiller de loin. Si bien qu'il pivota sur lui-même et prit la fuite. Lézard Perlé rit quand le flic du BIA s'engagea en boitant parmi les arbres, sur une pente qui aboutissait à la mine de charbon. L'homme fuyait visiblement à contrecœur. Mais il n'avait pas le choix.

Un bruit assourdissant passa au-dessus de Lézard Perlé.

Il s'arrêta, regarda l'avion, fit même signe au pilote et au navigateur, car ils ne pouvaient rien contre lui. Puis il fourra l'arme de Turnipseed sous la ceinture de son pantalon. Le métal de l'arme fut brûlant sur sa peau. Le pistolet de Knoki, d'un calibre légèrement plus gros, convenait mieux à ce qu'il voulait faire. Il aligna le guidon sur Parker, prit une inspiration patiente et…

– Ici !

Il se retourna, stupéfait. Turnipseed avait jailli des broussailles. Des démons innombrables, que ses parents hostiles lançaient contre lui… il n'aurait plus pitié d'eux. Il appuyait sur la détente de l'arme braquée sur elle quand il aperçut quelque chose du coin de l'œil droit. Homme Papillon de nuit. Il sortit précipitamment du hogan, se posta entre Lézard Perlé et Turnipseed.

– Fils, dit Homme Papillon de nuit, la voix douce mais le regard moqueur, ne fais pas ça. S'il te plaît, parlons. Je me suis désintéressé de toi beaucoup trop longtemps. Je veux te connaître. Tu veux bien m'en donner l'occasion, *She'ye ?*

Lézard Perlé connaissait ce mot dine. Il signifiait *fils*.

Mais Parker revenait, courant péniblement, changeant de position sur la pente, afin de pouvoir ne toucher que Lézard Perlé. Il vit un pâle nuage de fumée. La balle passa si près qu'elle lui fit l'effet d'un souffle brûlant sur son cou. La détonation lui parvint une seconde plus tard, et son écho retentit entre les collines.

– Non, Emmett ! cria Homme Papillon de nuit, mais il était évident que Parker ne reculerait pas. Ne lui tire pas dessus ! Je t'en prie, ne tire pas sur mon fils !

Lézard Perlé pivota, écarta les jambes afin d'être plus stable quand il viserait, se prépara une nouvelle fois à abattre le flic du BIA. Homme Papillon de nuit tentait affectueusement d'attirer son attention, mais il ne se laisserait pas distraire par cette ruse.

Tue-le ! Tue-le avant la crise !

John Tallsalt était dans le champ visuel d'Anna. Elle fit un pas sur le côté, lança le caillou aussi fort et précisément que possible. Mais il tomba, inoffensif, dans la poussière à plusieurs mètres de Pound, qui tira deux fois sur Emmett. Le cœur serré, elle le vit tomber, roulant sur la pente dans un nuage de poussière. Son cri d'horreur se mêla à celui de Joann.

Mais Emmett se redressa et tira à son tour. Raté. Cependant, Pound mit un genou en terre, posa le coude sur l'autre et tira une nouvelle fois.

Anna était sur le point de dire à Joann de fuir quand elle fut jetée sur le sol. Une main posée sur sa gorge, Tallsalt l'immobilisa.

– Restez couchée !

– Vous avez une arme ? souffla-t-elle.

– On ne vient pas armé à une cérémonie comme celle-ci.

Se redressant, il se tourna vers sa sœur :

– Rentre, rejoins le chanteur. Tout de suite !

Elle hésita, puis obéit.

Pendant ce temps, Pound avait décidé qu'Emmett était la menace la plus grave car, sans tenir compte des Tallsalt et d'Anna, il fonça sur Parker, qui avançait également. Mais sans tirer. Il semblait totalement épuisé. Pound avait à nouveau un pistolet dans chaque main et chaque détonation faisait sursauter Anna. Elle espéra qu'Emmett battrait en retraite… mais comprit qu'aucun d'entre eux ne vivrait s'il le faisait.

– Arrête ! cria Tallsalt, qui se lança à la poursuite de son fils. C'est moi que tu veux. Tue-moi. Je suis la cause de tout ça !

Pendant un instant, Anna crut que Pound n'avait pas entendu, mais il s'arrêta, baissa les armes et fixa Tallsalt, qui se dirigeait rapidement vers lui.

– Je renoncerai à tout sauf à toi, Alcee, dit Tallsalt, pitoyable, en ralentissant. Tu fais partie de moi et c'est une chose que je ne refuserai plus. Je suis prêt à dire à tout le monde que tu es mon fils. Je l'annoncerai, debout sur le toit de la salle du conseil, si c'est ce que tu veux.

Pound prit enfin la parole.

– Je veux que tu retournes dans le hogan.

– Pourquoi *She'ye* ?

– Que tu te livres à la débauche avec ma mère.

Tallsalt secoua la tête.

– Plus jamais. Plus jamais ça.

Pound rumina cette réponse. Il parut vaciller quand il inclina la tête, comme s'il écoutait quelque chose.

– Ça va, ça va, marmonna-t-il d'une voix lasse. Je vais… Je vais le faire.

Puis il poussa un cri bref, comme si les muscles de sa poitrine comprimaient soudain ses poumons. Il battit des paupières, du sang coula au coin de sa bouche. Il s'était mordu la langue. Une crise. Il avait une crise et Anna attendit, sans respirer, qu'il s'effondre. Mais, titubant, il tira, l'arme à la hanche.

L'impact fit basculer Tallsalt en arrière. Du sang apparut sur la peau de coyote. Emmett avançait toujours. Tallsalt leva la tête et dit quelque chose à Pound, qui se tenait maintenant près de lui, le dominant de toute sa taille. Le visage crispé par les spasmes, il écouta brièvement son père, puis découvrit les dents et braqua son arme sur la tête de l'homme à terre.

– Alcee !… cria Joann, sur le seuil du hogan.

Fermant les yeux, Anna crut entendre l'écho du coup de feu, car la détonation parut se produire derrière elle. Se contraignant à ouvrir les yeux, elle constata avec stupéfaction que la tête de Tallsalt était intacte.

Deux trous saignaient aux endroits où la balle à haute vitesse avait percé une tempe puis l'autre. Pound vacilla pendant un instant, puis s'effondra lourdement, l'expression stupéfaite de son visage disparaissant dans le sable.

Au nord-ouest, deux hommes en tenue de camouflage sombre – Kills Back et Richards – sortirent du bois de chênes nains. L'un d'entre eux remit un fusil à lunette en bandoulière.

Emmett ne pouvait plus fléchir son genou droit foulé et il avait l'impression que l'intérieur de ses poumons était brûlant. Il ne voyait pratiquement rien, mais croyait être encore en mesure de distinguer l'endroit où John Tallsalt s'était effondré. À l'aube, il était tombé sur le fusil de Yabeny, dans le sable, au pied de la falaise, son crâne tordant le canon. La bosse le faisait horriblement souffrir, la douleur le rendait presque aveugle, mais il poursuivit péniblement son chemin. Passant devant Anna, qui tendit la main et tenta de le prendre dans ses bras, il ne s'arrêta que près de John Tallsalt.

– Emmett ?…

Il lâcha son revolver, s'agenouilla, arracha la peau de coyote qui couvrait la poitrine de l'homme. La plaie bouillonnait et l'homme avait du mal à respirer. Anna fut obligé d'immobiliser Lolly Blackhouse, dont la présence semblait troubler Emmett. Les explications pouvaient attendre. Il fallait qu'il transporte John dans un endroit où il pourrait mourir paisiblement. Tallsalt savait, lui aussi, qu'il était fichu, car il grimaça un sourire.

– Tu veux que je te dise une chose, Em ?

– Tout ce que tu veux.

– On ne peut pas seulement embrasser le diable.

24

Dans le crépuscule, Anna était assise sur une chaise pliante. Emmett était à sa droite, Joann Tallsalt à sa gauche. Un nuage d'orage grossissait, de l'autre côté de la frontière, dans l'ouest du Texas, et semblait priver Artesia, au Nouveau-Mexique, d'air. Les rafales de vent faisaient flotter et claquer les vêtements des gens assis dehors, devant la stèle en granite du Mémorial des forces de l'ordre indiennes. Elles éteignaient les bougies, emportaient les programmes dans la campagne environnante comme autant de cerfs-volants sans fil. Joann serrait obstinément le sien, y cachant son visage tandis que les jeunes cadets de l'Académie du BIA lisaient les noms. Les noms de tous les flics indiens qui avaient donné leur vie depuis janvier 1852, où Chin-Chi-Kee, un Chocktaw, avait été tué en service. Lorsque c'était possible, un cadet appartenant à la même tribu lisait le nom et, ainsi, une jeune Dine étudiant à l'académie attendait l'instant où elle lirait les noms du lieutenant John Tallsalt et de l'agent Carbert Knoki.

Après chaque nom, un des membres du groupe de percussionnistes lakotas frappait le vaste cercle à l'intérieur duquel une peau était tendue, comme pour souligner le silence dans lequel le nom devait plonger à nouveau. Il n'était jamais innocent d'appeler les morts.

– Agent John Green, nation cherokee.

Boum.

– Je ne suis pas sûre que je pourrai me présenter devant tous ces gens, Anna, avait soufflé Joann, pendant le déjeuner, à Roswell.

Anna lui avait rappelé que son apparence était éminemment respectable, stricte même, parce qu'elle portait un chemisier et une jupe et que ses cheveux, parsemés de gris, étaient coiffés en chignon.

Emmett semblait plus distrait encore que pendant le trajet. Il avait passé une semaine à l'hôpital, sur les trois qui s'étaient écoulées depuis que Kills Back et Richards avaient été avertis, par le pilote de l'avion de la patrouille aérienne, que Caleb Pound se trouvait près du hogan. Ses sourcils, brûlés par la boule de feu d'éther enflammé, repoussaient. De ce fait, les plaies commençant à cicatriser, Anna commençait à avoir la désagréable impression qu'Emmett interprétait l'amitié qui la liait désormais à Joann comme une alliance dirigée contre lui. Il n'avait pas répondu, quand elle avait proposé qu'ils voient un thérapeute ensemble, la semaine suivante, à Las Vegas. Un spécialiste qui soignait les adultes ayant subi des mauvais traitements sexuels dans leur enfance… et leurs compagnons. Quelqu'un qui les aidait à explorer ce qui ne pouvait être exploré.

– Thomas Cloud, nation séminole.

Boum.

Anna sentit que Joann lui prenait la main. Sa paume était moite. Trois des quatre armoises qui entouraient le monument, marquant les points cardinaux, étaient visibles. Elles grinçaient, comme secouées par le poing d'un esprit. Dix jours auparavant, Joann et les Altasal, dont Darcy, avaient enterré Alcee à Canoncito. Emmett et Anna n'avaient pas été invités. Mais Joann avait téléphoné à Anna, le soir, avait tout raconté, réconfortée par un signe qui semblait indiquer que le monde avait retrouvé une mesure de *hozho*. Quelques jours après la mort de John et d'Alcee, la veine de charbon s'était épuisée et la mine à ciel ouvert avait été abandonnée avant d'engloutir la maison de son frère, le hogan où il avait tenté de se racheter.

Reed Summerfield avait été enterré dans le Maryland, en présence de sa seule famille.

– Joe Big Knife, Muskogee.

Boum.

Bert Knoki était représenté par un oncle maternel très âgé, si frêle, près du lieutenant Yabeny, récemment promu, au bout d'un rang de flics dines, qu'il évoquait un aiglon.

– Agent Cub Burney, nation chocktaw.

Boum.

Il y avait des éclairs, à l'est, maintenant. Et des coups de tonnerre, à peine audibles à cause du vent.

– Agent George Comes at Night, agence blackfeet.

Boum.

Emmett fixait le sol entre ses chaussures. Anna passa un doigt sur ses mains croisées. Il la regarda, un vague sourire aux lèvres. La veille au soir, au Navajo Nation Inn, il avait téléphoné à sa mère, dans l'Oklahoma, permettant à Anna de rester dans la pièce tandis qu'il s'entretenait à voix basse avec elle, dans un mélange d'anglais et de comanche. Emmett avait mentionné son frère, Malcolm, et il y avait eu un silence pendant lequel les larmes avaient semblé toutes proches.

– Agent Carbert Knoki, nation navajo.

Boum.

Joann se crispa quand le coup de tambour retentit, et Anna serra sa main, dans l'espoir de la rassurer.

– Lieutenant John Alcee Tallsalt, nation navajo.

Boum.

Joann baissa la tête.

Le nom de John était le dernier et un chanteur lakota se leva, déclara qu'il espérait que ce serait vraiment le dernier. Puis il demanda aux familles des dernières victimes du maintien de l'ordre en pays indien de le rejoindre. Joann faillit refuser, puis tenta d'entraîner Anna, qui dit :

– Le vieillard ne pourra pas monter sans ton aide.

Finalement, puisqu'un acte altruiste était possible, Joann gagna le monument en compagnie de l'oncle de Bert Knoki, qui s'appuyait sur son bras. Le chanteur lakota posa sur les épaules de chacun d'entre eux une couverture tissée spécialement par les femmes de la réserve de Pine Ridge. Joann tremblait.

Le groupe de percussionnistes se mit à chanter.

– Fichus Sioux, marmonna Emmett. À la moindre occasion, ils chantent toute la nuit.

– Chut, fit Anna.

Le public, sur une file, passa devant Joann et le vieillard. Des flics de pratiquement toutes les polices tribales du pays. Anna regarda les écussons, tandis qu'Emmett et elle se joignaient à la file : Creek, Ute, Mohawk, Blackfeet, San Carlos Apache, Ouray, Crow, Ak-Chin, Jicarilla Apache, Tohono O'odham, Washoe… et ainsi de suite. Et une poignée d'agents fédéraux, dont Niehaus et Waggoner, mais Anna se sentit soudain fière de la façon toute différente dont les Indiens honoraient les deux survivants. Contrairement aux Blancs, qui serraient la main de Joann et du vieillard, murmuraient des condoléances, les Indiens les serraient dans leurs bras. Quelques-uns pleuraient. Le chanteur les encourageait :

– C'est bien. Pleurez. Il y a un proverbe lakota : *On n'est jamais aussi fort que lorsqu'on pleure.*

Emmett et Anna venaient d'arriver devant Joann quand le chanteur prononça ces mots. Le visage d'Emmett parut se crisper, surtout autour des yeux, et il émit un son rauque, comme si sa gorge se serrait. Il voulut lui dire quelque chose, à propos de John, mais l'effort qu'il faisait pour retenir ses larmes le priva de voix.

– Allez voir le psy avec Anna, Parker, dit Joann, intraitable.

– *Quoi ?*

Emmett parut totalement ébahi.

– Vous avez compris. Johnny a eu le courage d'affronter le passé. Et vous ?

– Vous voulez dire que j'ai quelque chose à voir avec ce qui est arrivé à Turnipseed quand elle était enfant ?

– Absolument pas.

Son regard s'éclaircissant, Emmett demanda :

– Alors, nom de Dieu, qu'est-ce que je suis censé éprouver ? De la culpabilité parce que je suis un homme ?

Joann adressa un sourire glacial à Emmett.

– Quand on fréquente sérieusement une femme, il faut accepter aussi son passé. Qu'on le veuille ou non.

Emmett se tourna vers Anna.

– C'est vrai, Turnipseed ?

– Oui, je crois.

Anna n'avait pas l'intention d'ajouter quelque chose mais, comme il ne la quittait pas des yeux, elle ne put s'empêcher de le faire.

– À quoi tu penses ? Emmett.

Au bout d'un moment, Emmett lui prit la main.

– Partons avant que ces fichus Sioux se mettent à chanter. Ils en ont pour toute la nuit.

Thriller
Dans la même collection

Keith ABLOW, *Psycho killer*

Greg ANDERSON, *Tatiana*

Peter BLAUNER, *L'Intrus*

Dick FRANCIS, *Dans l'œil du cyclone*

Craig HOLDEN, *Route pour l'enfer*

Eugene IZZI, *Chicago en flammes*

Eugene IZZI, *Le Criminaliste*

William LASHNER, *Les Prévaricateurs*

William LASHNER, *Veritas*

Paul LINDSAY, *Liberté de tuer*

Steve LOPEZ, *Le Club des Macaronis*

Ed MCBAIN, *Le Paradis des ratés*

Bill PRONZINI, *Le Crime de John Faith*

Bill PRONZINI, *Longue est la nuit*

Ian RANKIN, *Le Carnet noir*

Ian RANKIN, *Causes mortelles*

Ian RANKIN, *Ainsi saigne-t-il*

Ian RANKIN, *L'Ombre du tueur*

Dan SIMMONS, *Vengeance*

Dan SIMMONS, *L'Épée de Darwin* (à paraître)

Cet ouvrage a été imprimé par la
SOCIÉTÉ NOUVELLE FIRMIN-DIDOT
Mesnil-sur-l'Estrée
pour le compte des Éditions du Rocher
en septembre 2002

Éditions du Rocher
28, rue Comte-Félix-Gastaldi
Monaco

Imprimé en France
Dépôt légal : septembre 2002
CNE section commerce et industrie Monaco : 19023
N° d'impression : 60874